KB212257

러닝머신 위의 변호사

러닝머신 위의 변호사
K-법정 좀비 호러

초 판 1쇄 2024년 10월 17일

지은이 류동훈
펴낸이 류종렬

펴낸곳 미다스북스
본부장 임종익
편집장 이다경, 김가영
디자인 임인영, 윤가희
책임진행 김요섭, 이예나, 안채원, 김은진, 장민주

등록 2001년 3월 21일 제2001-000040호
주소 서울시 마포구 양화로 133 서교타워 711호
전화 02) 322-7802~3
팩스 02) 6007-1845
블로그 http://blog.naver.com/midasbooks
전자주소 midasbooks@hanmail.net
페이스북 https://www.facebook.com/midasbooks425
인스타그램 https://www.instagram.com/midasbooks

© 류동훈, 미다스북스 2024, *Printed in Korea*.

ISBN 979-11-6910-842-3 03810

값 19,500원

미다스북스는 다음세대에게 필요한 지혜와 교양을 생각합니다.

미다스북스는 신인작가님들의 두드림을 기다립니다!
여러분이 품고 계신 꿈을 들려주세요! 그 꿈에 날개를 달아 드리겠습니다.
투고메일 midasbooks@hanmail.net

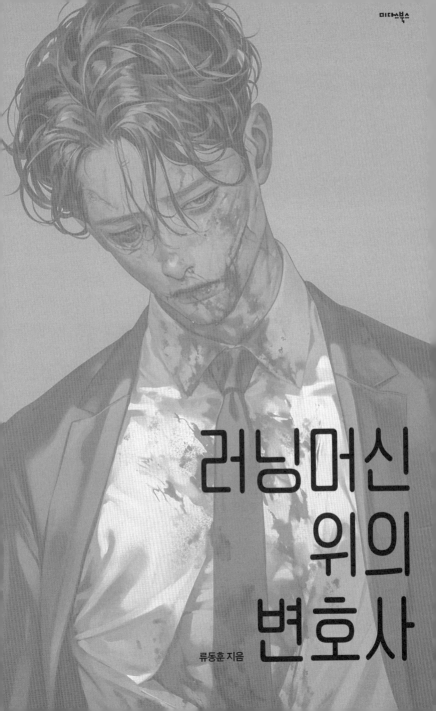

러닝머신
위의
변호사

류동훈 지음

아버지, 어머니께 이 책을 바칩니다.

나연, 현우를 위하어

Adagio

Allegro

Presto

Prestissimo

Tempo Primo

Adagio

엔진경고등

＊

연우는 눈물을 흘렸다. 우는 것이 아니었다.

운전대를 왼쪽으로 돌리는가 싶더니 홱 오른쪽으로 꺾고 다시 왼쪽
으로 틀었다. 가속페달과 브레이크를 반복해서 번갈아 밟았다. 피 묻은
뺨 위로 흐르는 눈물을 간간이 훔쳐내긴 했지만 그것은 우는 것이 아니
었다. 차는 심하게 요동쳤고 연우의 몸도 앞뒤로 정신없이 흔들렸다. 반
쯤 떨어진 앞 범퍼가 덜렁대며 차체를 신경질적으로 쳐댔다. 그러나 연
우는 개의치 않았다. 어떻게든 여기를 빠져나가야 한다는 생각뿐이었
다. 그 눈물은 슬픔이나 연민 따위를 담은 게 아니었다. 이제껏 느껴보
지 못한 극한의 공포였다.

도로는 전쟁터를 방불케 했다. 부딪쳐 멈춰 선 차들, 불타는 차들, 그
차에 받혀 튕기는 사람들, 피 흘리며 비명 지르는 사람들, 죽은 듯 눈 감
은 채 미동조차 없이 널브러진 사람들이 있었다. 산 자들은 죽을힘을 다
해 무언가로부터 도망쳤다. 그들을 쫓는 건 사람의 형상을 하고 있었으
나 더 이상 사람이 아니었다. 광견병에 걸린 개처럼 그르렁그르렁 괴성
을 지르며 달려와 닥치는 대로 물어뜯었다. 눈알과 혀를 뽑아 먹고 배를
찢어 심장이나 간을 꺼내 먹었다. 뜯기는 사람들은 허우적대다가 이내
축 늘어졌다. 그것들은 한데 모여 방금 뽑아낸 창자를 부여잡고 우걱우
걱 씹어댔다. 몇 놈은 어린 임신부의 배를 찢고 태아를 꺼내 쩝쩝거렸고

희생자는 비명도 못 지르고 기절했다. 뒤이어 달려온 몇 놈이 다시 그녀의 배에 달라붙어 창자를 끄집어냈다. 공격받은 사람들은 그렇게 죽은 듯 누웠다가 곧 기이하게 관절을 꺾으며 일어나 걸었다. 복부가 휑하니 비어버린 그 임신부도 예외가 아니었다. 반쯤 부서져 피범벅이 된 얼굴들, 어깨가 뽑혀 흐느적거리는 걸음들, 그들은 그 꼴을 하고도 아무렇지 않은 듯했다. 조금 전 자신들이 당했던 그 방식 그대로 굶주린 맹수가 되어 사람들을 사냥했다.

저들은 대체 무엇인가. 뭐라 불러야 하나. 연우는 공포영화라면 진저리를 쳤다. 피칠갑 난무하는 좀비물이라면 더욱 싫었다. 어떻게 그따위 장르가 인기를 얻는 건지 이해할 수 없었다. 극한의 잔인함에 대한 묘한 호기심 때문이라 생각했다. 연우도 막연한 궁금증으로 몇 차례 상영관을 찾았으나 단 한 편도 끝까지 보지 못하고 뛰쳐나왔다. 보는 것만으로도 구역질나는 존재. 그래, 좀비. 저들이 그 좀비물 속의 좀비가 아니라면 달리 붙일 이름이 없었다.

*

연우가 급제동했던 차를 다시 서서히 움직이려는데 차체가 덜컥 멈춰서버렸다.

"아, 제발……."

계기판 엔진경고등이 벌겋게 깜박였다. 가속페달을 힘주어 밟아도 부웅부웅 엔진 헛도는 소리만 들렸다. 사람들을 향해 달리던 좀비들이 그 소리에 우뚝 서서 몸을 돌렸다. 그리고 쩔쩔매는 연우와 눈이 마주

첬다. 이상할 정도로 줄어든 동공, 초점을 잃은 그들의 눈에는 무섭도록 처절한 굶주림만이 담겨 있었다.

"제발! 제발……."

연우는 간절했다. 주차 모드에서 드라이브 모드로, P와 D 사이를 미친 듯이 왔다 갔다 하며 가속페달에 힘을 실었다. 하지만 연우는 이미 알고 있었다. 아무 소용없으리란 걸. 기계는 정직하다. 일단 엔진경고등이 떴다면 다시 시동이 걸리지 않아. 이미 그 차로 몇 번을 경험했던 일이었다. 연우가 오랜 고시촌 생활을 마치고 사법시험에 합격했을 때 서영에게서 받은 아반떼였다.

*

"거의 새 차야."

그녀가 공인중개사 보조원 일을 할 때 중고로 사서 몇 년을 끌던 아반떼였다. 중개사무소 대표가 서영의 아버지였다. 서영은 사법시험 1차를 며칠 앞두고 신림동 고시촌을 떠났다. 1차 시험만 몇 년을 계속 떨어지더니만 마지막으로 한 번만 더 보겠다며 준비하던 시험이었다. 공부한 답시고 이렇다 할 스펙을 못 채워둔 그녀에게 아버지는 보조원 일을 맡겼다. 민법에서 공부해 둔 부동산 전문 지식을 이참에 써먹어야 하지 않겠냐는 권유였다. 중개사무소가 집에서 멀지 않았던 덕에 차는 연식에 비해 주행거리가 짧았다.

"4만 킬로면 새 차 맞네."

연우가 고개를 끄덕였다.

*

서영은 연우가 고시에 합격하자마자 결혼을 하자며 졸랐다. 둘은 신림동 고시촌에 즐비한 학원들 중 한 곳에서 처음 만났다. 민법 강의실은 항상 수강생들로 북적거렸다. 워낙 유명한 스타강사 수업이라 종종 자리싸움으로 큰 소리가 났다. 왜 빈 책상에 가방 따위를 올려둬서 사람을 못 앉게 하냐는 내용의 드잡이였다. 보다 못한 학원 운영진이 규칙을 정했다. 수업시작 몇 시간 전부터 교실 문 앞에 클리어파일 뭉치 등을 놓아두도록 했다. 파일이 놓인 순서대로 교실에 입장시키는 방식이었다. 수강생들은 수업 몇 시간 전부터 각양각색의 파일들을 늘어놓았고, 그 줄은 3층 계단으로부터 1층 현관을 지나 옆 건물 앞까지 쭉 이어졌다. 그렇게까지 해야 하나 싶었다.

강의실 사각지대에는 칠판을 비추는 모니터가 있었고 그 자리엔 항상 연우와 서영이 있었다. 서영이 없이 지옥 같은 고시 생활을 버티는 건 불가능했다. 그녀는 가장 외롭고 힘들었던 시절을 함께 버텨준 동지이자 연인이었다. 다른 경우의 수란 없었다. 연우는 서영과의 결혼을 당연하게 여겼다. 그래야만 한다고 생각했다.

*

"이런 젠장!"

'거의 새 차'는 조금도 움직이지 않았고 좀비들은 연우를 향해 힘껏 뛰기 시작했다. 연우는 왼손으로 창문 버튼과 문 잠김 버튼을 다급히 더

듦으며 몸서리를 쳤다. '어떡하지.'를 연발하던 순간, 무언가 빠른 속도로 그 살아 있는 시체들을 홱 쓸어 날렸다. 택배 트럭이 달려와 좀비들을 치고선 승용차에 부딪쳐 멈춰 섰다. 몇몇은 공중으로 날았고 몇몇은 트럭과 승용차 사이에 낀 채 연우를 향해 허우적거렸다. 그들에게 죽음이란 없어 보였다. 트럭 뒷문이 열리며 택배 상자들이 투두둑 쏟아져 내렸다. 좀비들은 택배상자에 몰려들어 미친 듯이 잡아 뜯고 물어뜯기 시작했다. 앞 유리에 머리를 부딪친 트럭 운전사의 두개골이 활짝 열렸다. 조수석에 앉은 좀비가 운전사의 뇌를 파먹었다. 둘은 같은 택배회사 유니폼 차림이었다.

연우는 선택해야 했다. 차에서 나가느냐, 아니면 차 안에 남아 혹시 올지도 모를 구조대를 기다리느냐. 트럭과 승용차 사이에 압착돼 있던 좀비들 중 하나가 낑낑대며 두 팔로 트럭을 밀었다. 와지끈하는 소리가 나는가 싶더니 이내 두 차체 사이에 끼인 다리에서 상체가 분리되어 도로 위로 굴러떨어졌다. 상체와 하체 사이의 검붉은 액체가 실처럼 끈적하게 늘어지다 끊어졌다. 다시 정신을 차린 좀비의 상체는 이미 정해둔 목표인 듯 주저 없이 연우를 향해 기었다. 보통 사람이라면 불가능한 속도였다. 놈은 연우에 대한 갈구가 절박했다. 허기로 미치기 일보 직전의 모습, 그 모습은 삽시간 번지는 들불처럼 연우의 마음 깊은 곳에 숨어 있던 공포심을 날 것 그대로 불러일으켰다.

이제는 정말 선택해야 했다.

서울중앙지방법원. 어느새 법원 앞이었다.

'빌어먹을! 하필.'

믿을 수 없는 광경에 정신줄을 놓았던 연우는 자신이 법원 앞에 돌아와 있음을 전혀 알지 못했다. 연우의 직장, 더 정확히는 연우의 직장이었던 곳이다. 불과 몇 시간 전까지 그는 이곳의 판사였다.

운명

❀

그 말이 딱 맞았다. 정신 차리고 보면 어느새 결혼식장에 서 있더라는 말. 우스갯소리는 연우의 현실이었다. 연수원을 수료할 즈음 판사 임용 통보를 받았고 결혼을 했다. 서영이도 그녀의 부모도 행여나 판사 남편, 판사 사위를 놓칠까 조바심이 났던 모양이다. 정작 연우에겐 서영과의 결혼이 당연했다. 그것이 도리라 믿었기에 결혼식장이며 예물, 신혼집이며 혼수 등에 대해서도 모두 서영이 하자는 대로 순순히 따랐다. 책상 머리에서 법조문이나 보던 연우가 아는 건 없었다. 본디 결혼이란 여자 하자는 대로 따르면 될 일이라 여겼다. 그도 그렇거니와 모든 비용을 서영네 부모가 댔다. 세상에 그런 도리는 없다며 연우의 부모가 한사코 저항했지만, 서영의 아버지 필호는 완강했다.

"아, 돈이야 있는 쪽이 내면 되지! 집은 누가 하고, 혼수는 누가 하고. 이런 게 뭐 중요합니까?"

경제적 여유 운운했다만 결국 모든 호의는 연우가 판사였기 때문이었다.

❀

서영에겐 두 살 어린 동생이 있었다. 자매는 '영'자 돌림이었다.

"아이씨, 촌스럽게 소영이가 뭐야, 소영이가!"

교복을 입기 시작할 무렵부터였다. 소영은 교복 위에 붙은 이름표를 신경질적으로 잡아당기며 불평했다. 특히 그 '영'자가 싫다고 했다. 언니는 엄마 닮아 예쁜데 자기는 아빠 판박이인 것도, 아빠처럼 까만 얼굴에 여드름투성이인 것도, 엄마처럼 물 한 컵만 마셔도 살찌는 체질인 것도 다 이름 탓이라 했다. 또래 남자아이들보다 큰 키에 뚱뚱하기까지 해서 코끼리라는 별명이 생긴 것도, 달리기 시합에서는 늘 꼴찌를 하고 시험성적은 바닥인 것도 역시 이름 탓이라 했다. 모든 불운은 그 촌스러운 이름이 사주를 비틀고 있기 때문이라 했다.

흐드러진 벚꽃 빛에 밤하늘마저 환해지는 4월, 소영의 마음은 그 화사한 정도에 견줄 만큼 칙칙해졌다. 3월 새 학기의 어색함에 주뼛거리던 아이들은 한 달쯤 지난 4월이 되면 언제 그랬냐는 듯 삼삼오오 몰려다녔다. 다들 놀이공원에 가서 롤러코스터를 탄답시고 멤버들을 모았다. 소영의 생일은 그 잔인한 4월이었다. 소영은 미역국을 끓이는 엄마의 등에 대고 왜 자기를 이따위로 낳았냐며 울며불며 따졌다. 소영의 엄마도 네가 그렇게 나온 거지 내가 그렇게 낳았냐며 맞받아쳤다. 생각해보면, 소영은 친구 생일 파티에 간다거나 자기 생일에 친구를 부른 적이 없었다. 소영을 초대해 준 친구도, 소영이 초대할 친구도 없었다. 한 번은 결석을 했는데 선생이 점심시간이 지나서야 알아차렸다. 식탁 앞에서 잠자코 듣던 필호가 화를 참지 못하고 버럭 내질렀다.

"아, 성형해! 성형시켜주면 되잖아!"

필호는 모락모락 김이 피어오르는 미역국과 반찬 그릇들을 쓱 밀어 버리곤 벌떡 일어났다.

"대신 대학 가야 해!"

소영을 마냥 저렇게 뒀다간 대학은커녕 평생 사람 구실도 못하고 살 것만 같았다. 대한민국에서 대학을 나오지 않은 자의 서러움을 누구보다 잘 아는 필호였다.

*

필호 눈에 소영은 가망이 없었다. 대신 그 기대를 서영에게 걸었다. 공부머리가 좋았던 서영은 초등학생 때부터 엉덩이가 무거웠다. 앉으면 서너 시간은 꼼짝 않고 숙제를 하거나 책을 읽었다. 필호는 그 모습이 흐뭇했고 서영은 아버지의 기대를 저버리고 싶지 않았다. 장녀의 의무감 같은 것이었다. 잠깐 일어나 기지개를 켜고 싶을 때도, 거실에 나가 물 한잔을 들이켜고 싶을 때도, 심지어 화장실에 가고 싶을 때도 그 욕구를 눌렀다.

줄곧 최상위권이던 서영의 성적은 고등학교에서 곤두박질쳤다. 수학 때문이었다. 미적분을 이해할 수 없었다. 대체 미적분 같은 걸 졸업하고 어디에 써먹을 수 있을까 의문만 들었다. 암기에 능했던 서영은 지방의 어느 대학에 입학했다. 큰딸이 당연히 '인 서울' 진학을 해낼 것이라 믿었던 필호는 번민했다. 중개사무소를 드나드는 사람들에게 그토록 서영이 자랑을 해댔건만 그 잘난 큰딸이 어느 대학 들어갔냐는 물음은 심란했다. 다만 필호는 그곳이 지방 거점 국립대인데다 법대라는 이유로 어설프게 스스로를 위로했다. 법대하면 사법고시니까. 수학 공부를 안 해도 되는 사법고시는 당연히 서영에게 유리할 것이었다. 필호는 스멀스멀 웃음이 났다. 마음은 벌써부터 사무소 앞에 '강필호 공인중개사 장녀 강서영 양, 사법고시 합격!'이라는 플래카드를 걸고 있었다. 지인들을 몽땅 불러 모아 잔치를 벌이는 장면까지 그려보고 있었다. 그러나 사법시험은 만만하지 않았다. 단순 암기로 덤벼들 시험이 아니었다. 서영은 객관식으로 출제되는 1차 시험에서조차 번번이 낙방했다. 그러니 연우가 달라 보일 수밖에. 넘어서기 힘든 사법시험을 3차까지 최종 합격하고 연수원마저 최고 성적으로 수료했단다. 인생은 새옹지마라 했던가. 판사가 내 사위가 된다니. 서영이 지방대에 들어갈 때는 더 이상 딸 자랑을 할 수 없던 필호는 마치 서영이가 판사가 된 것처럼 어깨에 힘이 들어갔다. 만에 하나라도 결혼이 틀어질까 예식 전날까지도 홀로 노심초사했다.

판사

*

    퇴근이라기엔 이른 오후였다. 연우는 이렇게 태양이 쨍한 시간에 차를 몰고 법원을 나선 적이 없었다. 야근이 일상인 연우에게는 할로겐 가로등 몇 개 밝혀주는 밤풍경이 익숙했다. 대낮의 법원 풍경은 생경했다. 판사실 책상 위는 항상 사건기록들이 들쭉날쭉한 탑을 쌓고 있었다. 직원이 사무실로 연우를 찾으러 올 때면 연우가 자리에 있는지 없는지 그 사건기록 탑 안쪽까지 들여다봐야만 했다. 그러나 이제 그런 생활도 끝이었다. 비로소 연우의 사직서가 수리된 날이었다.

*

    고시공부에 뛰어든 것은 대학 졸업반 때였다. 연우는 부모님께 큰절을 올리고 짐을 싸서 신림동 고시촌으로 향하는 버스에 올랐다. 짐이라해봤자 옷 몇 벌, 양말 몇 켤레, 칫솔 같은 것들뿐이라, 등에 둘러멘 가방의 공간이 낙낙하게 남았다. 한 달에 15만 원짜리 고시원으로 들어갔다. 고시원 화재로 열 명 남짓 죽거나 다쳤다는 보도가 나온 지 며칠 지나지 않은 날이었다. 낡은 침대에서 삐걱대는 소리가 나지 않게 조심스럽게 누웠다. 허름한 도배지를 손톱으로 긁으니 부드러운 합판 소리가 빈 방을 채웠다. 학원, 독서실, 학원, 독서실. 연우는 주말도 없이 꼬박 2년 반을 보낸 뒤에야 겨우 그곳을 벗어났다. 일산 호수공원 근처에 마련한 오피스텔 방은 보증금 5천만 원에 월세 50만 원이었다. 베란다 아래로 사법연수원이 훤히 내려다보이는 곳이었다.

사법시험에 합격하면 학교 고시반으로 은행직원들이 찾아온다. 합격자들을 모아놓고 몇 가지 금융상품을 소개하고는 그 자리에서 마이너스통장을 만들어준다. 3억 원 한도. 비록 빚이었지만 창문도 없는 고시원에서 호수공원이 보이는 고층 원룸이라니. 생전 입어보지 못한 양복도 몇 벌을 맞췄다. 하지만 연우는 그곳에서도 같은 생활을 이어갔다. 연수원, 독서실, 연수원, 독서실. 그렇게 2년 동안 판결문 작성 연습을 한 끝에 판사로 임용됐다. 하지만 고시촌과 연수원에서 활자로만 관찰했던 사건과 실상은 달랐다. 법정에 앉아 당사자들의 절박한 표정과 함께 맞닥뜨리는 실제 사건들은 괴리감이 컸다. 그야말로 하늘과 땅 차이였다. 아직 서른 살도 되지 않은 사회 초년생이 누군가의 생명과 신체, 재산을 다루다니. 연우는 자다가도 벌떡벌떡 깨는 일이 많았다. 행여 잘못된 판결을 내리면 어쩌나, 꿈에서도 몸서리를 쳤다. 작정하고 찾으면 오류를 못 찾을 것도 없다는 끔찍한 생각이 들면 연우는 그 생각의 싹을 자르고자 머리를 세차게 흔들곤 했다.

경애도 같은 고민을 할까. 연수원 동기 경애는 그해 최연소로 판사에 임용되어 신문 지면을 장식했다. 대학 졸업반 때 사법시험을 통과하고 2년간의 연수원 생활 후 판사에 임용된 게 고작 스물다섯이었다. 10년 남짓 판사 일을 해 온 지금도 삶에 대해, 사회에 대해 모르는 게 많은데. 갓 임용되었을 당시의 우리는 그저 어린아이에 불과했다. 줄곧 공부만 해 온 스물다섯이라면 더더욱.

＊

이렇게나 조경이 잘 돼 있었던가. 법원의 낮 풍경은 완벽한 비율의 그림 같았다. 정문을 향해 늘어선 이름 모를 나무들은 예외 없이 뭉툭한

원뿔 모양으로 다듬어져 있었고, 고른 잔디는 매끈한 윤기를 자랑했다. 동료들과 마지막 점심식사를 마치고 나오던 길이었다.

"미열이 좀 있는 것 같긴 한데, 괜찮아요."

경애가 코를 훌쩍거리며 마른기침을 했다. 바로 옆자리 후배 판사가 경계하는 표정으로 멈칫하자 경애가 손사래를 쳤다. 오전에 자가진단 키트로 검사해봤고 코로나 음성이라며, 그래도 감기약을 먹으려면 밥은 먹어야 하지 않겠냐며 호호거렸다. 이 여름에 감기라니. 생각해보니 아까 짐 쌀 때 도와주겠다며 판사실로 찾아왔던 실무관도 기침이 멈추지 않아서 한참 곤혹스러워했다.

*

"아이고, 안 도와주셔도 됩니다. 짐이 별로 없어요, 진짜."

짐이랄 게 없었다. 작은 박스 안에 카디건 한 벌, 넥타이 하나, 슬리퍼 한 켤레, 책 몇 권을 담아둔 게 전부였다. 지난겨울 이후 세탁하지 않은 카디건에서 꿉꿉한 냄새가 났다. 넥타이나 슬리퍼는 판사실에 두고 다녔던 것들인데, 임용되어 법원에 가져온 이후로 한 번도 바꾸지 않은 것들이었다. 오직 책들만 신간이었다. 그나마 책들이 부피가 가장 크고 무거웠다.

연우는 책상 앞에 앉아 판사실의 정경을 마지막으로 눈에 담았다. 판사실은 늘 독서실처럼 고요했다. 고시촌에서, 또 호수공원 근처에서 다녔던 독서실과 다를 바가 없었다. 그러나 그 고요함은 언젠가부터 연우

를 숨 막히게 했다. 판사실에선 사람 사는 냄새가 나지 않았다. 어찌 되
었든 다시 앉을 수 없게 된 자리라 생각하니 기분이 묘했다. 한때는 그
렇게도 앉고 싶어 했던 자리였다.

*

"그럼 오빠, 이제 뭐 하실 거예요? 개업?"

경애가 눈을 동그랗게 뜨고 물었다. 연우는 고개를 끄덕였다. 뻔한
대답이었다.

"요즘 다들 힘들다던데? 로스쿨 땜에 변호사가 너무 많아져서."

경애가 자신과는 무관한 일인 듯 말하며 된장국을 한술 떴다. 멋쩍게
웃는 연우를 외면하며 입속으로 후루룩 국물을 빨아들였다. 앞으로 법
정에 들어가면 법대를 올려다보며 그곳에 앉은 경애에게 목례를 해야 할
것이었다. 식당 밖 복도에서 이따금씩 사람들의 기침 소리가 들려왔다.

*

연우가 판사실 책상 뒤쪽 블라인드를 올렸다. 지내는 동안 단 한 번
도 올린 적이 없었다. 여름 햇볕은 뜨거웠고 겨울 공기는 시렸다. 올라
간 블라인드 틈으로 햇살이 스며들자 둥둥 떠다니는 먼지들이 눈에 들
어왔다. 지루한 장마 끝의 습한 열기가 느껴졌다. 연우가 이상한 분위기
를 감지한 건 창밖을 좀 더 내다본 뒤였다. 법원을 드나드는 차가 단 한
대도 없었다. 수요일에는 재판일정을 잘 안 잡는 편이지만 한적해도 너

무 한적했다. 작은 움직임조차 보이지 않는, 전체적으로 신축아파트 입체 조감도를 내려다보는 느낌이었다.

저 멀리 법원 정문 쪽으로 뭔가 움직이는 걸 보기까지는 좀 더 시간이 걸렸다. 정의의 여신상 뒤쪽이었다. 웬 남자 한 명이 몸을 요상하게 꿈틀대며 누워 있었다. 의아하긴 했지만 누군가에게 알릴 생각까지는 하지 않았다. 사실상 겨를이 없었다. 서둘러 신분증을 반납해야 했고 일할 계산된 수당을 정산해야 했다. 퇴직금 수령을 위한 행정절차를 속히 마친 후 평소 친분 있던 판사들에게 돌아가며 인사도 해야 했다. 끝으로 법원장님께 퇴직 신고도 해야 했다. 마지막 날의 분주함을 반영하듯 연우를 찾는 전화벨이 끊이지 않았다.

❋

어느덧 4시. 다 정리하고 2시에 조퇴하려던 생각이었으나 예상보다 시간이 많이 지났다. 고마운 사람들에게 마지막 인사를 다 마치고 건물 밖으로 나가던 순간이었다.

"류연우!"

한여름 오후의 햇볕이 청사 뜨락에 아지랑이를 피워 올렸다. 연우는 작은 박스를 두 팔로 안은 채 몸을 돌렸다. 건물 내벽 중앙의 대형 무궁화 마크가 누군가의 머리 뒤로 역광을 쏟아붓고 있었다. 아는 목소리였다. 연수원 동기, 같은 반, 같은 조, 같은 나이.

"귀현아."

귀현이 박스 안을 물끄러미 들여다보며 물었다.

"이제 가는 거야?"
"응."

후련하다는 듯 연우가 웃어 보였다. 그러나 귀현은 연우의 얼굴을 스치는 쓸쓸함을 놓치지 않았다.

"아쉽다."

귀현은 결국 우울한 표정을 숨기지 못했다.

"에이, 어차피 서초동에 있을 건데, 뭐."

연우가 부드럽게 웃어 보였다.

*

박귀현. 연수생 시절 연우가 마음을 터놓고 얘기할 수 있는 유일한 친구였다. 처음 입소했을 때 가장 먼저 말을 걸어 온 사람이 귀현이었다. 연우는 사람들과 잘 섞이지 못했고 누군가와 처음 만나는 자리라면 더욱 그랬다. 뭐라 말문을 열어야 할지, 어떤 말을 해야 실례가 되지 않을지, 그도 아니면 아예 말을 걸지 않는 게 최선인 건지 늘 고민스러웠다. 누구든 먼저 말을 걸어주면 고마웠다. 성명 기준 가나다순으로 교실 지정석을 배정하는 연수원 방식에 따라 귀현은 늘 연우 옆자리에 앉았다. 둘 중 한 사람이 오전 수업에 늦는 날이면 어김없이 메시지를 보내 안부를 묻고 출석을 독촉했다. 독서실에도 함께 다니며 시험 기간마다 예상 문제를 만들어 공유했다. 어떤 자료든 꼭 2부씩 복사해서 나눠 가졌다. 두 사람의 동선은 연수원, 독서실, 연수원, 독서실로 이어졌고 가끔 스트레스가 쌓일 때면 호수공원을 함께 산책했다. 장래 목표가 판사라는 공통분모가 있긴 했지만 어느 수준 이상은 더 가까워질 수 없었다. 연우에게는 서영이라는 약혼자가 있었고 귀현은 그 사실을 분명히 알았다.

독실한 기독교인이었던 귀현은 연수원 종교 모임인 신우회 회원이었다. 수요일마다 강당에서 점심 예배를 드리고 신우회 사람들과 밥을 먹었다. 연우도 귀현의 권유로 몇 차례 동석했으나 우왕좌왕의 연속이었다. 다 같이 두 손 모아 기도할 때는 일단 눈을 감고 기도하는 척을 했지만 밥 먹는 자리에서는 대체 시선을 어디에 둬야 할지 난감했다. 스스럼없이 친근하게 대해주는 분위기가 오히려 부담스러웠다. 타인의 순수한 마음을 그대로 받아들이지 못하는 자신이 성격적 결함을 가진 것 같아 깊은 자기혐오에 빠지기도 했다. 한번은 귀현을 따라 연수원 근처 대형교회에 방문했다. 신도들은 목사의 인도에 따라 '할렐루야, 아멘!'을 외치고 큰 소리로 찬송가를 불렀다. 연우도 대형 스크린에 나오는 악보와 가사를 보며 열심히 입을 움직였으나 음정과 박자가 모두 맞지 않았다. 어느 틈엔가 자신이 그저 감정 없이 소리만 내는 로봇처럼 느껴졌다. 안내자 몇몇이 예배당 안을 돌아다니며 신도들의 돈을 받아 헌금주머니에 넣었다. 연우도 꼬깃꼬깃한 만 원짜리 한 장을 꺼내 거기 넣었다. 교회 안의 모든 불이 꺼지면 신도들은 각자 통성 기도를 시작했다.

"아버지 하나님, 저희 죄를 사하여 주시고!"
"오, 우리 주 하나님, 우리를 시험에 들게 하지 마시옵고!"

저마다 속삭이던 소리가 점점 커지더니 급기야 곳곳에서 훌쩍이는 소리가 났다. 누군가 목 놓아 울기 시작하더니 교회 안은 곧 통곡하는 소리로 꽉 찼다. 그 큰 예배당의 벽과 바닥, 천장으로 신도들의 울음소리가 끊임없이 부딪치며 귀를 멍하게 했다. 연우는 두려움을 느꼈다. 기도하는 척도 더 이상 할 수 없었다. 자신과 전혀 다른 사람들의 무리 안에 홀로 남겨지는 일에 대해 처음으로 알 수 없는 공포를 느꼈다. 연우는 조용히 손을 모은 귀현에게 화장실에 다녀오겠다 말하고 도망치듯 황급히 그곳을 빠져나왔다.

*

"잘 가."

귀현이 악수를 청했다. 연우가 손목으로 상자를 지탱한 채 오른손만 겨우 펴려는 찰나 상자가 균형을 잃고 기우뚱거렸다. 반사적으로 다시 상자를 붙잡자 귀현은 쓴웃음을 지으며 내밀었던 손을 거뒀다.

"나 사무실 자리 잡으면, 경애랑 밥이나 한번 먹자."

귀현은 고개를 끄덕이면서도, 다시는 연우와 밥 먹을 일이 없을 거라 생각했다. 법원이라는 공간이 그간 둘의 인연을 이어주었을 뿐이다. 연우는 건물을 나섰다. 거리가 멀어질수록 귀현의 얼굴이 어두워졌다. 역광 때문만은 아니었다.

*

연우는 시동을 걸었다. 들고 온 상자는 조수석에 두었다. 연우 역시,

법정 안의 판사와 변호사 관계가 아니라면 귀현을 다시 볼 일이 없으리라 생각했다.

"윽!"

연우가 가속페달에 발을 올리다가 다시 힘껏 브레이크를 밟았다. 차가 출렁이면서 상자 안의 물건들이 조수석 아래로 쏟아졌다. 조금만 느리게 반응했으면 사람을 칠 뻔했다. 누군가 연우의 차 앞을 쏜살같이 지나갔다. 놀란 연우가 급히 돌아봤지만 그 누군가는 사라지고 없었다.

"에이 뭐야… 뭐가 저렇게 급한 거야."

연우는 조수석 밑에 뒤엉킨 물건들을 보며 가슴을 쓸어내리고는 다시 천천히 주위를 살피며 차를 몰기 시작했다. 정문 쪽에 다다를 무렵, 아까 정의의 여신상 뒤쪽으로 보이던 남자가 생각났다. 계속 거기 누워 있을지 궁금했는데 아무도 없었다. 다만 검붉은 흔적 같은 게 보였다. 페인트 같은 건가 생각하며 지나치려는데, 법원 안쪽으로 꺾인 도로에서 조경사를 발견했다. 조경사는 대형 전지가위를 들고 가로수의 잔가지들을 잘라내고 있었는데 어쩐지 그 뒷모습이 좀 꺼림칙했다. 원뿔 모양으로 다듬어진 가로수들의 밑동이 싹둑싹둑 잘려 나갔다. 어떤 규칙에 따라 다듬는 게 아니었다. 하지만 대수롭게 여길 순 없었다. 연우의 눈은 아마추어에 불과했다.

경비실 앞에 이르러 차를 세웠다. 경비원에게 인사를 건네야 했다. 성실함도 남달랐지만 법원 내에서 늘 평판이 좋았다. 연우를 비롯해 누구에게든 밝은 얼굴로 친절히 대하는 사람이었다. 지난 설에는 연우가 홍삼 선물세트를 전하기도 했다. 연우는 반갑게 창문을 두드리려다 곧 손을 거뒀다. 경비원은 거의 눕다시피 의자를 젖히고는 깊은 잠에 빠져 있었다. 파리들이 얼굴 위를 왔다 갔다 하고 벌린 입속으로 들어갔다 나 왔다 하는데도 모를 정도였다. 저럴 분이 아닌데. 좀 의아했지만 곤한 잠을 깨울 필요는 없었다. 연우는 다시 차를 몰아 법원 정문을 나섰다. 사실, 조금이라도 더 빨리 이 지긋지긋한 법원을 떠나고 싶기도 했다.

*

정문을 나서자마자 노랫소리가 들렸다. 법원 앞은 상습시위 구역이 다. 무슨 연합회, 무슨 연대 같은 곳에서 나와 시뻘건 글씨로 도배된 현 수막을 걸어두고 구형 승합차 위에 올려둔 확성기를 통해 노동가를 종 일 틀어댔다. 아무개 판사를 파면시키라거나, 특정 판결을 취소하라거 나 요구하는 소리였다. '동지가', '바위처럼', '깃발가' 같은 노래들이 울려 퍼지는 길에서 붉은색이나 검은색 조끼를 맞춰 입고 열을 맞춰 선 사람 들이 구호를 외쳤다. '2024고합ㅇㅇ, 뇌물판사 홍길동' 등과 같이 사건번 호와 판사들의 실명을 쭉 적어둔 커다란 널빤지를 목에다 걸고는 보란 듯이 서 있기도 했다. 그럴 때면 연우는 혹여 자신의 이름도 거기 있는 건 아닌지 마음을 졸였다.

그런데 오늘따라 이상했다. 승합차 주위에 아무도 없었다. 다들 식사 하러 갔나 생각했지만 점심이라기엔 너무 늦었고 저녁이라기엔 너무 일렀다. 지키는 사람조차 없어 더 이상했지만 아무도 없다 하여 저 시위 물품들을 누가 건드리겠나 하는 생각도 들었다. 노동가 소리와 매미 울 음소리가 경쟁하듯 울렸다.

　마지막 퇴근길 도로는 평소보다 더 막혔다. 무슨 날인가 싶을 정도로 구급차나 소방차가 많이 다녔다. 비상등을 켰다가 껐다가 하며 몇 번이고 길을 터주어야 했다. 지루함을 달래려 라디오 주파수를 맞춰 보았지만, 지지직거리는 노이즈만 들릴 뿐이었다.

계급

*

　연우의 차가 구부러진 아스팔트 도로 위에 올랐다. 그제야 교통체증이 좀 풀린 듯했다. 땅거미가 지기 전인데 가로등이 하나둘 켜졌다. 높은 담벼락 위로 잘 정돈된 소나무들이 보였다. 이름만 대면 다 아는 강남의 고급 주택가였다. 한 채에 못해도 40억은 한다는 곳이었다. 도로 위는 개미 한 마리 숨을 곳이 없었다. 곳곳마다 설치된 CCTV들이 행인들을 숨 막히게 할 정도였다. 모두 알파벳 S자 두 개를 품은 오각형 마크가 새겨져 있었다. '슈퍼맨' 표식을 연상케 하는, 자타공인 국내 최고의 경비업체 로고였다.

*

　서영에겐 무리였다. 붙을 수 있는 시험이 아니었다. 공부를 게을리한 건 아닌데 첫 1차 시험 점수가 커트라인에 현저히 못 미쳤다. 막상 시험지를 받아드니 문제조차 이해가 되지 않았다. 객관식이라지만 8지선다형이었고 주어진 지문 중 하나만 몰라도 정답을 고를 수 없는 구조였다. 응시 제한시간을 문항 수로 나눠보니 질문을 읽자마자 지문의 정오(正誤) 조합을 체크하고 답을 고르자마자 다음 문제로 넘어가야만 제시간에 풀 수 있는 시험이었다. 읽어나감에 막힘이 없어야 했고 두 번 생각할 여유란 건 허용되지 않았다. 처음 선택한 답이 곧장 제출 답안이 될 수밖에 없었다. 서영은 포기하고 싶었다. 과목당 서너 문제는 시간부족으로 풀지 못했다. 그 부담감 때문이었을까. 어느 순간부터 사법시험이란 합격할 사람과 떨어질 사람이 정해진 시험이라고 믿게 되었다. 자신은 태생적으로 법조인 리그에 낄 수 없다고 믿었다. 신림동 학원에서 오직 자신만이 강사의 설명을 못 알아듣는 것 같을 때가 많았다. 그럼에도 연우에게 묻지 않았다. 그저 태생적으로 남다른 연우를 만나게 된 것에 감지덕지했다.

결국 서영은 고시촌 짐을 쌌다. 아버지 사업장에 일손이 달려서 한시가 급하고 그 일이 법과 관련된 일이라 조금이라도 법을 아는 사람이 꼭 필요하다고, 연우가 묻지도 않은 말들을 줄줄이 쏟아냈다. 그래도 내가 딸인데 공부한답시고 모른 척할 순 없다며 당최 어쩔 수 없는 일이라 했다. 연우는 서영의 말을 그대로 믿었다.

*

필호는 부동산 사업을 했다. 단순한 중개가 아니라 경매를 주업으로 했다. 법원 경매로 묘지 지분을 헐값에 낙찰받고 연고자들에게 더 비싼 값으로 되파는 일에 몰두했다. 목돈은 아니었지만 단타로 모아가기에는 제법 쏠쏠했다. 돈이 된다고만 하면 배 타고 섬까지 현지답사를 가서 묘지를 확인하기도 했다.

어느 정도 자본이 모이자 좀 더 규모가 큰 아파트나 상가 경매로 눈을 돌렸다. 법원 경매라지만, 법 전공자가 꼭 필요한 일은 아니었다. 건물에 담보가 잡혔는지, 잡혔다면 어떤 담보가 얼마가 잡혔는지 등기부등본 좀 볼 줄 알고, 계약서 정도 볼 줄 알면 되는 일이었다. 그보다는, 아파트 같은 주거형 부동산의 경우에는 교육환경 같은 기본적인 사항은 물론 근처에 신규 교통노선이 개설된다거나 대형 쇼핑몰 같은 개발

호재가 있는지, 상가 같은 수익형 부동산인 경우, 지역 특성이나 상권을 분석해서 공실률이나 임대료 하락 가능성을 예측할 수 있는 능력이 더 중요했다.

서영은 부동산을 직접 확인하기 위해 전국으로 발품을 팔았고 그 일은 꽤 적성에 맞았다. 아니, 신림동 고시촌에서 무엇도 이루지 못한 채 열등감과 좌절감만 맛보고 돌아온 서영이었다. 더군다나 고시공부 한답시고 그 흔한 영어점수 하나 만들어 놓은 게 없었다. 아무런 스펙 없이 달랑 대학졸업장 한 장만 가지고는 어디에도 취업할 수 없었다. 무얼 하고 살아야 할지 막막하던 차에 필호 곁에서 경매일을 지켜보며 이거라도 죽을힘을 다해서 해보자고 이를 악물었다. 남들이 평범하게 생각하는 곳도 끈질기게 관찰하면서 개발호재의 미세한 움직임을 예측할 수 있었고 그로써 몇 차례 수십 억대 대박 수익도 터뜨릴 수 있었다. 헐값에 낙찰받은 죽은 상가를 새로운 사업 아이템으로 살려서 임대료를 높여 받는 임대사업을 시작하기도 했다. 20년 된 낡은 수영장 건물을 리모델링하여 권리금 회수가 가능한 최고급 수영장으로 바꾸고 한 달에 수천만 원의 임대료를 받도록 설계하는 식이었다.

서영이 가세하면서 필호의 사업은 직원을 몇 명 더 채용해도 일손이 달릴 만큼 성장했다. 더 이상 길 가다 흔히 볼 수 있는 평범한 공인중개사 사무소가 아니었다. 당연했다. 서영은 아예 공인중개사 간판을 걷어내 버리고 '강한 부동산 컨설팅(Kang's Real Estate Consulting)'이라는, 새 간판을 달아 붙였다.

"아빠 딸이 병신이에요? 그래서 판사 사위를 돈 주고 사는, 뭐 그런 거예요?"

미리 점찍어둔 호텔에서 기존 예약이 취소돼 날짜 조정이 가능하다며 연락해 온 직후였다. 대관비 4천만 원, 꽃장식 2천만 원, 1인 코스요리가 25만 원이었다. 식장은 물론, 신혼집이든 예물이든 결혼하는 데 드는 일체 비용을 모두 대겠다는 필호의 선언에 서영이 바락바락 악을 써댔다. 자기 부모가 모조리 다 맡아서 냈다는 게 알려지면 부동산 집 딸년이 높으신 판사 서방님 모셔오려고 안간힘 쓴다는 말을 들을 게 뻔했다. 연우의 부모는 서영의 집안과 경제적 수준을 맞출 형편이 못 되었다. 연우와 서영이 법원 예식장에서 소박하게 결혼하길 원했다. 갈비탕한 그릇에 만 5천 원, 대관료가 20만 원인 곳이었다.

연우의 부친, 창수는 자기 아버지 머리를 그대로 물려받았고 창수의 아버지는 창수 할아버지 머리를 그대로 물려받았다. 창수의 할아버지, 그러니까 연우의 증조부는 지역구 국회의원을 지냈고 연우의 조부는 그 지역 국립대학교 법대 교수였다. 연우의 부친, 창수 역시 지역에서 수재로 통하며 당시 서울 어느 명문대보다 더 들어가기 어렵다는 명문고에 수석으로 입학했다. 추첨식 고등학교 배정이 없던 시절이다. 창수의 명문대 입학은 당연해 보였으나 결국 입학하지 못했다. 등록금을 낼 돈이 없었던 탓이다.

류가(家)네 남자들은 하나같이 돈 계산에 어두웠다. 연우의 증조부와

조부, 부친이 모두 그랬다. 더욱이 연우의 조부는 가사를 돌보거나 가계를 관리하는 건 여자들의 일이라며 관심을 두지 않았다. 그 사이 연우의 조모는 시주를 한다며 절에다 전 재산을 쏟아부었다. 그녀에겐 절이 곧 집이고 집이 곧 절이었다. 주부라기보단 그저 한량에 가까웠다. 스님들과 여행을 다니느라 자주 집을 비웠다. 근처 사찰 몇 개는 연우네 조모가 지었다는 소문이 공공연할 정도였다. 사실이 그랬다. 여자가 잘못 들면 집안 망한다는 말은 꼭 거기를 두고 하는 말 같았다. 그렇게 류가네 가세는 연우의 조부 대로부터 급격히 기울기 시작했다.

연우 부친, 창수는 절에 갖다 바치느라 대학 등록금 낼 돈이 없다는 어미의 말을 이해할 수 없었다. 명석했지만 그만큼 여리고 어리숙했다. 문제에 정면으로 부딪치기보단 회피하는 쪽을 택하는 사람이었다. 창수는 결국 죽을 각오를 하고 월남전 파병 부대에 자원입대했다. 온실에서 떨어져 나온 화초가 세상에 반항하는 셈이었다. 그때의 울분은 평생 그에게 독이 되어 남았다.

얼마 후 창수 부모는 숟가락 하나 남기지 않은 채 세상을 떴고, 전쟁터에서 죽으리라는 예상과 달리 살아 돌아온 창수는 건설현장 일용직을 전전했다. 설움처럼 울분처럼 반항심 같은 게 올라와 그 무렵부터 술에 손을 댔다. 호텔 결혼식이든, 다이아몬드 반지든, 명품 가방 같은 것들은 평생 연우네 가족사와 관련 없어 보이는 것들이었다. 그것이 강남의 고급 주택이라면 더 말할 것도 없었다.

*

아반떼 한 대가 중앙선 없는 이차선도로를 고즈넉하게 굴러가고 있었다. 거리가 어스레해지면서 가로등이 은은하게 빛나기 시작했다. 사설 보안업체가 24시간 철통같이 경비를 서는 곳, 옆 주택에 누가 사는지 알 수도 없고 알 리도 만무한 이 삭막한 곳을 가로등 불빛만이 따뜻하게 위장하고 있었다. 연우와 서영은 이곳에서 딸 나현을 낳았다. 저만치 강서영 명의의 고급 저택이 보였다.

자식

*

"너는 평생 공무원 할 사주래."

연우 모친이 습관처럼 달고 사는 말이었다. 아들이 남편의 가슴과 머리를 그대로 물려받았다는 걸 잘 알았다. 그래서 툭하면 너는 평생 책 읽고 공부하며 살아야 한다며, 판사 말고 다른 일은 꿈도 꾸지 말라며 연우에게 당부했다. 연우 역시 한편으론 수긍하면서도, 또 다른 한편으론 그 고정관념을 보기 좋게 깨뜨려보고 싶었다. 판사 때려치우고 변호사 개업을 해도 잘 해낼 거라는 자신감이라기보단 반항심 같은 게 꿈틀거렸다. 피는 속일 수가 없다지만 연우의 반항심은 창수의 그것과는 좀 달랐다. 연우는 근거 없는 과소평가에 강한 거부감을 느꼈다. 시도조차 해보지 않은 일에 대해 '너는 안 된다'고 못 박는 말에 일격을 가하고 싶었다. 도전하고 싶었고 자신을 증명하고 싶었다. 그저 차분하고 성실하기만 한 평소의 모습과는 분명히 다른 무엇이었다.

그러나 사직서가 수리된 것에 대해 쉽사리 입을 열 수 없었다. 부모는 커녕 서영에게도 털어놓을 용기가 없었다. 대형 사고를 친 것일까. 후회되기도 하고 두렵기도 했다. 생각해보면 대안은 없었다. 무슨 돈으로 어디에 사무실을 차릴 것인지, 직원은 어떻게 구할 건지, 사건은 어떻게 수임할 것이며 수임이 안 될 경우 사무실 월세나 직원 월급은 어떤 식으로 충당할 건지, 어느 하나 명확히 정리된 게 없었다. 머릿속이 흐릿했다.

은색 벤츠 S클래스 한 대가 연우네 대문 앞에 서 있었다. 서영이 타고 다니는 '강한 부동산 컨설팅' 법인 명의의 차였다. 평소보다 이른 시간에 퇴근한 모양이었다. 그보다는 오늘 연우의 퇴근이 비정상적으로 빨랐던 게 문제였다. 야근은커녕 저녁도 먹지 않고 집에 왔으니 왜 벌써 오냐는 서영의 추궁에 어떻게 답할지 막막했다. 사직서를 냈다고 말해야 할 시간이 예상보다 빨리 와 버렸다.

서영의 차는 중개사무소 김민식 실장이 관리했다. 김 실장은 서영과 짝을 이뤄 전국 방방곡곡 임장을 다니며 부동산 고르는 일을 했다. 서영의 말에 따르면, 그는 돈 냄새를 맡는 데 천부적이라 했다. 주식이나 코인은 어떤 종목을 사야 할지, 언제 돈을 빼야 할지 그가 하라는 대로만 하면 무조건 돈을 번다고 했고 실제로도 그랬다. 연우는 그에게 가까이 다가가 본 적이 없었다. 극복할 수 없는 신체적 차이가 열등감을 느끼게 한 탓이다. 김 실장은 키가 훤칠하게 크고 체격이 좋았다. 구릿빛 피부도 남달랐지만 이마를 훤히 드러낸 포마드 펌이 전혀 어색하지 않은 미남이었다. 햇빛 알레르기가 있는 연우와는 외면으로나 내면으로나 결이 상당히 다른 사람이었다. 김 실장은 신축빌라의 가치를 한껏 부풀려 감정평가를 받은 다음 이른바 깡통전세 놀이를 했다. 집값과 맞먹는 액수의 보증금을 받아 세입자를 들여놓고는 다시 그 빌라의 소유권을 무일푼의 노숙자나 사회초년생에게 거저 넘기는 방법이었다. 빈털터리 새 주인들은 세입자들에게 보증금을 돌려주지 않아도 별 문제가 없었다. 전세보증보험에 가입돼 있던 세입자들은 주택공사로부터 전세금을 고스란히 돌려받으니 실제론 어떤 피해도 법적인 문제도 없다는 것이었다. 법 공부를 했던 서영이조차 김 실장을 예뻐 죽겠다는 눈빛으로 바라보며 그의 팔뚝을 꼬집었다. 그렇게 해먹은 빌라만 몇백 채에 달했다.

벤츠는 서영이 그렇게나 총애하는 김 실장에게 사실상 준 것이나 다름없었다. 언제나 김 실장이 운전했고 김 실장이 보관했다. 서영을 태우거나 내려주기 위해 잠깐씩 집 앞에 정차할 뿐 아예 시동이 꺼진 채 주차된 풍경은 평범한 게 아니었다. 그러나 연우는 벤츠가 왜 그 시간에 거기 있는지 따질 겨를이 없었다. 자신이 더 이상 판사가 아님을 서영에게 털어놓아야 했다. 생각 많은 아반떼가 조심조심 벤츠 뒤로 자리 잡았다.

*

연우는 어깨를 축 늘어뜨린 채 대문 안으로 들어섰다. 흡사 죄를 지은 것 같았다. 아니 어쩌면 정말 죄 지은 것일지 몰랐다. 현관으로 이어지는 돌계단 위에 발을 딛자 낮게 늘어선 할로겐램프들이 일제히 불을 밝혔다. 잘 다듬어진 크고 작은 바위들과 그 사이를 채우는 풍성한 관목들이 운치를 더했다. 터벅터벅 계단을 오르는 연우의 발에 무언가 차였다. 크기가 성인 팔뚝 정도 되려나. 소파나 테이블 위를 간단하게 청소할 수 있는 소형 청소기였다. 얼마 전 홈쇼핑 채널에서 초강력 흡입력으로 화제가 된 제품이었다. 집에는 일주일에 세 번 조선족 가사도우미가 다녀간다. 서영은 도우미를 이모님이라 불렀고 나현이도 서영을 따라서 꼭 그렇게 불렀다. 청소기도 그 이모님의 권유로 사둔 것이었다. 청소기 주둥이에는 소파 틈새와 같이 좁은 곳까지 흡입할 수 있는 길고 가느다란 노즐이 끼워져 있었다. 이게 왜 여기 있지? 연우가 오른손으로 손잡이를 잡아 올리는 순간 청소기 몸체가 미끄덩하며 손아귀를 빠져나갔다. 떨어지는 청소기를 왼손으로 급히 낚아채는데 검붉은 액체가 연우의 두 손에 끈적하게 묻어났다. 손 냄새를 맡아본 연우가 헛구역질을 했다. 뭔가 썩어도 한참 썩은 악취였다. 연우는 청소기를 내팽개치고 무릎을 꿇었다. 두 손을 바위에 짚은 채로 울렁거림을 견뎌냈다. 구토를 할 듯 말 듯 고통스럽게 어깨를 들썩이는데 좀처럼 다물어지지 않는 입에서 신물 같은 침이 줄줄 흘러내렸다. 그렇게 몇 분을 오심에 몸부림치다 겨우 호흡을 가다듬었다. 연우가 퉤 하고 가래침을 뱉고는 소매로 입가를 훔쳤다. 헛구역질이 잦아들자 그제야 시선에 들어오는 게 있었다.

*

연우 자신이 짚은 바위 옆면으로 검붉은 물감이 사선으로 쓸어내린 듯 그려져 있었다. 말라붙은 큰 붓으로 쥐어짜듯 눌러서 묻혀둔 모양새였다. 연우는 바위에 묻은 그것이 자신의 손에 묻은 그것과 같다는 걸 직감적으로 알았다. 엄지와 검지를 붙였다 떼었다 하며 그것의 불쾌한 점성을 확인하고는 바위에 대고 손가락을 쓱 문질렀다. 이미 묻은 그것과 색깔과 질감이 일치했다. 잠시 고개를 들어 현관 앞 계단 쪽에 시선을 두던 연우가 화들짝 놀라며 한 걸음 크게 물러섰다. 검붉은 물감은 계단 맨 위쪽 바위에서부터 맨 아래쪽 바위까지 불규칙적으로 이어지면서 묻어 있었다. 불쾌하고 기괴한 그림처럼 보였다. 분명 누군가 이 계단을 내려가며 수상한 물질을 묻혔다. 연우는 조금 전 지나온 계단 아래쪽을 향해 몸을 돌렸다. 저 마지막 바위 뒤쪽으로 돌아 들어가면 관목이나 잔디에도 같은 흔적이 있을까. 연우는 알고 싶었다. 그러나 아무것도 보이지 않았다. 조명이 닿지 않아 칠흑같이 어두운 곳이었다. 연우는 홀린 듯 계단을 내려가기 시작했다. 한 계단, 두 계단. 웬만하면 발자국 소리를 내지 않는 게 좋으리라 생각했다. 딱히 이유를 댈 순 없지만 본능 같은 게 있었다. 잔뜩 긴장한 채로 제일 아래쪽 바위를 끼고 돌기 직전이었다.

"야, 이년아! 지금 한 시간이나 지났어, 한 시간이나!"

악에 받친 서영의 목소리가 연우의 몸을 돌려세웠다. 반사적으로 2층 나현이의 방으로 눈길이 갔다. 가려진 커튼에 책상을 등지고 앉아 미동조차 없는 나현이와 방문 앞에 팔짱을 낀 채 선 서영의 검은 실루엣이 어렴풋이 비쳤다. 연우의 등 뒤엔 미처 확인하지 못한 어둠이 도사리고 있었다.

＊

서영이 화를 내는 이유는 딱 두 가지였다. 하나는 나현이가 숙제 등 할 일들을 제대로 하지 않는다는 것, 또 다른 하나는 자신의 말을 잘 듣지 않는다는 것이었다. 아홉 살짜리 아이가 스스로 척척 숙제를 해낼 리는 만무하고 서영을 열받게 하는 이유는 어찌 보면 단 하나였다. 서영은 감정을 잘 조절하지 못했다. 한번 수틀리면 할 말 못 할 말을 가리지 않았다. 어린 나현이에게도 '이년아 저년아' 소리치기 일쑤였고 자주 손찌검을 했다. 특히 수학 숙제를 봐줄 때면 더 그랬다. 이게 대체 왜 이해가 되지 않느냐, 설명해줘도 이해를 못하는 건 대체 누굴 닮은 거냐며 악을 썼다. 엄마는 수학을 잘하니까 돈 계산을 잘하고 돈 계산을 잘하니까 밖에 나가서 돈도 잘 번다며 소리 지르고 씩씩거렸다.

연우는 살면서 몇 번쯤 기적에 가까운 감동적 경험을 했다고 믿었다. 책상머리에서 보내온 시간이 대부분이었던 연우의 인생에서 손에 꼽을 만한 진귀한 경험은 나현이의 심장박동 소리를 들은 일이었다. 좁고 어둡던 초음파 검사실의 고요를 깨고 나현이가 힘찬 심장박동 소리로 쿵쾅쿵쾅 자신의 존재를 알릴 때 벽에 붙어선 연우는 나지막이 울었다. 그것은 그저 감동이라는 말로는 형언할 수 없는 특별한 감정이었다. 연우가 고시촌으로 들어갈 때 어머니로부터 들었던 말이 생각났다. 연우 널 위해서라면 목숨도 바칠 수 있다던 말. 그때 연우는 그 말의 의미를 이해하지 못했다. 오히려 의심했다. 하지만 초음파실에서 나현이를 위해서라면 자신의 목숨 따윈 기꺼이 내놓을 수 있다는 생각이 들었다. 너를 위해서라면 아빠는 기꺼이 죽을 수 있다고 나현이에게도 똑같이 말할 수 있었다. 그제야 어머니의 말의 깊이와 진실성을 깨달았다. 나현이가 채 1센티미터도 되지 않을 때였다.

서영도 물론 나현이를 사랑했다. 그러나 한편으론 가혹하리만큼 엄격했다. 딸이 자신의 기대에 미치지 못할 수도 있다는 사실을 좀처럼 받아들이려 하지 않았다. 그 집착이 폭력으로 이어지곤 했다.

*

2층 창문을 등지고 꼼짝도 없이 앉아 있던 나현이가 잦은 기침을 했다. 최근 며칠간 감기 기운에 미열까지 있었다. 이모님이 병원에 데려갔지만 차도가 없었다. 식탁에 놓인 약봉지는 그 종류만 다양해질 뿐 줄어들지 않았다. 증상은 점점 심해지는 것 같았다. 안 그래도 연우가 직접 나현이를 데리고 병원에 가볼 참이었다. 서영의 검은 실루엣이 방문을 확 잡아당기더니 사라졌다. 쾅! 방문 닫히는 소리가 집안을 울렸다. 혼자 남겨진 나현이가 책상 앞으로 의자를 돌려 앉으며 다시 기침을 했다. 책을 펴면서도 무언가를 쓰면서도 계속 기침을 했다. 저 상태에서 숙제는 또 뭐고 공부는 또 무슨 소용이란 말인가. 안쓰러운 마음과 분노가 뒤섞여 좀 더 서둘러 계단을 오르게 했다. 그러다 어느 순간 그 분노 섞인 마음이 고장이라도 난 듯 연우의 두 다리가 바닥에 딱 붙은 채 움직일 줄을 몰랐다.

*

거실 통창의 커튼 사이로 계단을 내려오는 서영이 보였다. 출근할 때 입었던 흰색 펜슬스커트에 검은 블라우스 차림 그대로, 아니 블라우스 셔츠는 구겨져 있었고 단추 서너 개가 풀어헤쳐진 상태였다. 그녀는 반쯤 비워진 와인 잔을 들었다. 얼마나 마신 건지 계단 중간에서 비틀거리더니만 다시 난간을 붙잡고 섰다. 슬리퍼도 없이 스타킹만 신은 발이라니. 저러다 미끄러지는 건 아닌가 조마조마했다. 그러다 이내 머릿속이 하얘졌다. 난간을 잡고 선 서영의 수줍은 미소는 분명히 건너편의 누군가를 향했다. 연우는 불길한 상황을 직감했다. 오랜 기간 공들여 쌓은 모래성이 한순간에 바람과 함께 흩어져버리는 느낌이었다. 서영의 시선이 가 닿은 목적지를 두 눈으로 확인하는 순간 그것이 무엇이든 더 이상 돌이킬 수 없을 거라는 두려운 예감이 있었다.

*

소파에 앉아 있던 김 실장이 들고 있던 와인 잔을 테이블 위에 놓아두고는 서영에게 성큼성큼 다가갔다. 서영이 그런 김 실장을 빤히 바라보고 섰다. 계단에 오른 김 실장이 서영을 번쩍 안아 들자 놀란 서영이 '악' 하며 비명을 지르려다 손으로 입을 틀어막았다. 새어 나오는 웃음을 참는 모양이었다. 김 실장이 서영의 몸을 받쳐 들고 계단을 내려오자 서영은 김 실장의 목을 두 팔로 감았다. 둘은 키스를 했다. 소파에 도착해서도 밀착된 입술은 떨어지지 않았다. 서영이 김 실장의 셔츠 단추를 하나

둘 풀어 저만치 던져버렸고 김 실장은 서영의 블라우스를 벗겼다. 김 실장의 상의는 완전히 벗겨진 상태였고 서영은 브래지어 차림으로 서 있었다. 김 실장 몸에는 몇 개의 문신이 있었는데 오른쪽 가슴에는 만화 〈톰과 제리〉의 제리가 앙증맞은 포즈를 취하고 있었고 그 바로 아래엔 'Antes huir que morir'라 새겨져 있었다. '죽는 것보다는 도망가는 게 낫다'는 스페인 속담이다. 왼쪽 가슴에는 커다란 불상의 얼굴이 그려져 있었는데 그 표정이 더할 나위 없이 자비롭고 평화로웠다. 연우의 다리가 부들부들 떨렸다. 집 안으로 들어서야 할지 다시 대문 밖으로 나가야 할지 판단이 서지 않았다. 차라리 몰랐으면 좋을 일이었다. 서영이 자신의 부정행위를 들키고 곤란해하거나 미안해할 모습이 더 불안하고 불편했다. 배신감에 치가 떨리면서도 현관문을 열고 들어가지 못하는 자신의 소심함에 다시 구역질이 날 지경이었다. 다리에 힘이 풀려 그대로 주저앉으려는데 저쪽 2층에서 나현이의 방문이 천천히 열렸다. 나현이가 곧 쓰러질 기색으로 비틀거리며 몇 걸음 걷더니 고개도 못 들고 겨우 방문을 잡고 섰다.

"나현아!"

연우가 벌떡 일어났다. 나현이는 숨이 가쁜 듯 천천히 어깨를 들썩였다. 축 늘어진 머리카락 사이로 "엄마, 엄마." 부르는 입모양이 보였다. 서영과 김 실장은 그것도 모른 채 소파 위에 뒤엉켰다. 보다 못한 연우의 몸이 용수철처럼 튀어 올라 현관문을 박차고 들어갔다.

"류나현!"

연우가 신발도 벗지 않은 채 거실로 뛰어들었다.

"여보!"

서영이 놀라며 벗은 몸을 가린 채 일어섰다.

"오우, 판사님!"

김 실장이 난처한 표정으로 웃더니 항복한다는 듯 우람한 두 팔을 번쩍 들고 일어섰다. 연우가 아랑곳하지 않고 나현이를 향해 달려가자 그제야 서영과 김 실장의 시선이 2층 계단 위로 향했다. 나현이가 계단 끝에서 발꿈치만 걸친 채로 휘청대며 서 있었다. 핑크색 쉬폰 원피스가 하늘거렸다.

"어머! 나현아!"

서영이 놀란 나머지 소리치듯 나현을 불렀고 "어우! 뭐야?" 김 실장도 반사적으로 혼잣말을 내뱉었다. 때는 이미 늦었다. 그것은 연우 역시 마찬가지였다. 나현이가 앞으로 고꾸라졌다. 서 있던 그 자세 그대로 천천히 무너지는 것 같더니 삽시간에 가속도가 붙었다. 나현이의 얼굴이 딱제 키만큼 아래쪽에 위치한 계단 모서리에 전속력으로 내리꽂혔다. 연우가 계단 쪽으로 발을 딛지도 못한 때였다.

"악! 안 돼!"

연우와 서영이 동시에 비명을 질렀다. 나현이는 공처럼 이리저리 튕기며 계단을 굴렀다. 서영은 두 손으로 얼굴을 가렸다. 계단을 오르려던 연우도 반사적으로 고개를 돌리며 한쪽 팔로 눈을 가렸다. 김 실장은 멍청하게 서서 눈을 깜박이지도 입을 다물지도 못했다. 어린 여자아이의 몸이 마치 구체관절 인형처럼 이리저리 꺾이며 계단을 굴렀다. 팔다리의 관절들이 비정상적인 각도로 구부러졌다. 뼈가 으스러지는 둔탁한 소리가 몇 차례 거실을 울렸고 그것은 연우와 서영의 심장을 고통스럽게 으스러뜨렸다.

※

지독한 정적이 찾아왔다. 연우와 서영이 조심스레 눈을 떴다. 그 정도면 당장 죽어도 이상할 게 없었다. 나현이의 몸이 계단 끝으로부터 거실 바닥으로 축 늘어져 있었다. 허리가 비틀어진 채로 한쪽 발꿈치가 뒤통수 쪽으로 올라붙어 있었다. 끔찍한 자세였다. 엎드린 채 숨도 쉬지 않았다. 누가 봐도 나현이는 죽은 상태였다.

"나현아…."

연우가 나현이를 향해 발걸음을 뗐다.

"어떡해, 어떡해!"

서영이 두 손으로 얼굴을 감싼 채 주저앉아 울었다. 넋 나간 듯 바라보던 김 실장이 그제야 정신을 차리곤 주섬주섬 옷가지를 챙겼다. 일단 자리를 피하려는 듯 보였다. 나현이의 산발머리 앞으로 김 실장의 셔츠가 던져져 있었다. 조금 전 서영이 벗겨서 내던진 것이었다. 김 실장은 한 걸음 한 걸음 조심스레 발걸음을 옮겼다. 나현이 앞에 서서 천천히 허리를 숙이고는 나현을 건드리지 않도록 신중하게 셔츠를 들어 올렸다. 김 실장의 얼굴이 나현이의 헝클어진 머리칼과 천천히 가까워졌다가 다시 천천히 멀어졌다. 나현이의 뒤통수가 피떡이 되어 있었다. 무슨 냄새를 맡았는지 김 실장이 고개를 돌리며 인상을 썼다. 그때였다. 나현이가 꿈틀거렸다. 이리저리 꺾이고 부러진 손가락들이 드르륵 한 번에 뼈를 맞췄다. 뒤통수 쪽으로 올라붙은 다리 하나가 허공을 휘저어대더니 뜨르륵 뜨르륵 뒤틀린 허리를 바로 잡았고 기이하게 꺾인 두 다리를 바르게 펴서 바닥에 딱 붙였다. 실로 진귀한 광경이었다.

"나현아."

연우가 입을 벌린 채 그 광경을 보고 있었다. 서영이도 시선을 떼지 못한 채 자리에서 일어섰다. 셔츠를 들고 선 김 실장도 그저 바라볼 수밖에 없었다. 어느새 나현이가 김 실장을 마주한 채 허리를 일으켰다.

"나… 나현아… 괜찮니?"

연우가 물었지만 나현이는 대답하지 않았다. 대신 늘어진 머리카락 사이로 침인지 무엇인지 뚝뚝 떨어뜨렸다.

"나… 나현아?"

서영이 떨리는 목소리로 나현이를 불렀지만 나현이는 고개조차 끄덕이지 않았다. 보다 못한 김 실장이 팔을 뻗어 나현이의 어깨를 잡았다.

"괘… 괜찮아?"

김 실장이 나현이의 얼굴을 확인하려고 허리를 숙였다가 사색이 되면서 뒤로 나자빠졌다. 너무 놀라 비명조차 지르지 못했다. 얼굴의 반이 부서져 피범벅이 된 나현이 낮게 그르렁거리며 당장이라도 잡아먹을 듯 김 실장을 노려봤다. 거뭇거뭇한 혈관들이 시체처럼 창백한 피부 위로 불거졌고 눈알은 튀어나올 듯 돌출돼서 사천왕의 그것 같았다.

"아악!"

서영이 비명을 지르며 고개를 돌렸다가 천천히 다시 나현이를 바라봤다. 서영이 알던 딸의 얼굴이 아니었다.

"나현아…."

서영은 주문을 읊조리듯 "나현아… 나현아…." 반복해서 딸을 불렀다. 대체 이게 무슨 상황인가. 상황 파악이 안 되었다. 연우는 변해버린 딸의 모습에 경악하면서도 경계심을 유지한 채 조금씩 다리를 움직였다. 그렇게 한 걸음씩 나현이 쪽으로 다가갔다.

"나현아? 아빠 여기 있어."

연우가 나현이 곁으로 걸어갔으나 나현이는 고개조차 돌리지 않았다. 그저 김 실장을 노려볼 뿐이었다. 정말 눈 깜짝할 사이였다. 김 실장이 주춤거리며 자리에서 일어서려는 찰나, 나현이가 단번에 그에게로 뛰어올라 왼쪽 가슴을 물어뜯었다. 불상 문신이 새겨진 자리였다. 성인 세 명의 비명이 겹쳤다. 김 실장은 고통스럽게 절규하며 나현이를 밀어내려 했다. 그러나 나현이는 손가락을 그의 몸에 박아 넣은 채 딱 달라붙었다. 손가락들이 박힌 곳에서는 피가 흘러내렸다. 불상 그림이 뜯겨나간 부위로 김 실장의 심장이 힘차게 요동치는 게 보였다. 연우와 서영은 자신들의 눈을 의심했다. 까딱했다가는 그대로 기절할 것 같았다. 무언가 질겅질겅 씹어대던 나현이는 짜증스러운 표정으로 입속의 것들을 퉤 뱉어냈다. 씹다 만 피부와 근육 따위가 피와 섞여 쏟아졌다. 그리고는 냅다 김 실장의 가슴 안쪽으로 손을 집어넣었다. 김 실장의 괴성과 우두둑 갈비뼈 부러지는 소리가 겹쳤다. 다시 밖으로 나온 나현이의 작은 손안에는 벌떡벌떡 박동하는 심장이 보였다. 축 늘어진 김 실장의 주검 위에 앉아서 나현이는 아직 뛰는 심장을 흥미롭다는 듯 보았다. 그것도 잠시, 우걱우걱 뜯어먹기 시작했다. 김 실장 주위로 검붉은 피가 홍수를 이뤘다. 씹다 버려진 불상이 천천히 피에 물들었다.

*

  충격이 심했다. 연우는 더 다가가지 못했고 서영은 뒷걸음질 쳤다. 사람 몸에서 맨손으로 심장을 꺼내고 펄떡거리는 그것을 입으로 베어 무는 괴물은 다름 아닌 그들의 딸이었다. 고사리 같은 창백한 손에서 진하고 끈적한 피가 줄줄 흘러내렸고 혀와 이, 입술과 턱, 목과 손, 원피스가 온통 피칠갑이 되었다. 꿈이 아니었다. 바로 눈앞에서 벌어진 일이었다. 그리고 아직 끝나지 않았다. 김 실장의 심장을 다 먹어 치운 나현이가 그르렁거리며 고개를 돌렸다. 눈이 마주친 서영은 움직이지 못했다.

움직일 의지조차 갖지 못했다. 나현이가 서영을 향해 천천히 움직였다.

"나현아…"

서영이 나현을 불렀다. 살아서 딸의 이름을 부르는 마지막 순간임을 직감했다. 예상대로 나현이가 날아올랐고 단숨에 서영이 품으로 뛰어들었다.

"나현아!"

거의 동시에 연우도 나현이에게 달려들었다. 나현이는 곧장 서영의 목을 물어뜯었고 서영은 어떤 저항도 하지 못했다. 그대로 나현이를 안은 채 쓰러진 서영의 목에서 피가 분수처럼 뿜어졌다. 연우는 나현이의 몸을 서영으로부터 떼어내려 애썼다. 서영의 피가 연우의 얼굴에 뿌려졌다. 나현이의 몸은 서영의 몸에 완전히 밀착되었다. 연우가 온 힘을 다해 나현이의 손목을 비틀었다. 서영의 가슴에 박혔던 작은 손가락들이 빠져나오는 순간 연우가 뒤로 나동그라졌다.

"어엇!"

연우가 넘어지며 놓쳐버린 나현이의 몸이 서영의 몸에서 떨어져 저만치 던져졌다. 손가락들이 박혔던 서영의 가슴에서 작은 분수처럼 피가 솟았다. 서영은 더 이상 움직이지 않았다. 순간 짐승 울부짖는 소리가 들렸다. 던져진 나현이가 테이블 모서리에 목이 박힌 채 발버둥 쳤다. 유명 디자이너 작품이라며 처제 소영이 결혼선물로 보내온 테이블이었다. 스페인에서 공수해 왔다던 유리 테이블은 모서리가 특히 날카로웠다. 나현이의 오른팔이 몸 바깥쪽으로 꺾여서 덜렁거렸고 왼팔은 테이블을 밀어내려고 턱턱 부딪쳤다. 도와달라는 듯 꺼억꺼억 괴성을 질렀다. 안절부절 어찌할 바를 모르던 연우가 조심스럽게 나현이의 몸을 잡아 살살 당기기 시작했다.

"나현아, 조금만… 조금만 참아."

나현이는 괴성과 발버둥을 멈추지 않았다. 까딱 잘못하면 나현이의 목 자체가 끊어질 것 같았다. 극도의 긴장감 속에서 고도의 집중력을 발휘해야 했다. 그때 연우 뒤로 무언가 꿈틀거렸다. 김 실장이 몸을 떨며 서서히 연우를 향해 고개를 돌렸다. 동공은 마치 점 하나를 찍어둔 것처럼 줄어들었고 입에서는 끈끈한 침이 흘렀다. 연우의 뒷모습에 김 실장이 그르렁거렸다. 김 실장은 먼저 다리를 세워 두 발바닥을 바닥에 붙였다. 등으로 바닥을 쓸 듯하며 움직이자 누워 있던 상체가 휘청대며 올라왔다. 왼쪽 가슴이 까맣게 텅 비었다.

나현이의 목이 테이블 모서리에서 겨우 떨어졌다. 테이블 모서리를 적신 검붉은 액체는 연우가 정원 계단에서 본 것과 같았다.

"나현아, 괜찮아?"

연우는 어찌할 바를 몰라 갈팡질팡하면서도 나현이 곁을 떠나지 못했다. 나현이가 엎드린 채 일어나려고 발버둥 쳤다. 목을 가누지 못했고 팔을 바닥에 짚지 못했다. 그러더니 얼굴은 바닥 쪽으로 둔 채 몸만 천천히 뒤집었다. 곧 다리를 세우더니 상체를 스스로 일으켰다. 몸 앞쪽은 연우를 향해 있었지만 얼굴만 뒤를 보고 있었다. 꺾여버린 목의 상처 사이로 찢어진 근육들과 뼈가 보였다. 나현이가 잠시 방향을 가누지 못하다가 덜렁대는 목을 세우고는 소름 돋는 신음을 내며 고개를 앞쪽으로 돌렸다. 그렇게 연우와 눈이 마주치는 순간 나현이의 목은 다시 아래쪽으로 확 꺾였다. 마치 나현이의 몸에 다른 사람의 얼굴이 붙은 것만 같았다. 김 실장의 얼굴이었다. 나현이 뒤에서 눈을 부릅뜬 채 이를 갈던 그가 연우를 향해 날아올랐다. 나현이는 김 실장에게 밀리며 소파로 튕겼다. 미처 피하지 못한 연우는 김 실장과 한 데 뒤엉켜 거실 바닥을 굴렀다. 연우 위로 자리를 잡은 김 실장이 연우 얼굴을 향해 이를 딱딱거렸다. 연우는 왼쪽 팔꿈치로 김 실장의 목을 막고 오른손으로 김 실장 머리칼을 쥐어 잡은 채 겨우 버텼다. 김 실장의 포마드 펌이 망가졌다. 계속 버티는 건 곤란했다. 김 실장의 힘이 훨씬 셌고 자신은 곧 힘이 빠져 물리게 될 게 분명했다. 방법을 찾아야 했다. 주변을 이리저리 살피는데 테이블 위에 놓인 빈 와인 병이 눈에 들어왔다. 오른손을 뻗으면 가까스로 닿을 수도 있는 거리였다.

'머리카락을 잡은 오른손을 놓으면 곧장 물리는 거 아닐까?'

대안은 없었다. 어차피 오른 손아귀에서는 점점 힘이 빠졌고 왼 손아귀에는 아직 힘이 있었다. 오른손을 놓는 찰나에 김 실장이 물기 전에 다시 왼손으로 머리칼을 낚아채야 한다고 생각하면서도 과연 그게 가능한지 수차례 의심했다. 김 실장 입에서 불쾌한 액체가 흐르며 연우의 얼굴 위로 떨어졌다. 정원에서 맡았던 역한 냄새가 났지만 헛구역질을 할 정신조차 없었다. 이미지 트레이닝이 이어졌다. 오른손에 잡힌 머리칼을 놓는 동시에 왼쪽 팔을 빼서 김 실장 머리칼을 잡아챈다. 아니, 왼손으로 머리칼을 잡아야 하니 왼쪽 팔꿈치를 조금 먼저 빼면서 오른손을 뻗는다. 아니, 그건 더 말이 안 됐다. 오른손으로 머리칼을 잡은 상태에서 왼팔을 빼서 왼손으로 머리칼을 옮겨 잡고 재빨리 오른손을 뻗어 와인병을 잡는다. 그래. 이게 맞았다.

오른 손아귀에 감각이 없어졌다. 연우가 서둘러 왼팔을 빼자 김 실장의 얼굴이 확 가깝게 다가왔다. 미친개처럼 이를 딱딱거리며 들이대는 김 실장의 머리칼을 왼손으로 잡아채서 다시 거리를 벌렸다. 그러고는 테이블 위로 오른손을 뻗었다. 거리가 살짝 모자랐다. 아무리 힘주어 뻗어도 와인 병에 닿지 않았다. 발로 테이블을 툭툭 찼다. 와인병은 흔들흔들하더니 오히려 연우 반대편으로 넘어졌다. 손에서 더 멀어져 버렸다. 끝났다. 연우는 자포자기했다. 왼 손아귀의 힘도 점점 빠지고 있었다. 김 실장의 얼굴은 더 가까워졌고 연우의 얼굴은 더 흥건해졌다. 불쾌한 타액이 흘러 들어가서 눈도 제대로 뜨지 못했다. 그때 뭔가가 연우의 오른손 중지를 건드렸다. 차갑고 단단한 물건. 반대쪽으로 넘어진 와인 병이 그 상태로 빙그르르 돌면서 연우 쪽으로 굴렀다. 연우의 오른손이 재빨리 와인병의 목을 찾아 잡았다. 왼손으로 김 실장 머리채를 잡고 있으니 머리를 내려칠 순 없었다. 그러다 자신의 왼손을 내려칠 수도 있었다. 연우는 김 실장의 얼굴을 가격했다. 쉴 새 없이 딱딱거리던 김 실장이 잠시 멈칫하자 연우가 기다렸다는 듯 그를 밀어내고 벌떡 일어섰다.

나현이는 거실 한구석에 쓰러져 목을 가누지 못한 채 이리저리 부딪쳤다. 와인병을 맞고 휙 돌아갔던 김 실장의 턱이 다시 회전하며 제자리를 찾았다. 김 실장은 다시 연우를 향해 꼿꼿이 섰다. 오른쪽 가슴에 그려진 제리가 피를 흘리고 있었다. 제리 아래에 새겨져 있던 스페인 속담은 오직 한 단어만을 선명하게 내보였다. huir. '도망쳐라'였다. 순간 김 실장이 달려들었다. 연우는 와인병을 허공에 맥없이 휘두르다가 곧장 몸을 돌려 죽을힘을 다해 뛰었다. 싸움은 승산이 없었다. 체격 차이가 컸다. 침실 문이 열려 있었다. 잡힐 듯 말 듯 아슬아슬 김 실장을 뒤로한 채 겨우 침실로 들어가 문을 닫아 잠갔다. 대리석 바닥 위를 뛰기에는 양말을 신은 김 실장보다 신발을 신은 연우가 유리했다.

연우가 털썩 침대 앞에 주저앉았다. 온몸이 떨렸다. 김 실장이 문을 부술 듯 두드렸다. 연우는 흔들리는 문에서 시선을 떼지 못했다. 와인병을 더욱 꽉 쥐었다. 누군가의 기침 소리가 났다. 죽은 듯 누워 있던 서영이 피 튀는 기침을 하며 의식을 되찾고 있었다. 그녀의 목 주위로 피가 흥건했다. 김 실장이 즉각적으로 반응했다. 하던 행동을 멈추고는 소리 나는 쪽으로 고개를 돌렸다. 그르렁거리며 소리의 근원지를 찾았다. 소파 뒤로 바닥에 누워 신음하는 서영이 보였다. 김 실장은 날아오르듯 뛰어 서영을 덮쳤다. 그러나 바로 물어뜯지 않았다. 먹잇감을 잡은 맹수처럼 위에서 그녀를 내려다볼 뿐이었다. 다 잡은 먹잇감이었다. 서영이 힘겹게 눈을 마주쳤다.

"민식아… 이러지마."

서영이 애원했다. 김 실장이 눈을 부릅뜨며 씨익 웃었다. 그는 쾌감을 느꼈다. 처음으로 서영이 자신에게 간곡히 부탁했다. 하지만 그는 부탁을 들어줄 생각이 없어 보였다. 김 실장은 서영의 브래지어를 잡아 뜯었다. 가슴도 일부가 함께 뜯겨나갔다. 순간적으로 피가 솟구치며 비산했다. 서영의 가슴이 완전히 드러났다. 그러자 김 실장은 이번에는 서영의 스커트 안으로 손을 집어넣었다. 서영이 고통스럽게 흐느꼈다.

"민식아, 이러지마… 응? 제발! 김 실장!"

김 실장은 아랑곳 않고 그녀의 가슴을 격하게 애무했다. 동시에 그의 팔이 스커트 안에서 격하게 움직였다. 서영은 고통에 몸부림쳤다. 눈물이 뺨을 타고 흘렀다. 김 실장은 곧 그녀의 가슴을 물어뜯어 우적우적 씹어댔다. 가슴에서 피가 쏟아져 내렸다. 스커트 안에선 피를 얼마나 흘렸는지 피가 스커트를 완전히 적시고는 대리석 바닥으로 흘러내렸다. 서영은 더 이상 비명조차 지르지 못했다. 눈을 감은 채로 축 늘어졌다.

*

침실 문 밖이 고요했다. 방금 전까지 부서질 듯 흔들리던 문도 쥐 죽은 듯 잠잠해졌다. 연우가 천천히 다가가서는 문에 살며시 귀를 댔다. 아무 소리도 들리지 않았다. 김 실장이 연우를 포기하고 돌아섰을 리 없지만 그렇다고 마냥 침실에 앉아 기다릴 수도 없는 노릇이었다. 더군다나 거실에 나현이가 있었다. 목이 반쯤 열린 채로. 어서 나현이를 병원에 데려가야 했다. 진작에 나현이를 병원에 데려가지 않은 자신을 자책했다. 연우는 와인 병을 꼭 쥔 채 천천히 문손잡이를 돌렸다. '딸깍' 하고 문 열리는 소리가 났다. 곧 휘두를 수 있도록 와인 병을 치켜올렸다. 그러나 밖은 조용했다. 천천히 문을 밀었다. 김 실장이 갑자기 들이닥칠까 싶어 극도로 긴장했다. 하지만 문 앞에는 아무도 없었다. 연우는 거실의 동태를 살폈다. 어디에도 나현이는 보이지 않았다. 부스럭거리는 소리가 나서 고개를 돌리니 테이블 옆 김 실장의 등이 보였다. 그는 납작 엎드린 채 무언가에 집중하고 있었다. 연우는 살금살금 방 밖으로 나왔다. 현관문이 활짝 열려 있고 그 사이로 나현이의 뒷모습이 보였다. 연우는 움찔하며 나현이를 향해 손을 휘저을 뿐 소리 내어 부르지 못했다. 나현이가 연우를 돌아볼 리 없었다. 나현이의 뒷모습이 정원 계단 아래로 사라졌다. 지금 나현이를 놓치면 다신 볼 수 없을지도 모른다는 불안감이 연우를 휘감았다. 조용히 까치발을 들고 현관 밖으로 나가려던 찰나였다. 그제야 김 실장이 집중하는 대상이 눈에 들어왔다. 서영이었다. 김 실장은 서영의 배를 갈라 내장을 꺼냈다. 그러고는 길게 늘어진 창자를 뽑아내어 게걸스럽게 입에 처넣기 시작했다. 둘의 주위로 피가 바다를 이루었다. 연우는 이성을 잃었다. 불륜 현장을 목격하고도 망설였던 연우였다. 그러나 이젠 무엇이든 해야 한다는 생각이었다. 서영은 여전히 연우의 아내였다. 법적인 아내. 고지식한 연우에게 그것은 피할 수 없는 숙명이자 의무와 같았다.

"아아악!"

미친 듯 괴성을 지르며 달려가 와인 병을 휘둘렀다. 일격을 당한 김 실장이 머리를 맞고 비틀거렸다. 연우는 다시 달려들기 위해 씩씩거리며 섰다. 정신을 차린 김 실장이 길게 늘어뜨린 창자를 들고 일어섰다. 창자의 끝이 서영의 배 속까지 이어져 있었다. 연우가 다시 달려들었지만 김 실장이 가볍게 와인병을 쳐냈다. 와인병이 거실 한쪽으로 날아가 텅 빈 유리병 소리를 내면서 이리저리 튀었다. 김 실장은 연우를 단번에 제압해 쓰러뜨리곤 몸 위로 올라탔다. 바로 입을 벌려 연우의 얼굴을 향했다. 연우가 반사적으로 고개를 돌렸다. 김 실장이 한입 가득 물어뜯었으나 연우의 얼굴과 목은 온전했다. 연우가 황급히 서영의 창자를 잡아당겨 김 실장의 입 안으로 처넣었다. 당황한 김 실장은 연우를 물 수 없었다. 서영의 창자를 입 안 가득 물고는 우걱우걱 씹을 수밖에 없었다. 연우가 김 실장의 입과 서영을 연결하는 창자를 잡아 손목에 돌려 감았다. 그 상태로 있는 힘껏 당기자 김 실장의 고개가 확 돌아가며 몸의 균형을 잃었다. 연우는 그 틈을 타 김 실장을 밀어내고 몸을 일으켰다. 목줄이라도 채운 듯 김 실장의 입과 연우가 잡아 쥔 손이 서영의 창자로 쭉 이어졌다. 연우는 김 실장이 달려들 것 같으면 곧장 창자를 잡아당겨 그의 균형을 무너뜨렸다. 이리저리 휘청대며 넘어졌다 일어서기를 반복하던 김 실장이 갑자기 빠르게 창자를 씹어 넘겼다. 팽팽했던 창자가 끊어지며 바닥으로 축 늘어지자 미친개를 통제할 목줄 따윈 더 이상 없었다. 공포가 연우를 엄습했다. 아내의 창자를 손에서 놓았다. 전세가 역전됐다. 김 실장이 번개처럼 연우를 쫓았고 연우는 반대편으로 죽을힘을 다해 달렸지만 이번에는 침실 문을 닫지 못했다. 연우는 침대 위로 뛰어올랐다. 김 실장도 연우를 따라 침대 위로 뛰어올랐다. 둔탁한 충격음이 연우의 뇌를 흔들었다. 이리저리 피하려던 연우가 삽시간에 김 실장에게 밀려 넘어지며 침대 옆에 있는 금고에 머리를 부딪쳤다. 김 실장이 연우의 몸에 올라탔다. 축 늘어진 연우는 김 실장의 체중을 그대로 실감했다. 가슴이 답답해졌고 의식은 희미해졌다. 이상하게도 오히려 평온했다. 분명 김 실장의 얼굴이 빠르게 가까워졌다. 죽음의 순간은 의지로 받아들이고 말고 할 문제가 아니었다. 연우는 수긍할 수밖에 없었다.

*

띠리릭.

연우의 목을 물어뜯기 직전, 김 실장은 멈칫거렸다. 두꺼운 금속판이 부드러운 마찰음을 냈다. 금고 문이 열렸다. 축 늘어졌던 연우의 손이 금고의 지문 버튼에 닿아 있었다. 기막힌 우연이었다. 경기침체가 장기화될 테니 미국 달러나 골드바를 쟁여두라며 필호가 서영에게 사주었던 대형금고였다. 서영은 김 실장을 침실에 데려오면서도 금고만은 열어 보여 주지 않았다. 김 실장은 연우의 몸에서 어기적어기적 내려와 금고 안을 들여다보았다. 달러 다발과 골드바가 가득했다. 죽음을 받아들이던 연우의 정신이 다시 조금씩 맑아졌다. 겨우 눈을 돌려 보니 김 실장이 금고 안으로 거의 들어가다시피 하고 있었다. 그는 한쪽 팔로 달러 다발과 골드바를 집어서 다른 팔로 끌어안느라 여념이 없었다. 달러 뭉치와 골드바가 바닥으로 툭툭 떨어졌다. 김 실장은 요상하리만큼 금고 안에만 집중했다. 정신을 차린 연우가 그런 김 실장 바로 뒤에 섰다. 김 실장의 안중에 연우는 없었다. 연우는 바닥에 떨어져 있던 골드바 하나를 집어 들어 온 힘을 다해 그의 머리를 내려쳤다. 그제야 김 실장이 그르렁거리며 몸을 돌렸다. 연우는 그의 입안으로 골드바를 냅다 처박았다. 김 실장의 머리가 터지며 검붉은 체액이 온통 주위를 적셨다. 골드바가 김 실장의 뒤통수를 통과했다. 김 실장은 그렇게 금고 안에 머리를 파묻곤 죽은 듯 움직이지 않았다. 달러 다발과 골드바가 어지럽게 흩어져 있었다. 연우가 숨을 헐떡이며 뒷걸음질을 쳤다. 그러고는 다급하게 다른 골드바 하나를 주위들었다. 혹여 그가 다시 일어나 자신을 덮칠까 경계했다. 하지만 김 실장은 다시 움직일 기미가 없었다. 연우는 거실로 달려 나갔다.

✳

서영의 얼굴은 형체가 없었다. 양쪽 가슴은 파 먹힌 것처럼 움푹 파였고 흰색 스커트는 검붉게 물들었다. 온통 피바다였다. 연우는 그녀 앞에 털썩 무릎을 꿇었다. 그러고는 무언가 떠오른 듯 급하게 재킷 안쪽을 뒤져 휴대전화를 꺼냈다. 119를 눌렀다.

"뭐야…."

몇 번을 걸어 보아도 통화 중이거나 연결되지 않는다는 음성만 나왔다. 연우는 거실 TV를 켰다. 어느 채널을 돌려도 삐 소리를 내며 컬러바만 나오거나 지지직대는 스노 노이즈 상태였다. 어느 케이블 채널에서는 보험광고가 나오고 있었다. 유명 배우가 나와서 가입을 권유하는 멘트가 코믹해서 화제가 된 광고였다. 정상적으로 나오는 방송은 그 광고가 유일했다. 왜 다른 채널은 다 먹통인지 이상하다고 생각하던 순간이었다. 어디선가 소름 끼치는 비명소리가 들렸다. 사람의 소리가 아닌 것 같았다. 연우는 몸서리를 쳤다.

이웃사촌

*

　연우는 현관 밖으로 뛰쳐나갔다. 이웃 주택이 불타오르고 있었다. 사이렌을 켠 경찰차가 달려와 담벼락을 충격했다. 몇 명의 건장한 남자들이 경찰차 운전석과 조수석으로 상체를 집어넣어 차 안에 있는 경찰들을 물어뜯었다. 그들의 등 뒤로 S가 두 개 들어간 오각형 로고가 보였다. 서영과 집을 계약하러 갔던 부동산 사무소 중개인이 최고급 주택에 맞게 최고급 민간 경비업체와 계약되었다며 보안문제는 걱정 없다고 했던 곳이었다. 사실이었다. 철통같은 보안으로 정재계 유명 인사나 연예인들이 선호하는 곳이었다. 경찰차 운전석 창문으로 피가 터지듯 튀었다. 닫힌 차의 문틈 사이로 피가 비처럼 쏟아져 내렸다. 앞집 대문에서 잠옷 바람의 중년 남자가 맨발로 미친 듯이 뛰어나왔다. 잠시 두리번거리더니 곧 전력 질주를 시작했다. 그의 전력은 하찮았다. 경비복을 입은 자들이 바로 그를 쫓아 덮쳤다. 어딘가 익숙한 중년의 얼굴이었다. 좀 전에 보았던 보험광고의 모델, 그 유명 배우였다. 그가 이 동네에 산다고 지나가는 얘기로 몇 번 들어본 적은 있었지만 그게 바로 앞집일 거라곤 상상도 못했다.

*

　사실 연우는 초등학교 이후로는 앞집에 누가 사는지 알지 못했다. 어느 순간부터는 그걸 아는 게 더 이상한 세상이 돼 버렸다. 고시원에서도 일산 오피스텔에서도 그랬다. 한번은 고시원에서 누군가 자신의 방문을 두드릴 때도 숨죽인 채 없는 척을 했었다. 아직도 그때 누가 왜 노크를 했는지 알 수 없다. 그저 누구든 마주치는 게 싫었고 아무도 알고 싶지 않았다. 사람을 만나고 관계를 맺는다는 것 자체에 내재된 위험성을 믿었다. 그래서 두려웠다. 아무것도 거리낄 게 없도록 혼자 있는 게 좋았다. 기억나는 이웃이라곤 부친 창수가 모시던 변호사 가족이 유일했다. 연우가 초등학생 때였다. 창수는 대형로펌 대표변호사의 운전기사 일을 했다. 말이 운전기사지 변호사 가족의 온갖 잡심부름을 다했다. 변호사 가족은 2층 주택에 살았고 연우네 가족은 그 주택의 지하 단칸방에서 살았다. 낡은 3단 철제 수납장을 제외하면 연우네 가족 세 명이 누웠을 때 꽉 차는 방이었다. 연우 엄마는 그 수납장을 옷장으로 썼다. 화장실은 바깥 정원을 가로지른 곳에 있었다. 화변기가 있었고 시멘트 발린 벽에 수도꼭지가 낮게 달려 있었다. 변호사에게는 딸이 있었다. 딱 연우 또래였다. 이제는 얼굴도 기억나지 않았다. 한번은 그 아이에게 이끌려 변호사네 거실에서 비디오게임을 했다. 그 모습을 본 창수가 불같이 화를 내며 연우를 끌고 나왔다. 그 이후로는 제대로 얼굴을 본 일이 없다. 대략 그때부터였을까. 연우는 자신의 존재만으로도 누군가에게 폐를 끼칠 수 있다는 사실에 대해 생각하기 시작했다.

*

골목 여기저기에서 서로가 서로를 전력으로 추격했다. 경비원들도 사람들을 쫓았다. 보호해주려는 질주가 아니었다. 서로 물어뜯고 뜯겼다. 여기저기서 앙칼진 비명소리가 귀를 찔렀고 사방에서 연기가 솟아올랐다. 아비규환이었다. 연우가 발작하듯 움찔댔다. 가슴에서 휴대전화가 진동했다. 다급하게 통화 버튼을 눌렀다.

"여보세요?"

수화기 너머로 여자의 비명소리가 들렸다.

"어머니? 어머니!"

전화가 끊겼다. 부모님이 위험에 처했다. 무엇을 어떻게 할 것인지 생각할 겨를이 없었다. 이미 연우는 정원 계단을 뛰어 내려가고 있었다. 일단 이 집을 벗어나서 그다음을 생각할 요량이었다. 계단 끝에 다다랐을 때 누군가 갑자기 연우에게 달려들었다. 화들짝 놀란 연우가 반사적으로 몸을 움직여 가까스로 피했다. 계단 바위에 남겨진 불쾌한 흔적의 주인. 가사도우미 이모님이었다. 연우를 제대로 잡지 못한 이유가 있었다. 양팔이 다 뜯긴 상태였다. 더 이상 단정하고 상냥한 모습이 아니었다. 앞치마가 피범벅인 상태로 이를 딱딱 부딪치며 줄줄 침을 흘렸다. 연우가 뒷걸음질 치며 계단을 오르다가 엉덩방아를 찧었다. 연우가 무방비상태에 이르자 그녀는 기회를 놓치지 않았다. 다시 연우에게 몸을 던졌다. 연우가 다급하게 주위를 더듬다가 무언가를 집어 들고 그녀의 얼굴 앞에 휘둘렀다. 그녀는 연우에게 더 접근할 수 없었다. 청소기였다. 소형 청소기 끝에 붙은 날카로운 노즐이 그녀의 눈에 꽂혔다. 그녀가 머리를 세차게 흔들었지만 그럴수록 노즐은 더 깊숙이 박혔다. 눈에서 검붉은 액체가 줄줄 흐르며 그녀의 얼굴을 적셨다. 연우가 청소기를 붙잡은 채 힘겹게 몸을 일으켰다. 그녀가 발버둥 치며 연우에게 바짝 다가서려 했지만 그 작은 청소기 하나가 둘 사이를 막았다. 그녀에게 팔과 손이 있었다면 아마 손쉽게 청소기를 밀쳐내고 연우를 붙잡을 것이었다. 그토록 재바르고 꼼꼼하다던 손이었다.

서영은 도우미 아주머니를 몇 차례 바꿨다. 어떤 분은 나이가 너무 많다며, 어떤 분은 청소시간을 제대로 채우지 않는다며, 또 어떤 분은 물걸레 대신 물티슈를 뽑아 쓴다며 바꾸었다. 가장 최근에 쫓겨난 아주머니는 추석 때 들어온 한우 선물세트를 냉장고에 넣어두지 않고 퇴근했다는 이유로 그리되었다. 일본여행을 마치고 돌아온 서영은 식탁 위에서 썩고 있는 한우를 보며 분노를 참지 못했다. 그러나 지금 이모님만은 서영의 기대에 어긋난 일이 없었다. 손이 빨라 일 처리가 신속하고 청소도 꼼꼼히 한다고 했다. 매너도 좋고 입이 무거워서 개인적인 질문으로 귀찮게 하지도 않는다고 했다. 어느 정도의 신뢰가 쌓이자, 중국에 있는 아들이 한국에서 살고 싶어 하고 또 한국말도 곧잘 한다는 이모님의 말에, 서영이 필호에게 부탁해서 그 아들을 취업시켜주고 비자까지 제대로 받게 해주었다. 필호가 헐값에 공장용지를 중개해 준 작은 인쇄 업체였다. 그 아들은 자기 엄마의 야무진 손 덕분에 그렇게 선망했던 한국에서의 삶을 살 수 있었다. 그러나 방금 그 엄마는 두 손과 두 팔, 한 눈까지 잃었다.

연우는 간신히 청소기를 붙잡고 그녀와 거리를 뒀다. 그녀가 더 다가오지 못하게 청소기를 두 손으로 힘주어 잡았다. 갑자기 '윙' 하고 모터 소리가 울렸다. 어느 틈엔가 전원버튼을 누른 모양이었다. 그녀가 격렬하게 경련을 일으켰다. 청소기에 붙은 투명한 집진통 안으로 그녀의 뇌가 피와 섞이며 빨려 들어가는 게 보였다. 연우는 필사적으로 청소기를 잡고 버텼다. 젤리 같은 뇌가 집진통 안에서 소용돌이쳤다. 곧 그녀가 맥없이 고꾸라졌다. 잠시 망설이던 연우는 전원을 끄고 조심스레 청소기를 내려놓았다. 그녀는 청소기 노즐에 눈이 박힌 채 계단 위에 엎드렸다. 잠든 듯 쓰러진 그녀를 멍하니 바라보다가 연우는 다시 정신이 났는지 한 걸음씩 떼기 시작했다. 여전히 그녀에게서 시선을 떼지 못한 채 뒷걸음질을 쳤다. 연우가 계단 아래로 완전히 내려갈 때까지 그녀는 움직이지 않았다.

거실 통창이 TV 화면 불빛으로 번쩍거렸다. 연우가 방금 사용한 청소기와 같은 청소기 광고가 나오고 있었다. 아까 봤던 그 보험에 가입하면 무료로 주겠다는 것이었다. 광고모델이 보란 듯이 청소기에 노즐을 꽂고는 소파 틈에 흘린 과자 부스러기, 타일 사이의 먼지 따위들을 빈틈없이 빨아들였다. 초강력 흡입력을 자랑한다고 했다. 정말 빨아들이지 못할 게 없어 보였다.

*

연우가 살짝 대문을 열어 밖을 살폈다. 혼비백산하며 도망치는 사람들 사이로 담벼락을 충격하고 선 경찰차가 시꺼먼 연기를 피우고 있었다. 차 안에 쓰러져 있던 두 명의 경찰관이 투박한 기계장치처럼 관절을 까딱거리며 일어나더니 고개를 들어 이리저리 살폈다. 마치 굶주림의 본능이 깨워진 듯 도망가는 사람들을 보면서 그르렁거렸다. 그들은 차 문을 열지 못하고 열린 창문으로 몸을 던져 차를 빠져나왔다. 그렇게 다시 까딱거리며 일어나서는, 하나는 사람들을 쫓아 사라졌고 또 하나는 유명배우의 내장을 뽑는 데 합세했다. 연우는 도로 대문을 닫았다. 도저히 나갈 용기가 나질 않았다. 그냥 이 집에서 기다리는 건 어떨까 싶었다. 최소한 이 집은 담이 높았고, 그렇다면 저것들은 이 집에 들어올 수 없다고 여겨졌다. 최소한 안전은 보장되었다. 여기서 기다리다가 뭔가 상황이 나아지면 구조대 같은 게 오지 않을까 생각했다. 하지만 연우는 자신이 애초에 그럴 수 없는 사람임을 알았다. 여기서 기다린다는 건 그저 공상에 불과한 얘기였다. 불과 몇 분 전에 전화 너머로 엄마의 절박한 비명소리를 들었다. 나현이는 목이 꺾인 채 집을 나갔다. 부모를 찾고 자식을 찾아야 했다. 분초를 다투는 일이었다. 갑자기 연우의 생각이 멈췄다. '서영이는 어떻게 됐지?' 하는 생각이 드는 순간이었다. 거실 쪽에서 와장창 깨지는 소리가 들렸다. 연우가 저만치 집 거실 쪽으로 고개를 돌렸다. 깨진 유리테이블 위에서 서영이 일어나고 넘어지기를 반복했다. 김 실장이 처참하게 헤집어놓은 탓에 두 다리에 힘이 들어가지 않는 것 같았다. 서영은 자신의 몸에 유리파편들이 사정없이 박혔음에도 개의치 않는 듯했다. 파편들 위에서 몇 번을 계속 넘어지더니 자포자기한 듯 더는 일어나지 않았다. 그러다 무엇을 느꼈는지 앉은 자리에서 연우를 향해 고개를 돌렸다. 연우는 차마 그녀의 시선을 피하지 못했다. 서영은 다시 움직일 동력을 발견한 것처럼 그르렁대기 시작했다. 유리파편들 위로 두 손을 짚었다. 더는 다리 힘으로 설 수 없던 그녀였다. 유리파편들이 그녀의 손바닥을 베고 찌르면서 검붉은 피가 흘렀다. 그런데도 아무렇지 않아 보였다. 서영은 연우에게서 시선을 거두지 않은 채 두 손바닥을 바닥에 고정하곤 천천히 두 다리를 들어 올렸다. 땀 흘리는 걸 싫어해서 운동의 '운'자만 나와도 질색하던 서영이었다. 그런 서영이 물구나무를 선 채로 연우와 눈을 맞췄다. 그러더니 그 상태로 현관 방향으로 빠르게 움직였다. 성인 뜀박질 정도의 속도, 말이 안 되는 속도였다. 아무리 잘 훈련된 사람이라도 물구나무 상태로 저렇게 빨리 움직일 순 없었다. 그녀가 곧장 정원으로 튀어나왔다. 계단 앞에 이르러서는 양발을 다시 땅에 붙였다. 양손을 그대로 짚은 채였다. 허리가 큰 아치를 그리며 활처럼 휘었다. 가슴이 하늘을 향했고 등이 땅을 향했다. 그렇게 서영은 반전된 얼굴로 연우를 노려봤다. 먹이를 노리는 포식자의 얼굴.

섬뜩했다. 함께 아이를 낳고 길렀던 아내였다. 서영은 마치 다리가 4개인 대형 거미처럼 팔과 다리를 대각으로 움직이며 빠르게 계단을 내려왔다. 연우는 서영과 싸울 수 없었다. 싸워서 이길 자신도 없었고 이기더라도 그녀를 죽인다는 건 상상하기 어려웠다. 어쩌면 이미 죽은 상태인지도 몰랐다. 이유야 어떻든 연우는 그녀와 싸울 생각이 없었다. 선택해야 했다. 서영에겐 좋은 선택인지 아닌지 확신할 순 없었지만 그녀를 여기 집 안에 두는 편이 나중을 위해 더 나을 것이라는 생각이 들었다. 누가 아는가. 시간이 지나면 그녀의 몸 상태가 원래대로 괜찮아질지. 그녀가 거리에서 행인들을 물어뜯고 내장을 뽑게 놔두는 것보단 지금처럼 집 안에 두는 것이 위험요소가 적어 보였다. 더군다나 당장은 연우 자신이 이곳을 빠져나가는 게 급선무였다. 연우는 다가오는 서영에게 작별의 눈빛을 보냈다. 하지만 서영은 그 의미를 이해하지 못했다. 오히려 더 강하게 이를 부딪쳐댔다. 연우는 서두르지 않았다. 그녀가 계단을 다 내려올 때까지 기다려서야 비로소 대문을 열고 나섰다. 어쩌면 지금 이 순간이 서영과의 마지막이 될지도 모른다는 생각이 들었다. 그래도 부부의 연이었다. 감정이 북받쳐 올랐지만 연우는 곧장 단호하게 대문을 닫았다. 그녀가 바로 대문 뒤에 다다랐을 때였다. 연우의 몸이 흔들렸다. 대문이 쿵쿵 흔들리는 탓이었다. 물구나무를 선 서영이 전갈처럼 허리를 휜 채 발끝으로 대문을 두드려댔다.

*

경찰차가 불에 타고 있었다. 널브러진 유명배우의 주위엔 이제 아무도 없었다. 유명배우는 마치 잠에서 깬 듯 서서히 일어났다. 그러더니 저 멀리 도망치는 누군가를 쫓으며 이내 사라졌다. 더 이상 보험약관을 친절하게 읽어주는 인자한 국민배우가 아니었다. 골목의 양방향으로 누군가는 쫓고 또 누군가는 도망쳤다. 전쟁터와 같았다. 이곳을 벗어나려면 두 다리만으론 부족했다. 제아무리 육상 선수라도 결국엔 좀비들에게 잡힐 것이었다. 좀비들은 단거리 선수보다 빨랐고 또 장거리 선수보다 오래 달렸다. 결국 차가 있어야 했다. 연우는 눈앞의 경찰차를 주시했다. '그래도 움직이긴 하겠지.' 담벼락에 부딪쳐 연기가 피어오르고 있었지만 당장 눈에 보이는 게 그것뿐이었다. 연우는 골목에서 좀비들이 좀 뜸해지는 때를 노렸다. 하지만 가장 안전한 때를 기다리자면 끝이 없었다. 일분일초가 숨 막혔다. 언제가 안전한 때인지 확신할 수 없었다. 그럼에도 이 정도면 경찰차에 몸을 던져 넣을 수 있겠다 싶었다. 연우는 크게 한 번 숨을 들이마시곤 주저 않고 전력으로 튀어 나갔다. 그때였다.

펑!

연우의 눈앞이었다. 경찰차가 폭발했다. 연우가 발작하듯 몸을 움츠렸다. 폭발음 때문인지 귀가 멍멍했다. 삐 하는 소리가 귓속을 울렸다. 그럼에도 자신이 골목 한가운데 무방비 상태로 있다는 것쯤은 충분히 인지할 수 있었다. 어딘가로 빨리 몸을 숨겨야 했다. 그리고 바로 근처에 자신의 아반떼가 있다는 사실에 감사했다. 연우는 가까스로 아반떼 쪽으로 움직였다. 이제 문을 열고 차 안으로 들어가면 돼. 연우가 문 손잡이를 잡아당길 찰나였다. 갑자기 무언가 연우의 발목을 낚아채며 연우를 쓰러뜨렸다. 발목이 화끈거렸다. 결국 물렸구나. 하지만 발목을 들어 본 연우는 자신의 눈을 의심했다. 아주 의외의 존재였다. 프렌치 불도그 한 마리가 연우의 발목을 문 채 날뛰고 있었다. 종종 동네 산책을 하다가 마주치는 동네 개였다. 마주칠 때마다 주인 여자는 늘 명품 옷을 걸치고 있었다. 노년의 얼굴엔 항상 짜증이 서렸다. 본래 표정이 그런 것인지 연우와 마주칠 때마다 불쾌한 일이 있었던 것인지는 알 길이 없었다. 그녀는 언제나 불도그를 앞세운 채 산책 다녔다. 개가 종종 걸음으로 앞장서면 그 뒤를 느릿느릿 따라가는 식이었다. 개는 자주 뒤를 보며 자신의 주인을 확인했다. 단 한 번도 불도그에게 목줄이 채워진 것을 보지 못했다. 여주인은 너무나 당연하게도 목줄 따위는 필요 없다고 여기는 것만 같았다. 한번은 나현이를 학원 셔틀버스 타는 곳까지 데려다주려고 함께 길을 나선 때였다. 어디선가 나타난 불도그가 당장 달려들 듯 두 사람을 향해 맹렬하게 짖어대서 기겁했던 적이 있었다. 나현이도 연우도 동물을 무서워했다. 그때 두 사람은 서로를 안고선 석고상처럼 얼었다. '뽀삐'라고 했던가. 여주인은 불도그 이름을 부르며 달려와서는 떨떠름한 미소로 외쳤었다. "우리 애기는 안 물어요!"라고.

*

지금 그 '애기'가 연우의 발목에 이빨을 박고 있었다. 기시감. 그리고 저 뒤쪽으로 여주인이 달려오고 있었다. 그때처럼 강아지 이름을 부르는 건지 정확히 들리진 않았다. 아직도 삐 하는 소리가 연우의 고막을 찔렀다. 연우가 이리저리 다리를 흔들어 보았지만 그것은 그야말로 이를 악물고 매달렸다. 그런데 문제는 그게 아니었다. 여주인의 명품 옷이 갈기갈기 찢어져 사방으로 펄럭였다. 사늘함에 소름이 돋았다. 점점 그녀의 얼굴이 또렷해졌다. 분명 그녀는 그 애기의 이름을 부르지 않았다. 피칠갑이 된 입이 괴성을 토해냈다. 그녀의 목적지는 애기가 아니었다. 연우였다. 연우는 발차기하듯 온 힘을 다해 다리를 털며 소리쳤다. "제발 목줄 좀 하고 다녀요! 제발!" 비로소 강아지가 떨어져 나갔다. 나동그라진 강아지가 다시 자세를 잡아 달려들려는 찰나였다. 연우는 그때를 놓치지 않았다. 재빨리 일어나 아반떼 안으로 몸을 던졌다. 덜덜덜 손을 떨면서도 겨우 잠김 버튼을 눌렀다.

*

딸깍.

문 잠기는 소리가 맑고 또렷했다. 그제야 귀에서 나는 삐 소리가 멈췄
다. 생생한 현장음이 연우의 주위를 둘러쌌다. 창밖에서 강아지가 이빨
을 드러내며 세차게 짖어대는데 순식간에 여주인이 창문에 얼굴을 붙
이곤 연우를 노려봤다. 놀란 연우가 다급하게 시동을 걸었다. 여주인이
보닛을 올라타선 앞 유리를 부술 듯이 두드리기 시작했다. 강아지도 주
인을 따랐다. 같이 보닛에 올라선 으르렁거리며 짖었다. 연우는 급하게
후진을 했다. 앞에 김 실장의 벤츠가 바짝 붙어 있기 때문이었다.

쿵!

예상치 못한 충격이었다. 연우의 몸이 앞뒤로 반동했다. 전봇대에 부
딪쳤다. 트렁크가 움푹 찌그러졌다. 램프가 깨지면서 바닥으로 파편들
을 쏟아냈다.

여주인도 그 충격으로 뒤로 미끄러지다가 가까스로 와이퍼를 잡아당
기며 버텨냈다. 하지만 강아지는 와이퍼를 잡을 수 없었다. 깨갱 소리를
내며 차 앞으로 내던져졌다. 여주인이 잠시 멈칫하며 돌아보더니 와이
퍼를 놓고는 보닛 아래로 미끄러졌다. '저런 상태에서도 강아지를 구할
생각이 있는 건가?' 연우는 의아하게 생각하면서도 아까 김 실장도 비
슷한 상태에서 달러 다발과 골드바를 챙겼던 것을 떠올렸다. 연우는 운

전대를 왼쪽으로 끝까지 꺾으며 가속페달을 밟았다. 전봇대 때문에 후진공간이 좁았고 또 그래서 벤츠 옆으로 빠져나갈 공간도 충분히 확보할 수 없었다. 사실 조급함이 더 컸다. 애초에 벤츠와 전봇대 사이로 아반떼를 주차한 것은 연우 자신이었다. 하지만 차는 중요하지 않았다. 연우는 조금이라도 빨리 여길 빠져나가야 한다는 생각뿐이었다. 퍽 하는 소리가 났다. 아반떼와 벤츠 사이였다. 강아지를 찾아 안은 여주인이었다. 그녀의 머리가 아반떼 오른쪽 앞 범퍼와 벤츠의 왼쪽 뒤 범퍼 사이에서 날계란이 터지듯 터졌다. 티끌 하나 없는 은색 벤츠가 검붉은 페인트를 쏟아부은 듯 더럽혀졌다. 아반떼 범퍼가 반쯤 떨어져서 덜렁거렸다. 연우는 다시 오른쪽 끝까지 운전대를 꺾어 후진한 다음 다시 왼쪽 끝까지 운전대를 꺾으며 앞으로 나아갔다. 이번에는 벤츠의 뒤 범퍼를 긁을 뿐이었다. 그렇게 가까스로 벤츠와 전봇대 사이를 빠져나왔다. 프렌치 불도그가 구슬프게 울었다. 방금 전까지 그렇게도 성깔을 부리던 녀석이었다. 머리가 터져 누운 여주인의 옆이었다. 강아지의 동공은 정상이었다.

✳

　도로 상태는 엉망이었다. 차선은 의미가 없었다. 차도와 인도를 구분하는 것도 무의미했다. 이리저리 피하며 곡예 운전을 해야 했다. 도로를 가로지르는 좀비들의 쫓고 쫓기는 사냥이 이어졌다. 좀비들이 달리는 차들로 뛰어들었다. 도망가던 사람이 차에 치여 쓰러지면 좀비들은 쓰러진 사람에게로 일제히 몰려들었다. 자동차끼리 부딪치거나 가드레일을 충격하기도 했다. 그러면 달리던 사냥꾼들은 자동차들을 덮쳤다. 연우는 한참을 목적지도 없이 운전했다. 마치 생각의 회로가 멈춘 듯했다. 방금 전 겪은 상황이 너무나 충격적이어서 뇌도 쉬는 시간이 필요했다.

그때 날카로운 비명소리가 두개골을 흔들었다. 잠들었던 뇌세포가 아드레날린 주사를 맞은 것처럼 깨어났다. 엄마의 비명소리. 벌써 아련해진 그 절명의 고통소리가 연우의 뇌리에서 메아리쳤다. 그제야 제정신이 들었다. 벌써 몇 통의 전화를 걸었는지 셀 수도 없었다. 하지만 연우의 부모는 전화를 받지 않았다. 모든 것이 불안하고 혼란스러워서 미칠 지경이었다. 나현이는 또 어디에 있는지! 연우는 단지 그 길에서 법원을 지날 뿐이었다. 그리고 하필이면 그 앞에서 엔진경고등이 켜졌다. 그렇게 연우는 자신도 모르는 사이에 다시 법원 앞으로 돌아와 있었다. 아직 엔진경고등이 깜박였다.

Allegro

정의의 여신상

쿵! 쿵! 쿵!

택배트럭과 충돌한 자동차 지붕 위로 사람들이 떨어져 내렸다. 그들은 그곳에서 벌레처럼 꿈틀댔다. 좀비들 몇몇이 그쪽으로 몰려들었다. 트럭에 끼인 좀비들은 몸을 돌리지 못한 채 허우적거렸다. 법원을 마주한 고층 건물 창밖으로 마구 사람들이 뛰어내렸다. 변호사 사무실들이 밀집한 곳이었다. 막 생명을 잃은 시체와 되살아난 시체들이 도로 위로 쏟아져 내리며 섞였다. 차들의 앞 유리가 부서지고 지붕과 트렁크가 종잇장처럼 구겨졌다. 곳곳에서 도난경보가 울렸다. 좀비들은 물풍선 터지듯 사방에 피와 내장들을 뿌렸다. 널브러진 사람들은 이미 시체가 되었거나 반시체 상태였다. 좀비들은 이리저리 몰려다니며 경쟁하듯 게걸스레 식사했다. 누구도 자신을 구하러 오지 않을 것 같았다. 이런 상황이라면 다른 누군가를 구하러 온다는 것이 더 이상했다. 연우는 좌절했다. 다른 도리가 없었다. 결국 익숙한 곳으로 가는 수밖에.

＊

"딱 2년만, 2년만 기다려줘. 응?"

결혼을 조르는 서영에게 연우가 어렵게 말을 꺼냈다.

"판사?"

"그래, 판사."

연우는 판사가 되고 싶었다. 사명감 같은 건 아니었다. 변호사 일은 도무지 자신이 없었다. 말하자면 변호사는 스스로 돈 벌 길을 찾아야 하는 존재다. 연수원을 갓 수료한 새내기 변호사에게 사건이 들어올 리 만무했다. 그래서 '영업'을 해야 했다. 직접 발로 뛰며 많은 사람들을 만나야 했다. 적당히 비위도 맞출 줄 알아야 하고 허풍도 떨 수 있어야 했다. 검사 일도 만만치 않았다. 피의자를 조사할 용기가 없었다. 드라마나 영화에서처럼 피의자에게 윽박지르고 협박하며 진술을 끌어내는 건 애초에 할 자신이 없었다. 오히려 피의자들의 기세에 눌려 말도 제대로 못하고 망신만 당할 것 같았다. 연우는 그저 샌님에 가까웠다. 혼자 조용히 책 읽고 글 쓰는 게 성정에 맞았다. 검사가 제출한 공소장과 변호사가 제출한 변론서를 읽으며 판사실에 앉아 조용히 판결문 정도만 쓰는 게 자신의 성격과 어울린다고 여겼다. 그러나 판사가 되려면 또다시 치열한 경쟁을 뚫어야 했다. 사법연수원은 사법시험을 통과한 사람들을 다시 경쟁시켜서 일등부터 꼴등까지 줄 세우는 무시무시한 곳이었다. 어쩌면 고시생 때보다 더 지독한 생활을 감내해야 했다.

결국 연우는 서울중앙지방법원으로 발령받았다. 연수생 중에서도 최고 성적군인 판사, 그중에서도 최고에 해당하는 '서울중앙'이었다. 그렇게 2년을 채운 뒤에는 부산, 수원, 광주에서 각각 2년씩 일했다. 수도권과 지방 간 순환근무 규정 때문이었다. 그렇게 6년을 돌아 다시 서울중앙으로 돌아온 게 2년쯤 되었으니 연우가 서울에서 보낸 기간만 도합 4년에 가까웠다. 모든 게 친숙했다. 민사법정은 어디 있고 형사법정은 어디 있는지, 배심재판 법정은 어디이고 빔 프로젝터를 사용할 수 있는 법정은 어디인지 훤했다. 식당과 매점, 당직실의 위치는 물론 판사실로 가기 위해 어느 엘리베이터를 타야 하는지 빠삭했다. 심지어 어떤 판사실이 아침 햇살을 제대로 받을 수 있는 곳에 위치했는지, 어느 부장판사실 냉장고에는 어떤 건강음료가 있는지, 조립실 철봉대까지 사서 설치했다는 판사실이 어디인지, 많은 것들이 익숙했다.

'그래, 법원에 가서 숨자.'

어쩔 수 없이 다시 법원이었다. 살기 위해서였다. 그렇게 벗어나고 싶었던 법원이었다.

※

연우의 차에서 법원 정문까지는 오십 미터를 조금 넘는 거리였다. 눈대중으로 보니 법원 안으로 피하는 게 전혀 불가능한 일은 아니었다.

'차 문을 열고 나가자마자 전속력으로 뛰는 거야.'

연우는 내향적인 기질과는 어울리지 않게 달리기 실력을 타고났다. 초등학교 때부터 중학교, 고등학교는 물론 연수원 체육대회에 이르기까지 계주선수로 선발되지 않은 적이 없었다. 힘은 약했지만 누구보다도 날쌘 몸이었다. 그럼에도 순탄한 길은 없었다. 피와 내장들이 서초중앙로를 뒤덮었다. 멈춰 선 차들과 천천히 움직이는 차들, 차를 덮치는 좀비들, 빠르게 도망치는 사람들과 빠르게 쫓는 좀비들, 차에 치여 날아가는 사람들과 좀비들, 좀비들과 몸싸움을 하다가 결국 제압당하는 사람들, 떼거지로 몰려가 덮치는 좀비들과 게걸스럽게 뜯어먹는 좀비들, 비명 지르는 사람들과 저항을 포기하고 쓰러진 사람들, 이제 막 되살아나는 시체들을 모두 피해야 했다. 동시에 그 어떤 광경에도 현혹돼서는 안 되었다. 연우는 극도의 긴장감으로 문 잠김 버튼을 딸각딸각 만지작거렸다. 나갔다가 저것들에게 잡히면 어쩌지. 달리다 넘어져서 꼼짝없이 물리면 어쩌지. 자살이라도 할까. 어떻게 죽을까. 자살할 용기가 없다면? 나도 결국 사람들을 사냥하게 될까? 나도 저들처럼 사람의 몸을 낚아채서 살을 물어뜯고 내장을 뽑아낼까? 저렇게 환장하며 씹어댈까? 그런 나를 보며 사람들은 지금의 나처럼 두려워할까? 오만가지 생각이 머리를 스쳤다. 하지만 연우의 시선은 처음부터 한 곳에 고정되었다. 정의의 여신상. 법원 정문 바로 안쪽이었다. 여신상은 천으로 눈을 가린 채 왼손엔 저울을, 오른손엔 칼을 들었다.

'그래, 저기까지만 가면 돼!'

연우는 이를 악물었다. 대담하게 차 문을 열어젖히는 순간 너무 놀라서 하마터면 바닥에 엉덩방아를 찧을 뻔했다. 하체가 잘려 바닥을 기어가던 좀비가 연우의 발목을 물기 직전이었다. 쩍 벌어진 입에서 검붉은 액체가 뚝뚝 떨어졌다. 기겁한 연우가 차 문을 홱홱 당겼다 밀치며 그 머리를 쳐냈다.

"떨어져! 떨어지라고!"

좀비의 머리가 공갈빵처럼 터지며 피떡이 되었다. 어안이 벙벙해진 연우는 뒷걸음질을 쳤다. 그나마 남아 있던 얼굴의 형체가 진흙 반죽처럼 뭉개졌고 더는 움직이지 않았다. 그제야 비로소 '죽었다'고 할 만했다. 하지만 마음이 놓일 리 없었다. 차에서 나가자마자 전속력으로 뛰겠다던 연우의 계획에 초장부터 차질이 생겼다. 거리에는 그 좀비 하나만 있는 게 아니었다. 주위의 몇몇 좀비가 이미 연우를 향해 움직였다. 시간을 돌려 다시 같은 상황에 놓인대도 다시 달릴 것을 선택할지 확신할 수 없었다. 다만 아직 늦지 않았다고 판단했다. 지극히 본능적인 계산이 이미 그의 다리를 움직였다. 연우는 정신을 다잡고 필사적으로 정의의 여신상을 향해 달리기 시작했다. 좀비들이 그의 뒤를 바짝 쫓았다. 먹잇감을 포착한 주린 맹수와 다를 바 없었다. 그것들도 연우도 똑같이 절박했다.

*

생존에서만큼은 지극히 보수적인 본능이 작용했다. 연우는 가까스로 법원 정문에 다다랐지만 거기서부터는 본능이 계산할 수 없는 영역이었다. 연우는 곧장 법원 정문을 열 수 있을 거라 생각했다. 야근을 밥 먹듯 해 온 그의 기억에 따르면 법원 정문은 항시 개방돼 있었다. 그런데 지금 그 문은 빗장이 걸려 굳게 닫힌 채 연우의 앞을 가로막고 있었다. 연우의 키를 훌쩍 넘어서는 일자형 창살 대문이었다. 다시 돌아가기에는 너무 늦었다. 그야말로 독 안에 든 쥐였다. 창살을 잡아 흔들어 보았지만 꿈쩍하지 않았다. 가로로 길게 걸린 빗장이 창살에 부딪치며 불쾌한 금속성 소리를 냈고 그것이 도리어 좀비들의 이목을 끌었다. 다급해진 연우가 창살 사이로 손을 집어넣어 빗장을 뽑기 시작했다. 그러면서 계속 고개를 돌려 뒤를 확인하고 또 확인했다.

'늦었어, 젠장!'

좀비들은 무서운 속도로 다가왔고 빗장은 너무 길었다. 그들의 거친 숨소리가 연우 귓가에 닿을 듯 들렸다. 연우는 반사적으로 움직임을 멈췄다. 어깨가 움츠러들었다. 죽음을 직감했다. 그러나 그 죽음이란 연우가 알던 죽음과는 같지 않을 것이었다. 그래서 두려움보단 슬픔이 컸다. 빗장은 아직 빠지지 않았다. 이제 물리적으로 탈출하는 것은 불가능했다. 체념의 시간, 연우는 질끈 눈을 감았다.

＊

휘잉, 픽!

바짝 웅크린 연우 주위로 좀비들의 머리가 폭죽처럼 터졌다. 단 한 놈도 연우를 물지 못했다. 법원 안쪽에서 사람들 몇몇이 새총을 들고 서 있었다. Y자 모양 막대에 고무줄을 묶은 것이었다. 그들은 모두 붉은색 조끼를 입고 있었다. 연우는 그 틈을 타 재빨리 대문 안으로 들어가 빗장을 걸어 잠갔다. 좀비들이 법원 정문에 계속 부딪쳤다. 동시에 창살 사이로 팔을 집어넣어 마구 휘저었다. 정문 밖은 순식간에 좀비 무리로 넘쳐났다. 실로 어마어마했다. 정문이 뒤로 밀리며 기둥에 붙은 경첩이 아슬아슬하게 휘어졌다. 연우가 뒷걸음질 쳤다. 그때였다. 정문 기둥 위 반사경을 통해 뭔가 보였다. 좀비 하나가 연우의 뒤를 덮치려 했다. 경악한 연우가 반사적으로 몸을 돌렸지만 그땐 이미 늦었다. 그러나 이번에도 좀비는 연우를 공격하지 못했다. 좀비의 머리는 호박이 산산조각 나듯 폭발했다. 역시 새총 덕이었다.

쟁그랑!

대형 전지가위 하나가 아스팔트 바닥으로 떨어졌다. 그 옆으로 조경사 복장을 한 사람이 모로 누워 있었다. 연우가 법원을 나오기 전 아무렇게나 나뭇가지를 잘라내던 그 조경사였다. 멀거니 바라보던 연우가 천천히 전지가위를 집어 들었다. 어딘가에 꼭 써야겠다는 생각이라기보단 어쩐지 당장 집어 들어야 할 것 같았다.

"뭐 해! 정신 안 차려?"

붉은 조끼의 사람들 중 하나가 고함을 쳤다. 법원 밖에서 흰색 SUV 전기차 한 대가 법원 정문을 향해 돌진하고 있었다. 운전자는 잔뜩 겁에 질렸다. 아무리 브레이크를 밟아도 차는 멈추지 않았다. 내비게이션 화면에는 자동차의 예상 경로가 왼쪽으로 길게 꺾이며 그려졌다. 법원 방향이었다. 선명한 'Auto-Drive'라는 글자가 눈길을 끌었다. 자율주행기능이 작동되고 있다는 의미였다. 운전대가 저절로 왼쪽으로 꺾였다. 그것은 사람이든 자동차든 아슬아슬하게 피하면서 속도만 조절할 뿐 결코 멈추는 법이 없었다. 운전자가 운전대를 반대쪽으로 잡아당기려 온갖 애를 써 봐도 마치 고정된 듯 꿈쩍하지 않았다. 운전자의 의지와는 상관없이 그저 예정된 목적지, 법원을 향해 움직일 뿐이었다. 연우가 조금씩 뒷걸음질 치다 급기야 몸을 돌려 전속력으로 내달렸다. 그것은 붉은 조끼 사람들도 마찬가지였다. 법원 정문 기둥 한쪽에 소방차 하나가 처박혀 있었다. 흰색 SUV는 그 소방차를 향해 돌진했다. 뭐가 잘못된 건지 모니터에는 소방차가 표시돼 있지 않았다. 운전자가 비명을 지르며 두 팔로 얼굴을 가렸다. 흰색 SUV는 소방차 뒷부분에 그 속도 그대로 격돌했다. 주위의 좀비들이 압착되거나 치이면서 하늘로 날아갔다. 운전자는 앞 유리에 머리를 세게 부딪쳤다. 안전벨트는 무용지물이었다. 균열이 간 앞 유리에 피가 홍건했다. 운전자는 피범벅이 된 얼굴로 정신을 잃은 채 고개를 떨구었다. 그런데 SUV는 거기서 멈추지 않았다. 다시 끼이익 굉음을 내며 움직이더니 달려오던 그 속도 그대로 후진하여 법원 정문에 부딪쳤다. 좀비들의 몸과 머리가 차와 대문 사이에 끼이며 터졌고 창살 사이로 내장이 뿜어졌다. 법원 정문이 안쪽으로 움푹 찌그러지더니 결국 경첩이 떨어졌다. 정문은 천천히 기울더니 가속도가 붙으며 무섭게 바닥을 쳤다. 굉음이 지축을 흔들었다. 미처 피하지 못한 좀비들이 바퀴벌레 눌리듯 터지며 납작해졌다. 피와 내장이 홍수를 이뤘다. 살아남은 좀비들이 법원 안으로 쏟아져 들어갔다. 그 무리는 연우를 향해, 붉은 조끼의 사람들을 향해 달리기 시작했다.

*

운전자의 몸이 차의 진동에 맞춰 들썩거렸다. SUV는 법원 정문에 부딪치더니 다시 빙그르르 돌았다. 역시 속도를 주체하지 못한 채 전진했다. 달려가는 길에 좀비들을 수도 없이 쳐서 날렸다. 자율주행기능은 정의의 여신상에 정통으로 부딪치고 나서야 비로소 정지했다. 운전자의 몸은 앞 유리창을 뚫고 맥없이 튀어 나갔다. 좀비들이 그를 향해 몰려들었다. 정의의 여신상도 충격을 이기지 못하고 기우뚱거리다 쓰러졌다. 널브러진 운전자와 그를 덮친 좀비들 위를 다시 여신상이 덮쳤다. 내장이 터지며 사방으로 날아 비처럼 쏟아졌다. 몇몇 좀비가 정의의 여신상에 달려들었다. 여신상의 가슴을 주물럭거렸고 혀로 핥아댔다. 바지 벗은 아랫도리를 미친 듯이 비벼대기도 했다. 천으로 가려진 여신상의 눈 아래로 핏물이 흘렀다. 그녀의 발아래로는 금방이라도 튀어 오를 듯 똬리를 틀고 하늘을 향해 머리를 세운 뱀 한 마리가 조각돼 있었다. 정의의 여신이 밟고 서 있던 것이다. 그때 고도로 응축된 압력이 폭발했다.

이미 멀리 도망치던 연우와 붉은 조끼 사람들의 귀가 먹먹해질 정도였다. SUV가 엄청난 폭발음과 함께 불에 타기 시작했다. 서초동에 땅거미가 지고 있었다.

빨간 포르쉐

*

　분명 그 조경사의 솜씨겠지. 일정했던 원뿔 모양의 가로수가 전부 망가졌다. 뭐가 잔뜩 파먹은 것처럼 하나같이 삐뚤삐뚤했다. 그런 불규칙함이 괴기스러움을 자아내며 법원을 공포감으로 압도했다. 오직 법원 건물 현관만이 연우의 머릿속을 지배했다. 일단 건물 안으로 들어가서 숨어야 한다는 생각뿐이었다. 불과 몇 시간 전에 귀현과 작별인사를 하고 나선 문이었다. 연우는 한 손에 전지가위를 꼭 쥔 채 뒤도 돌아보지 않고 내달렸다.

　"그냥 뛰어!"

　붉은 조끼 한 명이 뒤를 돌아보며 새총을 겨누려는데 또 다른 한 사람이 호통을 쳤다. 새총을 쏠 여유도 없었고 새총으로 해결될 일도 아니었다. 좀비들은 단거리 육상선수들처럼 질주했고 그 수 또한 압도적으로 많았다. 새총을 쏘려던 자도 자신의 선택이 틀렸음을 알고 욕설을 내뱉으며 다시 전력으로 달렸다.

*

　자동차의 날카로운 엔진소리가 법원 도로를 타고 연우의 뒤통수에 꽂혔다. 돌아보지 않을 수 없는 소리였다. 빨간색 포르쉐 카레라 한 대가 좀비들 사이를 가르며 빠른 속도로 달려왔다. 좀비들은 포르쉐 아래로 깔려 들어가 터지거나 하늘로 튀어 올랐다. 하늘로 날아올랐던 좀비들 중 몇몇은 다시 바닥으로 떨어지면서 포르쉐에 밟혀 터졌다. 연우도 하마터면 치일 뻔했다.

"아악!"

붉은 조끼 한 명이 비명을 내질렀다. 같은 조끼 차림의 젊은 여자가 포르쉐에 치여 하늘로 솟았다가 바닥으로 곤두박질쳤다. 그 정도 충격이면 살아도 산 게 아니었다. 그녀는 바닥에 누운 채로 미세하게 꿈틀거렸다. 의식적인 움직임이 아니었다. 그런 그녀의 몸을 좀비들이 겹겹이 덮치면서 작은 언덕을 이뤘다.

"박 사무장! 가야 돼! 어서!"

젊은 남자가 멀뚱히 서서 그 광경을 보는데 좀 전에 호통쳤던 중년 남자가 그를 잡아끌었다. 다그치듯 타이르듯 독촉하는 소리에 머뭇거리던 젊은 남자, 박 사무장은 얼굴을 일그러뜨리며 마지못해 뛰는 시늉을 했다.

＊

저만치 앞서가던 포르쉐가 긴 나선형 계단에 올라탔다. 법원 건물 현관으로 이어지는 계단이었다. 흔히 드라마나 영화에서 남녀 주인공이 이혼한답시고 법원 무궁화 마크를 뒤로한 채 서 있던 그 계단이었다. 포르쉐는 계단 끝 무렵에서 차체를 비틀었다. 방금 전까지만 해도 멈출 생각 따위 없어 보였다. 운전자는 분명 제동페달을 밟았다. 폭주하던 스포츠카는 그렇게 건물 현관문에 비스듬히 부딪치며 겨우 멈춰 섰다. 통유리로 된 문이었다. 문 한쪽이 통째로 떨어지며 산산조각 났다. 차의 조수석 쪽이 건물 안으로 들어갔다. 천천히 운전석 문이 열렸다. 혹시 좀비가 운전하나 싶었는데 누군가 비틀비틀 걸어 나왔다. 그러더니 다시자동차 안쪽으로 몸을 굽히며 힘겹게 무언가를 끄집어냈다. 골프복을입은 젊은 여자의 뒷모습이었다. 어쩐지 차의 외관이 익숙했다. 곧 돌아선 여자의 얼굴을 연우는 잘 알았다. 처제, 그러니까 서영의 동생 소영이, 아니 한때 소영이라고 불리던 소희였다.

*

필호가 소영의 생일상을 뒤엎은 지 며칠 지나지 않았을 때다. 그는 막내딸 소영과 소영엄마 미자를 불러다 자기 앞에 앉혔다. 다른 날보다 일찍 퇴근하고 들어온 날이었다. 그간 필호는 좀처럼 분을 삭이지 못했다. 집에 와서도 잘못 건드리면 바로 터지는 폭탄 같았다. 말 한마디 하지않았다. 필호의 불같은 성격을 잘 아는 큰딸 서영과 미자는 필호의 눈치를 살피며 비위를 맞추려고 애썼다. 동시에 더욱 주눅이 들어 어두워진소영의 눈치를 살피느라 무던히도 진을 뺐다. 미자의 표현대로라면 '저성질머리에 또 어디서 무슨 사고를 칠지 모른다'는 것이었다. 집안이 지뢰밭 그 자체였다. 그런 필호의 부름에 그를 마주하고 앉은 두 사람은긴장하지 않을 수 없었다. 아이러니하게도, 그것은 무언가 대단하고 멋진 발표가 있을지 모른다는 기대감 같은 것이기도 했다. 그들에게 필호는 자수성가한 기업가이자 혁신가였다.

*

필호는 어린 시절 대부분을 할머니와 살았다. 부모님의 이혼 때문이었다. 당시 필호의 부친은 지역에서 운수업을 하는 유지였다. 버스 스무 대를 굴렸다. 어느 날 버스 안내양과 눈이 맞았고 결국 필호의 생모는 내쫓겼다. 필호에겐 자신의 엄마가 집 보따리를 들고 집을 나서던 모습이 새겨졌다. 가까스로 기억을 유지할 수 있는 나이, 만네 살 때였다. 야심 넘치던 새엄마는 남동생을 낳고 그때부터 필호는 온갖 형태로 차별과 핍박을 받았다. 점점 머리가 커지면서 생모를 찾았지만 그 누구도 생모가 어디서 무얼 하는지 알려주지 않았다. 참다못해 폭발한 필호에게 할머니가 겨우 소식을 전해주었다. 그제야 그것이 도리라고 생각했던 모양이었다. 다만 그 소식은 어디서 무얼 하는지에 대한 것이 아니었다. 집에서 쫓겨났던 생모는 얼마 안 가 스스로 목숨을 끊었다. 말하자면 이미 세상을 뜬 지 십 년이 넘은 셈이었다. 필호는 아무것도 모른 채 애타게 생모를 찾아 헤맸다. 한창 민감했던 청소년기 내내 존재하지 않는 생모를 두고 전전긍긍했다. 운명의 장난은 거기서 끝나지 않았다. 필호의 부친과 할머니는 길을 가다가 버스에 치이는 사고를 당했다. 필호가 막 입대했을 때였다. 할머니는 현장에서 바로 숨졌고 부친은 일주일을 중환자실에 누웠다가 죽었다. 필호는 특별휴가를 나와 장례를 치렀다. 그러자 기다렸다는 듯 새엄마가 필호에게 종이 몇 장을 내보였다. 타이핑된 글자체며 붉게 찍힌 도장 모두 딱 봐도 심상찮은 문서였다. 사업체는 물론 전 재산을 필호의 동생에게 물려준다는 유언장이었다. 새엄마는 '변호사님이 작성한 거라 내용을 바꿀 수 없다'는 말까지 덧붙였다. 말쑥한 양복차림의 남자와 뻔질나게 중환자실을 들락거리던 그녀였다. 당시엔 변호사님이라는 존재가 형이상학적으로 느껴졌다. 사회경험이 아직 일천한 필호였다. 어찌할 도리가 없었다. 그저 모든 것을 받아들여야 하는 줄로만 알았다. 의지할 사람 하나 없는 천애고아 신세였다. 필호는 가슴 속에서 끓어오르는 무언가를 겨우 꾹꾹 눌러 담았다.

그때 그 뜨거운 것을 참지 못했다면 지금의 필호는 세상에 없었을지 모른다. 그렇게 부대로 복귀하면서 그는 거듭 다짐했다. 무조건 돈을 많이 벌 거라고. 최대한 많이 벌어서 행복한 가정을 꾸릴 거라고. 대학에 다니는 건 애당초 꿈도 꾸지 않았다.

필호는 전역 후 소규모 금형 공장에 들어갔다. 병장 말년휴가 때 면접을 봐둔 곳이었다. 숙식을 제공해준다는 말에 주저 없이 결정했다. 돈을 모을 수 있다니 다행이었고 사실 딱히 머물 곳도 없었다. 필호는 단 하루의 예외도 없이 가장 빨리 출근했고 가장 늦게 퇴근했다. 제일 먼저 공장 문을 열고 마지막으로 공장 문을 닫았다. 일 년 365일 기름때 묻은 '스즈키'라는 일체형 작업복이 그의 평상복이었다. 그 안에서 성실함과 능력을 인정받아 꽤 좋은 대우를 받으며 승진도 했다. 하지만 만족하지 못했다. 작업장에서 날리는 분진 때문에 기침을 달고 살았다. 홑단의 면 마스크는 사실상 무용지물이었다. 어떤 직원은 오랫동안 병가를 내더니만 폐암으로 사망했다는 소문이 돌기도 했다. 하지만 당시에는 분진과 폐암의 인과관계에 대해서까지 생각할 여력이 없었다. 설령 그 상관관계를 인지할 수 있었더라도 회사 측에 문제를 제기하는 것은 완전히 다른 차원의 문제였다. 사람들에겐 그저 공장에 나와서 일을 하게 해주고 월급만 준다면 바랄 게 없었다. 그런 시절이었다. 건강이 나빠질 수 있음을 이해하자 필호는 직종을 바꿔야겠다는 생각이 간절해졌다. 더군다나 공돌이라고 불러대는 주위 사람들의 은근한 조롱과 멸시를 참을 수 없었다. 필호는 직접 사업을 해야겠다고 생각했다. 그리고 새엄마가 자신에게 건네던 멋진 서류들을 떠올렸다. 기름때 묻지 않은 깨끗하고 고결한 품격의 문서.

필호는 퇴근 후에 공인중개사 공부를 했다. 무조건 돈을 벌어야 한다는 생각뿐이었고 그 수단은 부동산이었다. 목적은 오로지 돈이었다. 고된 공장 일에도 이를 악물고 매일같이 문제집을 풀었다. 단번에 합격하진 못했지만 세 번 낙방 끝에 겨우 시험 노하우를 익혔고 네 번째 도전에 턱걸이로 합격할 수 있었다. 공장 일을 그만둔 필호는 평소 눈여겨봐 둔 입지에 자그마한 사무소를 냈다. 자칭 전문가들이 부동산개발 호재에 대해 갑론을박하던 곳이었다. 필호의 눈은 정확했다. 그는 돈벌이 감각이 좋았다. 근처 뉴타운 개발로 필호의 사무소는 나날이 사세를 확장했다. 스스로의 능력과 의지로 온갖 역경을 딛고 우뚝 선 사람. 필호의 가족에게 필호는 그런 사람이었다. 갖은 고난을 헤치고 자수성가하여 그들에게 맛난 밥을 먹여주고 멋진 옷을 입혀주는 사람, 외국으로 여행까지 보내줄 수 있는 사람. 그들에게 그는 어떤 어려움도 극복해 낼 능력과 힘을 가진 전지전능한 사람이었다. 심지어 소영의 대학 입학까지도.

*

필호가 입을 열었다.

"너 내일부터 바이올린 해라."

난데없는 바이올린이었다. 소영과 미자가 아무 말 못한 채 눈만 동그랗게 떴다. 다시 필호의 차례였다.

"주 교수라고. 내가 대학교수 하나 알아봐 뒀어. 내일부터 당장 그쪽으로 보내."

결국 필호가 쥐어 짜낸 결론은 예능이었고 그중에서도 음악이었다. 소영의 운동신경으론 체육은 어림도 없었다. 사실 주 교수라는 사람을 알게 된 게 주효했다. 재건축 추진 지역에는 이른바 '썩은 상가'라 불리는 노후 상가들이 있었다. 그 상가들을 매입하는 투자단을 모집할 때 알게 된 사람이었다. 둘은 한 달에도 몇 번씩 만나 재건축 예정 지역들을 찾아다녔고 필호는 그를 최대한 예우했다. 그가 교수라서가 아니었다. 사실 그는 교수도 아니었다. 서울의 어느 종합사립대학의 교무과 직원이었다. 다만 단순한 직원이 아니고 재단 이사장과 가까운 친척이라 했다. '인 서울' 종합대학의 로열패밀리. 필호는 주 교수란 사람이 소영을 위해 뭔가 해줄 수 있을 것으로만 여겼다. 그래서 명절만 되면 최고급 한우세트를 보내는 것은 기본이고 틈만 나면 고급 골프장으로 모시느라 바빴다. 바이올린은 그렇게 공들여 로비한 결과였다. 감지덕지였다. 언젠가 주 교수는 자기네 대학에 음대 교수 하나를 소개시켜 주겠다며 일단 거기서 그쪽 둘째 딸을 레슨 받게 하자고 했다. 소영이 최소한의 요건만 맞춰준다면 합격도 보장하겠다는 의미였다. 역시 필호는 해결사였다. 소영은 거부하지 못했다. 그냥 담담하게 받아들였다. 말하자면 아버지가 자신에게 살길을 제시해준 셈이었다. 오히려 이제 이 길이 아니면 안 되겠다는 생각까지 했다.

"열심히 안 살아서 그래, 인간쓰레기들! 지들이 게을러서 저 모양 저 꼴인 걸 왜 우리한테 돈을 달라는 거야?"

필호는 TV에서 구호단체 후원광고가 나올 때면 도통 이해할 수 없다는 듯 짜증을 냈다. 그때 TV가 비추는 사람들은 하나같이 폐지나 고철 등을 주우며 단간방이나 반지하 방에서 라면 따위로 하루하루 연명했다. 설상가상으로 다들 희귀병 같은 걸 앓았는데 돈이 없어서 병원 근처도 못 가보고 고통스러워했다.

'당장 뭐라도 하지 않으면 나도 저들처럼 살게 될지 몰라.'

언젠가부터 소영은 두려움과 압박감에 짓눌려 일상을 견뎌내고 있었다. 바로 다음 날부터 소영은 매일같이 현금이 두둑하게 든 흰 봉투를 들고 나이 든 여교수의 아파트를 찾았다. 소영도 독한 구석이 있었다. 죽기 살기로 연습에 매달렸다. 재능이 있다는 소리까지 들을 정도였다. 그녀의 바이올린 소리는 생각보다 들을 만했다. 정말로 재능이 있었는지도 모르겠다. 실력이 나날이 좋아지는 게 눈에 보일 정도였다. 입시 때가 되자 더욱 그럴듯해졌다. 결국 소영은 주 교수의 대학에 합격했다. 그녀 나름의 노력도 부정할 수 없었다. 사람 일은 한 치 앞도 모른다고, 월등히 공부를 잘했고 똑똑했던 서영이도 달성하지 못한 '인 서울'이었다. 그렇게 필호의 고민은 말끔히 해결된 것처럼 보였다.

*

하지만 소영은 도통 적응하지 못했다. 학교 동기들이 하나같이 이름만 대면 다 아는 재벌집, 최소 건물 몇 채씩은 가진 준재벌집의 자제들이었다. 필호네와는 비교할 수 없는 수준이었다. 씀씀이 차이가 워낙 크다 보니 친구들과 어울리는 것조차 쉽지 않았다. 소심한 소영은 주눅들수밖에 없었다. 어떤 친구는 집 안에 엘리베이터 두 대가 있다고 했고, 또 어떤 친구는 집 화장실 안에 진짜 나무가 자란다고 했다. 소영 말고는 국산차를 타고 다니는 사람이 없었다. 어느 날은 소영이 옆자리 친구에게 볼펜을 빌렸는데 무심코 건네받은 펜이 몇백만 원짜리 명품 펜이었다. 완전히 다른 세상에 사는 사람들 이야기였다. 그때부터였다. 소영은 외모에 집착하기 시작했다. 필호가 선언했듯 대학에 붙기만 하면 해주겠다던 얼굴 성형을 대학생활 내내 조금씩 습관처럼 해 나갔다. 열 손가락을 다 접은 뒤 다시 손가락을 펴서 세어야 할 정도로 잦았다. 동시에 피부과에 엄청난 돈을 쏟아붓더니만 필사적으로 다이어트에 집착했다. 그것으로 자신의 존재감을 드러내야 했고 그래야만 무리들과 어울릴 수 있다고 생각했다. 그것이 소영이 살아가는 방식이었다. 급기야 개명까지 했다. 자신의 이름에서 '영'자가 그렇게 촌스럽다던 그녀였다. '영'을 '희'로 바꾸었다. 그러고는 기다렸다는 듯 뷰티와 관련한 SNS를 개설했다. 그 옛날 친구들의 생일파티에 한 번도 초대받지 못했던 소영이란 사람은 사라지고 없었다. 본래부터 지금의 외모와 지금의 이름을 가졌던 것처럼 SNS에 게시물을 올리기 시작했다.

*

연우는 처제가 왜 이 시간에 법원에 있는지, 대체 무얼 하는 건지 혼란스러웠다. 하지만 더 생각할 겨를은 없었다. 오직 죽을힘을 다해 달려야 했다. 소희가 골프백을 끌고 비틀거리며 계단 끝에 섰다. 그녀는 달려오는 좀비 무리를 잠시 응시하더니 골프백에서 드라이버를 하나 뽑아 들었다. 벨트에 매인 불룩한 주머니에서 골프공도 하나 꺼내 바닥으로 떨어뜨렸다. 공이 미처 튀어 오르기 전에 발로 잡아 고정하고는 한 걸음 뒤로 물러섰다. 그녀는 채를 크게 한 번 휘둘렀다. 연습스윙이었다. 그러고는 다시 한 걸음 앞으로 다가가 공 옆에 섰다. 그녀의 머리 위로 자줏빛 하늘이 칠흑 같은 어둠에 잠식되고 있었다.

소희는 잠시 자세를 잡더니 거침없이 풀스윙했다. 아름다운 스윙이

었다. 좀비의 머리가 터지며 뒤로 흩어졌다. 소희가 다시 재빠르게 골프
공 하나를 꺼내 같은 방법으로 풀스윙했다. 연습스윙은 생략했다. 더 연
습할 여유가 없었다. 또 하나의 좀비 머리가 날아갔다. 소희는 드라이버
를 내팽개치고 우드를 잡아들었다. 그러다가 좀비들과의 거리를 다시
확인하고는 보다 짧은 아이언 7번으로 바꾸어 잡았다. 좀비들이 점점
가까워졌다. 소희는 마치 빠르게 배속 조정된 기계처럼 아이언 채를 휘
둘렀고 다시 그만큼 좀비들의 머리가 터지며 흩뿌려졌다.

*

"이쪽으로!"

연우가 계단을 오르며 붉은 조끼의 무리를 이끌었다. 건물 내부 구조
를 가장 잘 아는 이의 자신감이었다. 소희는 아이언 채를 짧게 잡고는
하프 스윙으로 빠르게 공을 날려댔다. 좀비들의 머리가 폭죽 터지듯 터
졌고, 그렇게 쓰러진 좀비들이 마치 볼링 핀처럼 계단을 구르며 다른 좀
비들을 굴려 넘어뜨렸다. 주머니에선 더 이상 무엇도 만져지지 않았다.
공이 다 떨어졌다.

"처제!"

소희가 욕설을 내뱉으며 주춤하는 사이였다. 연우가 다급하게 소리
치며 건물 안쪽을 가리켰다.

"형부?"

두 눈을 동그랗게 뜨고 놀란 것도 잠시, 소희는 아이언 채를 손에 쥔 채 포르쉐 쪽으로 몸을 던졌다. 운전석으로 들어간 그녀의 뒷모습이 조수석으로 빠져나가며 건물 안쪽으로 사라졌다.

"들어가요! 들어가!"

가장 먼저 계단에 오른 연우가 운전석 시트를 밟고 포르쉐의 지붕 위로 올랐다. 동시에 운전석 쪽으로 다급하게 손짓하며 붉은 조끼 사람들을 향해 악썼다.

※

연우가 두 손으로 전지가위를 들어 허공을 향해 자르는 시늉을 해보았다. 좀비들의 목을 자르는 연습이었다. 가위질을 크게도 해보았다가 작고 빠르게도 해보았다. 엉성하고 서툴렀다. 그렇게 쉽게 익숙해질 리가 없었다. 하지만 달리 방도도 없었다. 붉은 조끼 사람들이 건물 안으로 들어가려면 엄호가 필요했다.

그들은 한 번에 한 명씩 운전석으로 뛰어들어 조수석으로 빠져나갔다. '박 사무장'이라는 30대 중반 정도로 보이는 남자 한 명, 많아야 20대 중반으로 보이는 여자 한 명, 그리고 50대는 되어 보이는 남자 한 명, 이렇게 총 세 명이었다. 좀비들이 포르쉐로 달려들면서 그들의 조끼를 잡아채거나 다리를 붙잡았다. 연우가 좀비들의 목을 싹둑싹둑 잘라내자 그 목들이 댕강댕강 떨어졌다. 연우의 얼굴과 옷으로 그것들의 검붉은 체액이 튀었다. 목 잘린 좀비들은 방향을 잡지 못하고 휘청대다 계단으로 굴러떨어지기도 했다. 좀비들의 수가 더 몰리자 연우는 아예 가위를 접어 그 얼굴들을 찔러댔다. 광기 어린 얼굴들이 사정없이 뚫렸다. 하지만 그 수는 점점 늘어났다. 연우 혼자 감당할 수 없었다. 좀비들의 머리가 연우에게 닿기 직전이었다. 그 머리들이 동시에 터져 나갔다. 이번에는 붉은 조끼 사람들이 연우를 엄호했다. 그들은 조끼에서 쇠구슬을 꺼내 새총을 쏘았다.

"형부! 여기요! 여기!"

소희 목소리였다. 소희가 저 뒤쪽에서 관제실 문을 연 채로 마구 고함을 쳤다. 붉은 조끼 사람들 모두가 건물 안으로 들어왔으니 더는 최전방을 사수할 이유가 없었다. 연우는 건물 안쪽으로 뛰어내리며 달리기 시작했다. 조금씩 뒷걸음치며 새총을 쏘던 붉은 조끼 사람들도 연우가 달리는 것을 확인하고는 함께 관제실 쪽으로 내달렸다. 포르쉐의 조수석에서 그리고 지붕 위에서 좀비들이 막 쏟아졌다. 그것들이 한꺼번에 몰리면서 얽히고설키더니 서로의 머리를 짓밟으며 터뜨리기도 했다.

"빨리! 더 빨리!"

소희가 간절하게 애원했다. 연우와 붉은 조끼 사람들이 겨우 관제실 안으로 몸을 던지자 소희는 기다렸다는 듯 문을 닫아 잠갔다. 문과 문틀이 꼭 맞게 결합하는 우렁찬 소리가 사람들에게 안전감을 부여했다.

"아악!"

찰나의 안도감조차 부질없게 느껴졌다. 창백한 손 하나가 소희의 얼굴을 감싸 쥐었다. 문이 닫히면서 잘린 좀비 손목 하나가 마치 생명줄을 잡은 듯 매달렸다. 소희는 어쩔 줄 모른 채 비명을 지르며 방방 뛰어댔다. 중년의 남자가 새총을 들고 이리저리 조준해 보았지만 소희의 얼굴을 쏠까 주저했다. 손가락들이 소희의 눈을 파고들고 또 입 안을 침범했다. 당장 쇼크로 기절할 듯 그녀는 발작적인 몸부림을 쳤다. 순간 날카로운 물건이 좀비의 손등에 정확히 꽂혔다. 연우가 두 손으로 가위를 든 채 소희의 얼굴을 겨누고 있었다. 가위날 끝이 좀비의 손을 관통하고도 더 들어가 소희의 미간에 닿기 직전이었다. 창백한 손이 가위 끝에 꽂힌 채 축 늘어졌다. 검붉은 체액이 그 손목을 타고 내려 소희의 입술을 적셨다. 연우는 홱 가위를 털며 그것을 바닥으로 내쳤다. 금세 시커멓게 변한 손이 한차례 꿈틀대더니 더 움직이지 않았다. 놀란 듯 얼어붙은 소희는 고개도 돌리지 못했다. 겨우 눈알만 굴려 연우를 바라볼 뿐이었다.

＊

좀비들이 관제실 문의 유리창을 두드리고 머리를 부딪쳐댔다. 저렇게 두었다가는 분명 곧 깨질 것이었다. 다들 어쩔 줄 몰라 하는데 붉은 조끼의 여자가 벽에 걸린 종이 달력 한 장을 부욱 찢었다. 그것을 보고 무언가를 직감한 박 사무장이 콘솔 아래 서랍을 뒤져 유리테이프를 던져주었고 여자는 그것을 받아서 입으로 주욱 찢었다. 그제야 여자의 행동을 이해한 연우가 재빨리 달력을 잡아 유리창에 맞댔고 여자는 거기에 능숙한 솜씨로 테이프를 발랐다. 7월의 뒷면이었다. 7월 내내 온 법원의 달력을 장식한 사진이었다. 법원 대강당에서 법복을 입은 앳된 얼굴의 사람들이 꽃다발을 들고 환하게 웃고 있었다. 그들 뒤쪽으로는 '신임법관 임명식'이라고 쓰인 대형 플래카드가 걸렸다. 그중에서도 홀로 양복을 입고 정중앙에 선 백발의 중년 남자가 가장 눈에 띄었다. 법원장이 세상 인자한 미소를 짓고 있었다. 누가 뭐래도 그 사진의 주인공은 법원장이었다. 유리창을 가리자 좀비들의 반응이 조금씩 잦아들었다. 유리창에 붙은 법원장의 얼굴이 불안하게 흔들렸다.

*

"야, 니가 무슨 짓을 한 줄 알아?"

박 사무장이 다짜고짜 쌍욕을 내뱉으며 소희에게 달려들더니 뺨을 때리고 멱살을 잡아당겼다. 당황한 소희는 눈만 동그랗게 뜬 채 아무 말도 하지 못했다. 그는 분을 이기지 못해 씩씩거렸다.

"왜 이러세요?"

연우가 뜯어말렸지만 소용없었다. 박 사무장이 힘껏 어깨로 밀치니 그저 맥없이 나가떨어졌다. 두 사람의 근육 조직과 뼈의 성분은 육안으로도 어린아이와 성인의 차이라 할 만했다. 흡사 럭비 선수와도 같은 다부진 체격이었다. 그런 그가 소희를 향해 수차례 주먹을 날렸고 있는 힘껏 밟아댔다. 그 소란스러운 소리에 좀비들이 반응했다. 유리창 두드리는 소리가 거세졌다. 달력 사진이 심하게 흔들렸다.

"본부장님…."

젊은 여자가 안절부절못하며 중년 남자를 바라봤다. 그제야 중년 남자, 본부장이 고개를 끄덕였다.

"그래, 천 주임."

그 말이 끝나기가 무섭게 젊은 여자, 천 주임은 달렸고 본부장은 뒤따라 느긋하게 걸었다. 연우도 힘을 보탰다. 그렇게 세 사람이 박 사무장의 양팔을 잡아끌며 겨우 그를 떼어놓았다. 박 사무장이 얼굴을 일그러뜨리며 울먹였다. 방금 전까지만 해도 분노로 가득했던 그였다. 그러더니 이내 엉엉 통곡하기 시작했다. 그 소리에 맞춰 관제실 문도 부서질 듯 흔들렸다.

"쉬…."

본부장이 박 사무장의 입을 막으며 달랬다. 연우도 소희도 직감했다. 포르쉐에 치인 여자 때문이리라. 그녀 역시 붉은 조끼를 입고 있었다. 그녀는 그들의 동료였다. 포르쉐에 치여 쓰러진 것이 그녀의 마지막 모습이었다. 그다음은 좀비들이 그녀를 한꺼번에 덮치는 바람에 아무것도 볼 수 없었다. 눈물이 그렁해진 천 주임이 겨우 목소리를 낮춰 말을 꺼냈다.

"당신만 살면 되는 거예요? 당신 살자고 그 스포츠카를 몰고 사람을 쳐서 죽여요?"

한껏 두드려 맞아 바닥에 누워 있던 소희가 천천히 몸을 일으켰다. 얼굴에 피멍이 들고 입술이 터졌다. 그녀는 대답 대신 주머니에서 손거울을 꺼내 자신의 얼굴을 확인했다. 왼쪽 오른쪽으로 얼굴을 돌려 보고 또 콧대를 흔들어 보기도 했다. 그러더니 박 사무장을 위아래로 훑었다. 그제야 붉은 조끼에 쓰인 글자가 눈에 들어왔다. 앞쪽에는 '투쟁', '단결'이라고 쓰였다. 그의 양팔을 붙잡은 본부장과 천 주임의 같은 조끼 뒤쪽에도 무언가 잔뜩 그려졌다. 머리띠를 두른 사람이 주먹을 불끈 쥔 채 팔을 내뻗은 그림 아래로 '단혁제철 노동조합'이라는 글자가 또렷하게 보였다.

"제기랄! 카악, 퉤!"

소희가 짜증 섞인 표정으로 욕설을 하며 피 섞인 가래침을 뱉었다. 그 모습에 박 사무장이 다시 달려들었지만 양팔을 단단히 잡힌 터라 발버둥 칠 수밖에 없었다. 이번에는 소희가 박 사무장을 노려보며 앙칼지게 물었다.

"말은 바로 해야죠. 그쪽들은 나 땜에 산 거 아녜요?"
"처제…" 연우가 소희를 말렸다.
"뭐… 뭐라고?" 박 사무장이 더 격하게 발버둥 쳤다.

"내가 금쪽같은 내 차 부숴가면서까지 법원 문도 열어줬고 이 방 문도 열어줬잖아요. 당신들 다 내가 열어준 문 통해서 들어왔고 그래서 살았잖아요. 나한테 그따위로 따질 수 있는 것도 결국 살아서 가능한 거 아닌가? 나 아니었으면 당신들 이미 바깥에서 저것들 밥 됐어! 알아? 고마운 줄도 모르고!"

"처제!"

연우의 목소리가 높아졌다. 연우도 자신의 목소리에 스스로 놀랐는지 좀 움찔거렸다. 본부장이 황당하다는 표정을 지었다. 그럼에도 박 사무장 달래기를 잊지 않았다.

"됐다, 됐어. 그냥 무시해. 말이 안 통하는 사람이다. 놔둬라. 그냥 저리 살다 죽게 놔둬라."
"저기, 지금 우리끼리 이럴 때가 아닙니다."

연우도 거들었다. 정작 박 사무장은 소희의 말에 반박할 거리를 찾지 못했다.

*

좀비들이 문에 부딪치는 소리가 관제실을 울렸다. 관제실의 긴 콘솔 위에는 법원 안팎의 모습을 중계하는 수십 대의 모니터들이 큐브의 단면처럼 규칙적으로 배열되어 있었다. 밖은 어두워졌다. 흰색 SUV는 여전히 불타고 있었다. 아까보다 훨씬 더 많은 수의 좀비들이 정의의 여신상 위로 올라탔다. 법원 도로에서도, 건물 복도에서도, 식당에서도, 계단에서도 추격전이 벌어지지 않는 곳은 없었다. 쫓기는 자는 적었고 쫓는 것들은 많았다. 쫓기는 자가 잡히는 순간이면 쫓던 것들이 일제히 덮치며 산을 쌓았다. 누군가는 강하게 저항하며 뿌리치기도 했지만 끝은 언제나 같았다. 인간은 연약했다. 시체들이 즐비했고 피와 내장들로 흥건했다. 그리고 어느 순간이 되면 그 시체들이 다시 살아나 움직였다. 지옥이 생중계되고 있었다.

의족

*

"이혼하러 왔어요."

묻지도 않았는데 소희가 먼저 말을 꺼냈다. 도둑질하다 들킨 것처럼, 자신이 왜 지금 여기에 있는지 판사 형부가 의아하게 생각할 거라 여겼다.

"이혼? 협의?"

연우가 짐짓 놀란 눈으로 묻자 소희가 쓸쓸한 미소로 고개를 끄덕였다. 소희가 동서와 사이가 좋지 않다는 것은 알았지만 협의이혼 신청까지 한 줄은 몰랐다. 아니 알 수가 없었다. 소희는 자신의 이혼 의사를 누구에게도 말하지 않았다. 부모에게조차. 두 번째 이혼이었다.

*

"아이구! 강 사장님이랑 이렇게 안 닮은 미인 딸이 있었소?"

소희는 어느 건물 임대업자로부터 강남에서 피부과를 크게 한다는 집의 아들을 소개받았다. 사교성이 남달랐던 임대업자는 부동산 버블이 붕괴될 때쯤 필호네 사무소를 제집처럼 드나들며 필호와 형님 아우 사이가 됐다. 그는 꽤 유명한 서울 근교 골프장의 VIP 회원권을 몇 장 갖고 있었고 필호를 그곳에 자주 데리고 다녔다. 먹는 것부터 입는 것, 타는 것까지 모든 게 자신과 달랐던 그를 필호는 동경했다. 결국 임대업자는 필호를 통해 강남 어느 사거리에 있는 6층짜리 병원 건물을 최저점에서 매입했다. 필호는 앞으로 그와 알고 지내면 도움이 되면 되었지 손해 볼 일은 없을 거라 여기며 수수료까지 깎아주었다. 그런 그가 결혼적령기의 자기 딸에게 선을 주선하다니. 분명 그 상대는 자신과는 다른 급의 신분일 거라고 믿었고 그 믿음은 주선이 성사되자 현실로 드러났다. 상대 집안 피부과는 임대업자의 건물 세 개 층에 입주했고 그 집 아들은 같은 건물 지하에서 이탈리안 레스토랑을 운영했다. 마땅한 직업 없이 놀고먹는 걸 두고 볼 수 없었던 피부과 원장이 요식업 명함이라도 하나 파서 갖고 다니라며 그 아들에게 차려준 레스토랑이었다. 소희는 단번에 그 레스토랑을 알아볼 수 있었다. 인플루언서들에게 막대한 광고비를 뿌리며 SNS 광고 효과를 톡톡히 보는 곳이었다. 소희는 부동산집 딸에서 대형 피부과 집 며느리로, 동시에 인플루언서의 성지와도 같은 레스토랑의 오너로 신분을 바꿀 수 있는 절호의 기회라 확신했다.

결혼적령기였던 둘은 바로 결혼 날짜를 잡았다. 처음부터 결혼을 전제로 집안배경, 경제력, 외모 같은 조건들을 다 확인하고 만난 사이였다. 5성급 호텔 결혼식에 2캐럿 다이아반지, 한 달 유럽 신혼여행 등등 부릴 수 있는 온갖 허식으로 뒤집어쓴 브랜드와 명품의 보여주기식 쇼가 소희의 SNS를 도배했고 이를 찬양하고 부러워하는 댓글들이 줄을 이었다. 하루는 서영이 소희의 예물을 보고 와서는 부러워 죽겠다며 연우에게 볼멘소리를 했다. 자신은 제대로 된 예물 하나 받지 못했다는 불만의 표현이었다. 서영은 일 년에 한 번 꼴로 연우 부모에게 얼굴을 비췄다. 같은 서울인데도 늘 바쁘다는 이유로 연우와 나현이만 보냈다. 서영은 연우의 부모로부터 받은 것도 없지만 받을 것도 없다는 사실을 잘 알았다. 연우는 스스로 통제할 수 없는 요소들로 거듭 비교되고 평가됐다. 더군다나 아내가 그 상황에 일조한다는 게 좌절감을 주었다. 그럼에도 반박은커녕 그런 감정조차 드러낼 수 없었다. 어쩌면 가난은 죄였다. 그게 현실이었다.

그러나 얻는 게 있으면 잃는 게 있었다. '세상에 공짜는 없다.' 연우가 굳건히 믿는 삶의 공식이었다. 소희는 시댁에 들어가 살았다. 레스토랑으로 좀 더 돈을 벌어 독립할 정도가 되면 그때 집을 마련해서 나가라는, 일종의 재벌집 트레이닝 같은 것이었다. 강남 대형 평수의 아파트이긴 했지만 시댁에서 시부모를 모시고 사는 게 여간 불편하지 않았다. 각별한 아들 사랑으로 아들을 끼고 살려는 시모의 의지가 완강했다. 시모는 소희에게 두부 한 모를 사더라도 반드시 가계부를 쓰게 했고 그걸 일일이 검사했다. 소희가 옷이라도 살라치면 자신에 더 이상 맞지 않는 오래된 옷들을 명품이랍시고 물려주면서 고마운 줄 알라고도 했다. 인플루언서 소희에겐 기막히게 촌스러운 것들이었지만 가족 공식모임에는 반드시 그것들을 입고 나가 시모를 만족시켜야 했다. 게다가 시부모는 애초부터 소희의 인플루언서라는 직업 자체를 상스럽게 여겼다. 그딴 게 무슨 직업이냐부터 시작해서 우리 돈으로 SNS에 명품 자랑이나 하는 게 직업인 거면 네 인생은 그야말로 '가짜' 아니냐, 그래서 네 인생은 결국 '협찬인생' 같은 게 아니냐며 대놓고 모욕 주기를 서슴지 않았다.

결정적으로 그 아들이 문제였다. 레스토랑을 찾아온 인플루언서들과 바람이 났다. 한두 번이 아니었다. 여러 명의 인플루언서들에게 정기적으로 돈을 주고 그 대가로 데이트를 하는 이른바 '장기 스폰'의 관계를 맺었다. 술과 여자라면 사족을 못 쓰는 놈이었다. 소희는 더 참지 못했다. 짐을 싸서 필호에게 갔다. 필호도 사정을 모르는 바 아니었으나 병원장 집 며느리 타이틀도 쉽게 포기할 수 없었다. 그는 세상이 그렇게 만만하냐고, 그렇게 약해빠져서 험한 세상 어떻게 살겠냐며, 시부모 늙어서 힘 빠질 때까지 조금만 버티면 다 네 세상일 텐데 그거 하나 못 참느냐며 소희를 나무랐다. 그러면서 어서 아이를 가져야 주도권을 가질 수 있다며 신신당부하여 돌려보냈다. 하지만 더 어리고 예쁜 인플루언서들을 탐닉하는 아들이 소희와 잠자리를 가질 이유가 없었고 아이가 생길 리 만무했다. 소희는 인간으로서 그리고 여자로서 지옥 같은 삶을 살았다. 필호가 끝내 소희를 데려온 것은 소희가 집 근처 무인 주차장에 세워진 최고급 이탈리아산 스포츠카 마세라티 안에서 번개탄을 피우고 잠들었다가 새벽 조깅하는 사람에게 발견돼서 옮겨진 중환자실에서였다.

이혼 후유증 같은 것인지 소희는 그로부터 상당 기간 감정을 다스리지 못했다. 평온한 것 같다가도 사소한 일에 미친 듯이 짜증내고 화내거나 종일 울었다. 미자는 막내딸이 또 나쁜 마음을 품을까 봐 한동안 살얼음판 걷는 심정으로 지냈다. 필호 역시 소희의 관심을 다른 데로 돌리고자 골프 레슨을 받게 하고 같이 필드에 나가기도 했다. 또 웬만하면 '인플루언서' 격에 맞는 이미지를 유지할 수 있도록 비싼 물건들을 무리해서라도 사주려고 했다. 그중에 빨간색 포르쉐가 있었다.

죽으란 법은 없는지 소희는 필호네 사무실에서 아르바이트를 하던 젊은 공인중개사와 급속도로 가까워지더니 결혼까지 약속다. 이혼하고 2년여만의 일이었다. 그러고 보면 이래도 되나 싶을 정도로 행복한 순간도 너무 괴로워서 눈 감으면 스르륵 사라져서 죽어버리고 싶은 순간도 다 지나가는 한때의 일일 뿐이었다. 필호는 그 젊은 공인중개사가 사윗감으로 성에 차지 않았지만 대형학원에서 공인중개사 수험생들을 대상으로 파트타임 강사 일을 성실히 하는 모습에 점수를 줬다. 그에게 배우려는 수강생들이 꾸준히 늘어나는 점도 한몫했다. 스스로도 더 성장할 가능성이 있다고 믿는 듯했다. 소희는 비로소 진정한 사랑을 만났다며 행복해했다. 하지만 유명 인플루언서의 성에 찰 정도는 아니었던 걸까. 소희는 어느 순간부터는 남편을 공개하지 않으려 했다. 어떤 때는 남편이 자신의 삶과 이미지 관리에 오점이 된다고 여길 정도였다. 그렇게 시간이 흘러 소희는 일종의 깨달음 같은 것을 얻었다. 사랑이라는 감정은 그저 한순간의 생물학적 화학적 반응에 지나지 않는다는 것, 종의 번식을 위한 호르몬의 장난질에 불과하다는 것이었다. 진정 사랑이라는 게 존재한다면 남녀 사이에 돈이나 직업 따위가 문제 될 리 없었다. 사랑은 그저 착각 같은 것이었다.

소희는 털어서 먼지 한 톨 나오지 않는 온전한 추앙의 대상으로 남고 싶었다. 지금 자신의 삶에서 탐탁지 않은 모든 것들을 제거해버리고 새롭게 출발하길 원했다. 책임감 운운하는 고리타분한 얘기 따윈 그녀와 거리가 멀었다. 첫째도 둘째도 자신의 행복이 최우선이었다. 소희는 동서에게 더 이상 사랑 따윈 없으니 헤어지자며 원만한 합의이혼을 종용했고 오로지 사랑만을 믿었던 동서는 이별을 원하는 그녀의 절절한 요구 앞에 굴복했다. 그 와중에 소희는 부모의 가슴을 아프게 하고 싶지 않았다. 다시 이혼한다면 부모의 마음을 지옥 속에 몰아넣는 셈이었다. 또 이혼을 하네 마네 한바탕 난리를 치고 속을 끓이다가 서로 모진 말들만 잔뜩 주고받으며 상처를 입히는 게 싫었다. 결국 필호의 성격을 잘 아는 동서와 소희 단둘이서만 조용히 이혼신고까지 마친 다음 천천히 그 사실을 알릴 계획이었다.

연우는 시선을 내리며 소희에게 고개를 끄덕여 보였다. 더 묻지 않았다. 그녀의 선택을 수긍할 수 있었다. 어디까지나 소희의 인생이었다. 그녀가 그렇게 하기로 했다면 그 선택이 옳은 것이라 믿었다. 어차피 자신은 누군가의 인생에 함부로 끼어들거나 조언할 처지가 아니었다.

＊

"저것들은 욕망에 따라 움직여."

본부장이 관제실 모니터들을 훑어보며 입을 열었다.

"욕망이요?" 천 주임이 물었다.
"뭐랄까… 욕구라고 하는 게 더 맞을까?" 본부장이 되물었다.
"욕구…" 천 주임이 그 말을 속으로 몇 차례 되뇌었다.
"그래, 욕구. 먹고 자고 싸고 하는… 일차적 욕구 말이야."

본부장이 다시 설명했다.

"그래서 뇌를 부숴야 돼. 다들 알았죠? 더 이상 욕구를 느낄 수 없게 뇌를…." 본부장이 연우를 돌아보며 말했다.

그랬다. 돌이켜보니, 김 실장도 연우를 쫓다 말고 금고 안의 달러와 골드바에 정신이 팔렸다. 정의의 여신상에 올라탄 좀비들은 발정 난 개처럼 여신상의 가슴을 물고 빨며 아랫도리를 비벼댔다. 경비원은 깊은 잠에 빠졌다. 그는 교대근무를 서느라 언제나 잠이 고팠을 터였다. 건물 정문을 비추는 화면에는 골프채를 들고 스윙하거나 포르쉐 운전석에 앉은 좀비도 있었다. 본부장 말에 일리가 있었다. 경험적으로 짐작만 하던 것을 그제야 확신할 수 있었다. 좀비를 죽이려면 그것의 욕구를 관장하는 뇌를 망가뜨려야 했다.

그때 천 주임의 발걸음에 무언가 차이며 금속성 소리를 냈다. 소희의 아이언 채였다. 천 주임이 그것을 집어 들자 채에 부착된 홀로그램 스티커가 모니터 빛을 반사하며 반짝거렸다.

"강소희… 강소희?"

천 주임이 잠깐 골똘히 보더니 경외의 눈으로 소희 쪽을 돌아봤다.

"누구? 아는 사람이야? 강소희가 누군데?"

본부장이 채를 홱 낚아채더니 허공에 빈 스윙을 날렸다. 꽤 정돈된 스윙이었다. 바로 옆에 있던 천 주임이 피하는 시늉을 하며 짧게 비명소리를 냈다. 본부장이 씨익 웃어 보였다. 설마 채에 맞게 하겠냐는 의미였지만 실은 골프도 한번 못 쳐봤냐는 비웃음에 가까웠다. 그러고는 골프채 브랜드를 살폈다.

"오, 좋은 거 쓰네? 얼마나 쳐?"

본부장이 어느새 다가온 소희에게 채를 건네며 물었다.

"알아서 뭐 하게?"

소희가 채를 잡았지만 그는 꽉 잡고 놓아주지 않았다.

"꼴에 골프도 쳐?"

소희가 비아냥거렸다. 본부장이 가소로운 미소를 지으며 소희의 다리 쪽으로 시선을 옮겼다. 치마바지 아래로 운동으로 다져진 탄력 있는 허벅지가 눈에 들어왔다.

"달리기도 좀 해?"

본부장이 능글맞게 웃으며 물었다. 소희가 그런 시선을 놓칠 리 없었다.

"뭐래는 거야, 이 변태 새끼가!"

소희가 욱하며 골프채를 당겼고 본부장이 져주는 듯 놓아주었다. 그녀가 뒤로 넘어질 듯 주춤하며 노려봤지만 그는 오히려 재미있다는 듯 실실 웃으며 돌아섰다.

*

붉은 조끼 삼인방은 옹기종기 앉아 속닥거리기 시작했다. 주로 본부장과 박 사무장이 주도하고 천 주임은 잠자코 듣는 식이었다. 두 남자는 팔을 뻗어 이리저리 방향을 가리키기도 했고 서로를 지목하기도 했다. 그러면서 홀끗홀끗 연우와 소희의 눈치를 살폈다. 연우는 노동조합, 그러니까 노조라는 것이 막연히 나쁜 사람들의 집단이라 여겨왔다. 표현이 '나쁜'이라 좀 유치하긴 한데 성인이 되기 전까지 꼭 그렇게 여겼다. 권선징악이 주제인 영화 속의 악당 정도로 생각했다면 적절한 비유일까. 미디어에서 드러내는 노조의 모습은 언제나 떼로 몰려다니며 도로를 점거하고 시끄럽게 구호를 외쳐댔다. 화염병을 던지고 쇠꼬챙이를 휘둘렀다. 게다가 어린 마음에 무조건 '좋은' 쪽으로 믿었던 '경찰'들을 괴롭히니 당연히 '나쁜' 쪽이라 여길 수밖에. 부친 창수도 한 몫 거들었다. '저런 나쁜 놈들 같으니!'라거나 '저 새끼들은 일은 안 하고 노상 데모질이야!'라면서 세상 말세라는 듯 혀를 차고 고개를 저었다. 그래서 연우에게 노조는 '나쁜' 놈들, 그래서 절대로 자신이 섞일 수 없고 섞여서도 안 되는 다른 부류의 인간들로 새겨졌다. 그토록 견고하게 유년을 지배해 온 생각이니 성인이 되어서도 잘 변하지 않았다. 노조라고만 하면 으레 부정적인 이미지만 떠올랐다. 생각의 관성 같은 것이었다. 그래서인지 연우는 묘한 기분을 느꼈다. 자신과 완전히 다른 부류의 사람들, 평생 살면서 말을 섞거나 마주쳐보지 않은 사람들이 같은 공간에 있었다. 그런 사람들과 함께 삶과 죽음의 경계선 위에 서 있었다.

*

"그래서, 형부 양반, 이제 어쩔 거요?"

어느새 다가온 본부장이 답답하다는 듯 물었다.

"어쩌다니요?" 연우가 되물었다.
"우린 여기서 나갈 거요."

본부장이 건물 정문을 비추는 모니터를 가리켰다. 구름떼처럼 몰린 좀비들이 포르쉐 근처를 배회했다.

"나간다고요? 저것들을 뚫고?" 연우가 귀를 의심했다.
"그럼 뭐, 여기서 넋 놓고 마냥 기다리시게?"

본부장은 자신의 조끼 주머니에서 쇠구슬 가득한 비닐 팩 하나를 꺼내 흔들어 보였다. 그러고는 관제실 한편에 나란히 앉은 박 사무장과 천 주임을 돌아보며 말을 이었다.

"이게 한 팩당 딱 백 발이거든? 한 명당 한 팩씩 쏴도 삼백 발이야. 충분히 가능하지!"

연우는 어쩐지 확신이 생기지 않았다. 관제실에 남는 것도 현명한 방법이 아니었지만 건물 밖으로 나가는 건 그보다 훨씬 더 위험해 보였다. 연우는 판사실로 올라가서 숨는 게 더 안전하다고 생각했다. 판사실 쪽은 유동인구가 적은 곳이라 만에 하나 좀비들이 있더라도 아주 적은 수에 불과할 것이었다. 결정적으로 연우에겐 건물 내부 구조가 익숙했다. 일부러 법원으로 되돌아온 이유이기도 했다.

본부장이 이번에는 턱을 치켜올리며 관제실 문을 가리켰다. 달력 사진이 세차게 흔들렸다. 곧 좀비들이 유리창을 깨고 들이닥친다 해도 전혀 허황한 것이 아니었다. 연우는 소희를 돌아봤다. 그녀는 정확히 박 사무장과 천 주임의 반대편 구석에 앉아 휴대전화를 만지작거렸다. 이 상황에 셀카라니. 중독은 술이나 마약 같은 유해물질에 의해서만 이뤄

지는 게 아니다. 도박중독 역시 질병코드가 부여되는 '장애'다. 도박 장애(gambling disorder). 그렇게 따지면 소희는 SNS 디스오더(disorder), 'SNS 장애'가 분명했다.

"처제 말이에요." 본부장이 턱으로 소희를 가리켰다.
"왜요?" 연우가 되받아쳤다.
"둘이 별로 안 친하죠?" 본부장이 음흉하게 웃어 보였다.

연우는 속마음을 들킨 것처럼 우물쭈물하더니 뭐라 대답할 타이밍조차 놓쳤다. 둘은 실제로 친하지 않았다. 서로 섞이기 어려운 종류의 사람들이었다. 그러나 오늘 처음 보는 사람한테 '안 친하다'고 털어놓을 일도 아니었다. 본부장이 바로 본론을 꺼냈다.

"저기 저 포르쉐를 몰고 나갈 거요."

본부장의 검지 끝으로 포르쉐를 비춘 모니터가 연결되었다. 그가 덧붙였다.

"아까 그쪽 처제가 좀비들을 다 쳐서 날려버린 것처럼 '쐉' 하고 달려서⋯."

그러더니 이번엔 좀 뜸을 들였다.

"게다가 우리 동료도 같이 쳐서 날려버린 것처럼 말이지."

그의 마지막 말에 섬뜩한 뭔가가 느껴졌다. 소희는 그들의 동료를 차로 쳐 죽였다. 연우는 뭐라고 말해야 할지 머릿속이 하얘졌다. 게다가 소희는 사과는커녕 욕설을 날렸지. 이제라도 사과를 하는 게 맞았다. 당연한 인간의 도리였다.

"그 일은 제가 정중히 사과드리겠습니다. 죄송합니다. 어떤 말로 위로를 드려야 할지…."

하지만 본부장은 심각하지 않았다. 이상하게 피식대기만 했다.

"그게… 말로 사과가 되겠어요?"

섬뜩함이 순식간에 불안감으로 바뀌었다.

"그쪽 처제가 먼저 포르쉐로 가서 시동을 걸도록 해요. 차키도 그쪽 처제한테 있잖아."

본부장이 조끼의 불룩한 주머니를 툭툭 치며 말을 이었다.

"그래도 우리가 엄호는 할 테니, 돈트워리(don't worry) 하시고!"

본부장은 연우와 소희가 자기 동료의 죽음에 대한 대가를 치르길 바랐다. 그것은 자신들의 생존을 위해 동료의 죽음을 이용하는 것이기도 했다. 어쨌든 난센스였다. 좀비들이 득시글거리는 포르쉐로 걸어 들어가라니. 자살행위였다. 형부로서도 절대 용납할 수 없는 일이었다. 더군다나 연우는 소희를 데리고 판사실로 올라갈 궁리를 하던 참이었다. 연우가 막 거절 의사를 표하려던 순간이었다.

"아니, 어디서 자꾸 처제, 처제 하는 소리가 들려?"

소희가 골프채를 바닥에 짚으며 따지듯 물었다.

"아저씨, 할 말 있으면 나한테 직접 해. 우리 형부더러 나 팔아먹으라고 이간질 중이야?"

그 모습을 보던 박 사무장이 벌떡 일어나 본부장 쪽으로 걸음을 옮겼다. 천 주임도 뒤따랐다. 자연스레 두 집단이 대립하는 구도가 됐다.

소희가 연우를 보며 다시 물었다.

"형부, 왜? 나 팔아먹게?"

연우가 당황하며 부정했다.

"그게 무슨 소리야, 처제."

예상치 못한 소희의 간섭에 본부장은 결심한 듯 입을 열었다.

"이왕지사 이렇게 된 거, 전략을 짭시다!"

본부장은 바로 뒤에 선 박 사무장을 가리키다가 건물 입구 안쪽을 비추는 모니터를 손으로 짚었다. 초대 대법원장의 흉상이 보였다.

"우리 박 사무장이 저 할아버지 동상 쪽으로 저것들을 유인할 거요."

이어서 흉상 반대편, 포르쉐를 비추는 모니터를 짚었다.

"그때 처제 아가씨가 포르쉐로 뛰어가서 시동을 걸어."
"뭐요? 뭔 말도 안 되는 얘길! 형부!"

소희가 어이없다는 듯 반문하며 연우의 즉각적인 반박을 요구했다. 본부장은 아랑곳하지 않았다. 천 주임을 슬쩍 돌아보고는 조끼의 불룩한 주머니를 다시 툭툭 쳐 보였다.

"우리가 엄호해 줄게." 동시에 연우가 든 전지가위도 가리켰다.
"아, 혼자 가라는 거 아니잖아. 형부도 같이 가서 도와요. 처제 아가씨는 시동도 걸어야 되니까."

연우는 소희의 기대에 부응하지 못했다. 긍정도 부정도 하지 않고 잠자코 듣기만 했다. 일단 그 계획이란 걸 다 들어보잔 심산이었다. 그래야 반박을 해도 제대로 할 수 있겠단 생각이었다. 그런 연우의 침묵이 소희를 답답하게 했다. 둘은 확실히 다른 성향의 사람들이었다. 본부장이 이번에는 포르쉐를 비추는 모니터에서 흉상을 비추는 모니터로 가상의 선을 그으며 말을 이었다.

"시동을 건 다음에 후진해서 쭈욱 뒤로 들어와. 그러면 우리 박 사무장이 이렇게 뺑 돌아서 포르쉐를 타겠지? 그다음엔 여기서 나랑 천 주임이 타고. 그럼 이제 다 탔지? 됐잖아. 그러면 아까처럼 액셀 이빠이 밟아서 확 빠져나가자는 거야."

참다못한 소희가 불만과 의심을 한꺼번에 터뜨렸다.

"이건 그냥 나더러 죽으라는 거네. 당신들이 우릴 엄호해 준다고? 지나가는 개도 안 믿겠다!"

일순간 단호해진 본부장의 말이 소희의 말문을 막았다.

"당신 포르쉐 없으면. 우리도 죽어."

시종일관 옅은 미소를 잃지 않았던 본부장이었다. 그게 가식이든 무엇이든. 오랜 사회생활에서 터득한 설득의 노하우 같은 것이었다. 그가 정색하자 소희가 당황했다. 좀비들이 관제실 문을 두드리는 소리가 점점 고조되었다.

"너무 위험해요."

이번엔 연우가 대신 고개를 저었다.

"그럼 뭐, 다른 방법이 있단 얘기야?"

이번에는 박 사무장이 본부장을 거들듯 소리쳤다. 그는 관제실 문을 향해 보란 듯이 두 손을 내뻗었다. 유리창이 깨질 듯 흔들렸다.

연우도 자신의 계획을 밝혔다. 비로소 주어진 발언 기회였다.

"판사실로 올라가는 거예요. 거긴 아무나 들어갈 수도 없고 오가는 사람이 적어서 훨씬 안전할 겁니다."

본부장이 어이없다는 듯 비웃었다.

"우리는 뭐 '아무나'가 아닌 건가? 판사실은 통제구역이야! 우리가 감히 들어갈 수 있겠어?"
"우리 형부 판사예요!"
"아니야."

연우가 소희의 말을 끊었다. 하지만 붉은 조끼 세 사람이 연우를 좀 더 유심히 쳐다보는 것까지 그만두게 하지는 못했다.

"어, 그래요? 우리가 못 알아봤네요."

본부장의 어투가 다소 누그러지는 것도 같았다.

"그럼 '아무나'가 아니시지. 우리랑 다른 사람이셨어. 영감님이셨네."

박 사무장 말에는 왠지 좀 전의 어투에 대한 반성까지 들어간 것 같왔다.

본부장과 박 사무장은 이른바 '꾼'들이었다. 시위꾼. 그들의 집회나 시위에는 예외 없이 '불법'이라는 꼬리표가 붙었고, 그래서 그들은 밥 먹 듯이 검찰과 법원을 들락날락했다. 그때 검사와 판사는 자신들의 운명 을 결정하는 '높은 분'들이었다. 그 '높은 분'이 어떻게 결정하느냐에 따 라 재산권과 자유권이 제한됐다. 벌금을 내느냐 징역을 사느냐의 문제 였다. 그러니 가까이서 '판사님'을 마주한다는 사실에 적대감보단 경외 심 같은 게 생기는 것이었다.

"아뇨. 사표 냈으니 이제 판사 아닙니다."

연우는 소희의 우쭐함과 그들의 경외심을 단번에 꺾어버렸다.

"사표? 사표라고? 왜? 갑자기 왜?"

놀란 소희가 몇 번을 되물었다.

연우는 대답 없이 고개만 끄덕였다. 구구절절 설명하고 싶지 않았다. 긴 얘기였다. 서영에게도 말하지 못한 것이었다.

"아, 그럼 이제 변호사 하시겠네."

본부장이 다시 친근한 척 입을 열었다. 막 신분 고하의 부담감에서 벗 어난 그였다. 게다가 실로 변호사라는 직업인과 가깝기도 했다. 동지와도 같은 노조 자문 변호사가 있어서 늘 그의 도움을 받곤 했다. 변호사라는 직업의 애환까지 잘 이해할 정도였다. 한편 천 주임은 달력을 더 찢어 붙일 모양이었다. 그녀는 바닥에 떨어진 달력과 유리테이프를 주워 관제실 문 쪽으로 다가갔다.

"그래서 판사실은 어떻게 가게요? 계획이 있어요?"

본부장이 물었다. 법복을 갓 벗은 자에 대한 어투로 변했다.

"일단 저 계단으로 법정까지 올라가요. 그런 다음에…"

연우는 더 말을 잇지 못했다. 말 보다 앞서 나가는 머릿속 계획이 발설을 주저하게 했다. 그 계획이란 관제실 앞 나선형 계단으로 한 개 층을 올라간 뒤 2층 엘리베이터를 타고 법정 층까지 간 다음, 법정 안에 있는 뒷문을 통해 판사 전용 통로로 빠져나가 그 통로 끝에서 판사실로 연결되는 엘리베이터를 타는 것이었다. 과연 그게 가능할까 스스로도 의심스러웠다. 그저 거침없이 갈 수 있는 길이 아니었다. 관제실 모니터를 가득 메운 저 좀비들을 다 뚫고 지나가야만 했다. 전지가위로도 골프채로도 새총으로도 턱없이 부족해 보였다. 어쩌면 저들 말대로 포르쉐를 타고 빠져나가는 게 더 안전할지도 모른다는 생각이 들었다. 혼란스러웠다.

"그래서, 그다음엔 뭔데요?"

본부장이 연우의 속도 모르고 답변을 재촉했다.

그때 갑작스러운 비명소리가 들렸다. 천 주임 쪽이었다. 그보다 가슴을 철렁 내려앉게 만든 것은 비명과 동시에 울린 유리창 깨지는 소리였다. 천 주임이 유리창에 달력을 덧대려는데 삽시간에 유리창과 달력을 뚫은 손 하나가 천 주임의 머리채를 낚아챘다. 유리에 찔리고 베인 창백한 손 위로 검붉은 체액이 흘러내렸다. 천 주임은 그 손을 자신의 두 손으로 떼어내려 발버둥 쳤다. 마치 달력 사진 속의 법원장이 그녀의 머리채를 잡은 듯한 착시를 일으켰다. 덧대려던 달력은 아래쪽 반만 붙은 채 축 늘어졌다. 단박에 달려온 연우가 그 가늘고 창백한 팔을 전지가위로 댕강 잘라냈다. 잘린 단면에서 검붉은 체액이 뚝뚝 떨어졌다. 박 사무장은 천 주임의 머리칼을 휘감아 잡은 검붉은 손가락들을 하나하나 힘겹게 폈다. 악력이 보통이 아니었다.

쨍그렁쨍그렁 본격적으로 유리창이 뚫렸다. 달력을 찢고 나온 좀비들 손이 여기저기서 허우적거렸다. 연우가 바쁘게 전지가위를 벌리고 오므리며 마구잡이로 그것들을 잘라냈다. 잘린 팔들이 바닥으로 툭툭 떨어져 펄떡거렸다. 그중 어떤 팔이 연우의 다리를 잡으면 연우는 그것을 또 싹둑싹둑 잘라냈다. 막 전열을 정비한 붉은 조끼 사람들은 새총을 겨누었다. 본격적인 발사 시점을 신중히 기다려야 했다. 쇠구슬의 개수는 한정적이었고 반드시 뇌를 공격해야 했다. 결국 소희가 용기를 냈다. 전지가위 하나로는 역부족이었다. 머뭇머뭇 연우에게 다가간 소희가 죽기 살기로 골프채를 휘둘렀다. 관제실 문으로 향하게 한 발걸음이 최대한의 용기라면 골프채를 휘두르게 한 것은 광기 어린 생존본능이었다.

"형부! 우리 이제 어쩌죠?"

그녀가 울기 직전의 표정으로 소리쳤다. 연우는 대답하지 못했다. 다만 점점 또렷해지는 생각이 있었다. 붉은 조끼 사람들 없이 소희와 단둘이서만 판사실로 간다는 건 불가능한 일이었다. 그때 본부장이 목소리를 높였다.

"문이 열리면 박 사무장이 먼저 가서 저것들을 유인할 거요! 그럼 바로 둘이 나가서 차를 가져오는 겁니다! 차 없으면 우리도 못 나가요. 알겠죠? 우리가 엄호합니다! 우리가 엄호해요!"

연우는 설득되고 있었다. 좀비 얼굴 하나가 달력 속 법원장의 얼굴을 정확하게 뚫고 나왔다. 거기에 가위가 내질러지고 골프채가 휘둘리고 새총이 쏘아졌다. 빠르게 딱딱거리던 턱이 느릿느릿 움직임을 멈췄다. 법원장 몸에 찰흙처럼 뭉개진 얼굴이 붙었다.

"안 돼! 절대 못 가! 나 진짜 못 가, 형부!"

소희가 악을 썼다. 듣다 못 한 박 사무장이 성난 걸음으로 다가와 소희의 멱살을 잡아 밀쳤다. 좀비들의 손에 닿을 만큼 밀려났다. 그녀는 비명을 지르며 몸을 움츠렸고 박 사무장은 쌍욕을 퍼부었다.

"너 뒤지라고 내버려 둔대? 엄호해 준다잖아!"

이제 와서 다른 방법을 찾을 수 없었다. 찾는다 해도 별 소용없었다. 모든 상황이 붉은 조끼들의 계획을 향하고 있었지만 소희를 위험에 빠뜨리는 것 역시 도저히 받아들일 수 없었다. 연우는 결국 마음을 굳게

다졌다. 처제와 자신 중 누군가 희생되어야 한다면 그건 무조건 자신이 돼야 한다고 생각했다. 평소에도 그랬다. 제 욕심 부리느라 남을 불편하게 하는 것보단 차라리 손해 보고 넘어가는 게 마음 편했던 그였다. 결국 연우는 애타는 소희의 부름에 답했다. 그녀가 원하는 답은 아니었다.

"차키 줘! 그리고 처제는 여기 사람들이랑 같이 있어!"

겁에 질린 소희가 멍하게 바라보자 연우가 버럭 소리 지르며 각성시켰다.

"강소희! 어서!"

항상 처제라고만 했지 이름을 부른 적은 없었다. 그것도 성까지 붙여서는 더더욱. 더군다나 늘 차분하고 조용하던 그였다. 형부의 불같은 고함이 그녀를 움직였다. 소희는 홀린 듯 바지 주머니를 더듬었다.

"어?"

뭔가 잘못됐다. 아무것도 만져지지 않았다.

"형부, 키가 없어!"

치마바지의 왼쪽 주머니가 예리한 것으로 잘려졌다.

연우와 소희의 직감이 일치했다. 시선은 동시에 본부장을 향했다. 본부장은 능청스럽게 웃으며 어깨를 으쓱거리더니 조끼 주머니에서 차키를 꺼내 흔들었다. 포르쉐 엠블럼이 선명하게 새겨진 키링. 그는 소희와 골프채를 두고 실랑이하는 사이 휴대용 접이식 칼로 순식간에 그녀의 주머니를 그어 차키를 빼냈다. 그들은 처음부터 포르쉐로 탈출할 생각이 없었다. 애초부터 미끼는 연우와 소희였다. 형부와 처제라는 사람들이 건물 정문으로 좀비들을 유인하는 사이 법정으로 도망갈 계획이었다. 판사실까진 어떻게 가는지 몰라도 법정으로 가는 길만큼은 익숙했던 그들이다. 수요일엔 재판이 없다는 사실까지도.

결국 연우와 본부장의 생각은 같았다. 연우가 좀 더 긴 경로, 판사실까지 올라가려고 계획한 것일 뿐. 본부장이 연우의 답변을 재촉했던 이유가 뻔했다. 판사실까지 가는 방법을 알아냈으면 더 좋았을 것이었다. 하지만 이젠 늦은 일이었다. 연우가 분노하며 본부장에게 달려들었다. 둘은 관제실 콘솔보드에 강하게 부딪쳤다. 뒤늦게 달려온 박 사무장이 연우를 몇 번 걷어차며 겨우 둘을 떼어놓았다. 연우와 본부장이 쉽게 일어나지 못하고 바닥에서 꿈틀거렸다. 동시에 무언가 시멘트 바닥을 미끄러지는 소리가 모두의 신경을 곤두서게 했다. 그 순간만큼은 연우와 본부장도 신체적 고통을 느끼지 못했다. 본부장의 손에서 빠진 것이 콘솔보드 아래로 그림처럼 모습을 감췄다. 포르쉐 엠블럼이 선명한 그것이었다. 사람들이 넋 놓고 그 광경을 보던 것도 잠깐이었다. 날카로운 기계음이 들렸다. 분명 포르쉐의 엔진음이었다. 차키의 원격시동 버튼이 눌린 것이었다. 운전석의 남자 좀비가 흥에 겨워 운전대를 돌려댔고 조수석에 앉은 여자 좀비도 덩달아 신났다. 이제 창문은 완전히 박살났고 달력은 휴지조각처럼 찢어졌다. 한꺼번에 몰린 좀비들이 창문틀에 끼여 허우적댔다. 붉은 조끼 삼인방도 본격적으로 총질을 시작했다. 좀비들의 얼굴이 터져서 바닥으로 떨어지면 바로 뒤에 있던 좀비들이 다시 그 끔찍한 얼굴들을 들이밀었다.

*

펙!

좀비 하나가 앞으로 고꾸라지며 관제실 바닥으로 떨어졌다. 순간 극도의 공포감이 관제실을 휘감았다. 물꼬가 트인 듯 좀비들이 거침없이 안으로 쏟아지기 시작했다. 작은 창문이 좀비들을 마구 토해냈다. 소희는 기겁하며 구석으로 내달렸다. 겨우 일어선 연우도 뒷걸음질 쳤다. 박 사무장이 악다구니 쓰며 새총을 쏘아댔다. 좀비들은 망설임이란 게 없었다. 관제실 바닥으로 떨어져서는 두 다리를 세우자마자 전력으로 뛰었다. 숨을 곳이 없었다. 퇴로는 더더욱 없었다. 막다른 길이었다. 맞서 싸워야 했다. 하지만 저 많은 수를 감당하기엔 역부족이었다. 그때 사람들은 처음으로 하나의 공통된 생각을 했다. 여기가 끝이라는 것. 그들은 죽음을 받아들일 수밖에 없었다. 파도 같은 좀비 떼가 그들을 삼키기 직전이었다. 시커먼 파도 뒤로 접시 모양의 UFO가 빠르게 관제실 모니터들을 이동했다. 착시였다. 포르쉐가 빙글빙글 돌면서 관제실을 향했다. 거리끼는 좀비들은 여지없이 쳐서 날리거나 깔아뭉갰다. 포르쉐에 탄 두 좀비는 절정의 스릴을 만끽했다.

"뒤로! 뒤로!"

모니터를 확인한 연우가 다급하게 소리쳤다. 사람들은 본능적으로 콘솔보드 뒤로 몸을 던졌다. 폭격을 맞은 듯 엄청난 굉음과 진동이 관제실을 흔들었다. 포르쉐는 관제실 문을 부수고도 한참을 더 들어와, 콘솔 보드에 부딪친 후에야 비로소 멈췄다. 곳곳에서 전기불꽃이 튀고 연기가 났다. 좀비들의 사지가 사방으로 분리돼 흩어지고, 피와 내장들이 관제실을 적셨다. 순식간에 연기가 가득 찼다. 모니터 화면은 스노 노이즈 상태이거나 극심하게 깜박거렸다. 아예 꺼져버린 모니터들도 있었다. 연우가 정신을 차리며 바닥을 더듬었다. 그 와중에도 전지가위를 놓치지 말아야 한다는 생각이었다. 벌써 익숙해진 두툼한 고무 손잡이가 그의 손에 걸렸다.

"형부… 형부…."

소희의 신음소리였다. 연우는 가까스로 소리의 근원지를 찾았다. 소희는 밀려들어온 콘솔보드와 벽 사이에 힘없이 서 있었다.

"처제, 괜찮아?"

소희가 고개를 저으며 고통스러운 표정을 지었다.

"형부, 나 너무 아파."

다시 보니 그녀의 왼손이 정확히 콘솔보드와 벽 사이에 끼어 있었다. 처음 바이올린을 잡을 때 아파하며 생겼던 딱딱했던 굳은살이, 피나는 연습으로 이제는 물렁한 굳은살이 되어버린 왼손이었다.

필호는 시끌벅적한 것을 좋아했다. 특히 사람들을 불러 모아 함께 식사하고 술을 하는 것을 즐겼다. 설날이나 추석 같은 명절이면 여지없었다. 필호네 집에서 온 가족이 모여 식사하고 하룻밤을 잤다. 예외는 없었다. 필호는 그 집의 왕이자 황제였다. 그에게는 자신이 온 가족을 먹여 살린다는 자부심이 있었다. 그와 같이 사는 세 명의 여자들에겐 부정할 수 없는 사실이기도 했다.

몇 년 전 여느 때와 같은 추석날 저녁이었다. 식사를 마친 필호와 연우가 TV 앞에서 차를 마시는데 소희가 버럭 짜증 섞인 소리를 질렀다.

"아니 왜 여자들만 설거지를 해? 형부! 형부도 설거지 좀 해요! 판사는 설거지 같은 거 안 한다는 거야 뭐야?"

극도의 가부장제에서 남자들은 주방에 들어가지도 못했다. 설거지를 한다는 건 상상도 못 할 일인데 필호네가 딱 그랬다. 필호 자신은 밖에서 그들을 먹여 살리는 사람이고 설거지 따위를 할 사람이 아니었다. 필호는 식사가 끝나면 자연스레 연우와 함께 TV 앞에서 차를 마셨다. 연우 입장에서는 장인의 말벗이 되는 의전행사 같은 것이었다. 그렇다고 장모와 서영이 번갈아 가며 그 어마어마한 설거지를 하는 게 마음이 쓰이지 않는 것이 아니었다.

그날은 소희가 이혼하고 처음으로 맞는 추석날이었다. 극도의 히스테리로 엄마와 언니를 공포에 떨게 하던 때였다. 더군다나 소희는 뷰티 인플루언서가 되면서부터 이른바 '페미니스트'를 자처했다. 남녀갈등으로 비롯되는 사회적 이슈가 나올 때마다 자신의 SNS를 통해 강한 논조로 불합리한 남녀차별 철폐를 요구했고 그간 차별받았던 여성들을 위하여 보상을 요구하기도 했다. 몇몇 게시물은 구독자 수를 폭발적으로 증가시키기도 했는데 워낙 크게 이슈가 되자 가십 뉴스 코너에 소개될 정도였다. 우리 삶의 주인공은 그 누구도 아닌 바로 우리 여성들 자신이며 삶의 방향을 주도적으로 정할 수 있어야 한다고 역설했다. 자신을 바로 그런 여성상으로 이미지 메이킹하기도 했다. 삶의 대부분을 필호가 번 돈으로 수동적으로 살아온 그녀였다. 더 흥미로운 점은 바이올린을 잡았을 때부터 설거지 의무가 면제되었다는 것이다. 아예 특권을 누렸다. 악기를 만져야 하니 무슨 일이 있어도 손가락을 다치면 안 되었다. 설거지는 고사하고 손을 쓰는 그 어떤 일도 못하도록 온 가족이 일심동체로 똘똘 뭉쳤다. 그렇게 모두가 금이야 옥이야 애지중지했던 그 손, 한때 소영이라는 이름과 얼굴을 가졌던 소희의 바로 그 손이었다.

*

콘솔보드 옆으로 소희의 엄지만 비죽 튀어나와 있었다. 나머지 손가락들은 콘솔보드와 벽 사이에 단단히 끼었다. 압착돼 있다는 표현이 더 정확해 보였다. 뼈가 모두 부서졌다고 할 만큼 콘솔보드와 벽은 조금의 틈도 허락지 않은 채 완전히 맞붙었다. 연우가 아무리 콘솔보드를 밀어도 그 육중한 것이 밀릴 리 없었다. 꿈쩍도 하지 않았다. 연우가 소희의 팔을 조금만 건드려도 그녀는 극심한 고통을 호소했다. 할 수 있는 게 없었다. 좀비들의 그르렁거리는 소리가 다시 들려오기 시작했다. 널브러졌다가 막 정신을 차린 놈들과 새로 관제실로 유입된 놈들이었다. 그대로 있다가는 속수무책으로 당할 게 불을 보듯 뻔했다. 결단해야 했다. 연우가 단호한 어조로 입을 열었다.

"처제, 우리 나가야 돼. 그치? 이제 나가야 돼!"

소희가 멍하게 연우를 보다가 갑자기 무엇을 깨달았는지 도리질 쳤다.

"안 돼, 형부. 정말 안 돼요! 형부!"

좀비들의 그르렁대는 소리가 점점 커졌다. 연기 속에서 검은 그림자들이 서서히 모습을 드러냈다. 달리 방도가 없었다. 일단 살아서 빠져나가야 했다. 단단히 마음먹어야 했다.

"미안해, 처제. 어쩔 수 없어. 정말 미안해."

소희가 격하게 고개 저었다.

"안 돼요, 형부! 제발! 안 돼요!"

연우가 이를 악물었다. 전지가위를 벌려 콘솔보드와 벽 사이로 그녀의 손을 끼우곤 보드 위에 댔다. 평소 누군가에게 폐 끼치는 걸 극도로 혐오하던 그였다. 그런 그가 지금 처제의 손가락을 자르려 하고 있었다. 연우 얼굴에도 눈물이 흘렀다. 연우는 왼손으로 소희의 입을 막았다. 그러고는 오른손으로 벌어진 가위 손잡이의 한쪽을 잡아 눌러 오므렸다. 소희의 비명이 연우의 손가락 사이를 비집고 나갔다. 하지만 가위는 무언가에 막힌 듯 잘 오므려지지 않았다. 연우가 몇 번 체중을 실어 누르자 두둑 둔탁한 소리와 함께 완전히 오므려졌다. 인대가 끊어지고 뼈가 부서지는 소리였다. 소희가 경련을 일으키며 단말마의 비명을 질렀다.

연우가 더 세게 소희의 입을 막았다. 그녀의 왼손은 예리하게 잘린 채 엄지만 덜렁거렸다. 시뻘건 피가 쏟아졌다. 손가락 네 개가 잘린 고통 때문인지 손가락 네 개를 잃은 슬픔 때문인지 소희는 세상 전부를 잃은 것처럼 서글프게 절규했다.

"쉬…."

연우는 소희를 끌어안으며 진정시키려 애썼다.

"처제, 가야 해, 이제 정말 나가야 해."

쉽게 진정될 리 없었다. 방금 손가락 네 개가 잘린 그녀였다. 연우는 조바심이 났다. 좀비들의 그림자가 두 사람의 발끝에 닿기 직전이었다.

"지금 안 가면 둘 다 죽어. 지금 안 가면 다 죽어!"

그는 슬픈 얼굴로 그녀를 다그쳤다. 하지만 소희는 그의 말을 들을 생각이 없어 보였다. 미친 듯 오열했다. 그것들의 그르렁거리는 소리가 불과 몇 걸음 앞이었다. 이러다 다 죽을 판이었다. 연우는 소희의 입을 막은 채 그녀의 뒤통수를 잡아 흔들었다.

"처제! 정신 차려! 정신 차려!"

연우의 간절함을 느꼈는지 아니면 그제야 현실을 직시했는지 그녀의 들썩임이 잦아들었다. 울음을 완전히 멈출 수는 없었다. 소희는 눈물범

벽이 된 얼굴로 입을 앙다물었다. 신체 일부를 잃은 애통함을 살아야 한다는 의지로 이겨내고 있었다. 손가락이 잘린 부위는 뜨거웠고 심장이 뛰는 것처럼 벌끈거렸다. 그녀도 알았다. 어쩔 수 없는 일이었다. 바이올린이든 뭐든 일단 살아야 했다.

*

"골프채가 없어요."

소희가 불안해했다. 포르쉐가 돌진해오는데 손에서 그것을 놓칠 수밖에 없었다. 그 상황에선 목숨을 건진 것만으로도 행운이었다. 연우는 새삼 전지가위를 가지고 있다는 사실에 감사했다.

"괜찮아, 내 뒤에만 있어."

둘은 희뿌연 연기 속으로 한 걸음씩 내디뎠다. 소희는 연우의 등 뒤로 딱 붙었다. 마치 한 치 앞도 보이지 않는 안개 속을 걷는 것만 같았다. 연우의 등조차 잘 보이지 않을 정도였다. 그 속에서 좀비들이 하나씩 튀어나오면 그때마다 연우는 그것들의 목을 싹둑싹둑 잘라냈다. 목숨을 건 두더지 게임과 같았다. 점차 연기가 걷히고 어슬렁대던 좀비들의 무리가 두 사람 시야에 들어왔다. 그것은 좀비들에게도 마찬가지였다. 순식간에 두 사람을 향해 달려들었다. 자포자기의 심정을 느낄 겨를조차 없었다. 연우는 전지가위를 붕붕 휘둘렀다. 몇몇의 목이 베어지고 머리가 날아갔다. 겁에 질린 소희가 연우의 옷을 잡고 움츠렸다. 그것들은 연우가 가위를 막 휘두른 직후의 순간을 놓치지 않았다. 그 0.1초의 틈을 노려 연우를 덮쳤다. 연우가 뒤로 넘어지면서 소희도 같이 바닥을 굴렀다.

소희의 비명소리가 관제실을 관통했다. 더 이상 물리의 법칙을 거스르지 못했다. 둘은 무방비상태였다. 하지만 무엇도 두 사람을 덮치거나 물어뜯지 못했다. 좀비들의 머리가 두 사람 위에서 폭탄 터지듯 터졌다. 연기 속에서 구원자처럼 검은 그림자가 다가왔다. 천 주임이 둘을 일으켰다. 연기 밖에서는 치열한 전투가 벌어지고 있었다. 천 주임과 박 사무장이 쉼 없이 새총을 쏘아댔다. 어느새 대법원장 흉상까지 진출한 본부장이 그 뒤에 숨어서 다급하게 손짓했다. 그의 손에는 소희의 골프채가 들려있었다. 연우는 소희를 부축하며 천 주임과 박 사무장을 따랐다. 붉은 조끼 두 명이 그들을 엄호했다.

"일단 법정부터 가면 되죠?"

박 사무장이 쇠구슬을 장전하며 다급히 물었다. 어쩐지 의아했었다. 구해주는 이유가 있었다. 판사실에 가려면 전직 판사가 필요했으리라. 하지만 이유는 중요하지 않았다. 아직 살아 있다는 것에 감사했다. 연우는 달려드는 좀비에게 가위를 내지르곤 고개를 끄덕였다.

"계단! 계단으로!"

연우 역시 그랬다. 그들과 함께 가야 판사실까지 살아갈 수 있었다.

*

대법원장 흉상 뒤로 아름드리나무 크기의 회백색 기둥을 돌면 법정으로 연결되는 나선형 계단이 있었다. 본부장이 가장 먼저 기둥을 돌아 계단에 올랐다. 그는 달려드는 좀비들을 향해 골프채를 휘둘렀다. 박 사무장이 그 뒤를 따라 올랐다. 나머지 세 사람은 마치 한 몸처럼 움직였다. 천 주임과 연우가 소희를 가운데 두고 사주를 방어하는 식이었다. 앞장선 천 주임이 새총으로 길을 텄고 소희의 등 뒤에 붙은 연우가 쫓아오는 좀비들을 가위질했다. 그렇게 세 사람이 비로소 계단에 오르자 본부장과 박 사무장이 기다렸다는 듯 계단 정상에서 그들을 엄호했다. 하지만 2층에 좀비들이 없을 리 없었다. 두 남자는 자신들에게 달려드는 좀비들을 막으랴 계단 아래 사람들을 엄호하랴 몸이 몇 개라도 부족했다. 두 남자의 새총질이 계단 위와 아래를 다급하게 오고 갔다. 천 주임도 빠른 뒷걸음으로 계단을 오르며 새총을 쏘아댔다.

핑! 핑!

좀비들은 날아오는 쇠구슬에 추풍낙엽처럼 쓰러지며 계단을 굴렀다. 그러면서 뒤따르던 좀비들과 부딪쳐 함께 구르기도 했다. 새총이 없는 자들은 오로지 앞만 보며 뛰어올랐다. 연우가 소희의 손목을 잡고 이끌었다.

"빨리! 빨리!"

아직 계단이 반이나 남았다. 그때였다. 천 주임이 더 빠르게 뒷걸음질을 치려다 계단을 헛디디며 엉덩방아를 찧었다. 그녀의 왼쪽 무릎이 완전히 꺾이며 다리가 부러졌다. 얼마나 심하게 부러졌는지 발가락 끝이 무릎에 닿을 정도였다. 그녀의 트레이닝복 바지 안에서 무언가 길쭉한 것이 빠져나왔다. 처음에는 뼈가 드러난 것인 줄 알았다. 뼈가 아니었다. 살색 실리콘의 정강이와 검은 카본의 발목이 연결된, 의족이었다.

천 주임은 주저앉은 채로 어쩔 줄 몰라 했다. 의족이 계단 아래로 미끄러지며 흘렀다. 본부장과 박 사무장이 마구 고함을 쳐댔다. 뭐라고 하는지 제대로 들리지 않았다. 의족이 소희의 오른편을 스쳐 흘렀다. 천 주임도 소희를 보며 뭐라고 소리 질렀지만 잘 들리지 않았다. 소희는 순간적으로 의족을 쫓아 계단을 뛰어 내려갔다. 놀란 연우가 소희를 돌아보며 소리쳤다. 하지만 그녀는 무언가에 홀린 듯 뒤도 돌아보지 않았다. 의족은 몇 계단 아래에서 비스듬히 멈춰 섰다. 좀비들이 의족에 가까워졌고 그것은 소희도 마찬가지였다. 천 주임이 고함치며 새총을 쏘아댔다. 좀비들은 머리가 터지면서 계단을 굴렀다. 하지만 그게 마지막이었다. 천 주임이 아무리 조끼를 더듬어 봐도 더 이상 남은 쇠구슬이 없었다. 애절하게 위를 올려다보았지만 두 남자는 2층 좀비들을 막는 데 여념이 없었다. 좀비들과 소희가 거의 동시에 의족이 있는 곳으로 도달했다. 소희가 의족을 향해 허리를 구부렸고 좀비들은 그런 소희를 향해 몸을 날렸다. 연우가 소희를 따라잡으려 했지만 이미 늦었다. 좀비들이 그녀를 덮치기 직전이었다. 소희는 피가 흐르는 자신의 왼팔을 의족에 끼워 넣고는 곧바로 공중을 향해 휘둘렀다. 간발의 차였다. 좀비들이 의족에 맞아 나가떨어졌다. 동시에 의족에 신긴 운동화가 벗겨지며 날아갔다. 발목 부분에서부터 부드럽게 곡선을 이루며 짧은 스키처럼 매끈한 날로 이어진 의족. 좀비들은 계단을 구르며 머리가 터졌고 관절이 엉망으로 꺾여서 제대로 일어서지도 못한 채 버둥댔다. 비로소 소희에게 도착한 연우가 다시 그녀를 계단 위로 이끌었다. 어느새 천 주임에게 도착한 박 사무장이 그녀를 업고 계단을 뛰어올랐다. 본부장은 그들을 엄호했다. 연우에게 이끌리는 소희의 왼팔에 천 주임의 왼 다리가 붙어 있었다.

천 주임을 업은 박 사무장이 본부장을 지나 모퉁이를 돌았다. 법정으로 들어가는 관문, 보안검색대가 있었다. 본부장의 쇠구슬도 다 소진됐다. 그는 쓸모없어진 새총을 총알 대신 사용하고는 허리춤에 끼워둔 골프채를 잡았다. 그런데 골프채의 헤드가 벨트에 걸려서 빠지지 않았다. 막 달려든 좀비 하나가 당황한 그를 안고 입을 쩍 벌렸다. 그때 그 입안으로 쇠구슬이 날아와 박혔다. 그것의 머리가 박살나며 본부장의 얼굴을 검붉은 체액으로 흠뻑 적셨다. 박 사무장에겐 쇠구슬이 남아 있었다. 그가 보안검색대 위에 천 주임을 막 올려둔 직후였다. 가방 따위를 올려두는 검색대의 레일이 움직였다. 천 주임이 뒤를 돌아보고는 머리를 부딪치지 않게 누웠다. 그녀의 몸이 검색대를 통과했다. 검색대 모니터에서 그녀의 뼈와 장기들이 보였다. 그녀의 왼쪽 무릎 아래로 푹 꺼진 트레이닝 바지가 한쪽으로 접힌 채 구겨졌다. 오른 무릎 아래엔 다리가 보였다. 아니, 다리 같은 것이었다. 실리콘 재질의 종아리와 카본 소재의 발목, 거기에 붙은 매끈한 날에 운동화가 끼워졌다. 의족이었다. 천 주임은 두 다리가 없었다.

연우와 소희가 계단을 올라 모퉁이를 돌자 본부장과 박 사무장도 서둘러 따랐다. 이번에는 연우가 천 주임을 업고 뛰었다. 검색대를 지나자마자 엘리베이터와 비상계단이 나타났다. 연우가 엘리베이터 버튼을 누르곤 발을 동동 굴렀다. '20'이라는 붉은 글씨가 깜박였다. 20층. 엘리베이터는 건물 가장 꼭대기 층에 있었다.

"형부! 계단으로!"

소희가 앞장서서 계단을 뛰어올랐다. 엘리베이터를 기다릴 여유가 없었다. 논쟁거리도 안 되었다. 최소한 결정력에서만큼은 소희가 연우보다 나은 게 분명했다. 세 남자가 곧바로 그 뒤를 따랐다. 소희는 간간이 출몰하는 좀비들의 머리나 목을 의족에 붙은 날로 쳐 베었다. 본부장은 골프채를 휘둘렀고 박 사무장은 새총을 쏘며 후방을 막았다.

"3층! 3층!" 연우의 고함에 소희가 3층 복도 위로 올랐다.

307호 법정의 양옆으로 두 개의 문이 마주 보고 있었다.

"법정! 법정!"

연우가 헐떡거리며 다시 소리쳤다. 하지만 문손잡이가 돌아가지 않았다.

"잠겼어요!" 소희가 다급하게 소리쳤다.
"저 문! 저 문!"

연우가 턱 끝으로 맞은편을 가리켰다. 소희가 후다닥 맞은편 손잡이를 돌려 보았지만 마찬가지였다.

"옆으로! 옆으로!"

소희는 다시 306호 법정으로 뛰었다. 그리고 다시 문손잡이를 돌렸다. 잠겨있었다. 맞은편도 역시. 모든 법정의 문이 잠긴 건 아닐까. 공무원 퇴근 시간이 훨씬 지난 시간이었다. 어쩌면 모든 법정의 문이 잠겼다고 생각하는 게 합리적이었다. 결국 법원 복도에서 이렇게 좀비들에게 당하고 마는 건가. 복도의 끝은 막다른 길이었다. 불안한 기운이 사람들을 엄습했다. 골프채를 휘두르던 본부장도 힘이 부쳤다. 박 사무장은 쇠구슬이 다 떨어지자 복도에 놓인 의자들을 던져댔다. 마지막 의자는 창이자 방패처럼 썼다. 연우는 팔에 감각이 없었다. 금방이라도 천 주임을 놓칠 것만 같았다. 모두가 지푸라기라도 잡고 싶은 심정이었다. 그때 환희에 찬 소리가 그들을 다시 젖 먹던 힘까지 쥐어짜게 했다.

"열렸어!"

소희 역시 전혀 기대하지 않았다는 놀라움의 외침이었다. 305호 법정이었다. 소희가 재빨리 들어가 초조하게 기다렸다. 법정 안은 어두웠다. 기다림의 시간은 길지 않았다. 모두 법정 안으로 뛰어들었고 소희는 기다렸다는 듯 문을 닫아 잠갔다. 코앞에서 먹이를 놓친 좀비들이 문을 두드리고 긁어댔다. 하지만 법정 문은 견고했다. 유리창이 없어 안이 보이지도 않았다. 그래서인지 그르렁거리는 소리도 점차 잦아들었다.

제305호 법정 _ 경우의 수

*

연우는 벽을 더듬었다. 전등 스위치를 찾아 딸깍거렸지만 소용없었다. 아무것도 보이지 않았다. 거친 숨소리들만 법정 안을 채웠다. 부스럭거리는 소리가 나더니 무언가 쿵하는 소리에 다들 화들짝 놀라며 움츠러들었다. 다시 부스럭대는 소리에 불빛이 번쩍 연우의 눈을 때렸다. 박 사무장이 조끼에서 휴대전화를 꺼내 손전등을 켰다. 본부장이 당장이라도 골프채를 휘두를 것처럼 서 있었다. 연우는 천천히 무릎을 꿇으며 천 주임을 내려놓았다. 그러고는 바닥에 두 손을 짚고 숨을 헐떡거리더니 다시 힘겹게 무릎을 세워 걸음을 옮겼다. 어딜 가나 싶었다. 반대쪽 문을 잠그고는 다시 바닥에 주저앉아 숨을 몰아쉬었다. 방금 전 모두를 움찔하게 했던 소리의 정체를 깨달았다. 소희가 쓰러진 의자들 옆으로 바닥에 눕다시피 쓰러졌다. 피를 많이 흘려 얼굴이 창백했다. 소희역시 이를 악물고 버텼다. 천 주임이 바닥을 기어 그녀를 향했다. 트레이닝 바지가 바닥에 질질 끌렸다. 본부장과 박 사무장은 법정 안을 샅샅이 뒤졌다. 본부장이 골프채를 들고 앞섰고 박 사무장이 뒤에서 불빛을 비추었다. 둘은 방청석과 검사석을 지나 법대 위로 올랐다가 피고인석으로 돌아 내려왔다. 깨끗했다.

*

천 주임이 소희에게 물었다.

"괜찮으세요?"

막 숨을 고른 연우도 그제야 휴대전화의 손전등을 켰다.

"처제, 괜찮아?"
"괜찮아요."

소희가 힘없이 웃어 보였다.

"아, 다리 드려야지."

그녀가 천 주임을 보고는 낑낑거리며 왼팔에 끼워진 의족을 빼내자 연우와 천 주임은 경악을 금치 못했다. 의족 안에서 피가 한 바가지 쏟아졌다. 피가 바닥을 치는 소리가 얼마나 컸던지 본부장과 박 사무장도 소희의 상태를 보러 다가올 정도였다.

"아… 안 괜찮네."

소희가 다시 어색하게 웃었다.

"미안해요. 그쪽 다리에 피를 묻혀놨네. 신발도 잃어버리고."

천 주임은 대꾸도 없이 자신의 조끼를 뒤졌다. 대꾸할 가치도 시간도 없었다. 그녀의 손에 들린 것은 길고 가는 천 하나였다. 불끈 쥔 주먹 그림의 양옆으로 '단결', '투쟁'이라고 거칠게 쓰인 시뻘건 머리띠였다.

"머리띠들 주세요."

천 주임이 그것을 소희의 왼손에 감으며 본부장과 박 사무장에게 재촉했다. 두 사람은 주섬주섬 자신들의 조끼에서 같은 머리띠를 꺼내어 건넸다. 천 주임은 그것으로 소희의 왼손을 몇 겹으로 싸며 단단히 동여 맸다. 소희가 피식 웃었다.

"단결, 투쟁, 나 이런 거 완전 싫어하는데. 빨갱이 아니야?"

붉은 조끼 삼인방이 싸늘하게 굳었다.

"이게 미쳤나 진짜!"

박 사무장이 눈을 부라렸다. 본부장이 말리는 시늉을 했다.

소희는 굴하지 않고 왼손을 들어 보이며 비아냥거렸다.

"이게 되겠어요? 이게?"
"되는지 안 되는지. 해봐야 알죠."

잠시 멈칫했던 천 주임이 다시 단단히 매듭을 만들어 묶고는 덧붙였다.

"빨갱이는 무슨. 전 그게 뭔지도 몰라요."

소희는 더 대꾸하지 않았다. 천 주임은 자신의 상처를 돌봐주고 있었다. 사실 자신도 빨갱이가 뭔지 잘 몰랐다.

＊

박 사무장이 고개를 절레절레 흔들며 피고인석에 자리 잡았다. 본부장은 법대 아래 법원사무관 자리에 앉았다. 그는 책상 위에 놓인 리모컨을 이리저리 살피더니 테스트라도 하듯 버튼을 눌렀다. 윙하는 기계소리와 함께 법대 옆으로 대형 스크린이 펼쳐졌다. 천장에 붙은 프로젝터가 빔을 쏘았다. '대한민국 법원'이라는 글자 아래 정의의 여신이 형상화된 그림이 스크린으로 옮겨졌다. 더 이상 휴대전화를 들 이유가 없었다. 스크린은 법정 안의 훌륭한 조명이 되었다. 천 주임이 방청석에 앉아 바지의 왼쪽 부분을 걷었다. 무릎 위가 매끈하게 잘려 있었다. 그녀는 익숙하게 의족을 끼우고선 두 다리를 내려 보았다. 왼발은 의족 날이 드러났고 오른발은 운동화가 신겨졌다. 잠시 멍하니 보던 그녀가 오른발에서 운동화를 벗겨냈다. 그녀는 두 발이 모두 매끈한 날이 되어서야 비로소 자신을 향한 시선을 알아챘다. 연우와 소희가 의족에서 겨우 시선을 잡아 거두며 그녀와 눈을 맞췄다. 천 주임은 그들의 호기심을 모른 체할 만큼 지독하진 못했다.

＊

신이 있다면 이럴 수 있을까. 천 주임은 태권도 선수였다. 그것도 그냥 선수가 아니라 청소년 국가대표 상비군 출신이었다. 초등학교 때 운동부에 들면 먹을 것도 주고 운동복도 준다기에 선택했던 태권도부였다. 외국계 무역회사에 다니던 아버지는 언제나 말쑥한 양복에 서류가방을 들고 출근을 했었다. 퇴근할 때는 빈손으로 들어오는 법이 없었다. 늘 통닭이나 초밥 세트 같은 것을 사 들고 왔고 천 주임은 그때를 자신의 인생에서 가장 행복했던 때로 여겼다. 그러던 그가 어느 순간부터 다리에 감각이 무뎌진다고 한두 번 뱉던 말을 아예 입에 달고 살기 시작하더니, 점차 걸음이 느려지며 절뚝거렸고 결국 하지마비가 되어 침대에서 혼자 일어날 수도 없게 되었다.

'내가 월남전에 갔을 때 말야. 거기서 겪은 것들은 감히 너한테 말할 수도 없이 무서운 것들이야.'

우쭐거림이었는지 잊고 있었던 공포의 엄습이었는지 아버지는 술에 취하면 종종 천 주임을 붙들고 혼잣말하듯 그런 이야기들을 쏟아냈다. 몇몇 병원을 전전한 끝에 진단받은 병명은 '다발성 경화증'이었다. 얼얼하거나 화끈거리는 이상감각을 겪거나 아니면 아예 감각을 느끼지 못하게 되고 심지어는 몸이 마비되거나 하는 중추신경계 질환이었다. 천 주임의 엄마는 견디다 못해 가출했다. 가족의 생계를 책임지고 남편 병수발을 들어야 하는 현실의 중압감을 이겨내지 못했다. 결국 그 모든 걸 해낸 사람은 천 주임의 할아버지였다. 아들의 대소변을 받아냈고 손녀의 알파벳 숙제를 도왔다. 그는 보훈처와 보훈병원은 물론 그간 거쳤던 수십 개 병원들과 행정사 사무소들을 백방으로 뛰어다녔다. 하지만 천 주임의 아버지는 끝까지 보훈대상자로 인정받지 못한 채 눈을 감았다. 고엽제와 다발성 경화증 사이의 인과관계를 확인할 수 없다는 것이 이유였다. 고엽제의 '고'자도, 다발성 경화증의 '다'자도 모르는 내가 무슨 재주로 둘 사이의 연결고리를 설득할 수 있겠느냐며, 법원에서 돌아온 할아버지가 현관에서 신발도 못 벗은 채 주저앉으며 말했었다. 그때 그녀는 할아버지의 말을 이해하기에는 너무 어렸다. 다만 그 슬픔만은 그대로 느낄 수 있었다.

할아버지는 손수 만든 리어카를 끌며 폐지나 고물 같은 것들을 수집해서 갖다 팔았다. 비가 오는 날이면 비가 오는 대로 눈이 오는 날이면 또 눈이 오는 대로, 기상 최악의 무더위나 한파 따위에도 아랑곳 않고 하루도 빠짐없이 일을 나갔다. 어리다고 하여 그런 희생을 모를 리 없었다. 천 주임은 일찍 철이 들었다. 할아버지의 부담을 조금이나마 덜어드리기 위해 공짜로 먹을 것도 주고 옷도 준다는 태권도부에 들어간 그녀였다. 운동신경이 좋았던 그녀는 몇 개의 작은 대회에서 입상하며 근처 중학교 코치의 눈에 띄었고 그 중학교로 진학해 태권도에 더 재미를 붙였다. 출전하는 대회마다 메달을 걸고 돌아오니 스스로 재능이 있다고 여겼고 더 잘해보고픈 욕심도 생겼다. 그 해 선발된 청소년 국가대표와 상비군을 다 합쳐서 중학생은 천 주임이 유일했다. 실로 대단한 실력이었다. 동네방네 자랑해도 모자랄 일이었다.

"아, 상비군이 뭐냐고요, 상비군이!"

그녀는 자신의 선발 소식을 듣자마자 할아버지에게 달려가고 싶었다. 달려가서 투덜거림을 가장한 자랑을 실컷 해보고 싶었다. 할아버지가 기뻐할 모습이 눈에 선했다. 칭찬도 받고 싶었고 격려도 받고 싶었다. 그런 게 사랑이라면 사랑받고 싶었다. 하지만 그날 할아버지는 집에 들어오지 않았다. 다음 날 아침 집으로 온 것은 경찰이었다. 할아버지는 내리막길에서 리어카에 깔리며 몇십 미터를 굴렀다고 했다. 산더미처럼 쌓인 폐지들이 전날 내린 비를 먹어 묵직해졌다. 건장한 성인 남성도 감당할 수 없는 가속도였다. 어린 천 주임은 장례를 치르고서야 할아버지의 부재를 실감했다. 정작 장례를 치를 때에는 비현실적인 느낌에 눈물조차 흘리지 못했다. 태권도부 코치가 장례식장 비용을 걱정할 때부터였다. 사람이란 얼마나 간사한지 당장 다음 달 월세부터 전기요금, 수도요금 같은 것들이 걱정됐다. 당장 밥 한 끼를 걱정해야 했다. 먹고 사는 문제의 현실이 바로 눈앞에 닥쳤다. 이제 그녀를 돌볼 사람은 그녀 자신뿐이었다. 더 이상 태권도 같은 고상한 이상을 논할 순 없었다. 태권도는 사치였다. 그녀는 중학교 때까지 할아버지가 모아뒀던 푼돈을 갚아먹으며 근근이 버티다 고등학교를 자퇴했다. 그리고 가장 손쉽게 구할 수 있는 일을 찾았다. 제일 먼저 떠오른 것은 구인광고 전단지였다. 학교를 오가는 길에 동네방네 붙어 있던 것이었다. 그 광고가 붙어 있지 않은 때를 본 적이 없었다. 도대체 얼마나 악명이 높으면 아직도 사람을 못 구한 것인지, 아니면 이미 구했는데 광고문을 떼지 않은 것인지, 저기서 정말 사람을 구하긴 하는 것인지 별의별 의문이 다 들었다. 결국 그 의문을 직접 해소하게 되었다. 그녀는 전단지에 붙은 번호로 전화를 걸어 면접 날짜를 잡았다. 예상 밖으로 일사천리였다. 젊은 맨머리 남자가 피로에 찌든 얼굴로 아주 형식적인 면접용 질문 몇 개를 던지고는 바로 그녀를 현장으로 투입시켰다. 주 7일 하루 기본 12시간 근무에 잔업 2시간 총 14시간을 밀가루 반죽이나 빵 포장 작업을 해야 했다. 그나마 여자라서 힘을 덜 쓰는 일이었다. 남자들은 그 시간 동안 쉴 새 없이 용광로에서 석탄을 캐서 나르거나 30킬로그램짜리 밀가루 포대를 날라야 했다. 잔업 2시간은 말이 선택이었지 한 명이라도 빠지면 자신의 일을 다른 직원들이 나눠해야 해서 잔업을 안 하고 퇴근할라치면 대놓고 욕먹거나 따돌림 당하기 일쑤였다. 게다가 전부 협동작업이었다. 누구 하나라도 실수해서 밀가루 반죽이 엉망이 되면 그 생산라인이 막혀버리거나 작업이 늦어졌다. 그 실수를 수습하고 라인이 정상 가동될 때까지 내내 직원들로부터 무섭고 생소한 욕을 들어야 했다.

공장에서는 누구도 천 주임에게 말을 건네지 않았다. 인사하는 에너지조차 아껴야 했다. 쉬는 시간은 기본 3시간마다 5분이 주어졌고 점심시간은 20분이었다. 100명의 신입 중 한 달을 버틴 이가 1명이 있을까말까 했다. 평균 10명 중 9명 이상이 일주일도 버티지 못하고 도망갔다. 어차피 쟤도 며칠 못 버티고 나갈 테니 굳이 인사 따위에 감정과 에너지를 소모할 가치가 없었다. 마치 인간 형상을 한 자동화 기계처럼 대화라는 것 자체가 없었다. 천 주임은 비로소 전단지의 비밀을 깨달을 수 있었다. 공장은 '상시' 구인을 했다. 중졸 학력에 나이도 어리고 특별한 경험도 없는 그녀였다. 다른 곳으로 바로 취업한다는 보장이 없었다. 발차기 따위를 잘한다는 건 아무짝에도 쓸모가 없었다. 천 주임은 젊은 몸하나만 믿고 이를 악물고 버텼다. 그래도 꼬박꼬박 들어오는 월급을 보면 그만둘 수가 없었다. 그러다 어느 날은 결국 탈이 났는지 몸살 기운이 났다. 도저히 안 되겠다 싶어 나갈까 말까 수백 번을 이불 속에서 고민하다가 그래도 선배들한테 욕 안 먹으려면 오전반은 나가서 얘기하고 조퇴하는 게 낫겠다 싶었다. 바로 그 오전이었다. 거대한 깔때기처럼 생긴 반죽 배합기가 자비도 없이 정확히 그녀의 발등으로 떨어졌다. 불과 이틀 만의 일이었다. 이미 그곳에서 컨베이어 벨트에 불량 빵을 빼내려던 어느 성실한 가장의 손가락이 끼어 절단되고, 반죽 배합기 작동 중 끼임 사고로 고등학교를 갓 졸업했다던 여직원이 사망하는 사고가 잇달아 일어났었다. 그러자 노동자의 뼈와 살을 갈아 넣은 빵은 먹을 수 없다며 전 국민적 불매운동이 일어났고, 결국 회장을 위시한 임원진 여럿이 기자회견장으로 끌려 나와 90도로 허리를 숙이며 다시는 그런 사고가 나지 않도록 재발방지대책을 발표한지, 불과 이틀 만의 일이었다. 그녀가 공장에서 일을 시작한지 만 11개월 28일째 되는 날로 정규직으로 전환되기 이틀 전의 일이었다. 정신을 잃고 실려 간 병원에서는 '복합부위통증증후군'이라는 이해할 수 없는 생소한 병명을 붙여 놓고는 진통제를 먹는 것 외에는 달리 방도가 없다고 했다. 바람만 스쳐도 칼에 베이거나 불에 덴 것처럼 아파서 죽을 것만 같았다.

"우리같이 없이 사는 사람들한텐 불운이란 게 빠져나가지 못하고 악순환처럼 돌아."

누군가 할아버지 장례식장에서 지나가듯 했던 말이 뇌리를 스쳤다. 다리에 감각이 무뎌지고 화끈거려서 아프다고, 아버지가 늘 입에 달고 사셨던 말이다. 생전에 아버지가 느꼈던 게 이런 고통일까. 하늘에서 당신 딸이 똑같은 고통을 겪고 있다는 사실을 알고 있을까. 천 주임은 신을 원망했다.

'왜! 왜 제게만 이리도 가혹하고 불공평한가요?'

그녀는 수십 군데 병원을 전전하며 그동안 모아둔 돈 전부를 병원비로 소진했다. 그러나 달리 뾰족한 수가 없었다. 다리를 절단하는 방법 외엔. 그럼에도 그녀는 살고 싶었다. 오기 같은 것이었다. 운명이란 것이 아무리 자신을 짓밟아도 잡초처럼 일어나서 보란 듯이 살아내고 싶었다. 그게 그녀였다. 그녀는 스스로 잡초라 여겼다. 결국 그녀는 마지막 병원에서 두 다리를 모두 잘라냈다. 양 무릎 아래로 깨끗하게.

"다시 한번 해보고 싶어요. 너무나 하고 싶어요."

태권도 말이었다. 누구도 그 말에 쉽게 반응하지 못했다. 그것이 그

녀의 고귀한 꿈이자 이상이고 그녀가 가진 전부라는 것을 법정 안에 있
는 그 누구도 제대로 이해하지 못했다.

"저 사실, 소희님 유튜브 채널 구독자예요."

천 주임이 무심한 듯 수줍은 고백을 했다.

"아…"

소희가 피곤한 기색을 이겨내며 억지로 미소 지었다.

"예쁘시잖아요. 화장도 예쁘게 하시고 옷도 잘 입으시고. 대리만족하
고 있어요."

소희는 어떻게 반응해야 할지 몰랐다. 천 주임의 진솔한 얘기에 적잖
이 충격 받은 그녀였다. 예전 시모의 얘기대로 자신의 인생은 정말 가짜
인생일 수도 있겠다는 생각이 들었다. 소희는 SNS에서 본래의 모습을
온전히 드러내는 법이 없었다. 늘 최고 수준의 화장술과 카메라 조명 그
리고 동영상 보정 기능을 이용했다. 심지어 그것도 몇 번의 성형수술로
완전히 바꾼 얼굴 모습이었다. 소희는 천 주임 앞에서 마치 실오라기 하
나 걸치지 않은 채 발가벗겨진 듯했다. 그래서인지 피를 많이 흘린 탓인
지 정신이 아득하고 어지러웠다.

　　　　　　　　　　　　＊

사람들은 흩어져 앉아 각자의 방법으로 숨을 골랐다. 누군가는 눈 감

은 채 생각에 잠겼고 누군가는 졸았다. 멍하니 벽면을 바라보는 이도 있었다.

쩍!

갑작스러운 소리에 흠칫 놀란 시선들이 연우에게 쏠렸다. 찐득하게 붙었던 접착제가 분리되는 소리였다. 피고인석 위로 올라간 연우가 '피고인석'이라고 쓰인 검은색 삼각 명패를 떼더니 허공을 향해 붕붕 흔들었다. 그러고는 바닥에 떨어진 청테이프를 입으로 쭉 찢으며 소희에게 다가갔다.

"처제, 이거라도 쓰자."

연우가 소희의 왼팔에 명패를 끼워 넣었다. 얼떨결에 왼팔을 들어 올린 그녀였다. 그녀 역시 자기방어 수단을 찾던 터였다.

"아, 아파요! 살살."

잘 들어가지 않자 연우는 더 힘주어 밀었다. 소희가 비명을 질렀다.

"미안해."

미안해도 어쩔 수 없었다. 아무 무기 없이 전장에 나갈 순 없었다. 모두의 생존가능성을 높여야 했다. 게다가 천 주임의 의족으로 이미 검증된 수단이었다. 연우는 그녀의 팔과 명패에 칭칭 청테이프를 둘렀다. 소희는 고통의 눈물을 닦으며 억지로 웃어 보였다.

"형부, 근데 하필 피고인석이에요."
"왜? 검사석으로 바꿔줘?" 연우가 농으로 받아쳤다.
"하긴. 나도 음주 두 번이나 걸렸지."

소희가 실없이 웃었다. 자조 섞인 진짜 웃음이었다.

"선생님은 뭐 필요 없어요?"

천 주임은 연우의 물음에 어깨를 한 번 으쓱할 뿐 고개를 가로저었다.
대신 두 다리를 올려 보였다. 의족 날이 조명에 비쳐 은은한 빛을 발했
다. 한때 태권도 국가대표 상비군이었던 이의 다리였다.

*

"판사들은 판사봉을 따로 갖고 다니는 건가?"

박 사무장이 판사석을 둘러보며 연우에게 물었다.

"판사봉은 어디다 둬요?"
"그런 거 없어요."

박 사무장이 의아하다는 듯 판사봉 두드리는 시늉을 하며 다시 물었다.

"없다고? 아니 판사가 판사봉 땅땅 치잖아요."

연우가 말을 끊었다.

"영화나 드라마에서나 그렇죠. 판사봉 같은 거 없어요. 그런 거 칠 일
도 없고."
"아… 그럼 영화나 드라마가 여태 거짓말을 했구먼."

박 사무장이 머쓱한 듯 중얼거렸다. 그러더니 마치 판사봉을 잡은 듯
오른 주먹을 말아 쥐고는 허공에 휘둘러 보였다.

"좀비들 대가리 깨기엔 그게 딱 좋을 것 같은데. 아쉽네."

그때 박 사무장의 눈에 뭔가 들어왔다. 가지런히 놓인 연필들. 하나
같이 일정한 길이에 한 치의 흐트러짐 없이 정교하게 잘 깎인 것들이었
다. 무슨 아이디어가 떠올랐는지 박 사무장은 그것들 중 하나를 집어 새
총에 끼웠다. 그러고는 빔 스크린을 향해 고무줄을 튕겼다. 연필은 정의
의 여신상 머리를 정확하게 명중하며 꽂혔다. 박 사무장의 얼굴에 옅은
미소가 지어졌다. 그는 판사봉이라는 상상의 물건 대신 연필들을 조끼
안으로 주워 담았다. 그때였다. 갑자기 법정이 뒤흔들리듯 쿵쾅거렸다.
건물 밖이었다. 분명 헬리콥터 소리였다. 프로펠러 소리가 흡사 천둥소
리와 같았다. 모두가 귀를 막으며 몸을 낮췄다. 박 사무장도 재빨리 법
대 아래로 뛰어내리며 몸을 숨겼다.

＊

다급한 발걸음 소리와 그르렁거리는 소리가 복도를 채웠다. 여럿이
여럿을 쫓는 추격전이었다. 법대 뒤로 연결되는 복도. 판사들이 판사실

에서 법정으로 이동하는 좁은 통로였다. 그제야 연우는 아차 싶었다. 그는 판사들이 드나드는 출입문을 잠그지 않았다. 어제까지만 해도 자신이 드나들던 문이었다. 법정을 드나드는 문은 총 네 개다. 판사나 법원 직원들이 법대 뒤에서 드나드는 문 두 개, 변호사나 방청객들이 드나드는 방청석 뒤쪽 문 두 개. 연우는 방청석 쪽 문들만 잠갔다. 좀비들을 피해 전력으로 뛰었던 그였다. 심지어 천 주임을 업고 달렸으니 숨을 고르기에도 벅찼다. 그렇더라도 자기가 어제까지 드나들던 문을 그토록 새까맣게 잊을 수 있는 건가. 심지어 판사실로 가기 위해 그 복도로 움직일 생각이었다. 자책해봤자 소용없었다. 이미 누군가 우당탕하며 오른쪽 문을 열고 몸을 들이밀었다. 거대한 그림자가 법정을 삼킬 듯 덮었다가 사라졌다. 순간 복도의 형광등 불빛이 신경질적으로 깜박거렸다. 법정 안은 일순간 공황에 빠졌다. 다들 누가 먼저랄 것도 없이 몸을 낮춰 숨었다. 막 법정으로 들어온 발걸음이 오른쪽 문을 닫더니 왼쪽 문으로 쿵쾅대며 걸었다. 좀비들이 그르렁거리며 문을 두드리고 긁어댔다. 다급한 발걸음 소리가 잠시 멈추는가 싶더니 순간 홱 하고 왼쪽 문이 젖혀졌다. 복도 불빛이 법정 안으로 들이쳤다. 문을 열다니! 그러나 사람들이 다시 어떤 생각할 경황도 없이 문이 닫혔다가 또 무슨 상황인지 파악도 되기 전에 곧장 문이 열렸다. 문 여닫기를 반복하고 있었다. 미친 듯 깜박이는 불빛 때문에 정신착란을 일으킬 지경이었다.

연우는 가까스로 고개를 들어 왼쪽 문을 살폈다. 비쩍 마른 남자 한 명이 문밖으로 몸을 내밀며 발을 굴렀다. 그러자 좀비들이 오른쪽 문에서 왼쪽 문으로 우르르 몰리기 시작했다. 소리가 꼭 전차 지나가는 그것과 같았다. 박 사무장은 새총에 연필을 끼우며 그의 뒤통수를 조준했다. 눈부신 불빛을 견디며 다시 문 닫기만을 기다렸다. 이제 오른쪽 문을 두드리고 긁는 것들은 없었다. 좀비들이 왼쪽 문으로 들이닥치기 직전이었다. 비쩍 마른 이는 분명 문을 닫을 거야. 분명. 사람들의 믿음은 너무나 굳건해서 그것을 신앙이라고 불러도 좋았다. 그때 예상치 못한 일이 일어났다. 갑자기 오른쪽 문으로 광기 어린 불빛이 쏟아지더니 거인의 그림자가 순식간에 법정을 삼켰다 토해내길 반복했다. 두 명이었다. 놀란 박 사무장의 몸은 이미 오른쪽으로 돌려졌다. 새총의 고무줄이 튕겼다. 얼떨결이었다. 날카로운 불빛 탓에 눈도 제대로 못 뜬 상태였다. 그저 감각에 의존한 발사였다. 동시에 사람들의 믿음은 보답 받았다. 비쩍 마른 남자가 다급하게 문을 닫아 잠갔다. 그 사이 연필을 재장전한 박 사무장이 기다렸다는 듯 그를 향해 고무줄을 당겼다가 놓았다. 극도의 긴장감이 순식간에 법정을 압도했다. 헬리콥터 소리는 어느새 희미해졌다. 좀비들이 왼쪽 문을 두드리고 긁는 소리가 오히려 법정의 적막감을 더했다. 박 사무장은 다시 연필 한 자루를 조심스레 장전했다. 본부장은 언제든 골프채를 휘두를 수 있도록 오른팔을 슬며시 들어 올렸다.

끈 없는 운동화였다. 밑창이 바닥에 압착되는 소리가 법대 뒤편을 이리저리 움직였다. 불규칙한 리듬의 걸음이 사람들을 더 불안하게 했다. 그 걸음이 법대 아래를 내려오기 직전이었다. 동시에 박 사무장이 벌떡 일어났다. 잡아당길 대로 잡아당긴 고무줄을 놓기 직전이었다.

"잠깐만요! 잠깐만요!"

경계심이 들지 않는 유약한 목소리였다. 시커멓고 긴 것이 빔 스크린 정중앙에 섰다. 끈 없는 운동화의 주인공. 비쩍 마른 남자는 갈대색 수의를 입었다. 그는 프로젝트 빔을 정면으로 부딪치며 수갑이 채워진 두 손을 들어 올려 보였다. 그의 왼뺨이 온통 피로 흥건했다. 왼쪽 눈에 연필이 박혔다. 박 사무장의 작품이었다. 프로젝터는 그 얼굴에 '대한민국 법원'이라고 썼다. 박 사무장은 새총을 겨눈 채 경계를 늦추지 않았다. 본부장과 연우 그리고 천 주임이 천천히 자리에서 일어나 상황을 살폈다. 그때였다.

"이야, 선수네, 선수!"

또 다른 남자의 목소리였다. 유약함과는 거리가 먼, 마초 기질이 다분한 것이었다. 곧 네 개의 구둣발이 뚜벅거리자 박 사무장은 황급히 그쪽으로 새총을 돌렸다. 연우와 본부장은 각자의 무기를 더욱 단단히 쥐었다. 그들은 어둠 속에서 서서히 모습을 드러냈다. 교도관이었다. 2미터는 족히 되어 보이는 키. 심지어 무제한급 격투기 선수처럼 우락부락해서 보는 것만으로도 위협감이 느껴졌다. 그는 교도봉에 꽂힌 연필, 조금 전 박 사무장이 얼떨결에 쏴버린 그것을 뽑아내 등 뒤로 건넸다. 거구 뒤에 숨은 것인지 아니면 가려진 것인지, 또 한 명이 한 걸음 더 내디디며 프로젝터의 빔을 받았다. 보통 체형에 말쑥한 정장 차림. 그는 연필을 받아 보며 다시 입을 열었다. 마초 목소리의 주인이었다.

"새총이라⋯ 실력 좋네요!"

경계심 가득한 그의 눈에 소희가 들어왔다. 창백한 얼굴로 겨우 등을 대고 앉아 있던 그녀였다.

"여기 물린 사람 있어요?"

누구든 대답할 기회조차 갖지 못했다. 소희가 바로 쏘아붙였다. 자신을 향한 물음이란 걸 모를 리 없었다.

"직접 물어보지 왜? 물렸으면 어쩔 건데?"

연우가 거들었다.

"손을 다쳤을 뿐이에요. 피를 좀 흘려서."

정장 남자는 소희의 반응이 같잖다는 듯 웃어 보였다.

"뭐, 그거야 보면 알겠죠." 누가 봐도 억지 미소였다.

아까부터 끙끙대는 소리가 사람들의 신경을 쓰이게 했다. 죄수복의 남자가 눈에 박힌 연필을 어찌하지 못한 채 고통으로 몸부림쳤다. 교도관이 그런 그의 입을 막더니 단번에 연필을 뽑아냈다. 죄수는 분명 짐승 같은 비명을 질렀다. 하지만 그것은 교도관의 솥뚜껑 같은 손을 빠져나가지 못하고 입 안에서 불발됐다. 눈에서 피가 분수처럼 솟다가 잦아들었다. 그는 더 소리를 내기는커녕 숨도 제대로 쉬지 못한 채 꺽꺽거리며 바닥을 뒹굴었다. 얼굴에서 눈물과 핏물이 경쟁하듯 쏟아졌다. 교도관은 연필을 손가락으로 간단히 부러뜨려 바닥에 내던졌다. 순식간에 몽당연필이 돼버린 것이 바닥에 피의 흔적을 그리며 또르르 굴렀다. 그제야 정장 남자가 박 사무장에게 손짓하며 입을 열었다.

"대한민국 검사, 장중만입니다. 이제 그건 좀 내려놓읍시다. 아니, 사람이 사람 잡을 일 있어요?"

검사들은 항상 자기소개를 할 때 '대한민국'을 갖다 붙였다. 그것도 대한민국 땅에서 대한민국 사람에게 대한민국 말로. 실제로 그가 검사인지 아닌지 알 순 없었지만 멀끔한 그의 옷차림과 카랑카랑한 목소리는 모종의 신뢰감을 줬다. 박 사무장은 본부장이 고개를 끄덕이고 나서야 새총을 내려놓았다. 두 사람은 본능적으로 알았다. 그는 검사였고 검사 앞에선 어떻게 행동해야 하는지를.

❊

교도관은 허리춤에 묶인 포승줄을 풀어 바닥을 뒹구는 죄수의 목을 두르고 또 허리를 둘렀다. 분명 올바른 포박법이 아니었다. 리드줄을 길게 낸 것이 흡사 개 목줄을 건 것과 같았다. 죄수는 체념한 듯 순순히 몸을 내어줬다. 수의 상의에는 '1022' 번호표가 붙어 있었다.

"검사 장중만입니다."

그는 법대에서 내려와 한 사람씩 살피며 명함을 건넸다. 본부장이 얼떨떨해하며 그것을 받아들었다. 검찰 로고 옆으로 '서울중앙지방검찰청 형사 5부 부장검사 장중만'이라고 새겨져 있었다. 붉은 조끼가 그의 시선을 잡아끌었다.

"아, 법원 앞에서 매일 노래 트시는 분들이구나. 노랫소리가 제 사무실까지 들려요."

숨기지 않는 빈정거림이었다.

"골프 쳐요?"

본부장은 벨트에 꽂은 것을 만지작거릴 뿐 선뜻 대답하지 못했다. 그러자 검사는 힘없이 입술을 터뜨리며 싱겁게 웃었다. '당신 주제에 무슨 골프야' 아니면 '뭘 그리 쫄려서 대답 하나도 똑바로 못해'라는 의미였다. 두 개 다라고 해도 이상할 게 없었다. 박 사무장은 두 손으로 명함을 받아 들었다. 그래야만 할 것 같았다. 검사에게 생전 처음으로 취조, 겁박, 회유, 모욕 따위 같은 것들 대신 자기소개를 받아 본 그였다. 검사는 이제 소희를 향했다.

"어우, 팔을 다치셔서 어쩐대?"

그는 부러 엉큼한 미소를 흘렸다. 소희는 그가 건넨 명함을 본체만체하며 고개를 돌렸다. 자신의 팔을 확인하고 싶은 그의 의중을 잘 알았지만 순순히 응하고 싶지 않았다. 검사랍시고 으스대는 꼴이 탐탁지 않았고 무엇보다 자신은 좀비에게 물리지 않았다. 검사는 결국 감정을 숨기지 못했다. 일순간 표정이 굳어졌다.

'대체 얼굴에 뭔 짓을 한 건지 고상함이라곤 없는 년이 감히 주제도 모르고 검사를 무시해?' 검사는 생각했다. 여기에 정말 좀비에게 물린 사람이 있다면, 그리고 그게 내 앞에 있는 이 천박한 여자라면? 생사가 걸린 문제였다. 자신은 확인할 권리가 있었고 그럴 힘도 있었다. 검사는 더 입을 여는 대신 교도관을 바라봤다. 어느새 그녀에게 성큼성큼 다가

간 교도관이 머뭇거림 없이 그 팔에 끼워진 명패를 붙들었다.

"이거 봐! 형부! 우리 형부 판사야! 판사라고!"

저항할 틈이 없었다. 소희가 고통으로 비명을 질렀다. 연우가 교도관에게 달려들었지만 교도관은 한 손으로 간단히 제압해 날려버렸다. 몸무게만 해도 두 배 가까이 차이가 날 것이었다. 지켜보던 본부장이 골프채를 꼭 쥐었다. 검사와 교도관의 위협이 언제 자신에게 향할지 모른다는 두려움 때문이었다. 그러나 교도관은 명패를 흔들어 빼면서도 본부장을 응시했다. 교도관 역시 본능적으로 자신에 대한 위협이 없는지 살폈다. 직업병이었다. 당장 골프채를 놓지 않으면 다음은 본부장 당신 차례가 될 것이라는 경고였다. 소희의 날카로운 비명이 법정을 할퀴었다. 명패가 기어이 팔에서 뽑혔다. 하지만 그것은 교도관의 손에 머물지 않았다. 눈 깜짝할 새였다. 그의 손을 떠나 어디론가 빠르게 날았다. 거의 동시에 어떤 물건이 시멘트 바닥을 경쾌하게 부딪치며 또르르 굴렀고 그 일정한 템포의 소리가 긴장을 극으로 치닫게 했다. 모두가 숨죽였다. 잘 깎인 연필 한 자루였다. 그것은 곧 바닥에 누운 누군가의 곁에 멈춰섰다.

박 사무장이었다. 그는 두 손으로 얼굴을 감싼 채 뒹굴었다. 손등 위로 피가 흘렀다. 날아간 명패는 그의 미간을 명중했다. 그는 그저 새총을 미리 장전해 두려고 했을 뿐이었다. 그러나 그 역시 교도관의 고감도 레이더를 벗어나지 못했다. 지금 이 법정은 법이나 신분 따위가 아닌 직접 경험 가능한 물리적인 힘으로 지배되고 있었다. 박 사무장은 그 사실을 깨달았고 본부장은 막 깨닫는 중이었다. 여기 누구도 교도관의 체급에 대항할 자는 없었다. 더군다나 훈련된 교도관이라면 더더욱. 본부장은 박 사무장을 보고는 깔끔하게 마음을 비웠다. 그는 자신의 안전을 위해 도리어 골프채를 놓아야 했다. 항복 표시라도 하듯 두 팔을 들어 올려 보였다.

"그래요. 이거 이거 해야지, 무슨 골프야."

검사가 데모하듯 주먹 쥔 팔을 펴고 접어 보였다. 그러고는 골프채를 잡아 이리저리 폼을 재더니 기어이 풀스윙을 휘둘렀다. 채가 공기를 가르는 소리가 사람들을 위협했다.

"역시 그러네. 당신 골프채 아니네. 봐봐. 채가 낭창낭창한 게 여자 채네, 여자 채."

자기 스윙이 마음에 들었는지 아니면 골프채의 주인이 노조원이 아니란 사실을 확인해서인지 검사는 흡족한 미소를 지었다.

"일단 이거라도 써요."

천 주임이 급히 청테이프를 주워 박 사무장의 이마에 단단히 둘렀다. 미간 위쪽으로 피부가 크게 벌어져서 뼈가 보일 정도였다. 워낙 갑작스러웠던 탓인지 박 사무장도 넋을 놓고 그녀에게 몸을 맡겼다.

"아, 뭐 하세요. 확인 안 하시고?"

검사가 답답하다는 듯 교도관을 면박했다. 그는 소희의 팔을 올려 잡은 채 검사의 지시만 기다렸다. 역시 직업병이었다. 명령이나 지시 없이는 스스로 움직이지 않았다. 소희의 손끝에 감긴 머리띠가 피를 뚝뚝 흘렸다. 교도관이 그것을 벗겨내 던져버리자 철썩하고 바닥에 붙었다. 그는 손수건을 꺼내 상처 부위를 문질러댔다. 말라붙은 피딱지들 사이로 피가 흘러넘쳐서 무엇도 분간할 수 없었다. 소희가 고통으로 몸부림쳤다. 몸부림은 아무 의미가 없었다. 교도관은 흔들림 없이 피딱지를 긁어내고 핏물을 닦아냈다. 그러고는 검사를 향해 고개를 저어 보였다. 그의 눈에도 그랬다. 예리한 것으로 절단된 상처였다. 검사는 비로소 경직된 표정을 풀었다. 그 역시 잠시나마 긴장한 모양이었다. 다시 미소를 가장하며 소희에게 어깨를 으쓱해 보였다. 더 이상 그녀를 위험 요소로 인식하지 않는다는 의미였다. 나름대로 연대감의 표현이었지만 소희는 모멸감을 느꼈다.

'우리 형부 판사야!'

검사는 연우를 향해 걸음을 옮겼다. 뇌리에 남은 소희의 외침이 그를 그렇게 움직였다.

"형부? 어우, 판사님이시구나? 어쩐지 그렇게 생기셨어!"

처음부터 조롱이었다. 샌님 같다는 조롱. 검사들이 판사들을 무시하고 비하하는 것은 대체로 그 특유의 소심한 성질에 대한 것이었다. 그놈의 법과 원칙이 뭐라고 그렇게 겁먹은 아이처럼 소극적으로만 구냐는 것이었다. 연우는 대꾸하지 않았다. 그의 손을 매몰차게 쳐내진 못했다. 순순히 명함을 받아들었다. 연우는 사람들과 다투는 것 자체를 꺼렸다. 웬만하면 그런 상황을 만들지 않았다. 분위기가 이상해지면 어서 자리를 피했다. 그의 조롱대로 샌님이 맞았다. 그래서 더욱 수치감을 느꼈다. 연우가 눈을 피하자 검사도 민망한지 헛웃음을 지었다. 교도관만이 그 웃음에 동조하려 애썼다. 박 사무장은 바닥에 주저앉아 새총과 연필을 주웠다. 그 옆에 떨어진 피 묻은 몽당연필도 함께 주머니에 넣었다.

*

"아니, 류 판사. 옥상까지 올라간다고?"

검사가 목소리를 높였다. 그는 미간을 찌푸리며 눈을 동그랗게 떴다. 검사만 그 표정을 짓는 것이 아니었다. 모두 그랬다. 누구도 좀비들을 피해서 옥상으로 올라간다고 생각지 않았다. 그저 안전한 곳에서 구조를 기다릴 생각뿐이었다.

"옷 벗었습니다. 이제 판사 아니고요."
"아, 그래? 어쨌든, 류변. 우리도 지금 위층 법정에서 겨우 내려오는 길이야. 건물을 벗어나야지, 저것들 득실거리는 데로 거꾸로 올라가자고? 그것도 옥상으로?"

검사가 기가 찬다는 듯 숨을 토하며 추궁했다. 그러나 연우는 차분하게 천장을 가리켰다.

"헬리콥터요."
"뭐? 헬리콥터?"

"소리 못 들었어요? 헬리콥터가 옥상으로 와요."

"온다고?"

"그냥 지나가는 소리가 아니에요. 프로펠러 소리 들어봐요."

검사가 다시 눈을 동그랗게 떴다.

"옥상으로 와서 사람들을 실어 나른다?"

"게다가 판사실 쪽이 더 안전하죠. 법원 직원 아니면 출입이 금지된 곳인데."

검사는 혼란스러워 보였다. 연우에게 설득당하고 있었다.

"아니 판사 옷 벗었다며. 신분증 있어? 판사실 엘리베이터 타려면 신분증 태그해야 되잖아. 그건 어쩔 건데?"

연우는 몇 시간 전 서둘러 반납했던 자신의 신분증을 선명하게 떠올렸다. 그의 말이 맞았다. 검사는 피의자를 추궁하듯 연우를 몰아붙였다.

"옥상 문은 그냥 열려 있대? 옥상 문은 어떻게 열어? 그것도 판사 신분증 있어야 되잖아, 이 사람아!"

틀린 말이 아니었다. 그렇다고 다른 방법이 있는 것도 아니었다.

"뭐… 문을 부수고라도 가야죠."

신념 같은 것이었다. 바깥이 안 보다 훨씬 위험했다. 연우는 애당초 법원 건물을 나갈 생각이 없었다. 검사가 어이없다는 듯 피식 웃었다.

"헬리콥터가 여기서 사람들을 실어 나른다는 것도 말이 안 되는데, 문을 부숴? 참 대책 없는 사람이네."

일리 있는 말이었다. 문은 단단하고 두꺼운 오크 원목으로 된 것이었다.

"우린 그냥 내려가야겠네! 다들, 나중에 후회해도 난 몰라!"

검사가 교도관을 향해 득의양양하게 웃어 보였다.

"아니 저따위 현실 감각으로 뭔 판사를 했대? 판결받은 사람들이 불쌍하구먼."

혼잣말을 가장한 그의 중얼거림을 법정 안에 있는 모두가 분명하게 들었다.

*

교도관은 포승줄을 단단히 거머쥐었다. 1022번에게 꼬리처럼 붙은 리드줄이었다. 의도가 빤했다. 1022번은 교도관이 포승줄을 당기는 대로 이리저리 끌리며 그들의 방패막이가 되었다. 수갑이 채워진 손으로 앞장서서 죽을힘으로 나무막대를 휘둘렀다. 검사와 교도관을 지키기 위해서가 아니었다. 자신이 살려치면 그래야 했다. 피할 수도 도망칠 수도 없었다. 낭떠러지 끝에 강제로 세워진 채 끝도 없이 좀비들의 공격을 막아내는 꼴이었다. 한 번만 삐끗하면 바로 죽는 실전이었다. 검사는 포승줄을 잡아 그를 사방으로 흔들어댔다. 1022번은 학대당하는 강아지처럼 갈지자로 휘청대다가 고꾸라지기를 반복했다. 검사는 연우에게 이런 최소한의 자기방어 수단도 없이 어떻게 옥상까지 올라갈 생각이냐며 비아냥거렸다. 보다 못한 연우가 한마디 했다. 어떻게 사람을 그런 식으로 대하냐는 것이었다. 검사는 그 말에 연우를 더 비웃었다. 판사들은 어쩜 그렇게 유약하냐며 끌끌 혀를 찼다.

"이놈이 그 유명한 '교수형 연쇄살인마' 새끼야. 알아들어?"

일순간 모두 잠잠해졌다. 시선은 일제히 1022번에게 쏠렸다. 교수형 연쇄살인마. 8명의 여자들을 성폭행하고 전부 목을 매달아 죽였다는. 어느 유명 유튜버가 그에게 붙인 별명이었다. 연우는 그제야 그의 얼굴을 자세히 뜯어볼 수 있었다. 그는 사람들과 눈을 마주치는 법이 없었다. 쭉 찢어진 눈, 매부리코, 주걱턱, 피부를 가득 덮은 여드름. 어쩐지 낯이 익더라니. TV 화면에서 포토샵으로 매끈하게 정리된 증명사진을 보았었다. 지난 6개월 동안 서울에서 무려 8명의 여자가 같은 수법으로 성폭행을 당하고 목숨을 잃었다. 흔히 상상할 만한 폭행이 아니었다. 범인은 피해자들의 성기에 자신의 성기를 넣지 않았다. 대신 망치나 긴 형광등 심지어 헤어드라이기나 다리미 같은 것들을 쑤셔 넣었다. 프로파일러라는 사람들은 방송에 나와서 성불구인 범인이 자신의 욕구를 변태적 방식으로 해소하려 했다며 앵무새처럼 읊어댔다. 피해자들의 사연은 하나같이 구구절절했다. 대학 등록금을 벌겠다고 아르바이트를 몇 개씩 하면서도 몸 불편한 홀아버지를 정성껏 모시던 효녀, 결혼을 며칠 앞두고 대학 동기들에게 청첩장을 돌리고 귀가하던 예비 신부, 행정

고시에 합격하고 연수원 입소를 기다리던 지체 장애 여대생까지. 모두 꽃다운 나이에 괴물 같은 범인에게 목숨을 잃었다. 그러나 1022번은 재판이 시작되자 범행을 부인했다. 자신은 목격자 신고를 했을 뿐인데 경찰이 어느 순간부터 자신을 의심하더니 모텔에 가두고는 몇 날 며칠을 때리고 잠도 재우지 않아 어쩔 수 없이 허위자백을 했다는 것이었다. 당시 경찰은 범인을 잡지 못해 여론의 뭇매를 맞았다. 여자들은 밤거리를 다니기 꺼렸다. 거리는 하늘이 어두워지기 전에 모든 자취를 감췄다. 경찰은 안달이 날 법했다. 하지만 그에게 가혹행위가 행해졌다는 객관적인 증거는 발견되지 않았다.

그가 체포되던 날, 온 나라가 들끓었다. 이제 여자들은 자유롭게 거리를 다닐 수 있게 되었다. 신상정보가 즉각 공개됐고 여론은 이미 그를 유죄로 확정했다. 사람들은 '역시 관상은 과학'이라며 이구동성으로 입을 모았다. 그는 22세의 중졸 학력으로 무직이었다. 사회는 물론이고 가족들과도 대화를 단절한 채 방안에 갇혀 종일 게임에만 몰두하는 이른바 '히키코모리', 은둔형 외톨이였다. 근 2년간 그의 휴대전화에는 오로지 배달앱에서 음식을 시켜 먹은 내역이 전부였다. 그는 밤마다 산책을 한다고 했다. 자신의 모습을 내보이기 싫어 사람이 없는 거리를 골라 밤늦게 걷기 운동을 한다는 것이었다. 그러던 중 둘레길 어느 나무에 목이 매달린 여자의 시체를 발견했을 뿐이라고 했다. 누구도 그의 말을 믿지 않았다.

"이 새끼 이거 안 선다고."

검사가 1022번의 성기를 꽉 움켜잡자 그가 놀라 몸을 움츠러뜨렸다.

그 모습에 검사와 교도관이 다시 웃음을 터뜨렸다. 1022번은 그대로 무릎을 꿇으며 어깨를 들썩였다. 시멘트 바닥으로 눈물이 떨어졌다.

"아직 재판 안 끝났잖아요. 범행 부인하는 거 아니에요?"

연우가 아직 판사인 것처럼 얘기했고 검사는 그런 그를 경멸하듯 쏘아봤다.

"언제까지 무죄추정원칙 타령할 거야? 그렇게 해서 범인은 언제 잡아? 우리가 다 잡아놓은 범인들 맨날 그딴 식으로 풀어주는 거 아냐?"

연우는 대답하지 않았다. 대답할 가치가 없었다. 형사법의 대원칙인 무죄추정의 원칙에 대해서는 더 논쟁할 게 없었다. 검사 역시 모를 리 없는 것이었다. 1022번도 한 명의 인간이었다. 어쩌면 결백했다. 연우는 자신이 1022번을 데려가겠다고 했다. 한 인간을 그런 비인간적인 상황에서 벗어나게 하는 게 그가 지금 할 수 있는 최선이었다. 다만 누구도 연우의 의견에 동조하지 않았다. 법정 안에 있는 사람들에게 1022번은 이미 '교수형 연쇄살인마'였다.

*

사람들은 두 팀으로 나누어 섰다. 1022번이 왼쪽 문손잡이를 잡고 섰고 그 뒤를 검사와 교도관이 지켰다. 문을 열고 나가면 바로 아래층으로 연결되는 비상계단이 나왔다. 수갑이 채워진 1022번의 손에는 성인의 정강이 길이만한 나무막대 하나가 들렸다. 오늘 그의 재판이 열린 법정 안에서였다. 지금 그의 포승줄을 잡은 교도관이 그를 법정으로 호송

했고 그 옆에 골프채를 들고 선 검사가 재판의 공판검사였다. 법정 안은 숙연했다. 증인으로 출석한 피해자의 유족이 슬픔에 잠겨 울먹였다. 하지만 순식간에 좀비들이 들이닥치며 아비규환의 수라장이 되었다. 혼비백산한 방청객들은 쓰나미처럼 안쪽으로 밀렸다. 방청석과 피고인석 사이를 막아놓은 무릎 높이의 여닫이문이 여지없이 부서지며 떨어졌다. 피고인석 아래에 숨어 공포에 떨던 그는 본능적으로 그중 가장 튼튼해 보이는 문틀 하나를 주워들었다. 교도관은 교도봉을, 검사는 플라스틱 결재판을 휘둘렀다. 그곳에서 온전하게 살아남은 사람은 오직 그 세 명뿐이었다. 나무막대에 물든 검붉은 얼룩들이 처절한 생존의 흔적을 생생히 기록하고 있었다.

나머지 사람들은 오른쪽 문 앞에 섰다. 그 밖으론 끝이 보이지 않는 복도가 이어졌다. 몇 개의 법정을 감싸 안으며 길게 휘어지는 것이었다. 문제의 문은 그 끝에 있었다. 판사 신분증을 태그해서 열거나 누구 말대로라면 부숴야만 하는 오크나무의 그것이었다. 그 뒤로 바로 판사실로 연결되는 엘리베이터가 있었다. 헬리콥터가 또다시 건물을 뒤흔들었다. 모두가 귀를 막고 몸을 움츠렸다. 연우가 소리쳤다.

"지금 가야 해! 지금!"

외침은 프로펠러의 굉음에 파묻혔지만 모두가 그 의미를 알았다.

*

다들 서로 눈치만 봤다. 1022번은 마치 감전이라도 된 듯 두 손을 떨었다. 벌써 몇 번을 법정을 옮겨 다녔지만 죽음의 공포는 늘 처음인 것처럼 생생했다. 연우가 먼저 문을 열었다. 점멸하는 불빛이 눈을 때렸다. 눈을 깜박이는 것조차 위협을 느낄 정도의 방해였다. 성인 서넛이 나란히 교행하면 가득 찰 정도의 너비였다. 좀비들이 복도 창문 쪽으로 바짝 달라붙어 있었다. 다수가 판사복을 걸쳤다. 헬리콥터 소리에 반응하는 것이었다. 그들은 청각적 반응에 극도로 예민했다. 심지어 서로의 몸을 올라타며 창문으로 부딪쳐댔다. 창문이 깨지면서 바깥으로 추락하기도 했다. 연우가 먼저 복도로 걸어 나왔다. 그들이 헬리콥터에 온 신경이 집중되었을 때를 노려야 했다. 좀비들의 등 뒤로 살금살금 걸음을 뗐다. 다른 사람들도 게처럼 옆걸음을 하며 그를 따랐다. 헬리콥터 소리가 언제나 멀어질까 조마조마했다. 그때였다.

쿵쿵!

조마조마했던 심장이 결국 철렁 내려앉았다. 복도를 울리는 둔탁한 소리가 멀어지는 헬리콥터 소리를 압도했다. 검사가 비상계단 앞에 서서 골프채로 왼쪽 문을 내리쳤다. 그것은 즉각 좀비들의 관심을 끌었다. 판사복의 좀비들이 미친 듯이 연우네 무리를 쫓기 시작했다. 이제 다른 방법은 없었다. 달려야 했다. 연우는 전지가위를 휘둘렀다. 점멸하는 불빛이 가위 날에 반사되며 번뜩였다. 박 사무장은 새총을 쏘았고 소희는 명패가 끼워진 왼팔을 휘둘렀다. 본부장의 무기는 그라파이트 소재의 최고급 골프채에서 볼품없는 나무막대로 바뀌었다. 1022번이 든 것을 보고 305호 법정의 여닫이문을 부숴 얻은 것이었다. 천 주임의 발차기 실력은 녹슬지 않았다. 그녀의 앞차기 뒤차기에 좀비들의 목이 달아났다. 반면 검사네 무리는 그 덕에 상대적으로 편하게 비상계단을 내려갈 수 있었다.

휘잉!

검사가 계단으로 발을 딛기 직전이었다. 창문 밖으로 조명탄이 쏘아 올려졌다. 분명 옥상이었다. 밤하늘 저 멀리 불빛들이 깜박였다. 별이 아니었다. 비행체의 인공조명이었다. 벌써 몇 대의 헬리콥터들이 창문의 프레임 안을 수놓고 있었다. 이번엔 외마디 비명이 그 시선을 창밖 아래로 잡아당겼다. 겁먹은 인간들이 절박하게 도망 다녔다. 저승사자들은 죄 지은 인간들을 끝까지 쫓아가 도륙하고 심판했다. 법원 도로에 지옥도가 펼쳐져 있었다.

'판사 놈 말이 맞을지도 몰라. 게다가 우리 교도관 정도면 정말 그 문을 부술 수 있을지도 모르지.'

검사는 마음이 바뀌었다. 밖으로 나가봤자 뾰족한 수가 없다는 걸 인정할 수밖에 없었다. 그는 교도관을 반대로 돌려세웠다. 좀비들이 그들을 향해 달려왔다. 검사는 교도관의 등을 밀었고 교도관은 1022번의 등을 밀었다. 영문도 모르고 엉거주춤 몸을 돌린 1022번이 괴성을 지르며 막대를 휘둘렀다. 겁에 질린 소리였다. 좀비들의 머리가 부서져 나갔다. 교도관이 교도봉을 휘두르며 1022번을 보조했고 검사는 골프채를 휘두르며 교도관을 보조했다.

"악!"

다들 두더지 게임처럼 좀비들의 머리를 터뜨리느라 무아지경인 때였다. 갑자기 교도관이 자신의 오른쪽 눈을 부여잡았다. 그 손등 위로 안구가 터져 줄줄 흘렀다. 좀비에게 당한 것이 아니었다. 1022번이 막무가내로 쳐든 막대의 끝에 정통으로 찔렸다. 좀비는 그 순간도 놓치지 않았다. 여자 좀비 하나가 기어이 교도관의 목을 잡아 물었다. 교도관이 다시 같은 비명을 질렀다. 검사가 그것의 머리를 내리쳐 터뜨렸다. 교도관의 목에서 콸콸 피가 샜다. 하지만 그렇다고 비상계단으로 되돌아갈 순 없었다. 어떻게든 전진해서 다음 법정 안으로 들어가야 했다. 선택의 여지가 없었다. 교도관과 1022번은 서로의 잃어버린 눈이 되어주었다.

천 주임이 발차기를 하다가 엉덩방아를 찧었다. 의족에 흥건한 좀비들의 체액이 바닥에 미끄러졌다. 좀비 하나가 이때다 싶어 그녀에게 달려들었다. 박 사무장이 급하게 새총을 잡아 내질렀다. 연필을 장전할 시간도 없었다. Y자 모양의 양 갈래 끝이 정확하게 그것의 두 눈을 관통했다. 그들은 그렇게 한 무리의 좀비들을 처치했다. 단 한 무리였을 뿐이었다. 그들을 향해 달려오는 무리들이 복도 저편을 가득 채웠다. 그것들의 뜀박질 소리가 복도에 천둥을 치게 했다. 연우가 재빨리 법정 문을 열었다. 304호 법정이었다. 고개를 돌리니 의외의 얼굴들이 자신을 향하고 있었다. 진작 계단으로 내려갔어야 할 이들이었다.

＊

빔 스크린은 없었다. 법정 안은 칠흑같이 어두웠다. 좀비들이 법정 문에 부딪혔다가 다시 빠른 걸음으로 복도를 쿵쾅대며 울렸다. 변심한 자들을 향하는 것이었다. 그 소리가 법정을 집어삼키며 공포감을 자아냈다.

"무슨 짓이야!"

갑자기 법정 안으로 불빛이 들이쳤다. 박 사무장이 기겁하며 소리쳤지만 이미 늦은 때였다. 고민에 빠졌던 연우가 오른쪽 문을 열어젖혔다. 그러고는 전지가위로 문을 두드렸다. 꼭 검사가 그랬던 것처럼. 하지만 그 의도는 완전히 상반된 것이었다. 좀비들은 어김없이 반응했다. 느려지던 걸음들이 등을 돌리며 멈춰 섰다. 두렵지 않은 척 떨던 삼인조를 몇 걸음 앞에 둔 때였다. 연우가 전지가위를 들고 섰고 그 옆으로 의족 위에 선 천 주임이 있었다. 좀비들은 다시 뒤를 돌아보며 목표물을 가늠했다. 단순한 본능이었다. 2미터는 족히 되어 보이는 거구보다 의족 위에 선 여자가, 3명보다는 2명이 아무래도 더 만만해 보였다. 그것들은 배시시 웃더니 일제히 연우와 천 주임을 향해 돌진했다.

"달려!"

기다렸다는 듯 연우가 고함쳤다. 삼인조 역시 전력으로 뛰었다. 아이러니하게도 좀비들을 쫓았다. 연우와 천 주임이 초조하게 오른쪽 문 앞을 지켰고 소희가 왼쪽 문을 잡고 섰다. 소희는 좀비들의 소리가 왼쪽 문 앞을 지나자 과감하게 문을 열어젖혔다. 거의 동시였다. 좀비들이 두 사람을 향해 막 도약한 때였다. 연우와 소희가 가까스로 법정 안으로 몸을 던지며 문을 닫아 잠갔다. 막다른 문 앞에 선 그것들은 즉시 목표물을 수정했다. 다시 삼인조를 향해 돌아 달렸다. 아직 삼인조가 왼쪽 문에 다다르지 못한 때였다. 포승줄로 묶이거나 한쪽 눈을 잃은 자들이 사력을 다해 뛰는 모습이라니. 안쓰러운 꼴이었다. 좀비들의 달리기에 비할 바가 아녔다. 누가 먼저 왼쪽 문에 도착할지 장담할 수 없었다. 모두가 긴장했다. 소희는 여차하면 문 닫을 각오를 했다. 교도관의 몸이 먼저 법정 안을 굴렀고 검사와 1022번이 그 몸을 타고 함께 굴렀다. 간발의 차이였다. 그들 뒤로 박 사무장이 새총을 쏘고 연우가 전지가위를 내질렀다. 소희와 본부장은 끙끙대며 겨우 문을 닫아 잠갔다. 미처 들어오지 못한 그것들의 손가락과 팔들이 투두둑 떨어지며 꿈틀거렸다. 다시 칠흑 같은 법정이었다. 조금만 늦었어도 좀비들이 문을 밀고 들어왔을 것이었다. 여기저기서 숨을 헐떡였다. 쉿소리 나는 숨소리였다. 좀비들은 쉬지 않고 문을 두드리고 긁어댔다. 이제 헬리콥터 소리는 들리지 않았다.

제304호 법정 _분열 I

*

"이 사람 물렸어요!"

아직 암순응 되기 전이었다. 운동화의 고무창이 쉭쉭거리며 빠르게 바닥을 밟았다. 누군가 휴대전화의 손전등을 켰다. 흔들리는 불빛이 이리저리 사람들을 비추었다. 검사와 천 주임이 숨을 몰아쉬었고 소희는 기진맥진하여 주저앉아 있었다. 다시 움직인 불빛은 1022번을 관찰했다. 그가 불안하게 눈알을 굴렸다. 다급했던 목소리의 주인공이었다. 불빛도 덩달아 불안해졌다. 삼인방 중 가장 쉽게 눈에 띄어야 할 사람이 보이지 않았다. 불빛이 깜짝 놀라며 뒤를 돌아봤다. 법대 아래에서 인기척을 느낀 탓이었다. 거대한 몸집이 몸을 구겨 넣은 채 떨고 있었다. 시뻘건 피가 그의 목과 교도복을 흠뻑 적셨다. 다들 소스라치게 놀라며 뒷걸음질 쳤다. 박 사무장이 새총을 꺼내 연필을 장전했다. 연우는 전지가위를 단단히 잡아들었다.

"수갑 열쇠! 수갑 열쇠요!"

1022번이 수갑이 채워진 두 손으로 교도관의 허리춤을 가리켰다. 그의 벨트에서 열쇠뭉치가 흔들렸다. 연우는 교도관을 향해 천천히 걸음을 옮겼다. 1022번의 절박한 외침을 외면하기 힘들었다. 수갑이 채워진 손으로 온전히 옥상까지 올라가는 건 불가능에 가까웠다. 교도관이 사시나무 떨듯 경련했다. 연우는 숨죽이며 열쇠고리로 손을 내뻗었다. 금방이라도 교도관이 몸을 돌려 덮칠 것 같았다. 열쇠뭉치가 찰랑일 때마다 연우도 움찔하며 얼어붙었다. 겨우겨우 고리를 열어 열쇠를 빼내기 직전이었다. 마치 기다렸다는 듯 교도관이 몸을 돌려 연우를 덮쳤다. 연우가 기겁하며 뒤로 나자빠졌다. 너무 놀란 나머지 전지가위는 휘두르는 시늉조차 못했다. 꼼짝없이 당하는 그림이었다.

"살려주세요!"

예상 밖의 전개였다. 교도관이 연우의 다리를 감싸며 울먹였다. 그의 오른쪽 눈이 시커멓게 부풀어 올랐다. 얼어붙은 연우는 아무 말도 못했다. 그의 너덜거리는 목이 울컥울컥 피를 토하며 연우의 셔츠를 적셨다.

"살려주세요, 제발! 저 살아야 돼요!"

그는 사람들에게 호소했다. 아예 벌떡 일어나서는 한 사람씩 붙들고 애원했다.

"제 딸이 아파요. 피부가 막 벗겨져요. 하루도 빼놓지 않고 약을 발라야 돼요. 안 그럼 아파서 살 수가 없어요. 찢어질 듯 아프대요. 이제 겨우 여덟 살이에요!"

그러나 사람들은 뒷걸음치며 외면했다. 그가 언제 좀비로 변할지 모를 일이었다. 사실, 그를 위해 해줄 수 있는 일이란 없었다. 그 와중에도 1022번은 열쇠고리를 빼려고 무던히 애썼다. 그러나 교도관이 이리저리 움직이는 통에 성공하지 못했다.

"검사님! 저희 딸 수술해야 된대요. 피부염이 근육까지 파고들어서 관절도 다 굳는대요. 이젠 혼자 걷지도 못해요. 저 진짜 살아야 됩니다. 제발요!"

교도관이 검사를 붙잡고 눈물로 호소했다. 검사 역시 그의 얼굴을 제대로 보지 못했다. 그러나 그것은 단순한 외면이 아니었다.

"아악!"

교도관이 도리어 뒷걸음질 치며 비명을 질렀다. 검사가 그의 왼쪽 눈에 무언가를 찔러 박았다. 연필이었다. 교도관 자신이 교도봉에서 뽑아 검사에게 건넨 것이었다. 검사도 덜덜 손을 떨었다. 법정 안이 묵직한 비명으로 가득 찼다.

"왜! 왜! 도대체 왜!"

교도관이 고통스러워하며 몸부림쳤다. 좀비들이 더욱 격렬하게 문을 두드렸다. 사람들은 교도관으로부터 빠르게 거리를 두며 물러섰다. 검사도 사람들 속에 섞였다. 1022번은 열쇠 빼기를 포기하지 못했다. 그러나 교도관이 워낙 격렬하게 몸부림쳤다. 정확히는 경련이었다. 그는 스스로 몸을 통제하지 못했다. 예정된 일이었다. 그르렁거리는 소리를 내고 이를 딱딱 부딪쳤다. 연우는 전지가위를 꼭 쥐었고 박 사무장은 그의 머리를 향해 이리저리 새총을 겨누었다. 어느새 경련을 멈춘 그는 흐느적거리며 법대 위로 기어올랐다. 그러고는 몸을 뒤집어 천장을 향해 활처럼 몸을 휘었다. 박 사무장은 새총을 내렸다. 거구의 곡예에 가까운 광경에 모두가 몰입되었다. 압도된 1022번이 그제야 뒷걸음질 쳤다. 교도관이 천천히 상체를 들어 몸을 일으키니 머리가 거의 천장에 닿았다. 그는 무언가에 집중하고 있었다. 냄새와 소리였다. 시력을 모두 잃은 탓이었다. 무언가 들리는 듯 흠칫거렸다. 아직 사람들에겐 들리지 않는 소리였다. 헬리콥터였다.

*

기관총 소리 같은 프로펠러 소리가 사람들에게 확신을 줄 때 이미 법정은 뒤흔들렸다. 이동할 시간이었다. 거구의 좀비가 있는 법정 안이었다. 사람들은 누가 먼저랄 것도 없이 오른쪽 문으로 내달렸다. 복도의 불빛이 사람들의 눈을 때렸다. 좀비들의 뒷모습이 복도 벽을 메우고 있었다. 헬리콥터가 그것들을 빨아들일 것 같았다. 선두에 선 연우가 반대쪽 벽에 붙어서 살금살금 옆걸음을 쳤고 모두가 그것을 따랐다. 혹여나 좀비들이 돌아볼까 노심초사했다.

삐익!

고막을 바늘로 찌르는 통증이었다. 갑자기 날카로운 금속성 소리가 둔탁한 헬리콥터 소리를 뚫고 복도를 관통했다. 다들 귀를 막고 몸을 움츠렸다. 동시에 소리의 시발점을 찾으려 고개를 돌렸다. 막 자신들이 지나온 길이었다. 복도를 꽉 채운 누군가 양손을 허리춤에 올린 채 위풍당당하게 섰다. 교도관이었다. 그는 상황을 통제하고 싶었다. 직업 습관의 발현이었다. 그의 입에 알루미늄 호루라기 하나가 물렸다. 교정본부의 상징인 매 한 마리가 그려진 것이었다. 좀비들이 소리의 시발점을 확인하기도 전이었다. 먹잇감을 발견하고는 본능적으로 달려들었다. 연우가 전지가위를 휘둘렀고 천 주임이 연속 발차기를 했다. 박 사무장은 새총을 발사했다. 연필이 다 떨어지자 새총을 마구잡이로 휘둘렀다. 좀비의 얼굴을 몇 번을 베고 또 잘라야 겨우 하나 쓰러뜨릴 수 있었다.

삐익! 삐익!

교도관은 호루라기 불기를 멈추지 않았다. 복도를 가득 채운 헬리콥터 소리와 호루라기 소리가 사람을 미치게 했다. 연우가 가까스로 303호의 왼쪽 문을 열었다. 반대편 복도에서도 좀비들이 달려들었다. 사람들이 차례로 또는 한꺼번에 303호 법정 안으로 몸을 구겨 넣었다. 좀비들도 뒤따라 몸을 들이밀었다. 하지만 사람들이 이미 안간힘으로 문을 사수하고 있었다. 좀비들이 팔을 안쪽으로 밀어 넣어 휘저었다. 검사가 골프채로 팔들을 내리쳤다. 팔들이 잘려 떨어졌다. 그 와중에 어떤 손가락은 1022번의 왼쪽 눈을 깊게 찔렀다. 손톱을 길게 기른 것이었다. 1022번은 비명을 지르며 주저앉으면서도 등으로 문을 밀어댔다. 그만큼 절박했다. 한 사람도 아쉬운 때였다. 팽팽한 힘의 균형이 이어졌다.

"밀어! 문 밀라고!"

본부장이 눈을 희번덕이며 소리쳤다. 검사를 윽박질렀다. 불과 몇 분 전만 해도 상상할 수 없던 그림이었다. 얼떨떨하던 검사가 골프채를 집어 던지고 합세했다. 비로소 균형이 무너졌다. 겨우 문이 닫혔다. 좀비들의 잘린 팔과 손가락들이 바닥에서 펄떡거렸다.

모두가 기진맥진한 채 주저앉거나 드러누웠다. 연우가 벽을 더듬으며 비틀거리더니 오른쪽 문을 찾아 잠갔다. 프로펠러 소리가 잦아들자 호루라기 소리도 멈췄다. 좀비들은 지치지도 않고 문을 긁고 두드려댔다. 누군가 법정 바닥을 또각또각 걸어가더니 빔 스크린이 켜졌다. 천주임이었다.

제303호 법정 _혁명

＊

소희는 눈에 띄게 상태가 나빠졌다. 고개를 드는 것조차 힘들어했다. 거칠게 몰아쉬는 숨소리로 보아 당장 잠들어 다시 깨어나지 못해도 전혀 이상할 게 없었다. 흡사 임종 직전의 노인 같았다.

"낙오자는 어떻게 해야 할지 슬슬 고민할 때가 된 것 같은데?"

소희를 관찰하던 검사가 부러 박 사무장을 향해 입을 열었다. 내심 그를 떠보는 것이었다. 검사는 진작 공기의 변화를 눈치 챘다. 이제 자신의 곁에는 도무지 신뢰할 수 없는 교수형 연쇄살인마밖에 남아 있지 않았다. 아니 그 살인마가 자기 곁에 있다고 말할 수도 없었다. 결정적으로 호위무사였던 교도관이 없었다. 그것이 무엇을 의미하는지 그는 본능적으로 알았다. 그는 여유로운 척 거짓 표정을 지으며 자신의 입지에 대한 불확실성과 불안감을 아무렇지 않은 듯 꾸몄다. 그러나 불확실성은 곧 확실해졌다. 박 사무장은커녕 누구도 그의 말에 반응하지 않았다. 본부장과 박 사무장이 주고받는 눈빛에서는 싸늘함마저 느껴졌다. 대신 소희가 발끈하며 입을 열려던 순간이었다. 젖 먹던 힘까지 쥐어 짜낼 참이었다.

쉿! 연우가 입술에 손가락을 가져다 댔다. 모두가 숨죽였다. 그러고는 무슨 영문인지도 모른 채 어떤 소리를 찾기 시작했다.

＊

좀비들의 체액이 말라붙은 두 손. 검붉게 물든 두 손이 정신없이 휴대전화를 두드렸다. 게임이라니. 가상세계는 현실세계와 다른 모양이었다. 게임 캐릭터들이 현란하게 움직였고 채팅글이 끊임없이 올라갔다.

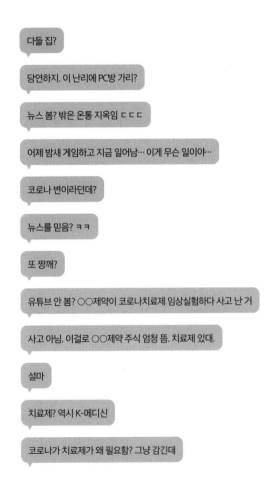

다들 집?

당연하지. 이 난리에 PC방 가리?

뉴스 봄? 밖은 온통 지옥임 ㄷㄷㄷ

어제 밤새 게임하고 지금 일어남… 이게 무슨 일이야…

코로나 변이라던데?

뉴스를 믿음? ㅋㅋ

또 짱깨?

유튜브 안 봄? ○○제약이 코로나치료제 임상실험하다 사고 난 거

사고 아님. 이걸로 ○○제약 주식 엄청 뜸. 치료제 있대.

설마

치료제? 역시 K-메디신

코로나가 치료제가 왜 필요함? 그냥 감긴데

> 응 코로나 치료제 아님. 줄기세포치료제 부작용.

연우가 손짓으로 어딘가를 가리켰다. 피고인석 뒤로 문이 하나 보였다. 벽과 같은 나무 재질이라 자세히 보지 않으면 쉽게 찾기 어려웠다. 구속된 피고인은 재판이 시작되기 전에 교도관과 함께 별실에서 대기한다. 그 대기실로 연결되는 문이었다.

＊

바쁘게 움직이던 양 엄지가 멈췄다. 방금 전까지 전쟁같이 시끄럽던 법정이 쥐 죽은 듯 조용해졌다. 막 법정 안으로 들어온 사람들이 갑자기 아무런 말이 없어졌다. 휴대전화의 주인은 본능적으로 위험을 감지했다. 게임을 중단하고 화면을 껐다. 대기실 안이 칠흑같이 어두워졌다.

연우가 전지가위의 손잡이를 들어 툭툭 문을 건드렸다. 좀비가 있다면 반응할 것이었다. 아무 반응도 소리도 없었다. 의아했다. 연우는 분명 대기실에서 인기척을 느꼈었다. 천천히 문손잡이를 돌렸다. 박 사무장이 다급하게 손전등을 켰고 본부장이 나무막대를 들었다. 낡은 경첩이 끼익하며 소름 끼치는 소리를 냈다. 연우가 안쪽으로 한 걸음씩 떼었다. 흔들리는 불빛과 나무막대가 그를 따르며 엄호했다. 갑자기 불빛이 크게 흔들렸다. 연우가 흠칫 놀라며 뒤로 물러선 탓이었다. 뭔가 단단한 것이 발에 차였다. 긴장한 불빛이 다시 연우의 발 앞을 비추자 눈을 동그랗게 뜬 좀비 하나가 불빛을 노려보고 있었다. 연우가 소스라치며 그 미간에 전지가위를 쑤셔 박았다. 뒤통수가 부서져 뇌가 드러난 것이었다.

"죽은 거였어. 죽은 거." 본부장이 가슴을 쓸어내리며 중얼거렸다. 박 사무장은 그제야 대기실 전체를 넓게 비추었다. 수십 구의 좀비들이 아무렇게나 널브러져 있었다. 대기실 집기들이 부서진 채로 여기저기 나뒹굴었고 비산한 피의 흔적들이 사방을 더럽혔다.

*

삼인조는 천천히 대기실을 둘러보았다. 갈대색이나 민트색 수의를 입은 좀비들이 여기저기 아무렇게나 쌓여 있었다. 교도관복을 입은 것들도 보였다. 대부분 머리가 으스러졌다. 어떤 것은 아예 뇌가 훤히 드러나 보였다. 누구라도 이곳에서 일어난 아비규환의 상황을 쉽게 짐작할 수 있었다. 연우가 대기실 모퉁이를 돌던 찰나였다. 이상한 느낌이 들었다. 방금 전 불빛이 훑고 지나간 얼굴을 다시 확인하고 싶었다. 갈대색 수의의 미결수. 심장이 꺼내져 피가 흥건한 교도관의 몸 위에 얼굴을 묻은 것이었다. 연우는 박 사무장의 팔을 잡아 다시 그 얼굴을 비추게 했다. 기껏해야 고등학생이나 될까 할 정도의 앳된 얼굴. 그의 오른쪽 눈 아래 속이 빈 눈물 문신 두 개가 새겨져 있었다. 여전히 이상했다. 그것 말고는 흠집 하나 없이 깨끗한 얼굴이었다. 연우는 다시 박 사무장의 팔을 끌어 뒤통수를 살폈다. 마찬가지였다. 온전했다. 순간 휴대전화 진동소리에 움찔하며 박 사무장을 돌아봤다.

"내 꺼 아냐!"

박 사무장이 도리어 병병한 표정을 지었다.

모골이 송연해졌다. 본부장이 눈을 희번덕이며 나무막대를 머리 위로 쳐들었다. 모두의 시선이 일제히 그 앳된 얼굴로 모일 찰나였다. 문신 위의 눈이 부릅떠지며 벌떡 몸을 일으켜 세웠다. 본부장은 그대로 막대를 내리꽂았다.

"억!"

억지로 비명을 집어삼킨 호흡소리가 법정 안으로 흩어졌다. 천 주임이 다급하게 뛰어 들어왔다. 나무막대가 결대로 쪼개졌다. 안정을 찾은 불빛이 다시 천천히 그 앳된 얼굴을 비추었다. 연우가 두 팔 가득 그를 안고 있었다. 연우의 목덜미로 뜨거운 피가 흘러내렸다. 연우가 소년을 엄호했다. 소년은 자신이 살아 있는 걸 들키지 않으려고 죽은 척을 했었다. 어른들의 눈에 띄지 않는 게 더 안전하다고 여긴 탓이었다. 하지만 어린 녀석을 전쟁터 시체 더미 속에 내버려 둘 수는 없었다. 누구라도 세심히 살폈더라면 그 아수라장에서 소년을 데리고 나올 수 있었다. 좀 더 잘 관찰했더라면 나무막대도 휘두르지 않았을 것이다. 울타리를 벗어난 소년들은 평범한 어른들의 작은 관심만으로도 구제될 수 있었다. 누구나 평범한 어른이 될 수 있었고 누구나 소년을 구할 수 있었다.

*

목덜미를 타고 흐른 피가 등을 타고 내렸다. 연우가 고통스러운 듯 벽에 머리를 기댔다.

"지혈해야 돼요."

천 주임이 조끼를 벗어 찢더니 그것으로 연우의 머리를 단단히 동여

맸다. 붉은 천이 겹겹이 둘러졌다. 그 모습이 꼭 시위 현장에서 막 살아 돌아온 열혈 노조원의 모습과 진배없었다. 오묘한 아이러니였다.

"이것도 갈아줄게요."

천 주임이 소희의 왼팔에 감긴 머리띠를 떼어내고 조끼의 남은 천으로 교체했다. 피에 흠뻑 젖은 머리띠는 제 기능을 잃은 지 오래였다.

"아, 아파요!"

소희의 흐느낌에 천 주임은 더 단단히 매듭을 당겼다.

"곧 감각이 없어질 거예요."

소희가 질끈 눈을 감았다. 막 비명이 터져 나오려는 것을 이 악물고 참았다.

"그래도 놀라지 말아요. 감각이 없는 걸 알 수 있을 정도로 살아 있다는 사실에 감사하세요."

힘껏 찡그린 두 눈 아래로 주르륵 눈물이 흘렀다. 고통스러웠다. 모든 것이 고통스러웠다.

✳

"요즘 애들 참…"

본부장이 소년의 휴대전화를 보며 끌끌 혀를 찼다. 게임 캐릭터들의 현란한 움직임 속에 채팅글이 빠르게 올라갔다. 읽을 수도 없을 정도였다.

그는 세상이 아직 완전히 망한 것은 아니라고 안도하면서도 이런 전쟁 통에 이딴 게임 같은 게 눈에 들어오냐며 고개를 절레절레 저었다. 그러자 박 사무장이 'e-스포츠'를 모르냐며, 세상이 변해서 게임도 당당히 스포츠의 하나라며 씩 웃어 보였다. 세상이 변해서 별걸 다 스포츠라고 한다는 의미였다.

"그러니까. 우리 아들도 저래."

본부장이 갑자기 꿀 먹은 벙어리처럼 입을 닫고는 멍한 표정을 지었다. 박 사무장의 빈정거림에 맞장구를 치다가, 자기 아들도 게임이라면 사족을 못 쓴다며 또 점점 말도 안 듣는다며 갑자기 툭 튀어나온 아들 얘기 때문이었다. 그의 아들은 오늘 내내 전화를 받지 않았다.

"그래, 살아 있을 때 실컷 해라."

그는 소년에게 휴대전화를 던져주고는 돌아섰다.

*

"야, 근데 넌 어떻게 혼자 살아남았냐?"

박 사무장이 널린 시체들을 돌아보며 감탄하듯 물었다. 그러나 소년은 눈길조차 주지 않았다. 시체 더미에 앉아 휴대전화에 집중할 뿐이었다. 쉽게 예상할 수 있었다. 질풍노도의 시기였다. 박 사무장은 몇 번을 더 인내하며 물었지만 소년은 깡그리 무시했다.

"어른이 물으면 대꾸하는 시늉이라도…."

결국 폭발한 박 사무장이 욕설을 내뱉으며 그에게 성큼성큼 다가갔다. 위협적인 걸음이었다. 순간 소년이 휙 팔을 휘둘렀다. 박 사무장이 그의 머리채를 잡기 직전이었다. 그 손바닥이 날카롭게 베여 피가 새어 나왔다. 그나마 반사적으로 잘 피해서 그 정도였다. 칼끝에 모인 맑은 피가 한 방울씩 떨어졌다. 오른손에 주머니칼을 쥔 채였다. 소년이 박 사무장을 마주하고 섰다.

"아, 젠장! 따갑잖아!"

박 사무장이 입으로 손바닥을 빨면서 인상을 썼다. 본부장이 이 상황을 뒤에서 무심히 보고 있었다. 흥미롭지 않은 게임이었다. 그는 이미 승패를 알았다. 다혈질인 데다 분노 조절에 능하지 않은 박 사무장의 성질까지도.

"애야, 다친다. 장난감 내려놔라."

박 사무장이 짜증을 내는 것인지 타이르는 것인지 헷갈렸다. 소년은 그런 그를 향해 다시 한번 칼을 휘둘렀다. 그러나 그것은 그저 어린아이의 장난감 놀이에 불과한 게 맞았다. 박 사무장은 소년의 팔을 잡아 간단히 제압하고는 그의 뺨을 강하게 후려쳤다.

아이는 곧바로 어른의 손에 의지한 채 축 늘어졌다. 뺨에는 묽은 피가 얼룩졌다. 자신이 벤 손바닥의 피였다. 그러나 박 사무장은 통 분이 풀리지 않는지 몇 번을 더 손을 들어 올렸다. 소년의 뺨이 시퍼렇게 부풀어 올랐다. 그 정도면 됐으니 그만하라며 본부장이 달랠 정도였다. 그제야 소리를 듣고 달려 온 연우가 그를 뜯어말렸다. 그러나 그는 눈을 희번덕였다.

"너도 같이 죽인다."

살기가 느껴졌다. 그러나 연우 역시 멈출 생각이 없었다. 저렇게 맞다간 소년이 진짜 죽을 수도 있었다. 박 사무장이 더 참지 못하고 기어이 연우의 복부를 걷어찼다. 본부장은 쟤 또 저런다며 고개를 절레절레 흔들었다. 연우가 시체 더미 속으로 나동그라졌다. 고통조차 느낄 수 없었다. 설마 자신까지 때릴 거라곤 예측하지 못했다. 예상은 완전히 어긋났다. 그래도 잠깐이나마 생과 사의 전쟁터에서 동고동락했던 사이였다. 박 사무장은 소년을 더 때릴 맛이 없어졌는지 욕설을 하며 홱 그의 팔을 내던졌다. 소년 역시 힘없이 시체 더미 위로 던져졌다.

모두가 각성했다. 법정의 공기가 바뀌었다. 이제 법정의 권력자는 법조인이 아니었다. 오직 힘의 실력자였다. 법정은커녕 이미 법원 전체를 폭력이 지배하고 있었다. 본부장이 검사에게 다가가 자신의 나무막대를 건넸다. 반 토막 난 것이었다. 검사는 그 의미를 잘 알았다. 하지만 연우처럼 험한 꼴을 당하고 싶지 않았다. 저항할 용기도 힘도 없었다. 순순히 그것을 받아드는 대신 골프채를 놓아주었다. 본부장이 그것으로 한껏 자세를 잡더니 풀스윙을 휘둘렀다. 검사가 재빨리 물러섰기에

망정이지 자칫하면 그대로 가격당할 뻔했다. 폼은 완벽했다.

"이래 봬도 나 싱글 쳐요."

그가 검사를 돌아보며 환하게 웃었다. 검사는 대꾸조차 못했다. 억지 미소를 꾸몄지만 두려움을 완벽하게 감출 순 없었다. 연우가 가슴을 부여잡고 일어나 소년의 상태를 살폈다. 천 주임 역시 그랬다.

＊

시체들을 둘러보던 박 사무장에게 교도봉 하나가 눈에 띄었다. 머리 없는 교도관의 손에 꼭 쥐어진 것이었다. 마침 새로운 무기를 찾던 차였다. 새총은 총알 때문에 제약사항이 많았다. 그는 교도관의 손가락들을 하나씩 잡아 부러뜨렸다. 이미 강직이 진행돼 빳빳이 굳은 것들이었다. 어디선가 작은 금속들이 찰랑거렸다. 교도관의 허리춤에서 열쇠뭉치가 흘러내렸다.

"어이, 사이코. 이리 와봐."

박 사무장이 부러 1022번을 찾아 눈을 맞췄다. 1022번은 머뭇거렸다. 검사의 눈치를 살폈다. 그러나 오히려 검사가 그의 눈을 피했다.

"야! 여기 사이코가 너밖에 더 있어? 빨리 안 와?"

박 사무장이 그를 다그쳤다. 이제 그의 주인은 검사가 아니었다. 새로운 주인이 막 교도봉을 뽑아낼 때였다. 주뼛대며 다가간 1022번이 순간적으로 몸을 움츠렸다. 꼭 자신에게 교도봉을 휘두를 것 같았다. 박 사무장은 헛웃음을 지었다. 대신 열쇠뭉치를 흔들어 보였다.

"지금 한 명 한 명이 아쉬워. 너 같은 프로가 수갑 차고 있으면 되겠냐? 인력 낭비지. 옥상 갈 때까지 열심히 싸워야지!"

열릴 리가 없었다. 다른 교도관이 가진 다른 수갑의 다른 열쇠였다. 박 사무장 역시 크게 기대한 것은 아니었다.

"역시…."

열쇠뭉치가 시멘트 바닥으로 내던져졌다. 그러나 박 사무장은 포기하지 않았다. 두리번거리며 1022번의 수갑 찬 손을 끌어당기더니 의자를 찾아 그 위로 올렸다. 불안정한 걸음으로 이끌리던 1022번이 휘청대며 무릎을 꿇었다. 영문도 모른 채 박 사무장을 올려보니 교도봉을 한껏 위로 쳐들고 있었다.

"아, 안 돼요, 안 돼요!"

1022번이 몸부림치며 소리 질렀다. 수갑 줄이 끊어지기 전에 손목이 먼저 부러질 것이었다. 하지만 그는 조금도 움직이지 못했다.

"합법적으로 죽이고 싶지 않아? 그 괴물들 말이야. 자유롭게 죽여. 니가 원하는 만큼 자유롭게 죽여 봐."

본부장이 뒤에서 다정한 목소리로 그를 제압했다. 1022번은 질끈 눈을 감았다. 두려움에 눈물이 뺨을 타고 흘렀다. 쇠줄이 끊어질 리 없었다. 박 사무장도 힘에 부칠 정도로 몇 번을 더 내리쳤다. 1022번의 비명이 본부장의 손가락 사이를 빠져나가며 몇 번을 벽에 부딪쳐 흩어졌다. 검사도 그 모습에 고개를 돌릴 정도였다.

"휴! 됐다."

연우와 천 주임이 말리기엔 이미 늦은 때였다. 1022번은 더 비명을 지르지 못했다. 의자 위에 엎드린 채 기절했다. 두 손목을 연결하던 쇠줄이 결국 끊어졌다. 두 손목은 시커멓게 부어올랐고 깊게 살이 파여 피범벅이 되었다.

"그래도 뼈는 괜찮네, 뭐."

박 사무장이 축 늘어진 1022번의 손목을 흔들어 보고는 본부장을 향해 싱긋 웃었다.

"그놈한테도 뭐 휘두를 거 하나 찾아줘라." 본부장이 화답했다. 어차피 그들에겐 손목 따윈 부러져도 상관없는 사이코패스 범죄자였을 뿐이었다. 둘은 그 살인 기술자가 자신들을 위협하지 못할 정도로 무기를 휘두를 수 있게 만든 그 우연한 적당함에 만족했다.

✳

"아파요…."

소희가 고개를 저었다. 천 주임이 안타까운 얼굴로 피고인석 명패를 들고 섰다. 팔이 너무 부어서 명패가 더 들어가지 않았다. 소희는 어느 순간부터 죽음에 대해 생각했다. 몸이 마음을 갉아먹고 있었다. 검사는 나무막대를 대신할 것을 찾아다녔지만 소득이 없었다. 1022번의 손에는 교도관 벨트가 들렸다. 나풀거리는 회색 천이 두 손목을 지혈했다. 죽은 판사들의 목에 걸려있던 타이를 천 주임이 빼 온 것이었다. 법원 무궁화 마크가 일정한 패턴으로 프린트된 것이 군데군데 피에 젖어 있었다. 정적이 흘렀다. 누구도 입을 열지 않았다. 그저 이동할 신호를 기다렸다. 헬리콥터 소리가 나면 누군가는 왼쪽 문을 열어야 했다. 좀비들을 유인해야 했다.

*

얼마나 지났을까. 사람들이 조금씩 동요했다. 프로펠러 소리가 희미하게 하늘을 울렸다.

"그걸 어따 써요? 이거 써요!"

본부장 말에 검사가 움찔하며 한 걸음 물러섰다. 그의 발아래로 둔탁한 것이 떨어졌다. 마른 피가 거칠게 얼룩졌지만 분명 '피고인석'이라 새겨져 있었다. 방금 전까지 소희의 팔이었던 명패였다. 의외의 호의였다. 반으로 짜개진 나무막대로는 분명 좀비 하나도 상대하기 버거웠다. 검사는 그것을 골프채를 빼앗은 것에 대한 보상 같은 것이라 여겼다. 아니, 착각이었다. 나무막대를 내버리고 명패를 집어 든 그의 두 손목에 차가운 것이 감싸졌다. 검사는 의아하다는 듯 자신의 손목을 내려 보았다. 수갑이 채워졌다.

"자, 이제 검사님이 앞장서서."

박 사무장이 그의 앞에서 눈을 부릅떠 보였다.

"아, 저 사이코? 쟤는 이제 못 해요. 저 손목 꼴을 봐, 손목 꼴을!"

본부장이 턱 끝으로 1022번을 가리키더니 걸걸하게 덧붙였다.

"그렇다고 저기 다 죽어가는 손 잘린 여자가 할 거야, 우리 미스 천이 할 거야? 저 판사님은 또 가위질을 너무 잘하잖아!"

검사가 세상 겁먹은 표정으로 도리질 쳤다.

"못 해요. 전 못 해요!"

참다못한 박 사무장이 그의 입 안으로 교도봉을 쑤셔 넣었다. 법정이 진동했다. 프로펠러 소리 때문에 대화 소리가 들리지 않을 정도였다. 박 사무장이 검사의 귀에 대고 속삭였다.

"검사 양반, 이제 저 사이코 심정도 한 번 이해해 봐야지. 그래야 공평한 세상이지. 안 그래?"

검사는 입에 교도봉을 문 채 눈도 깜박이지 못했다. 누구도 감히 나서서 말리지 못했다. 연우는 자신에게 수갑이 채워질까 내심 두려웠다. 그 생각이 스스로를 부끄럽게 했다.

"형부!"

연우가 벌떡 자리에서 일어났다. 자신만을 위한다는 수치심 때문이었다. 연우는 검사를 대신해 좀비들의 미끼가 되기를 자처했다. 모른 척 가만히 있는 게 오히려 더 괴로웠다. 프로펠러 진동이 최고조에 이르렀다. 좀비들이 우당탕 복도를 쿵쾅거렸다. 지진을 경험했다면 바로 지금을 지진이라고 해야 했다. 동시에 날카로운 호루라기 소리가 그 진동을 갈랐다. 와장창 창문 깨지는 소리가 들렸다. 나가야 했다. 시간이 없었다. 본부장이 연우에게 고개를 끄덕였다. 앞장서라는 것이었다. 연우가 왼쪽 문 뒤에 섰고 나머지 사람들이 오른쪽 문 뒤에 섰다. 천 주임이 소희를 부축했다. 소희는 연우에게서 걱정스러운 시선을 떼지 못했다. 연우는 걱정할 일 없다는 듯 단호한 눈빛으로 고개를 끄덕여 보였다. 동시에 전지가위를 더욱 꽉 쥐었다.

*

연우가 결심한 듯 확 문을 열어젖혔다. 삑삑대는 호루라기 소리가 법정 벽으로 부딪치며 사방으로 울렸다. 왼쪽에서는 교도관이 호루라기를 물고 저벅저벅 걸어왔다. 오른쪽에서는 연우를 발견한 좀비들이 질주를 시작했다. 인육에 굶주려 환장한 얼굴들이었다. 연우는 양쪽에서 압박당하는 순간에도 그들의 거리와 속도를 계산했다. 그러고는 살짝 열어둔 문에 등을 댄 채로 비스듬히 섰다. 그는 물론 법정 안의 모든 사람들이 숨을 죽였다.

교도관이 먼저 연우에게 닿았다. 모두가 그냥 지나치길 바랐다. 하지만 그는 무엇을 느꼈는지 자리에 멈춰 섰다. 연우는 숨도 쉬지 못하고 그대로 얼어붙었다. 법정으로 피할 수도 없었다. 좀비들을 유인해야 했다. 그는 꼼짝도 못하고 자신에게 달려드는 좀비들의 눈과 마주쳤다. 그것이 그들을 더 흥분하게 했다. 교도관이 킁킁거리며 연우를 향해 돌아섰다. 연우의 양손이 전지가위를 꼭 쥐며 부들거렸다. 교도관의 가슴에 연우의 왼쪽 뺨이 닿을 것만 같다가 갑자기 교도관이 그의 얼굴로 몸을 낮췄다. 먹이가 있다는 것을 눈치챘다. 좀비들이 연우를 덮치기 직전이었다. 연우가 재빨리 법정 안으로 몸을 던지며 문을 밀었다. 하지만 닫히지 않았다. 교도관이 문을 막아 버렸다. 노조 3인방이 어느새 연우 옆에서 같이 문을 밀고 있었다. 검사는 피고인석 명패를 휘둘렀고 1022번은 벨트를 채찍처럼 휘둘렀다. 순식간에 벌어진 일이었다. 가까스로 문이 닫혔고 좀비들의 잘린 팔과 머리가 법정 안을 뒹굴었다.

좀비들이 문을 두드리고 긁어댔다. 교도관이 두드릴 때는 확연히 구별됐다. 문에 기댄 연우의 몸이 튕길 것처럼 들썩였다. 박 사무장이 고생했다는 듯 연우의 어깨를 툭 쳤다. 연우는 안도감과 동시에 모멸감을 느꼈다. 그들 없인 이 법원에서 살아날 수 없을 거란 생각이 스스로 보잘것없이 느껴지게 했다. 다시 호루라기 소리가 사람들의 고막을 저릿하게 했다. 박 사무장이 오른쪽 문을 열어 검사를 밀어내고 있었다.

"못 해요! 저 정말 못 해요!"

검사가 겁먹은 어린아이처럼 울먹였다. 두 손은 명패를 꼭 쥐고 두 다리는 꽉 힘을 줘 버텼다. 거들먹거리던 모습은 고사하고 아주 기본적인 체면도 차릴 수 없었다. 보다 못한 본부장이 그의 등을 냅다 발로 걸어 찼다. 검사가 맥없이 복도로 튕겼다. 호루라기 소리가 복도 밖에서 메아리쳤다. 박 사무장이 다시 문을 닫아 잠갔다.

제302호 법정 _살생

등을 대고 앉은 문이 잠잠해졌다. 좀비들의 발걸음 소리가 멀어졌다. 혹여 놓칠까 검사는 넘어지면서도 명패를 가슴에 꼭 안았다. 좀비들이 달려들었다. 교도관도 소리를 따라 어기적거렸다. 허겁지겁 일어난 검사가 명패를 내던졌다. 그러나 수갑이 채워진 손은 위력을 발휘하지 못했다. 명패는 공허하게 바닥을 치며 나뒹굴었다. 검사가 쏜살같이 302호 법정으로 내달렸다. 사람들을 이동시키려면 그곳으로 들어가 좀비들을 유인해야 했다. 자신이 생각해내고 1022번에게 맡긴 역할이었다. 이제부턴 그의 임무였다. 명패가 좀비들의 발에 차이며 미끄러졌다. 그는 좀비들이 닿기 전에 302호 법정의 왼쪽 문을 열고 들어갔다. 헬리콥터 소리가 멀어지고 있었다.

모두가 복도 밖의 상황에 귀 기울였다. 명패가 바닥을 때리는 소리가 났고 좀비들의 뜀박질 소리가 그것을 휩쓸어 지웠다. 동시에 문이 끼익 하고 열리는 것 같더니, 분명 쾅하고 닫히는 소리가 들렸다. 좀비들이 그렁대며 두드리는 익숙한 소리가 가까이에서 들렸다. 302호 법정 왼쪽 문이었다.

"서… 성공한 거죠?"

박 사무장은 확신하고 싶었다. 그러나 아무도 대답하지 못했다.

*

칠흑같이 어두웠다. 검사는 문에 기대어 숨을 몰아쉬었다. 좀비들이 그르렁거리며 문을 긁고 때려댔다. 그는 다리가 풀린 듯 스르륵 주저앉았다.

딸깍!

그러다 무슨 생각을 했는지 잠금장치를 돌려 문을 잠갔다. 사람들이 들어올 것으로 예정된 문이었다. 그는 한참을 움직이지 않았다. 암순응은 이미 끝난 상태였다.

*

"302호로 들어갔잖아요. 좀비들 왜 안 움직여?"

초조해진 박 사무장이 본부장을 재촉했다.

"검사 놈이 아직 오른쪽 문을 안 열었어."

본부장이 덤덤하게 말했다. 박 사무장 역시 알고 있는 답이었다.

"애초에 그 여우 새끼 같은 걸 믿은 게 잘못이지."

박 사무장이 분을 삭이지 못하고 씩씩거렸다. 제대로 뒤통수 맞았다는 것이었다.

"조금만 더 기다려보자. 혹시 그쪽에서 무슨 일이 있는지도 모르니."

본부장이 달랬지만 아무 소용없었다. 분노를 주체하지 못한 박 사무장이 교도봉으로 의자를 마구 내리쳤다. 가죽시트가 갈기갈기 찢어지며 솜이 자욱하게 날렸다. 법정 가장 높은 곳에 가장 고급스러운 의자였다. 판사의 것이었다. 사람들은 불안한 눈동자만 굴릴 뿐 아무런 말이 없었다.

✳

바깥 좀비들의 소리를 제외하면 법정 안은 적막했다. 검사는 자리에서 일어나 조심스레 오른쪽 문 뒤로 섰다. 문을 여는 것이 아니었다. 박 사무장의 말이 맞았다. 검사는 잠금장치를 돌렸다. 전등 스위치는 말을 듣지 않았다. 법원사무관석으로 내려와 책상을 훑었지만 빔 프로젝터 리모컨도 찾을 수 없었다. 반대쪽 책상으로 넘어가려는 순간이었다. 흠칫 놀라며 엉덩방아를 찧었다.

피고인석 아래로 희미한 물체가 눈에 띄었다. 사람의 형체였다. 그는 이끌리듯 한 걸음씩 옮겼다. 호기심과 두려움의 감정이 교차했다. 양복을 입은 남자였다. 검사가 다리를 뻗어 툭툭 건드려 보았다. 남자의 머리가 회전하면서 얼굴을 보였다. 검사는 뒤로 나자빠졌다. 흡사 악마의 얼굴과도 같았다. 어둠 속에서 희미한 터라 더욱 그래 보였다. 검사는 쓸 만한 물건이라도 찾으려는지 남자의 재킷 안쪽을 뒤졌다. 그 얼굴을 보지 않으려 애썼지만 수갑이 채워진 터라 영 불편했다. 이마에서 뚝뚝

구슬땀이 떨어지며 남자의 흰 셔츠를 적셨다. 법정이 미세하게 떨렸다. 멀리서 헬리콥터 소리가 들리기 시작했다.

＊

프로펠러의 진동이 법정을 뒤흔들었다. 호루라기 소리도 다시 시작됐다. 요란한 금속성 소리가 정신병에 걸리게 하기 딱 좋았다. 본부장과 박 사무장은 결정을 못 내리고 머뭇댔다. 그들은 다음 미끼를 찾고 있었다. 좀비들이 우르르 움직였다. 창문이 연달아 깨지는 소리가 들렸다.

"지금 가야 돼요! 지금!"

연우가 벌떡 일어나며 소리쳤다. 검사가 도와주지 않는다면 지금이라도 나가야 했다. 또 언제 헬리콥터가 올지 알 수 없었다. 이번이 마지막일 지도 모를 일이었다. 항상 최악의 상황을 생각해야 했다. 본부장과 박 사무장은 당혹해했다. 참다못한 연우가 왼쪽 문을 힘껏 두드리며 문여닫기를 반복했다. 좀비들이 연우를 보며 달려들었다.

"지금! 지금이야!"

연우와 눈이 마주친 천 주임이 오른쪽 문을 열어젖히고 달려 나갔다. 그녀 역시 연우와 같은 생각을 했다. 문은 열렸고 선택의 여지는 없었다. 본부장과 박 사무장이 욕설을 내뱉으며 함께 튀어 나갔다. 1022번과 소년이 양쪽에서 소희를 부축하며 절박한 3인 4각 게임을 시작했다. 그러나 천 주임은 얼마 달리지 못하고 자빠졌다. 교도관이 기다렸다는 듯 그녀를 향해 서 있었다. 그녀는 그 다리 사이를 아슬아슬하게 미끄러지며 빠져나갔다. 운이 좋았다. 문제는 다음이었다. 뒤따라 달리던 본부장과 박 사무장이 속도를 제어하지 못한 채 주저앉으며 미끄러졌다. 본부장이 골프채를 마구잡이로 휘둘렀다. 교도관의 청각이 그것의 방향과 속도를 탐지했다. 순간적으로 골프채를 잡아채더니 단번에 두 동강을 냈다. 본부장이 비명을 질렀다. 부러진 골프채의 단면이 그의 얼굴을 긁고 지나가면서 순식간에 피투성이가 되었다. 그 때문만이 아니었다. 골프채를 잡았던 손가락이 부러져 검지와 중지가 너덜거렸다. 좀비들이 달려들었다. 박 사무장은 가까스로 일어나 교도봉을 휘둘렀다. 좀비들의 머리가 수박 깨지듯 박살났다. 1022번은 벨트를 휘둘렀고 소년은 주머니칼을 휘둘렀다. 벨트 버클이 좀비들의 머리를 깨고 회수되는 간극에 소년은 현란하게 칼을 흔들었다. 좀비들의 관자놀이나 안구에 칼날을 정확히 꽂아 넣었다.

철컥! 철컥!

손잡이가 돌아가지 않았다. 302호 왼쪽 문이 잠겨 있었다. 당황한 천 주임이 오른쪽 문으로 내달렸다. 다를 바 없었다. 단단히 잠겨 있었다.

✳

검사는 재킷 안쪽을 뒤지느라 시체의 얼굴과 가까워졌다. 그것이 당장이라도 벌떡 일어나 자신의 목을 물까 긴장했다.

난데없는 금속성 충돌 소리가 그를 흠칫 놀라게 했다. 누군가 왼쪽 문 손잡이를 돌리다가 다시 오른쪽 문손잡이를 돌렸다. 그 사이를 금속성 발걸음이 이었다. 천 주임이리라. 검사는 안도하며 다시 재킷 수색에 집중했다. 두툼한 것이 만져졌다. 휴대전화였다. 손전등을 켰다가 화들짝 놀라며 뒷걸음질 쳤다. 하필 처음 비춘 것이 죽은 남자의 얼굴이었다. 앙상하게 마른 얼굴. 창백한 피부에 도드라진 푸른 혈관. 텅 빈 두 눈이 흘린 검은 피의 흔적. 깨진 두개골에서는 뇌가 쏟아졌다.

*

천 주임이 당황하며 연우를 돌아봤다. 검사가 무슨 일을 벌인 것인지 아니면 검사에게 무슨 일이 생긴 것인지 알 수 없었다. 분명한 건 사람들이 갈 곳 없이 위험에 처했다는 것이었다. 뭐라도 해야 했다.

끼익!

쇳소리가 연우의 시선을 잡아끌었다. 천장의 낡은 형광등이 아슬아슬하게 매달려 흔들렸다. 연우는 괴성을 지르며 달려 나갔다. 좀비들을 다시 303호 쪽으로 유인하는 것이었다. 효과가 있었다. 좀비들이 양쪽으로 분산됐다. 그러다 무슨 생각인지 연우는 다시 뒷걸음질 쳤다. 그러더니 온 힘을 다해 전지가위를 내던졌다. 전지가위가 부메랑처럼 회전하면서 공중으로 치솟았다. 치지직 전기불꽃이 튀었다. 순식간에 어둠이 복도를 삼켰다. 머리 위에서 강풍이 일며 사람들의 귀를 멍하게 하더니 곧바로 바닥을 치는 굉음이 몸을 움츠러들게 했다. 헬리콥터 소리가 다시 희미해졌다. 좀비들은 거대한 조명 아래에 깔린 채 미동도 없었다. 그때 운 좋게 피한 좀비 하나가 연우를 향해 달려들었다. 그러나 그마저도 전지가위가 떨어지며 그것의 머리를 관통했다. 302호 앞 사람들이 얼떨떨하게 서 있었다. 연우와 그들 사이 오직 교도관만이 우뚝 솟아 있었다.

검사도 놀라서 벌떡 일어섰다. 복도를 저릿하게 하는 추락소리 때문이었다. 어디까지나 법정 바깥의 얘기였다. 하나 바로 다음 순간 그의 몸이 얼어붙었다. 이번에는 분명 법정 안이었다. 낮게 그르렁거리는 소리. 피고인석 쪽이었다. 천천히 손전등을 비추었다. 아무도 없었다. 다만 뒤쪽 벽면으로 검붉은 것들이 어지럽게 얼룩져 있었다. 다시 살펴보니 글씨였다. 불빛을 움직이며 한 글자씩 읽어나갔다. 글씨에도 감정이 있다면 그것은 분노였다.

유. 죄. 추. 정. 의. 원. 칙.

벽을 타고 흐른 것이 아직도 윤기가 났다. 놀란 나머지 불빛이 바르르 흔들렸다. 법대 쪽으로 소리가 이동했다. 검사는 다급하게 소리 나는 쪽을 비추었다. 갈대색 수의를 입은 좀비 하나가 판사 의자에 앉아서 피고인석의 검사를 노려봤다. 검사가 몸을 떨며 뒷걸음질 쳤다. 좀비는 그런 그에게서 눈을 떼지 않았다. 법대 위로 기어올라 맹수처럼 잔뜩 웅크렸다. 다시 한번 불빛이 크게 흔들렸다. 흔들리는 불빛 사이로 좀비가 날아올랐다. 법정에 괴성이 울렸다. 불빛이 깜박일 때마다 좀비가 가까워졌다. 좀비의 쩍 벌어진 입이 그의 눈앞에서 번쩍였다. 그게 마지막이었다. 불빛이 꺼지고 법정은 다시 암전됐다.

헬리콥터 소리는 진작 자취를 감췄다. 복도는 숨소리도 내지 못할 정도로 괴괴했다. 청각의 민감도가 최고조에 이르렀다. 교도관이 천천히 걸음을 옮겼다. 마치 눈앞의 상황을 인지라도 한 듯 복도를 탐색했다.

누구도 감히 그를 공격할 엄두를 못 냈다. 소희와 소년이 벽에 찰싹 달라붙은 채 숨도 쉬지 못했다. 다들 마찬가지였다. 그 우뚝 솟은 몸이 속히 지나가 주길 바랐다. 그때 맞은편 벽에 있던 본부장이 천천히 발을 내뻗었다. 부러진 골프채를 주워보려는 것이었다. 소희가 고개를 저었다. 제발 움직이지 말라는 애원이었다. 그러나 그는 듣지 않았다. 발끝으로 살살 골프채를 굴렸다. 시멘트 바닥과 금속이 미세하게 충돌하는 불규칙한 소리가 모두를 극도로 초조하게 했다. 교도관이 그걸 놓칠 리 없었다. 순간적으로 본부장에게 달려들었고 본부장은 기겁하며 주저앉았다. 자칫하면 교도관의 몸에 그의 머리가 부서질 뻔했다. 교도관이 충격한 벽이 균열하며 파편들을 쏟았다. 교도관이 본부장을 내려다보며 천천히 허리를 폈다. 공허한 두 눈이 정말 본부장을 보는 듯했다. 본부장은 스스로 입을 틀어막아 자신의 숨소리를 막았다. 교도관은 그르렁대며 본부장의 얼굴을 향해 자세를 낮췄다. 본부장의 다른 한 손은 골프채를 향했다. 부러진 손가락들이 덜렁거렸다. 약지 끝에 겨우 채가 닿았다. 교도관의 텅 빈 두 눈이 그를 정면으로 응시하며 이를 부딪쳐댔다. 끝내 먹이를 확인한 듯 입을 쫙 벌렸다. 본부장 손에 들린 골프채가 불안하게 흔들렸다. 검지와 중지 없이는 결코 단단히 쥘 수 없었다. 교도관을 제대로 내리치기엔 역부족이었다. 교도관의 타액이 본부장의 얼굴로 흘러내렸다. 일촉즉발의 상황이었다. 교도관을 향해 후리는 것이 아니었다. 본부장은 온 힘을 다해 골프채를 집어 던졌다. 바닥에 나뒹구는 골프채 소리가 쩌렁쩌렁 복도를 울렸다. 게다가 그것은 소희의 발끝에 닿고서야 비로소 멈췄다. 누구도 예상하지 못한 일이었다. 소희는 입에서 튀어나오려는 비명을 겨우 참았다.

교도관이 홱 고개를 돌리며 그르렁대더니 골프채가 떨어진 방향으로 몸을 날렸다. 소희가 소년을 감싸 안았다. 비명조차 나오지 않았다. 둔탁한 소리와 함께 벽에서 콘크리트 파편들이 쏟아졌다. 아슬아슬하게 두 사람을 빗나갔다. 천천히 몸을 일으킨 교도관이 다시 감각에 집중했다. 그 모습에 연우가 튀어 나가려는 것을 박 사무장이 제지했다. 연우의 입을 막고 목을 졸랐다. 벗어나려고 안간힘을 썼지만 소용없었다. 소리를 내기는커녕 숨조차 쉴 수 없었다. 소희와 소년은 공포에 질렸다. 소희는 소년의 눈을 가렸다. 자신도 소년에게 얼굴을 파묻고 두 눈을 감았다. 도망치기엔 이미 늦었다. 도망치려면 진작 쳤어야 했다. 교도관이 그들을 향해 자세를 낮췄다. 연우는 손가락 하나 까딱하지 못했다. 처제의 죽음을 눈앞에서 가만히 지켜봐야 했다. 실핏줄이 터지고 두 눈 가득 눈물이 고였다. 교도관이 소희를 물기 직전이었다.

복도에서는 교도관 말고도 움직이는 것이 또 있었다. 교도관의 뒤였다. 날카로운 것이 빠르게 공기를 갈랐다. 무언가 바닥으로 떨어지며 달라붙었다. 반쯤 잘린 교도관의 귀였다. 다시 교도관의 몸이 휘청거렸다. 천 주임이었다. 교도관의 관심사가 바뀔 수밖에 없었다. 그는 무릎을 펴서 그녀를 마주했다. 자신의 너덜거리는 귀를 잡아떼서는 우걱우걱 씹었다. 소희와 소년은 무슨 영문인지 천천히 고개를 들어 눈만 깜박였다. 천 주임은 혼신의 발차기를 했다. 자연스레 기합소리가 터져 나왔다. 그러나 꼿꼿이 선 교도관의 얼굴까진 닿지 못했다. 기껏해야 그의 상의를 찢거나 가슴에 상처를 줄 정도였다. 교도관은 순간적으로 그녀의 다리를 낚아채며 입으로 가져갔다. 하지만 먹을 수 없었다. 의족을 씹었다. 의족의 연결부분이 깨지며 떨어졌다. 의족이 끊어질 듯 덜렁거렸다. 그녀는 거꾸로 매달린 채 발버둥 쳤다. 교도관의 입이 다시 그녀의 몸으로 향하는 순간이었다. 다리가 의족에서 빠지며 바닥으로 추락했다. 아파할 정신도 없었다. 그녀는 필사적으로 바닥을 기었다. 교도관은 의족을 집어던지고 여유 있게 그녀를 쫓았다. 남은 의족이 바닥에 끌리며 소리를 냈다. 다른 방도가 없었다. 이렇게 가다가는 잡힐 것이 뻔했다. 천 주임이 의족을 벗어서 반대 방향으로 내던졌다. 할 수 있는 최대한의 힘이었다. 교도관이 잠시 멈춰 섰다. 그러나 속지 않았다. 냄새를 맡듯 크게 심호흡 하더니 바로 그녀에게 돌진했다. 모두가 경악했다. 교도관은 그녀의 트레이닝복 바지를 잡아챘다. 하지만 다리가 없는 부분을 잡아채는 바람에 바지만 벗겨졌다. 천 주임의 속옷과 두 다리의 절단면이 고스란히 드러났다. 그녀의 베이지색 속옷에 선혈이 축축하게 스며 있었다. 그것은 다리의 절단면까지 흘러내려 갔다. 교도관은 생리혈의 냄새를 쫓은 것이었다. 천 주임은 공포에 떨며 필사적으로 기었다. 하지만 교도관은 곧바로 다리를 잡아채 올렸다. 그는 피가 흥건한 속옷 냄새를 깊게 들이마셨다. 이미 포기했던 삶이었다. 무엇이 그녀로 하여금 그토록 발차기를 하게 만들었는지 그녀 자신도 설명할 수 없었다. 만감이 교차했다. 뜨거운 눈물이 이마를 타고 바닥으로 떨어졌다. 소희가 간신히 자신과 눈을 마주쳤다. 소희 역시 두려움에 떨며 눈물을 흘렸다. 누구도 할 수 있는 게 없었다. 갑자기 교도관이 멈칫거렸다. 뒤를 돌아보니 소년이 서 있었다. 부러진 골프채를 그의 등에 막 꽂은 직후였다. 뒤통수를 찌르려 했지만 팔이 닿지 않았다. 소년은 그 자리에서 얼어붙었다.

그러나 교도관은 아랑곳하지 않았다. 다시 천 주임에게 집중했다. 그녀의 속옷을 베어 물었다. 소희가 고개를 돌리며 눈을 감았다. 짐승 같은 울음소리가 났다. 교도관은 그녀의 양 다리를 잡아 아예 쭉 찢어버렸다. 속옷을 툭 내뱉고는 찢어진 부분을 벌컥벌컥 들이마셨다. 피에 젖은 속옷이 창문에 들러붙어 허물어지듯 흘렀다. 창자가 교도관의 입에 물려 줄줄이 뽑혔다. 피와 내장이 쏟아지며 바닥에 홍수를 이뤘다. 천 주임은 그렇게 눈을 감았다. 껍데기만 남은 몸은 그대로 내던져졌다. 목이 크게 꺾이며 피바다로 미끄러졌다. 교도관이 창자를 들고 우걱우걱 섭어댔다. 충격에 빠진 박 사무장이 비로소 손에 힘을 풀었다. 바닥에 고꾸라진 연우가 죽다 살아난 듯 쌕쌕 숨을 쉬며 토사물을 쏟았다. 교도관이 뒤를 돌아봤다. 입에는 아직 데룽데룽 창자가 늘어진 채 물려 있었다. 소년은 옴짝달싹 못 했다. 바닥에 다리가 붙은 것처럼 움직여지지 않았다. 공포 때문이었다. 소년의 미래는 누구라도 예측할 수 있었다. 그때 302호 법정 문이 열렸다.

*

오른쪽 문이었다. 검사가 뛰쳐나왔고 좀비가 뒤를 쫓았다. 갈대색 수의를 입은 것이었다. 교도관은 청각에 반응했다. 다시 몸을 반대로 돌렸다. 등에는 부러진 골프채가 그대로 꽂혀 있었다. 둘은 301호 법정을 지나 복도 끝 문으로 향했다. 판사실로 올라가는 엘리베이터로 이어진 곳이었다. 달리던 검사가 뭔가에 채인 듯 털썩 넘어졌다. 자신이 내던졌던 피고인석 명패였다. 명패는 복도 끝까지 미끄러지며 문에 쾅 부딪쳤다. 좀비는 바로 검사에게 날아들었다. 검사는 얼굴을 가리며 몸을 움츠렸다. 비명조차 지르지 못했다. 저 멀리 헬리콥터 소리가 들려오기 시작했다.

삐익! 삐익!

교도관의 입에 호루라기가 물렸다. 어느새 창자를 모두 해치웠다. 얼굴도 호루라기도 벌건 피로 물들었다.

검사는 아직 어떤 고통도 느끼지 못했다. 의아했다. 슬며시 눈을 뜨니 좀비가 바로 눈앞에서 그를 노려보고 있었다. 그는 다시 질끈 눈을 감았다. 그러나 여전히 이상했다. 좀비는 더 움직이지 않았다. 마법이라도 걸린 듯 멍하니 일어서며 오히려 그에게서 멀어졌다. 프로펠러의 진동에 창문이 깨질 듯 흔들렸다. 갈대색 수의의 그것이 교도관에게 향했다. 모두가 어리둥절했다. 죄수의 욕구가 교도관의 호루라기 소리에 통제되고 있었다. 이유는 중요하지 않았다. 검사는 이때다 싶어 벌떡 일어나 뛰었다. 프로펠러 소리와 반복되는 호루라기 소리가 정신을 혼미하게 했다.

연우는 이제 겨우 정상 호흡을 되찾고 있었다. 교도관이 저벅저벅 움직였다. 그는 검사의 절박한 뜀박질 소리를 따랐다. 하지만 복도 끝 문은 쉽게 열리지 않았다. 아무리 손잡이를 돌리고 몸을 부딪쳐대도 꿈쩍도 하지 않았다. 연우의 흐릿한 시야로 신분증 인식기가 들어왔다. 자신이 오후에 반납했던 판사 신분증을 떠올렸다. 지금은 연우로서도 저 문을 열 방법이 없었다.

박 사무장이 벽에 찰싹 달라붙어 살금살금 움직였다. 죄수 좀비가 그를 보면서 이를 딱딱 부딪쳐댔다. 그러나 그뿐이었다. 정작 그에게 달려들지는 못했다. 호루라기 소리 때문이었다. 그럼에도 박 사무장은 완전히 두려움을 떨치지 못했다. 죄수 좀비는 그를 향해 움찔움찔대면서도 보이지 않는 틀에 갇힌 듯 교도관을 향해 한 걸음씩 옮겼다. 박 사무장이 걸음을 멈추고 뒤를 돌아봤다. 막 죄수 좀비의 시선을 벗어난 때였다. 교도관의 위치를 확인했다. 점점 가까워지고 있었다. 그는 다급하게 호주머니를 뒤졌다. 몽당연필이었다. 피가 말라붙어 얼룩진. 1022번의 눈에 쏘았다가 교도관이 뽑아서 부러뜨렸던 것이었다. 부들부들 떨리는 손이 그것을 새총에 끼웠다. 그러나 교도관을 조준하는 것이 아니었다. 검사의 뒤통수를 조준했다. 연우는 어리둥절했다. 왜 검사를 죽이려고 할까.

"뭐… 문을 부수고라도 가야죠."

연우가 대답했었다. 신분증도 없이 어떻게 그 문을 통과할 거냐는 검사의 물음에 대한 것이었다. 본부장과 박 사무장은 정말 문을 부수려고 했다. 그러려면 거구의 교도관을 달리게 만들어야 했고 또 그러려면 미끼가 필요했다.

"안 돼!"

연우가 소리치며 내달렸다. 사람이 살기 위해 사람을 죽일 수는 없었다. 그러나 몽당연필이 날아가는 속도를 이길 순 없었다. 연우의 발걸음에 가속도가 채 붙기도 전에 연필이 검사의 경동맥에 정확히 꽂혔다. 검사는 문을 등지며 그대로 쿵 미끄러져 앉았다. 목에서 피가 분수처럼 뿜어졌다. 그의 옆에는 피고인석 명패가 나란히 자리했다. 강렬한 피 냄새였다. 교도관이 코를 킁킁거렸다. 죄수 좀비도 마찬가지였다. 교도관이 냄새를 맡느라 마법의 피리가 멈춘 순간이었다. 죄수 좀비가 몸을 돌리며 전력 질주했다. 교도관은 몸을 높이 솟구치며 도약했다. 죄수 좀비는 박 사무장에게 달려들었다. 잔뜩 겁에 질린 박 사무장이 허리춤에서 교도봉을 빼려다가 떨어뜨렸다. 당황한 그가 새총이라도 막 휘둘러보려던 찰나 죄수 좀비의 머리통이 부서지며 흩어졌다. 교도관이 휘저은 손

날에 목뼈가 완전히 으스러졌다. 교도관은 박 사무장을 지나치며 바닥을 핥았다. 검사가 흩뿌린 피였다. 피 냄새에 몰두한 나머지 박 사무장을 인지조차 못 했다. 그는 피의 흔적을 따라 어기적거리며 사족보행을 했다.

검사는 점점 의식을 잃었다. 교도관은 피의 근원을 확신하고 검사에게 전력으로 달려들었다. 그러나 시각을 잃은 탓에 거리를 조절할 수 없었다. 정확하게 본부장과 박 사무장이 그린 그림이었다. 교도관은 정통으로 문을 충격했다.

빠직!

문이 문틀에서 빠지더니 기우뚱하며 뒤로 넘어갔다. 두껍고 단단한 오크 문이었다. 시멘트 바닥에 부딪치는 소리가 온 복도를 울렸다. 그 소리가 얼마나 쩌렁쩌렁한지 다들 몸을 움츠렸다. 뻥 뚫린 복도 끝으로 미지의 세계가 열린 것처럼 다시 좁고 긴 복도가 이어졌다. 검사도 문과 함께 넘어갔다. 교도관이 그런 그의 목을 물어뜯었다. 그러나 그 얼굴은 쉽게 물지 못했다. 교도관의 눈에 꽂힌 연필이 검사의 이마를 찌르며 장애물이 되었다. 의식이 희미해지는 검사의 눈에서 눈물이 흘렀다. 찍어 누르는 연필 끝에 이마가 짓이겨지며 피가 흘렀다. 교도관은 갑급함에 이를 딱딱거렸다. 검사는 희미해지는 의식 속에서 바로 눈앞의 공포를 손가락 하나도 까딱하지 못한 채 고스란히 느꼈다. 교도관의 얼굴이 검사의 얼굴에 가까이 다가갈수록 연필은 교도관의 눈을 깊숙이 파고들었다. 교도관은 자기 눈에 연필이 박히는 것도 모른 채 검사의 얼굴로 더 힘주어 들이밀었다. 검사의 이마가 이리저리 찢겨 뼈가 드러났다.

둘 사이에 남은 연필이 거의 보이지 않았다. 비로소 교도관은 검사의 얼굴을 물어뜯을 수 있었다. 그러나 두 얼굴이 맞닿았을 때 교도관은 엔진이 꺼진 기계처럼 갑자기 모든 동작을 멈췄다. 연필이 교도관의 뇌에 깊숙이 박혀버렸다. 절제 없는 욕구가 좀비의 생명을 갉아 먹었다. 그것도 생명이라 할 수 있다면. 비단 좀비에게만 국한된 일은 아니었다. 탐욕을 제어하지 못해 죽음에 이르는 일. 사람들에게 더 비일비재한 일이었다. 검사는 교도관의 몸을 밀어낼 힘도 정신도 없이 축 늘어졌다.

*

1022번이 천 주임의 의족 한쪽을 주워들었다. 그러고는 종아리에서부터 날 부분까지 천천히 쓰다듬었다. 소년은 부러진 골프채의 나머지 반쪽을 주워들었다. 연우가 소희를 부축해 일으켜 세웠다. 천 주임 주변으로 피비린내가 진동했다. 그녀는 마치 고요하게 잠을 자는 듯했다.

"형부, 그거 줘 봐요."

소희가 연우에게 전지가위를 달라는 시늉을 했다. 가위를 받아들자마자 천 주임의 이마를 겨눴다. 그러더니 천 주임이 그르렁거리며 벌떡 일어나는 순간 곧바로 쑤셔 박았다.

"미안해요."

소희는 슬픈 표정으로 그녀를 바라보았다. 인간으로서 고통스럽게 살았던 그녀가 괴물이 된 몸으로 다시 고통스럽게 살길 원치 않았다. 연우는 재킷을 벗어 천 주임에게 덮어주었다. 벗겨지고 찢긴 몸을 차마 그냥 두고 볼 수 없었다.

*

박 사무장이 교도봉을 주워들고 본부장과 함께 문틈을 넘어섰다. 누군가 그르렁댔다. 좀비로 변한 검사가 이를 딱딱 부딪쳤다. 하지만 교도관 몸에 깔린 채 버둥댈 뿐 아무런 위협도 되지 못했다. 박 사무장이 그를 향해 교도봉을 휘두르려는데 본부장이 그 팔을 잡아당겼다.

"놔둬. 평생 저 꼴로 살게."

그들이 검사를 생각하는 마음은 소희가 천 주임을 생각하는 그것과 정반대였다. 검사는 마치 본부장의 말을 이해한 듯 더 격렬하게 그르렁댔다. 제발 자신을 죽여 달라는 절규 같았다.

연우는 좀 전부터 머리가 멍했다. 박 사무장이 검사를 향해 새총을 쏘고 검사의 목에서 분수처럼 피가 쏟아질 때부터였다. 당당하고 총기 있던 검사의 눈빛이 일순간 약에 취한 사람처럼 흐리멍덩해졌다. 좀비가 아니었다. 그들은 산 사람을 죽였다. 오로지 자신들의 생존을 위해서. 그것이 유일한 방법도 아니었다. 가장 경계하고 조심해야 할 대상은 좀비가 아니었다. 어쩌면 좀비는 아픈 것일 지도 몰랐다. 가장 두려워해야 할 대상은 다름 아닌 사람이었다. 이제 연우는 그들이 악마처럼 보이기 시작했다.

*

교도관의 몸이 완전히 통로를 막았다. 본부장이 그의 등에 올라 골프채를 뽑아 쥐고는 풀쩍 뛰어 통로를 디뎠다. 박 사무장이 교도관의 등에 올라섰다.

"자, 지나가. 한 사람씩."

사람들이 차례로 교도관의 등을 타고 통로로 들어섰다. 연우가 버둥 거리는 검사를 내려다보며 주춤거렸다. 연민 때문이었다. 잠시였지만 생과 사를 함께 고민하던 사이였다. 그 역시 평범한 사람이었다. 분명 누군가의 아들이자 남편이고 아버지였다.

"아, 그냥 가. 그냥 가라고."

박 사무장이 교도봉으로 연우의 머리를 툭툭 쳤다.

"형부, 얼른 가요."

소희가 연우를 밀었다. 연우의 마음을 모르는 것이 아니었다. 무모한 저항이었다. 연우가 마지못해 밀리며 걸음을 옮겼다. 비참했다.

"자, 이제 본격적으로 헬기 타러 갑시다. 변호사 양반!"

본부장이 빙그레 웃으며 두 손을 모아 움직여 보였다. 앞장서라는 것 이었다.

Presto

고해

*

　검사의 신음소리가 등 뒤로 희미해졌다. 좁은 통로는 불안하게 고요
했다. 연우가 앞장섰다. 소희는 걷는 것조차 힘들어했다. 창백한 얼굴
에 졸음이 쏟아지는 듯했다. 1022번이 그녀를 부축했다. 연우는 뒤에서
자꾸 소희가 잡아당기는 것 같은 기분을 느꼈다. 그녀를 돌아보며 죽음
이란 것을 직감했다. 할 수 있는 게 없었다. 그렇게 장식 하나 없는 회백
색 벽의 좁은 복도 위를 제자리걸음 하듯 억지로 한 걸음씩 떼며 끝없는
절망감을 느꼈다. 어제까지만 해도 판사복 휘날리며 당당하게 걷던 복
도였다. 그때 뭔가에 깜짝 놀란 사람들이 일제히 뒤를 돌아봤다. 골프채
떨어지는 소리가 복도를 쩌렁 울렸다. 소년이 휴대전화를 두드리느라
겨드랑이에 끼워두었던 것이었다.

　"너 같은 새끼 저것들한테 먹잇감으로 던져주는 건 일도 아냐!"

　박 사무장이 소년을 무섭게 노려보며 협박했다. 소년은 그의 눈을 피
하지 않았다. 천천히 골프채를 집어 들고 다시 뒤를 따랐다.

*

　통로 끝 모퉁이를 돌면 바로 엘리베이터가 있었다. 엘리베이터의 신
호음이 점점 또렷해졌다. 끼이익 하는 쇳소리와 둔탁한 타격음이 규칙
적으로 반복됐다. 문이 열리고 닫히는 소리였다. 워낙 울림이 심한 탓에

문이 열릴 때도 닫힐 때도 심장이 멎을 듯했다. 일행이 모퉁이를 돌기 직전이었다. 연우가 걸음을 멈췄다. 엘리베이터 신호음. 열리는 소리. 닫히는 소리. 반복되는 소리가 긴장감을 배가시켰다. 연우가 전지가위를 쥐어 보이며 사람들을 돌아봤다. 대비하라는 신호였다. 연우는 모퉁이를 돌며 가위를 휘두르려다가 말았다. 다른 사람들도 마찬가지였다. 엘리베이터 앞에는 좀비 시체들이 널브러져 있었다. 판사복을 입은 것들이었다. 그들은 엘리베이터를 타기 위해 간절하게 몸부림쳤었다. 사방이 검붉은 피로 범벅되었다. 판사 좀비 하나가 엘리베이터 문 사이에 머리가 끼인 채 연우를 똑바로 응시했다. 엘리베이터 문이 계속 열리고 닫힌 이유였다. 얼마나 오랫동안 문에 부딪쳤는지 머리가 반쯤 부서져 움푹 파였다.

박 사무장이 교도봉으로 버튼을 눌렀다. 그러나 불이 들어오지 않았다. 엘리베이터는 1층에서 움직이지 않았다. 몇 번을 더 눌러봐도 그대로였다.

"고장났나본데?"

박 사무장은 한 걸음 더 다가갔다. 엘리베이터 문이 열리자 빈 공간을 올려다보며 살폈다. 그때 갑자기 나타난 좀비 하나가 그의 얼굴을 홱 할퀴고 지나갔다. 이를 딱딱 부딪쳐서 하마터면 물릴 뻔했다. 박 사무장이 화들짝 놀라며 뒤로 물러섰다. 좀비들이 위층에서 뛰어내리고 있었다. 순간 엘리베이터에 끼인 판사 좀비가 그의 발목을 잡아채서 입을 쩍 벌렸다. 박 사무장이 손쓸 새도 없이 벌렁 뒤로 넘어지며 교도봉을 놓쳤다. 그러나 그것의 입속을 가득 채운 것은 차가운 전지가위였다. 연우가 박 사무장의 뒷덜미를 잡아끌었다. 좀비들이 그들을 향해 팔을 휘저으며 추락했다. 박 사무장이 멍하니 연우를 올려다봤다.

*

다시 엘리베이터 문이 열렸다. 좀비들은 더 이상 뛰어내리지 않았다. 연우가 슬쩍 아래를 살폈다. 엘리베이터 위에서 바글대던 좀비들이 줄을 잡고 올랐다. 빨랐다. 다급해진 연우가 판사 좀비의 다리를 들어 올렸다. 혼자 힘에 부치자 어느새 달려온 소년이 힘을 보탰다. 판사 좀비가 아래로 던져지며 줄을 오르던 좀비들을 다시 아래로 떨어뜨렸다. 그렇게 엘리베이터 문이 완전히 닫히는 줄 알았다. 그러나 운 좋게 피한 것들이 문틈으로 손을 집어넣었다. 닫히기 직전의 문이 다시 활짝 열렸다. 좀비들이 본격적으로 3층 바닥으로 기어올랐다. 순식간이었다.

"계단으로!"

연우가 전지가위를 휘두르며 고함쳤다. 소희를 부축한 1022번이 가장 먼저 움직였다. 소희는 이미 정신을 잃었다. 1022번이 거의 끌고 가는 수준이었다. 보다 못한 본부장이 버럭 소리를 질렀다. 안 그래도 신경이 곤두서 있었다. 골프채를 휘두르는 데 아직 왼손이 익숙하지 않은 터였다.

"그냥 버리고 가! 먹이로 주고 가란 말이야!"

박 사무장이 교도봉을 휘두르며 한마디씩 거들었다.

"그래, 산 사람은 살아야지! 빨리 가서 문이나 열어!"

그러나 연우는 이를 악물었다.

"아니, 우린 다 같이 갑니다! 다 같이 가요!"

혼란스러워하는 1022번의 옆으로 누군가 섰다. 소년이 소희의 반대쪽 어깨를 들쳐 매며 필사적으로 걸음을 재촉했다. 그나마 속도가 났다.

*

본부장의 왼손이 점점 적응했다. 강렬한 생존본능이었다. 사람들은 소년이 열어둔 문으로 몸을 던졌다. 겨우 문을 닫아 잠근 소년이 다리가 풀린 듯 털썩 주저앉았다. 사람들도 숨을 몰아쉬었다. 좀비들이 철문을 두드리고 긁어대는 소리가 계단 전체에 울렸다. 문에 기댄 소년의 몸이 흔들렸다. 1022번은 소희를 마치 아기처럼 품에 안았다. 그녀는 잠든 듯 눈을 감았다.

"처제, 괜찮아?"

뾰족한 수가 없다는 걸 알면서도 연우는 소희를 흔들어 깨웠다. 그녀가 파르르 떨리는 눈꺼풀을 겨우 말아 올렸다. 한참을 연우와 눈을 맞췄다.

"괜찮아?"

그녀는 대답 대신 1022번을 올려봤다. 그러더니 다시 빤히 연우를 바라봤다. 눈에 초점이 없었다. 피를 너무 많이 흘려서 인지기능이 제대로 작동하지 않는 것 같았다.

"처제, 잠들면 안 돼. 얼마 안 남았어. 잠들면 안 돼!"

연우가 간곡하게 빌었다. 소희는 힘겹게 고개 저으며 다시 눈을 감았다.

❋

서울중앙지법에 아직 생존자들 있음. 포기하지 말고 구조 바람.

소년이 휴대전화를 두드렸다. 채팅창은 여전히 활발했다.

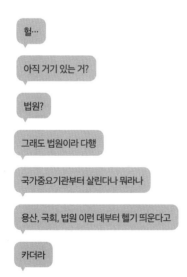

헐…

아직 거기 있는 거?

법원?

그래도 법원이라 다행

국가중요기관부터 살린다나 뭐라나

용산, 국회, 법원 이런 데부터 헬기 띄운다고

카더라

국민들은 안중에도 없지

국민은 무슨. 지들부터 살고 보자는 거지

대책 같은 것도 없음 ㅜㅜ

지금 대통령 탄핵한다고 난리임

또 여당 야당 지들끼리 피 터지게 싸우는 중;

한마디로 개판임 ㅋㅋㅋ

"쉿!"

박 사무장이 주의를 집중시켰다. 자세히 보니 계단 난간이 미세하게 흔들렸다. 모두의 시선이 천천히 위를 향했다. 불안한 느낌은 틀리는 법이 없었다. 눈대중으로 예닐곱 층 위였다. 난간 사이로 좀비들이 어슬렁거리는 게 보였다. 그중 하나가 사람들을 발견하고는 괴성을 질렀다. 순식간에 좀비들이 시야에서 사라졌다. 사람들은 공포에 휩싸여 어쩔 줄을 몰랐다. 갑자기 지진이라도 난 듯 계단 난간이 흔들렸다. 좀비들이 뛰어 내려오는 소리가 큰북 치듯 계단을 울렸다.

"짝수 층으로 가요! 짝수 층이 엘리베이터로 연결돼요!"

연우가 소희의 어깨를 부축하며 외쳤다. 소년이 그를 도왔다. 본부장과 박 사무장이 가장 앞서 4층으로 뛰어올랐다. 박 사무장이 계단 문을 잡아당겼다. 손잡이가 돌아가지 않고 턱턱 막혔다.

"잠겼어요!"
"6층! 6층으로!" 본부장이 뛰어오르며 소리쳤다.

좀비들보다 먼저 6층에 도착할 수 있을지 확신이 없었다. 하지만 되돌릴 순 없었다. 다른 방법도 의심할 시간도 없었다. 달려야 했다. 5층을 지나 6층에 오르자 좀비들의 다리가 보였다. 박 사무장이 기도하는 심정으로 문손잡이를 잡았다. 질끈 눈을 감았다. 하지만 역시 돌아가지 않았다.

"틀렸어!"

억장이 무너졌다. 계단의 혈투가 시작됐다. 둘은 교도봉과 골프채를 치열하게 휘둘렀다. 연우가 합세했다. 소희는 소년에게 맡겨 두었다. 그는 타격기가 휘둘러진 직후의 시간적 공백을 훌륭하게 메웠다. 가위 날을 벌려 댕강댕강 머리를 자르거나 날을 모아 내지르며 관통시켰다.

3인조는 오히려 계단을 올랐다. 좀비들은 더 내려오지 않았다. 모두 거친 숨을 몰아쉬었다. 그러나 안도의 시간은 잠시였다. 다시 계단 난간이 흔들렸다. 위쪽이 아니었다. 모두의 시선이 아래를 향했다. 이번엔 아래쪽이었다. 좀비들이 계단을 뛰어 올랐다. 계단을 울리는 북소리가 다시 커졌다. 난간이 정신없이 흔들렸다. 본부장과 박 사무장은 뒷걸음질 쳤다. 연우를 바라보며 그와 멀어지고 있었다. 그게 어떤 의미인지 연우는 바로 이해하지 못했다. 따로 가겠다는 것이었다. 연우는 당황했다. 그러나 그들을 막을 방법은 없었다. 북소리가 점차 가까워지며 고막을 울렸다. 두 사람은 아예 몸을 돌려 계단을 뛰어올랐다. 1022번 역시 마찬가지였다. 소희를 뿌리치며 그들을 뒤따랐다. 그렇게 세 사람이 계단 위로 사라졌다. 소년이 쓰러지는 소희를 겨우 끌어안았다. 그렇게 남은 세 사람이 흔들리는 계단 위에 덩그러니 남았다.

*

연우가 전지가위를 단단히 잡아 보였다. 소년은 두려움에 떨었지만 그 의미를 잘 알았다. 소희를 조심조심 계단 위에 눕히곤 허리춤에서 골프채를 꺼내 들었다.

"내가 이렇게 한 번 찌르면 친구가 이렇게 한 번 휘두르고. 친구가 한 번 휘두르면 내가 이렇게 찌르고. 되겠지?"

연우는 골프채 휘두르는 시늉을 하다가 가위 내지르는 시늉을 했다. 알아듣는 건지 못 알아듣는 건지 소년은 우두커니 보기만 했다.

"자, 연습 한 번 해보자."

초조한 연우가 먼저 가위를 내질렀다. 소년은 잠시 주춤거리더니 골프채를 휘둘렀다. 박자가 전혀 맞지 않았다. 그러나 더 맞춰 볼 시간이 없었다. 좀비들이 바로 눈앞에서 달려오고 있었다.

"잘했어. 한 번 해보자!"

마음에도 없는 칭찬을 하며 연우가 전지가위를 쳐들었다. 어떻게든 되겠지. 달리 방도가 없었다. 소년이 긴장한 듯 골프채를 꼭 쥐었다. 예상외로 실전은 합이 잘 맞았다. 잘 맞았다기보다 소년의 능력이 특별했다. 연우의 눈이 동그래졌다. 자유자재의 양손잡이였다. 오른손엔 골프채를 왼손엔 주머니칼을 쥐었다. 좀비들이 그 앞에서 추풍낙엽처럼 나가떨어졌다. 마치 자신이 하던 게임 속 캐릭터처럼 두 팔을 화려하게 움직였다. 아비규환의 법정에서 소년이 혼자 살아남은 이유를 짐작할 수 있었다. 그러나 둘은 점차 힘이 부쳤다. 조금씩 엇박이 났다. 결국 소년이 좀비에게 밀리며 뒤로 넘어졌다. 연우는 소년의 목을 막 물려는 놈의 뒤통수를 찌르고 또 자신에게 달려드는 놈의 목을 베었다. 소년은 재빨리 몸을 일으켜 좀비의 머리를 부수고 또 찔렀다. 그 와중에 이상한 낌새를 챈 연우가 소희를 돌아봤다. 본능에 가까운 꿈틀거림이었다. 소년을 덮쳐서 뒤통수를 공격당했던 좀비가 소희를 향해 기더니 기어이 그녀의 얼굴을 물어뜯었다.

"안 돼!"

소희의 코가 통째로 뜯겨서 형체를 잃었다. 그녀는 비명도 못 지르고 고통에 겨워했다. 좀비의 입에서 떨어지는 피가 그녀의 얼굴을 적시며 입속으로 흘렀다. 어쩐 일인지 좀비는 소희의 코를 질겅질겅 씹더니 더 못 먹겠다는 듯 퉤 뱉어냈다. 투명하고 긴 것이 피를 튀기며 계단으로 떨어졌다. 실리콘 보형물이었다. 연우는 다시 그 뒤통수를 깊숙이 내리찍었다. 좀비는 계단 아래로 스르륵 미끄러졌다.

"판사님!"

소년이 소리쳤다. 말끔히 정장을 차려입은 좀비 하나가 연우를 향해 뛰어올랐다. 연우는 반사적으로 몸을 돌리며 무작위로 가위를 휘둘렀다. 정장 좀비가 연우를 마주 보고 섰다. 가위 날이 그것의 코를 관통한 상태였다. 좀비는 가위에 코를 꿰인 채 격렬하게 발버둥 쳤다. 마지막 놈이었다. 좀비들은 더 나타나지 않았다. 소년이 안도하며 그것의 뒤통수를 노렸다. 하지만 연우는 고개를 저었다. 의미심장한 눈빛으로 입을 열었다.

                                      ＊

"동서."

소년은 골프채를 휘두르며 방향을 바꾸었다. 아슬아슬하게 그것의 뒤통수를 비껴갔다. 연우의 동서. 오늘 협의이혼 신청을 했다는 소희의 남편이었다. 동서의 몸짓이 누그러졌다. 마치 연우를 알아보는 것 같았다. 소희가 힘겹게 눈을 떴다. 뜯겨나간 코에서 피가 솟다 말다 반복했다.

"아… 나 지금 안 이쁜데…."

동서는 그제야 소희를 향해 시선을 옮겼다. 그녀를 알아본 듯 가만히 집중했다. 조금씩 그르렁댈 뿐이었다. 연우가 살살 가위를 당겨 뺐다. 잘린 코가 인중 위에 매달려 대롱대롱 흔들렸다. 그는 그것을 잡아떼고는 천천히 소희를 향했다. 소년은 다시 골프채를 다잡았다. 연우 역시 한 걸음 물러서면서도 전지가위를 꼭 쥐었다. 그는 소희의 얼굴을 자세히 관찰했다. 그러더니 자신의 코를 그녀의 얼굴에 가져다 붙였다. 코에서 솟던 피가 입술 아래로 방향을 틀었다. 그렇게 둘은 가만히 서로를 응시했다.

"우리 결국 이혼 못했네. 우리 운명인가 보다."

소희가 최대한의 힘으로 웃어 보였다. 동서가 대답하듯 낮게 그렁댔다.

"미안해. 내가 다 미안해."

절대로 먼저 사과하는 법이 없던 그녀였다. 그런 그녀가 몇 번을 미안하다며 눈시울을 붉혔다. 그녀는 운명을 아는 듯했다.

"형부, 형부한테도 미안해요. 알잖아. 나 좀 모자란 거…."

소희가 잠들 듯 눈을 감았다. 눈물 한 방울이 뺨을 타고 흘렀다.

"처제! 처제!"

연우가 흔들어 깨웠지만 반응이 없었다. 동서의 그렁거리는 소리가 점점 거칠어졌다. 굶주림 때문이 아니었다. 두 사람은 함께 있으면서도 잘 살지 못했다. 더 원통한 건 잘 헤어지지도 못했다는 것이었다. 이것도 저것도 제대로 해보지 못하고 결국 죽음으로 갈라져야 한다는 것이 분하고 억울했다. 그러나 너무 늦었다. 지나간 일은 후회해봤자 아무 소용없었다. 난간이 미세하게 흔들렸다. 뜀박질 소리가 희미하게 올라왔다. 동서가 아래층을 향해 거칠게 그렁댔다. 삽시간에 천둥이 울리고 난간이 뽑힐 듯 흔들렸다. 본능적인 직감이었다. 여태 상대했던 규모와는 차원이 달랐다. 연우와 소년은 두려움으로 뒷걸음질 쳤다. 살고자 한다면 하나의 방법밖에 없었다. 도망쳐야 했다. 둘은 혼신의 힘을 다해 뛰어올랐다. 연우의 괴성이 메아리쳤다. 동서도 처제도 모두 눈앞에서 잃었다. 더군다나 그들을 뒤로하고 도망쳐야 했다. 괴로웠다. 그 무력한 마음을 표현할 길이 없었다. 동서는 온 힘으로 좀비들을 밀치고 물어뜯었다. 하지만 압도적인 수를 당해낼 순 없었다. 그는 소희를 감싸며 넘어졌다. 그 위로 좀비들이 산을 쌓았다. 소희의 온몸을 갈기갈기 헤쳐 발렸다. 소희는 비명을 지르지 않았다. 어쩌면 이미 죽어 있었다.

숨 참기 게임

 연우와 소년은 전력으로 뛰어올랐다. 8층에 올라 문손잡이를 돌렸지만 돌아가지 않았다. 난간 아래로 그들을 쫓는 좀비들이 보였다. 10층 역시 마찬가지였다. 잠겨 있었다. 심장이 너무 빨리 뛰어서 터질 것만 같았다. 법원 계단은 길고 높았다. 둘은 거칠게 숨을 토해냈다. 좀비들이 다가오는 소리가 조금씩 가까워졌다. 둘의 걸음이 점점 둔해졌다. 마른 숨을 뱉으면서도 이를 악물고 계단을 올랐다. 엄습하는 불안감에 뒤를 흘끗거렸다. 좀비들은 아직 몇 층 더 아래였다. 그러나 문제는 아래만이 아니었다. 이젠 위층에서도 좀비들이 뛰어 내려왔다. 살과 피에 굶주린 것들이 위와 아래에서 미친 듯이 돌진했다. 샌드위치 신세였다. 두 사람은 아래쪽 좀비들에게 잡히지 않으면서 위쪽 좀비들보다 먼저 12층에 도착해야 했다. 그뿐만이 아니었다. 문이 잠겼다면 말짱 허사였다. 반드시 열려 있어야 했다. 두 사람이 쌕쌕 숨소리를 내며 굳은 다리를 겨우 잡아끌었다. 12층이었다. 기도했다. 놈들의 시야에 두 사람이 포착됐다. 좀비들이 그들을 향해 도약했다.

 '신이시여!'

 연우가 질끈 감았던 눈을 떴다. 익숙했던 막힘이 없었다. 손잡이가 시원하게 돌아갔다. 감탄할 시간이 없었다. 재빨리 소년을 밀어 넣고 자신도 몸을 던졌다. 문을 닫아 잠근 것은 소년이었다.

*

한 치 앞도 보이지 않았다. 암흑이었다. 연우는 바닥으로 헛구역질했고 소년은 아예 드러누웠다. 그러다 감전이라도 된 듯 벌떡 일어나 숨을 멈췄다. 문 뒤에서 들리는 소리가 아니었다. 분명 같은 공간이었다. 그르렁대는 호흡이 마치 그들의 얼굴에 닿는 듯했다. 두 사람은 한 손으론 무기를 잡고 한 손으론 숨을 막았다. 암순응 전이었다. 그 몇 초간의 공포는 상상을 초월했다. 그럼에도 숨을 더 참는 것은 불가능했다. 전력으로 여섯 층의 계단을 뛰어오른 그들이었다. 날숨이 터져버리자 여기저기서 그르렁대는 소리가 났다. 둘은 다시 크게 숨을 들이마시고 입을 틀어막았다. 비로소 암순응이 되었다. 판사실이 죽 늘어선 복도였다. 좀비들이 우왕좌왕하며 이리저리 부딪쳐댔다. 몇몇은 서로를 먹이로 오인하고 물어뜯기도 했다. 생각해보니 좀비들의 동공은 마치 점 하나를 찍은 것처럼 작았다. 동공의 크기가 암순응에 미치는 과학적 이유를 알 리 없었다. 다만 놈들이 어둠에 취약하다는 것을 알았고 그것은 소년도 마찬가지였다. 두 사람은 다시 숨을 내뱉었다가 참았다. 놈들은 그들이 내뿜는 이산화탄소의 향방을 쫓았다. 그렇게 점점 둘에게 가까워졌다. 가슴이 터질 듯 아팠다. 빠져나갈 방법을 찾아야 했다. 복도를 뚫고 가기엔 놈들의 숫자가 너무 많았다. 다시 계단으로 돌아나갈 수도 없었다. 계단 문이 부서질 듯 흔들렸다. 막다른 길이었다.

*

복도 천장에서 희미한 빛이 샜다. 벽 위쪽으로 낸 미닫이창이 복도를 따라 이어졌다. 판사실 환기창이었다. 연우가 허리춤에 가위를 끼우며 소년에게 눈짓했다. 소년은 이해하지 못했다. 의미고 뭐고 숨을 참는 고통으로 얼굴이 일그러졌다. 더 지체할 순 없었다. 놈들이 둘에게 닿기 직전이었다. 연우가 숨을 터뜨리며 벽을 향해 달렸다. 소년은 영문도 모른 채 따라 뛰었다. 강렬한 이산화탄소였다. 좀비들이 달려들었다. 간발의 차였다. 두 사람은 열린 창틀을 붙잡고 벽에 매달렸다. 그것들의 머리에 다리가 걸릴까 무릎을 접었다. 좀비들이 빈 계단 문으로 달려들며 부딪쳤다. 거기서 다시 서로를 먹이로 착각하고 물어뜯었다. 연우는 턱걸이하듯 상체를 끌어올렸다. 소년도 상황을 파악했다. 둘은 판사실 안으로 얼굴을 들이밀며 참았던 숨을 크게 토했다. 두 사람은 그렇게 판사실 안으로 숨을 돌리며 복도 벽을 탔다. 창틀을 잡고 옆으로 이동하는 식이었다. 닫힌 창문은 열어야 했다. 어떤 창문에선 끼익 쇳소리가 나서 더 마음을 졸였다.

*

벌써 몇 개의 판사실을 지났다. 이마에 송골송골 땀방울이 맺혔다. 팔 근육이 올라와 단단해졌다. 근력이 한계에 다다랐다. 다음번 창문이 열리지 않았다. 더 힘주어 봐도 마찬가지였다. 안에서 잠겨 있었다. 연우가 소년을 돌아봤다. 소년은 그 의미를 알았다. 창틀을 잡는 대신 벽 모서리에 매달려야 했다. 연우는 먼저 왼손을 뻗어 체중을 이동했다. 순간적으로 몸이 아래로 쑥 꺼지자 놀라서 오른손을 뻗었다. 두 팔이 겨우 몸을 지탱했다. 팔이 부들부들 떨렸다. 소년도 따라서 매달렸다. 창틀을 잡는 것보다 훨씬 더 힘들고 불안했다. 의지의 극한이 요구됐다. 둘은 한 뼘씩 한 뼘씩 필사적으로 이동했다. 소년의 땀방울이 아래로 떨어졌다. 그것이 마침 좀비 한 놈의 인중으로 떨어졌다. 좀비가 입맛을 다시며 코를 킁킁거렸다. 그러더니 바로 근처의 좀비를 잡아채서 다짜고짜 물어뜯었다. 앙칼진 신음소리와 우걱우걱하는 소리가 뒤섞였다. 좀비들이 몰려들며 서로가 서로를 물어뜯었다. 두 사람의 발아래 살육과

티가 벌어졌다. 얌전히 차려입은 정장이나 판사복과는 어울리지 않았다. 날것 그대로의 본능이었다. 굶주림 앞에서 인내란 사치였다. 문제는 소년의 팔도 더 버틸 수 없다는 것이었다. 의지의 문제가 아니었다. 운동생리학의 문제였다. 연우가 돌아보자 소년은 고개를 저었다. 연우는 눈을 부릅떴다. 그 역시 백번이고 포기하고 싶었다. 하지만 정신력이 체력을 지배할 수 있다고 믿었다. 아니 믿어야 했다. 백번도 넘게 스스로를 세뇌했다. 연우는 몇 차례 더 눈을 부릅떠 보였다. 이제 소년은 고개를 저을 여력도 없었다. 팔은 이미 마비됐다. 눈으로 작별 인사를 했다. 이번에는 연우가 세차게 고개 저었다. 그러나 어린 소년에겐 불가항력이었다. 그는 참았던 숨을 토하며 두 손을 놓았다. 그 몸이 그대로 벽을 타고 미끄러졌다. 좀비들이 이산화탄소에 반응하며 돌아섰다. 어떤 것들은 이미 소년을 향해 날아올랐다. 소년은 질끈 눈을 감았다. 연우는 망설이지 않았다. 모서리를 놓았다. 벽을 미끄러지며 전지가위를 꺼냈다. 가위를 넓게도 벌려보았다가 좁게도 벌려보더니 중간의 넓이로 곧바로 내질렀다. 소년이 눈을 떴다. 어찌 된 일인지 아직 안전했다. 연우가 든 가위 양날에 놈들의 머리가 하나씩 꽂혔다. 소년은 재빨리 일어나 그의 뒤에 붙었다. 좀비들이 몰려들었다. 그들이 물어뜯는 것은 가위에 꽂혀 축 늘어진 것들이었다. 연우는 뒷걸음질 쳤다. 이를 악물고 가위를 잡아 버텼다. 꽤 쓸 만한 방패였다. 그의 옆으로 좀비 하나가 달려들었다. 연우가 깜짝 놀라며 몸을 움츠렸다. 손 쓸 방도가 없었다. 그러나 놈의 머리는 연우의 움츠린 어깨 위에서 부서졌다. 소년이 골프채를 휘둘렀다. 가위에 꽂힌 좀비들 몸이 부위별로 해체됐다. 어느덧 방패가 사라졌다. 연우는 소년에게 신호했다. 두 사람은 크게 숨을 들이마셔 멈췄다. 그렇게 서로 등을 맞댄 채 조금씩 물러섰다. 어둠 속에서 간간이 좀비들이 달려들었다. 연우는 전지가위를, 소년은 주머니칼을 썼다. 둘의 주위가 점점 휑해졌다. 놈들은 더 이상 두 사람을 인지하지 못했다. 둘은 뒤를 돌아 내달렸다. 비로소 숨을 터뜨렸다.

*

복도 끝은 남녀 화장실이 나뉘는 막다른 길이었다. 맞은편에는 거대한 그림 액자가 걸렸다. 연우는 다급하게 액자 뒤를 더듬었다. 찾는 것이 나오지 않는지 이리저리 그것을 기울였다. 긴장한 건 소년도 마찬가지였다. 골프채를 들고 그를 엄호했다.

"그쪽 좀 볼래?"

무기를 놓아둔 채 액자를 들어 젖히는 순간이었다. 화장실에서 인기척이 느껴졌다. 등골이 오싹했다. 둘은 무방비상태였다. 여지없이 좀비들이 튀어나왔다. 달리 방도가 없었다. 당장 액자를 떼서 놈들을 향해 돌진했다. 좀비들이 액자 모서리에 밀리다가 벽에 등을 부딪쳤다. 바닥에서 경쾌한 충격음이 났다. 열쇠가 떨어졌다. 연우가 그토록 찾던 것이었다. 두 사람은 멈추지 않았다. 더 힘껏 액자를 밀어붙였다. 놈들의 복부가 터지며 내장을 쏟아냈다. 입으로 내용물을 게워내기도 했다. 둘은 반사적으로 고개를 돌렸다. 오직 흰색 물감으로만 덧칠된 거친 질감의 추상 유화였다. 그 위로 검붉은 내장과 토사물이 비산하며 기괴하고 불길한 표현을 창조했다. 액자 한구석에 '제목: 상식(common sense)'이라는 태그가 보였다. 판사들에게 상식적인 판결을 부탁한다며 자신의 그림을 기증한 유명 화가의 인터뷰가 연우의 뇌리를 스쳤다. 법원 증축 기념식 때였다. 사람들은 저런 게 무슨 그림이고 왜 저리 비싸냐고 혀를 찼다. 누구라도 저 정도는 그리지 않겠냐며 우스갯소리를 해댔다. 이제 그림은 더 이상 상식적이지 않게 됐다. 액자에 끼인 놈들은 두 사람을 향해 몸부림쳤다. 반대편에서도 좀비들이 달려오기 시작했다.

"잠깐만!"

소년이 온몸으로 액자를 들고 버텼다. 연우는 그 아래를 기어 열쇠를 찾아 집었다. 그 사이 좀비들의 상체가 하체에서 뜯겼다. 그것들은 액자 위로 몸통을 끌며 빠르게 소년을 향했다. 액자를 사이에 두고 좀비와 연우가 기어가기 시합을 했다. 좀비가 훨씬 빨랐다. 소년이 공포에 질려 소리쳤다.

"더! 더! 더!"

그 절박함에 연우가 몸을 일으켜 세웠다. 동시에 소년이 액자를 들어 메어쳤다. 그 몸통들이 벽을 향해 쏟아졌다. 좀비들이 결승선을 통과하기 직전이었다. 둘은 무기를 주워들고 냅다 판사실로 뛰었다. 연우가 바들거리며 열쇠 구멍을 찾았다. 딸깍거리는 소리가 그렇게 경쾌할 수 없었다. 연우가 소년을 먼저 밀어 넣고 뒤따라 뛰어들었다. 그들 뒤에서 좀비들이 부술 듯이 문을 두드려댔다.

*

두 사람은 기진맥진했다. 벌러덩 누워 한껏 숨을 몰아쉬었다. 한시도 마음을 놓을 수 없었다. 누군가 연우에게 달려들었다. 연우는 반사적으로 가위를 내밀었다. 정확히 미간을 관통했다. 연우가 기겁하며 입을 틀어막았다. 실무관이 눈앞에서 주저앉고 있었다. 불과 몇 시간 전이었다. 짐 정리하는 데 뭐 도와줄 거 없냐고 묻던 그녀였다. 풀어헤쳐진 블라우스에 헝클어진 머리. 얼굴에는 피칠갑을 했다. 늘 단정하고 품위 있던 그녀였다.

"죄송해요."

그녀가 연우의 말을 알아들은 것인지 끝까지 눈을 맞췄다. 죽여 놓고보니 아는 사람이었다. 그래서 연우는 마치 '살인'을 저지른 것 같은 기분이 들었다. 사람을 죽였다는 죄책감과 정당방위였다는 안도감이 교차하며 야릇한 감정이 솟았다. 한편으론 그것이 살인의 쾌감이라 생각되니 몸서리가 쳐졌다. 연우는 커튼을 잡아 뜯어 그녀를 덮어주었다. 그러고는 한참을 그 앞에 무릎 꿇은 채 고개 숙였다. 연우가 열쇠의 위치를 아는 이유가 있었다. 그의 판사실이었다.

*

폐허였다. 잡동사니들이 아무렇게나 바닥을 굴러다녔다. 불과 몇 시간 전만 해도 온기 있던 삶의 터전이었다. 연우는 무상함에 대해 생각하다 사르르 잠이 들었다.

드르륵. 드르륵.

소년은 누구와 그렇게 채팅을 하는지 손에서 휴대전화를 놓은 적이 없었다.

"누구? 부모님?"

아무 생각 없이 튀어나온 물음이었다. 연우는 자신이 까무룩 잠든 것도 몰랐다. 순간 소년의 몸이 굳었다. 연우는 이상한 낌새를 챘지만 도로 주워 담을 수도 없었다. 좀비들이 이미 먹어 치웠다는 얘기 따윈 정말 듣고 싶지 않았다. 그의 부모이길 간절히 바랐다.

"한 방울은 아빠란 사람을 위한 거고, 또 한 방울은 엄마란 사람을 위한 거예요."

이 녀석이 이렇게 또박또박 말을 할 수 있구나. 연우가 내심 감탄하다가 '한 방울이라니?' 그 말의 의미를 곱씹었다. 오른쪽 뺨에 그려진 2개의 눈물 문신 얘기였다. 연우가 그 의미를 되물을지 망설이던 차였다. 소년이 다시 입을 열었다. 여태 누구도 제대로 들어주지 않은 얘기였다.

＊

어릴 적 부모로부터 받은 가혹한 학대가 그의 영혼을 죽였다. 손목도 수십 차례 그었단다. 아빠란 사람은 알코올 의존증에 술만 먹으면 극단의 폭력성을 표출했다. 엄마는 매일 같이 그에게 두들겨 맞으면서도 반항 한 번 못했다. 두려움 때문이었다. 그렇다고 그녀가 단순 피해자는 아니었다. 역시 심각한 수준의 알코올 의존증이었다. 술만 입에 대면 내면 깊숙이 응축된 화를 폭발시켰다. 남편에게서 받은 울분을 자식에게 다 쏟아냈다. 다만 일말의 차이라면 술을 깬 다음 날마다 소년에게 사과를 구했고 다시는 그러지 않겠노라 약속했다는 것이었다. 소년은 그때부터 희망이라는 단어를 믿지 않았다. 학대하고 사과하고 학대하고 사과하는 날들의 연속. 고칠 수 없는 질병이란 걸 아이조차 분명히 알았다. 변화를 기대할 수 없는 것만큼 고통스러운 일은 없었다. 중학교 졸업식 날. 엄마도 아빠도 오지 않은 것은 그가 유일했다. 그날 그는 집으로 돌아가지 않았다. 혼자 멀뚱히 신 운동장 위에서 슬픔이란 것이 얼마나 지독하면 그처럼 뜨거운 분노를 일으키는지 생각해야 했다. 그리고 자신이 받은 고통만큼 그들도 고통스럽길 바랐다. 그들에게 형벌을 내리고 싶었다. 지금 그 주머니칼과 같은 것이었다. 소년은 몰래 집으로 들어가 그것으로 둘을 난자했다. 이미 술에 취해 뻗은 그들이었다. 그런데 이상한 건 그때부터였다고 했다. 막상 그들이 절규하는 모습을 보고 있자니 자신이 괴로웠다는 것이었다. 매일같이 그들을 죽이고 싶었는데 막상 일이 벌어지니 이게 다 무슨 소용인가 싶었단다. 심지어 그들보다 자신이 더 악인이라는 생각에 정신이 번쩍 들었다고. 극한의 상황이 오히려 그를 초연하게 만들었다.

"파랑새는 마음속에 있더라고요. 다 마음먹기에 달린 건데. 학대를 당하긴 했지만 제가 다르게 마음먹었다면 어땠을까요. 적어도 지금과는 다르지 않았을까요."

그는 바로 119에 신고했고 그 자리에서 현행범으로 체포됐다.

"근데 안 죽었어요. 생명에 지장이 없대요."

그가 헛웃음을 지었다.

"이상하죠? 감사하다고, 제가 그들을 죽이지 않게 돼서 정말 감사하다고…."

뜨거운 눈물이 소년의 뺨을 흐르며 문신을 메웠다. 어쩌면 자신이 진정으로 증오한 건 부모가 아니라 술이 아니었겠냐면서. 얼마나 힘겨웠을까. 연우는 감히 위로할 엄두조차 못 냈다. 소년이 막 눈물을 훔칠 찰나였다. 엄지 끝이 미세하게 박리되어 있었다. 불규칙한 톱니 모양의 상처였다. 좀비한테 물어뜯긴 것이었다. 소년은 아차 싶었는지 급하게 엄지를 접어 손을 가렸다.

*

찢어진 커튼 틈 사이였다. 연우는 판사실 창문을 열었다. 뜨겁고 습한 바람이 커튼을 휘날리고는 그의 얼굴을 훅하고 데웠다. 서초동은 법원 아래로 높이가 제각각인 변호사 건물들로 숲을 이루었다. 곳곳에서 불길이 솟거나 검은 연기가 무섭게 피어올랐다. 연우와 소년이 나란히 창 앞에 섰다. 건물 중앙의 무궁화 마크 바로 왼쪽 사무실이었다. 거대한 무궁화 마크가 둘을 장난감처럼 보이게 했다. 법원도 사정은 마찬가지였다. 깨진 창문들에 불길이 솟거나 희뿌연 연기가 피어올랐다. 사람들이 비명을 지르며 창밖으로 몸을 던졌다. 정상적으로 뛰어내릴 수 있는 높이가 아니었다. 추락사의 두려움을 능히 초월하는 공포 때문이었다. SUV 전기차는 아직 불타고 있었다. 창문에 하나둘 빗방울이 맺히더니 번개가 번쩍이고 천둥이 쳤다. 연우는 출근할 때 들었던 라디오 뉴스의 기상예보를 떠올렸다. 오늘은 비 소식이 없다고 기상캐스터가 활달한 목소리로 말했었다.

*

법원 건물은 무궁화 마크를 중심으로 좌우로 분리되어 있었다. 엘리베이터를 타려면 지금 있는 왼쪽 건물에서 오른쪽 건물로 옮겨가야 했다. 그러려면 1층으로 내려가 오른쪽 건물 로비를 통하면 될 일이었다. 하지만 그 쉬운 일이 지금으로선 쉽지 않은 일이 되었다. 연우는 창밖으로 얼굴을 내밀었다. 장대 같은 비가 마구 때렸다. 오른쪽 건물까지 불과 몇 걸음이었다. 무궁화 마크만 지나면 금방이었다. 높고 긴 계단을 가진 법원 건물 12층이었다. 폭우가 쏟아졌다. 앞이 보이지 않을 정도였다.

신체검사

*

연우가 중학생 때였다. 사생대회 날이었다. 말이 사생대회지 근처 공원 가서 나무 몇 그루 있는 적당한 풍경화 따위들을 그려 제치고 수건돌리기며 보물찾기 같은 것들을 하며 어울리는 날이었다. 그날 연우는 친구들과 근처 유원지를 찾았다. 바이킹 맨 뒷자리에 앉아 만세를 부를 수 있냐는 친구들의 물음에 당연하다며 뒷자리를 찾았다. 졸보 취급은 사양이었다.

"너 어렸을 적 기억나니? 너보다 어린 애들도 신나게 미끄럼틀 타는데 넌 무섭다고 아예 올라가지도 않았잖아."

연우 엄마가 종종 연우를 놀릴 때 꺼내는 단골 소재였다. 당신이 속상해서 억지로 미끄럼틀 위로 올려놓으면 거기 주저앉아서 울어버렸다고. 그래서 항상 직접 데리고 내려와야 했다며 얄밉게 웃곤 했다. 연우가 기억하지 못할 정도의 어린 시절이었다.

만세는커녕 땀에 찬 두 손이 부술 듯이 안전 바를 잡았다. 연우는 그때 느낀 공포를 생생히 기억했다. 고개도 못 들고 질끈 눈을 감았다. 죽을 것 같은 공포였다. 성인이 되어서는 달라졌을까. 전혀. 나현이를 데리고 놀이기구를 타는 것은 언제나 서영이었다. 나현이가 아빠랑 타겠다며 울며불며 보채도 연우는 몸서리치며 도망 다녔다. 그런 사람이 지금 건물 외벽을 타고 있었다. 아무런 보호 장비도 없이. 계단이 높고 긴 건물 12층이었다. 다리가 후들거렸다. 난간 위에 선 두 사람이 콘크리트 벽에 대(大)자로 붙어서 아슬아슬한 게걸음을 걸었다. 멀리서 보면 거대한 무궁화 마크 아래 미세하게 움직이는 개미 같으리라. 머리 위로는 사람들과 좀비들이 쉴 새 없이 떨어졌다. 사람들의 비명과 좀비들의 괴성이 귓바퀴에 빠르게 가까워졌다가 빠르게 멀어지기를 반복했다. 연우는 다짐하고 또 다짐했다. 소년에게도 신신당부했다. 절대로 아래를 보면 안 된다고. 보는 순간 아찔해지고 아득해져서 저절로 몸이 넘어갈 거라고.

*

연우는 겨우 잡은 창틀을 잡았다가 놓았다. 손 위로 하염없이 빗물이 떨어져 미끄러웠다. 빗물을 털어내고 다시 팔을 뻗어봤지만 단단히 잡히지 않는 구조였다. 이번엔 발을 뻗어 난간을 디뎠다. 미끄럽지 않은지 몇 번을 굴러보았다. 구두 위로 빗물이 세차게 튀었다. 연우가 다시 심호흡했다. 지켜보는 소년도 긴장하긴 마찬가지였다. 창틀을 잡은 손이 휙 몸을 끌어당겼다. 그 몸이 순간적으로 무궁화 마크와 건물 사이를 날았다. 소년이 질끈 눈을 감았다. 연우의 착지하는 왼발이 모서리에 미끄러지다 겨우 난간으로 올랐다. 추락하는 줄로만 알았다. 왼손이 재빨리 창틀을 잡은 덕이었다. 천운이었다. 온몸에 전기가 통한 듯 머리끝이 쭈뼛했다. 연우는 쪼그려 앉은 채 그대로 얼어붙었다. 오른쪽 건물 첫 번째 판사실 앞이었다.

*

연우가 소년을 돌아보며 괜찮다는 신호를 보냈다. 아직 살아 있다는 의미 그 이상 이하도 아니었다. 빗물이 앞을 가려 연신 얼굴을 훔쳤다. 소년이 연우를 향해 팔을 뻗었다.

"하나! 두울! 셋!"

마치 계획이라도 한 듯 둘은 구령을 붙였다. 천둥소리가 그 외침을 집어삼켰다. 연우가 소년의 손목을 홱 잡아당겼다. 소년은 연우의 품으로 뛰어들었고 연우는 그를 와락 껴안았다. 두 사람의 몸이 흠뻑 젖었다. 연우가 손으로 망원경을 만들어 창문으로 갖다 댔다. 가려진 커튼 사이로 누군가 움직였다.

*

정장 차림의 앳된 남자가 무언가에 집중했다. 벌거벗은 성인의 몸이었다. 실오라기 하나 걸치지 않은 남자들이 엉거주춤 서 있었다. 정장 남자가 손에 쥔 권총 때문이었다. 더 놀라운 것은 나체의 남자들이 모두 아는 얼굴이라는 것이었다. 연우와 소년을 버리고 계단을 올랐던 사람들. 본부장과 박 사무장 그리고 1022번이었다. 그 옆으로 고개를 늘어뜨린 여자가 그들을 외면한 채 미니 냉장고에 기대어 앉았고, 다시 그 옆으로 정장이 터질 듯 배가 산만 한 남자가 요리조리 눈알을 굴렸다. 무얼 그리 만지작거리나 보니 몰래 휴대전화로 판사실 안을 촬영하고 있었다. 휴대전화가 비춘 곳을 따라가니 포승줄에 묶인 법정 경위가 잠을 자듯 누워 있었다. 어딘가 낯이 익었지만 그걸 떠올릴 겨를이 없었다. 정장 남자가 누군가를 향해 고개를 끄덕여 보였다. 그 시선이 가닿은 사람의 가슴이 반짝였다. 국회의원 배지였다.

＊

　정치에 관심 없는 연우조차 알 만한 얼굴이었다. 몇 년 전 수십 명의 생명을 앗아가 대한민국을 뒤흔든 대형 참사의 국정조사에서 정부의 대처방식을 날카롭게 비판하며 이른바 '스타 의원'으로 떠오른 사람이었다. 그는 지난 반년 간 정치권을 뜨겁게 달군 이슈의 중심에 있었다. 국회 환경노동위원회 위원인 그가 노동부 산하 공공기관 직원 자리에 대한 대가로 3천만 원 상당의 뇌물을 받았다는 혐의가 제기됐다. 그는 돈을 받기는커녕 본 적도 없다며 일관되게 부인했다. 보좌관이 단독으로 저지른 개인 일탈행위에 불과하다고 했다. 그러나 검찰은 소환조사 한 번 없이 그를 전격 기소했다. 노동자와 성 소수자, 장애인의 인권을 옹호하고 대변하는 데 주저하지 않는 소장파 진보 정치인이었다. 특히 현 정권의 부정부패와 무능을 규탄하며 진보세력을 규합하는 데 앞장서서 차기 야당 대표 1순위 후보로 꼽혔다. 그는 정치 탄압을 주장했다. 동시에 권력의 애완견 노릇을 하는 검찰 개혁의 절실함을 역설했다. 그런 그의 손에 어디서 구한 것인지 모를 사냥용 엽총이 들려 있었다. 그는 다시 정장 남자를 향해 고개를 끄덕였다. 정장 남자는 나체의 남자들을 향해 권총을 까닥거렸고 그제야 벌거벗은 자들은 허겁지겁 옷을 주위 몸에 막 끼워 넣었다. 극도의 긴장감이 판사실을 짓눌렀다. 과연 판사실 안으로 들어가도 괜찮을까 하는 의문이 들었다. 좀비에게 물린 흔적이 있는지 없는지 발가벗겨질 수 있었다. 현기증으로 눈앞이 흐려졌다. 당장 다른 선택지가 없었다. 지금 두 사람에겐 폭우가 쏟아지는 12층 건물의 창틀 난간만 아니라면 그 어디든 괜찮았다.

＊

　창문은 밀리지 않았다. 잠겨 있었다.

"저기요! 저기요!"

외침은 폭우 소리에 파묻혔다. 두 사람은 절박하게 창문을 두드렸다. 안에 있는 사람들의 고개가 일제히 창문 쪽으로 돌려졌다. 창문이 무섭게 덜컹댔다.

"어이, 기자님!"

정치인이 배가 불뚝 튀어나온 남자에게 고갯짓했다. 기자가 황급히 휴대전화를 숨기곤 창문 쪽으로 다가갔다. 판사실 안이 급격히 초조해졌다. 창밖에 무엇이 있을지 모를 일이었다. 기자가 잽싸게 커튼을 젖히더니 뒤로 물러났다. 두 사람이 창문을 두드리며 알 수 없는 말을 외쳐댔다. 폭우 속에서 눈도 제대로 뜨지 못했다. 그러나 기자는 정치인의 지시를 기다렸다.

"어휴, 깜짝이야! 저긴 또 어떻게 갔대. 커튼 치세요. 감염자면 어쩌려고. 우리 살기도 벅차요, 벅차."

기자가 고개를 끄떡이며 커튼을 잡았다. 연우와 소년의 불안감이 절망감으로 바뀌었다.

"잠깐만! 잠깐만!"

두 사람은 미친 사람처럼 소리 지르며 창을 두드렸다. 그러나 창은 단단하고 두꺼웠다. 전지가위와 골프채가 반동하며 튕겼다. 그런데 구석에 있던 여자의 발걸음이 어느새 창가로 이끌리고 있었다. 커튼이 창을 가리기 직전이었다.

두 사람은 서로 작별인사를 했었다. 햇살이 황금처럼 쏟아지던 오늘 오후였다.

"귀현아!" 놀란 눈으로 그를 바라보고 선 것은 귀현이었다.
"어머! 연우야!" 귀현이도 비로소 확신했다.
"열어줘! 열어줘!" 연우는 절규했다.

조금의 머뭇거림도 없었다. 그녀는 기자를 밀치고 창문으로 달려들었다. 거구의 남자가 중심을 잃고 쓰러지며 커튼을 잡아챘다. 커튼이 찢어지고 커튼레일이 떨어졌다. 정장 남자가 그녀를 향해 권총을 겨누었다. 그러나 정치인은 고개를 저었다. 귀현이 재빨리 잠금장치를 풀었고 연우는 그 순간의 진동을 놓치지 않았다. 바로 창문을 열고 다이빙하듯 몸을 내던졌다. 시멘트 다이버들의 몸통이 강하게 바닥을 치며 나동그라졌다.

"연우야!"

귀현이 연우를 살폈다. 연우와 소년은 한동안 일어나지 못하고 뒤척였다. 판사실 안으로 비바람이 훅 들이쳤다.

*

창문을 닫아 잠근 것은 겨우 몸을 추스른 기자였다. 들이치던 빗소리가 뚝 끊기자 판사실 안의 소리가 생생히 되살아났다. 숨소리마저 소름처럼 돋아났다. 연우와 소년은 양손을 뒤로한 채 무릎을 꿇었다. 그래도 한때 생사를 함께했던 자들이었다. 방금 전까진 나체였던 자들이 두 사람을 뒤에서 통제했다. 정적을 깬 것은 최고 권력자였다. 그가 든 엽총은 그렇게 한때 생사를 함께했던 자들을 향했다.

"남 변호사님. 어휴, 귀찮네요. 그래도 뭐, 또 확인해야죠?"
"네, 의원님."

정장 남자가 막 옷을 입은 자들을 향해 권총을 까닥거렸다. 정치인에게 호화 변호인단이 꾸려질 것이라는 뉴스를 봤다. 국내 최대 로펌인 '로이어스 유니버스(Lawyers' Universe)'였다. 공격적인 마케팅으로 단기간 내 무섭게 사세를 확장한, 그래서 지금은 전국 어느 곳에나 분사무소를 둔 곳이었다. 영업능력에 대해선 이미 법조계에서 소문이 자자했다. 사실 그 정도 규모의 로펌을 운영하려면 사건을 가려서 수임한다는 것 자체가 어불성설이었다. 사기를 당한 피해자의 손해배상 사건을 대리하면서도 사기를 친 피고인의 형사 변호를 맡을 정도였다. 그는 그곳의 신입 변호사였다. 잡일을 하고 재판 가방을 드는 로스쿨 출신의 새끼 변호사였다.

"아… 뭐해요? 빨리 안 벗기고!"

남 변호사가 답답하다는 듯 소리쳤다. 머뭇거리는 세 남자를 향해 권총이 정확히 조준됐다. 리볼버. 본디 법정 경위의 것일 터였다. 법원의 권위가 떨어진 것인지 시민들의 표현의 자유가 신장된 것인지, 최근 들어 재판 진행이나 판결 선고에 불만을 품고 법정에서 소리 지르거나 물건을 집어 던지며 난동 피우는 사건들이 잦았다. 결정적으로, 몰래 들여온 식칼을 들고 법대 위로 뛰어올라 여자 판사의 허벅지를 찌른 사건이 있었다. 대법원은 사법부의 권위를 바로 세우고 판사의 안전을 보장한다는 명목으로 다음 연도의 예산까지 당겨쓰며 이른바 '저위험 권총'을 도입했다. 위험성이 적으니 적극적으로 사용해서 판사를 보호하라는 것이었다. 그러나 착탄되면 10센티미터 가까이 피부를 뚫고 들어갈 수 있었다. 분명히 살상력이 있었다.

본부장과 박 사무장이 연우의 어깨를 잡아 제압했다. 1022번이 연우의 셔츠를 풀어헤쳤다. 단추가 뜯어지며 튕겼다.

"뭐하는 거예요!"

연우가 몸부림치며 격렬히 반항했다. 아무리 3대 1이라도 옷을 벗기는 건 녹록지 않았다. 그렇게 몸싸움이 일어나려던 차였다.

탕!

귀를 멀게 할 정도의 폭발음이었다. 벽이 깨지며 파편들이 날렸다. 먼지가 자욱했다. 남 변호사의 권총이 아니었다. 정치인의 엽총에서 연기가 피어올랐다. 천둥 같은 소리에 본능적으로 몸이 굳었다. 정치인을 제외한 모두가 그랬다. 연우의 뇌는 몸부림칠 따위의 생각을 기능적으로 멈췄다. 소년이 엉거주춤 두 손을 머리 위로 들었다. 자신의 엄지가 좀비에게 뜯겼다는 사실조차 까맣게 잊었다. 정치인이 포승줄을 집어다 기자에게 던졌다. 소년의 손을 가리켰다. 기자가 그것으로 허겁지겁 소년을 포박하곤 법정 경위 옆으로 내동댕이쳤다. 소년이 소스라치게 놀라며 얼어붙었다. 희멀끔한 경위의 얼굴 반대쪽이 갈기갈기 찢겨 너덜너덜해지고 푸른 혈관들이 마치 숨 쉬듯 목 아래쪽으로 뻗어나갔다. 소년은 자신 역시 곧 그처럼 될 것이란 사실을 아직 받아들이지 못했다. 연우는 눈을 감았다. 1022번이 연우의 바지 벨트를 풀고 지퍼를 내렸다. 1022번도 귀현이도 고개를 돌렸다. 남 변호사가 그의 전라를 구석구석 살폈다. 연우는 자신의 몸이 전시되는 모욕감을 가까스로 견뎠다.

"수갑! 수갑!"

남 변호사가 다급하게 뒤로 물러섰다. 본부장과 박 사무장이 연우를 더욱 꼭 붙들어 잡았다. 벌써 희미해진 기억이었다. 동네 프렌치 불도그한테 물린 발목 상처. 연우는 그것이 개에게 물린 것이라 말하면서도 그들이 믿어 주리라 기대하지 않았다. 이빨 자국이 너무나 선명했다. 정치인은 귀현에게 엽총을 겨눴고, 귀현은 그 의미를 알았다. 그녀는 떨어지지 않는 발걸음을 끌고 법정 경위에게 다가갔다. 그 옆태가 영락없는 미소년의 모습이었다. 그의 허리춤에 수갑이 매여 있었다. 연우는 그제야 그가 누구인지 떠올랐다.

*

어깨가 딱 벌어진 역삼각형의 다부진 몸매에 키도 훤칠했다. 해군장교 출신으로 태권도, 유도 다 합치면 10단이 훌쩍 넘는다고도 했다. 억센 경상도 사투리가 세련된 외모와 다소 어울리진 않았지만 그래도 여직원들에게 인기가 많았던 미혼 직원이었다. 그리고 그 경위하면 연수원 동기 경애가 꼭 생각났다. 그녀의 부장판사가 저 법정 경위 멋지지 않느냐, 한 번 만나보면 어떠냐, 농반진반으로 꺼낸 얘기에 대번 불쾌하게 찡그리며 대꾸도 않던 경애의 표정이 잊히지 않았다. 나중에 같은 재판부 배석판사에게 들은 얘기에 따르면 경애는 '부장님도 판사 신분이면서 어떻게 같은 판사인 나한테 법정 경위를 만나라고 할 수 있냐' 따지며 너무 모욕적이라 고소를 해야 하나 진지하게 고민을 했단다.

귀현의 긴장한 손이 천천히 경위의 허리춤을 향했다. 수갑이 닿자 금속들이 부딪치며 찰랑거렸다. 귀현이 놀란 듯 멈칫거렸다. 그러나 경위는 미동도 하지 않았다. 소년도 숨죽인 채 둘을 바라봤다. 귀현은 가까스로 고리를 열어 수갑을 빼냈다. 불안감이 엄습했다. 강렬한 시선을 느낀 탓이었다. 천천히 고개 드니, 아니나 다를까 경위의 공허한 눈동자가 그녀의 얼굴을 조목조목 관찰하고 있었다. 그녀의 공포에 질린 눈이 기어이 그의 본성을 깨웠다. 소년도 귀현이도 앉은 채로 뒷걸음질 쳤다. 경위가 그르렁대며 이를 부딪쳤다. 하지만 앉은 자리에서 겨우 몸만 들썩였다. 책장 다리에 팔을 뒤로하고 묶여 있었다. 두꺼운 법전들로 가득 채워진 대형 책장이었다.

"얼굴만 들이밀지 않으면 안 물려. 어서 친구 수갑이나 채워."

정치인이 답답하다는 듯 짜증냈다. 귀현이 비틀거리며 자리에서 일어났다. 연우는 고개를 숙였다. 차마 귀현을 보지 못했다. 모욕감이 수치심으로 변했다. 기자가 연우의 어깨를 짓누르자 연우의 두 무릎이 차가운 시멘트 바닥에 맞닿았다. 귀현은 복잡한 표정으로 돌아섰다. 연우가 발가벗은 몸으로 수갑이 채워지길 기다리다니. 그녀는 연우의 몸을 보지 않으려 애썼다. 그의 등 뒤로 가 무릎을 꿇고는 나란한 두 발목에 조심스레 수갑을 채웠다.

"열쇠는?"

비로소 만족한 정치인의 물음에 귀현이 보란 듯 수갑열쇠를 들어 올렸다. 남 변호사가 창문을 열어젖혔고 그녀는 움켜잡은 그것을 힘껏 내던졌다. 작은 금속이 창틀에 튀며 경쾌한 소리를 냈다. 가로등 할로겐 조명에 반짝거리며 밤하늘 속으로 사라졌다. 이 생지옥에서 달릴 수가 없다니. 연우는 뒷골을 채는 아찔한 느낌을 받았다. 창문을 닫자 판사실은 다시 경위의 그렁대는 소리로 채워졌다. 본부장과 박 사무장이 연우를 내버리듯 밀쳤다. 연우가 고꾸라질 듯 깡충대다 소년 옆으로 나뒹굴었다. 기자가 그 위로 옷가지를 던졌다. 연우는 허둥지둥 몸을 가렸다. 그러나 바지는커녕 속옷도 입을 수 없었다. 그들에게 연우는 더 이상 인간이 아니었다.

*

미니 냉장고 안은 생수나 에너지 드링크들이 나란히 줄을 지었다. 과일즙, 참치 통조림, 샌드위치 따위의 요깃거리들도 있었다. 귀현이 그것들을 꺼내서 사람들에게 분배했다. 정치인의 지시였다. 그의 경계 대상은 인육과 피를 갈구하는 좀비만이 아니었다. 그녀는 이곳에서 가장 연약했다. 그래서 혹여 돌발행동을 하더라도 쉽게 제압할 수 있었다. 불과 며칠 전이었다. 여성의 고위직 진출을 가로막는 이른바 '유리천장' 깨는 법안을 발의했다며 의기양양하게 인터뷰하던 그였다. 인터넷 기사엔 그를 찬양하는 댓글들이 끝없이 달렸다. 그는 재킷 주머니에서 무언가를 꺼내 귀현과 번갈아 보고는 도로 집어넣었다. 뒷면에 법원 무궁화 마크가 선명한 것이었다. 옥상 통행권. 귀현의 판사 신분증이었다.

정치인과 변호사가 샌드위치를 차지했고 기자와 귀현이 참치캔을 받았다. 늦게 합류한 삼인방 앞으론 사과즙 다섯 팩이 뭉텅이로 던져졌다. 특별한 이유는 없었다. 신뢰도에 따른 계급 구분이었다. 다 사람이 하는 일이었다. 감염자는 계급 피라미드에 끼지도 못했다. 경위는 물론 연우와 소년에겐 물조차 없었다. 정치인과 남 변호사는 우걱우걱 빵을 씹으면서도 한시도 경계를 늦추지 않았다.

"저 이거. 사과즙이랑 바꿔요." 의외의 제안이었다.

기자가 참치캔을 보며 끔찍한 표정을 짓더니 사과즙 팩을 멍하니 보던 삼인방에게 캔을 흔들어 보였다.

"왜? 입맛이 없나?"

한껏 눈을 치켜뜬 정치인이 의아하게 물었다.

"비건이에요."
"아, 비건?"

정치인이 의외라는 표정을 지으면서도 고개를 끄덕였다. 그러면서 아직 의아해하는 세 사람을 조소했다.

"비건. v. e. g. a. n. 채식주의자."

그들은 그제야 참치캔과 사과즙 간의 상대적 가치를 이해했다. 기자는 사과즙 세 팩을 얻었고 본부장과 박 사무장은 참치캔 하나를 얻었다. 1022번은 아무것도 얻지 못했지만 아무 말도 하지 못했다. 기자는 처음부터 본부장과 박 사무장과만 얘기 나눴다. 계급 피라미드의 최하층 사람들은 그들끼리 다시 계급을 나누고 거기서 다시 더 하층의 사람들을 피라미드 밖으로 밀어냈다. 그뿐만이 아니었다. 1022번은 무려 8명의 여자를 잔인하게 강간하고 죽였다는 연쇄살인범이었다. 일말의 반성하는 내색도 없이 뻔뻔하게 범행을 부인하는 파렴치한. 그는 판사실에서 내내 따돌림 당했지만 그것은 그럴만한 이유가 있었고 그것이 정의라고 여겨졌다. 이제 막 1심 재판이 시작된 사건이었다. 1022번은 얼굴을 무릎 사이에 파묻은 채 구석에 쪼그리고 앉았다. 진즉 사과즙을 해치운 기자는 멍하니 본부장과 박 사무장을 응시했다. 둘은 경쟁하듯 손가락으로 참치캔을 파먹었다. 반면 귀현은 입맛이 없는지 참치캔을 딸 생각도 하지 않았다. 그저 손에 꼭 쥘 뿐이었다.

경위는 연우와 소년을 향해 달려들 듯 몸을 들썩였고 그때마다 두 사람은 움찔거렸다. 왜 경위를 이대로 두는 걸까. 왜 해치우지 않고 그냥 두는 걸까. 좀비에게 물렸다는 우리조차 대체 왜.

"이상하죠? 왜 죽이지 않고 그대로 둘까."

마치 연우의 머릿속을 들여다보기라도 한 듯 정치인이 입을 열었다. 연우는 긍정도 부정도 하지 못했다. 별안간 초조감에 휩싸였다. 정치인이 연설을 시작했다.

"여러분들. 어차피 물렸잖아요. 바로 옆에 저 경위님처럼 될 거란 말이야. 이왕 이렇게 된 거, 우리가 판사실에서 나갈 수 있게 좀 도와달라는 거지. 무기도, 무기도 다 드릴 겁니다. 좀비가 돼서 사람들 뜯어 먹다 개죽음당하는 것보단 이게 훨씬 낫지 않아요? 나중에 시민영웅으로 널리 알릴 계획입니다. 마침 여기 우리 기자님도 계시고."

정치인의 시선에 기자가 마지못해 고개를 끄덕였다. 검사도 그랬고 본부장도 그랬다. 사람을 이용하고 버릴 수 있다는 것. 마치 생명에 가격표라도 붙은 듯. 매년 자신의 SNS에 성 소수자 축제인 퀴어 퍼레이드에 참가했다며 인증샷을 올리던 그였다. 사진 속의 그는 피켓을 들고 환하게 웃고 있었다. '함께 살아가자'고 쓰인 것이었다. 연우의 초조감은 절망감으로 변했다. 심지어 자신은 좀비에게 물리지도 않았다. 가만히 있다간 오히려 좀비들에게 개죽음을 당할 게 불 보듯 뻔했다. 머릿속이 복잡했다. 어지러웠다.

＊

정치인은 사람들을 모아놓고 이것저것 지시했다. 남 변호사가 그런 그를 경호했다. 행동대장은 박 사무장이었다. 회의 탁자를 벽으로 밀어붙이더니 그것을 밟고 올라가 복도를 살폈다. 바퀴 한 마리 보이지 않았다. 다만 복도 끝 계단 문이 무서울 정도로 쿵쾅대며 들썩였다. 머리 위로는 전선이 늘어진 CCTV가 아슬하게 흔들렸다. CCTV 기사들은 설치를 완료하지 못한 채 모두 사라졌다. 얼마나 급했는지 사다리도 그대로 놔둔 채였다. 판사실 복도마다 CCTV 설치가 한창인 때였다. 사건에 패

소하자 앙심을 품은 의뢰인이 변호사 사무실에 휘발유를 뿌리고 불을 냈다. 변호사는 물론 사무실 전 직원을 몰살시킨 끔찍한 사건이었다. 심지어 자신의 변호사도 아니었다. 상대방 변호사였다. 판사들은 자신들에게도 같은 일이 일어나지 않을 거라 장담할 수 없다며 CCTV를 설치하기로 했다. 법원 건물에 들어가려면 보안요원이 지키는 엑스레이 검색대를 통과해야 했다. 최근 법정 경위에겐 권총이 지급되기도 했다. 더군다나 판사실은 신분증을 맡기고 방문증을 발급받아야 하는, 사전에 허락된 자들만 출입할 수 있었다. 누구나 휘발유 통을 가지고 드나들 수 있는 그런 곳이 아니었다. 그러나 판사들이 느끼는 사건 당사자들에 대한 두려움과 거부감은 변호사들의 그것보다 훨씬 컸다.

*

감시가 소홀한 틈을 탔다. 연우는 책장을 등에 대고 앉아 두 다리에 바짝 힘을 줬다. 책장이 미세하게 들썩였다. 벽 하나를 가득 메운 것이었다. 달리 뾰족한 수가 없었다. 발목에는 수갑이 채워졌고 수적으로도 열세였다. 하나 당장 생사가 경각에 달렸다. 뭐라도 해야 했다. 책장을 무너뜨릴 심산이었다. 법정 경위를 풀어서 난리가 난 틈을 이용할 계획이었다. 막연한 일이었지만 현재로선 그것이 유일한 방법이었다. 연우는 먼저 두꺼운 법전 하나를 꺼내 쥐었다. 경위는 가장 먼저 자신과 소년에게 달려들 것이었다. 소년도 연우의 마음을 읽었는지 연우를 따라 등에 힘을 줬다. 책장이 더 크게 흔들렸다. 책장 유리문들이 끼익 열리기라도 할 때면 두 사람은 조마조마하며 숨죽였다. 그러나 경위의 수갑이 책장 다리에서 빠지는 타이밍을 잡기가 만만치 않았다. 경위가 자신들을 향해 쉼 없이 몸을 들썩이는 탓이었다. 두 사람은 몇 번의 시행착오 끝에 겨우 경위의 리듬을 찾았다. 이제 그 리듬에 따라 힘을 주기만

하면 됐다. 둘은 입 모양으로 숫자를 셌다.

하나. 둘. 셋!

탕!

일순간 두 사람은 잔뜩 몸을 움츠리며 귀를 막았다. 날카로운 파열음
에 창문들이 떨리며 소리 냈다. 두꺼운 법전들이 폭발하며 자욱이 흩날
렸다. 법정 경위의 고개가 거꾸러졌다. 관자놀이가 뻥 뚫렸다. 남 변호
사가 총을 겨눈 그대로 몸을 떨었다. 정말 자신이 총을 쏜 것인지 두려
움과 의심의 눈빛이었다.

'제가 위급상황을 막았습니다!'

그는 인정받고 싶었다. 정치 성향 같은 건 중요하지 않았다. 좋은 로
스쿨을 나왔고 변호사시험도 통과했다. 더 큰물에서 놀자 치면 인맥이
필요했다. 자신은 그럴만한 자격이 있었다. 정치인은 차기 야당 대표
이자 높은 확률로 차기 대통령 후보였다. 절호의 기회였다. 그런 겁 없
는 출세욕이 그로 하여금 방아쇠를 당기게 했다. 연우와 소년이 경련하
듯 어깨를 들썩였다. 경위의 머리가 중력을 이기지 못하고 목에서 떼어
지며 바닥을 굴렀다. 젤리 같은 뇌 조각들이 검붉은 체액과 섞여서 마른
시멘트 바닥에 거친 붓질을 했다. 관자놀이가 무너진 경위의 얼굴이 입
을 헤 벌린 채 연우를 바라봤다. 이제 보니 경위 역시 공포에 질린 눈을
하고 있었다. 그 또한 무언가를 두려워한 것이었다.

토악질 소리가 들렸다. 역겨움을 참지 못한 귀현이 희멀건 것들을 소나기처럼 바닥으로 쏟았다. 그녀는 두어 번을 더 꺼억꺼억 거리다 고통스러운 표정으로 입을 닦았다. 바닥을 짚은 두 손 사이로 토사물이 웅덩이를 만들었다. 그런 그녀가 연우를 빤히 응시했다. 연우는 경황이 없었다. 공포에 질린 눈을 감추지 못했다. 권총의 공이치기가 뇌관을 때려서 화약을 폭발시키는 소리는 사람을 원초적으로 압도했다. 그것도 폐쇄된 공간 안에서 불과 몇 미터 앞이라면 더욱 그랬다. 심정적으로 이미투항이었다. 연우는 잡고 있던 법전을 털썩 내려놓았다. 『감염병의 예방 및 관리에 관한 법률』이라고 쓰인 것이었다.

소년

계단 문이 격렬하게 흔들렸다. 좀비들이 금방이라도 들이닥칠 듯 복도의 공기를 공포감으로 진동시켰다. 그 속에서 쌕쌕대는 숨소리가 존재감을 드러냈다. 기자가 오만상을 쓰며 연우의 다리 한쪽을 들어올렸다.

"덩치값을 못하네, 덩치값을!"

다른 한쪽을 잡아 올리던 박 사무장이 빈정댔다. 일자로 완전히 펼쳐진 사다리가 복도의 창문틀에 걸쳐져 비스듬히 세워졌다. 두 사람은 연우를 사다리에 매달기 위해 안간힘을 썼다. 창문으로 얼굴을 빼꼼히 내민 남 변호사가 그들을 가만히 내려다보았다. 그는 부러 창문 바깥으로 총구를 내보였다. 그 단단하고 검은 금속 물체가 복도 사람들을 움직이게 하는 유일한 동기였다. 사다리 위로 올라간 1022번이 연우의 발목에 채워진 수갑 아래로 미리 뽑아 둔 디딤대를 끼워 넣었다. 박 사무장과 기자는 그제야 손을 놓으며 숨을 몰아쉬었다. 연우의 나체가 거꾸로 매달려 흔들렸다. 수갑이 그의 몸무게만큼이나 발목을 조였다. 금방이라도 찢어질 듯 시퍼렇게 물들기 시작했다.

✻

"이. 공. 이. 사…"

귀현이 판사 책상 앞에 앉았다. 뒤에서 정치인이 불러주는 번호를 컴퓨터에 쳐 넣었다. 아무것도 검색되지 않았다. 그의 이름으로도 결과는 마찬가지였다.

"없어요."
"그럴 줄 알았어. 여기 판사가 몇 명인데…."

정치인 자신의 사건번호였다. 그는 판사의 심증을 확인하고 싶었다. 재판 결과에 따라 국회의원 배지가 날아갈 수도 있었다. 겉으론 당당했지만 내심 졸리는 게 어쩔 수 없었다. 정치인은 씁쓸하게 웃었다.

"잠깐!"

갑자기 그가 마우스를 움켜잡았다. 귀현이 막 일어나려던 차였다. 순간적으로 몸이 굳었다. 마우스를 잡은 그의 손이 그녀 손 위로 포개졌다. 두 사람의 몸이 밀착됐다. 정치인은 다시 스크롤을 움직이더니 한 폴더에 멈췄다. '성폭력처벌법'이라고 쓰인 것이었다. 그는 직감적으로 알았다. 두 번 클릭했다. 마치 포르노그래피를 방불케 했다. 화면 가득 살색의 섬네일들이 펼쳐졌다. 나체의 남녀가 성관계하는 장면들이었다. 모두 사건번호로 된 제목들을 달았다. 당황한 귀현이 고개를 돌려 외면했다.

"와… 판사라는 직업 참 좋네! 이런 것도 공짜로 보고."

그녀는 대답 대신 몸을 일으켰다. 불편했다. 얼른 자리를 피하고 싶었다. 그때 정치인이 불쑥 엽총을 들어 보였다. 개머리판에 '증제4호'라고 쓰인 스티커가 붙었다.

"이것도 봐봐. 이게 왜 여기 있겠어? 이것도 증거물로 제출된 거야, 증거물!"

그는 총열을 그녀의 뺨에 가져다 댔다. 흠칫 놀랄 정도로 차가웠다. 그러고는 총구로 귓바퀴를 문질렀다. 그녀는 한 발자국도 떼지 못했다. 겁에 질린 채 다시 주저앉았다.

"당신 동료야. 정의롭고 바른 척하던. 이거 2차 가해 아냐?"

그녀는 입을 열지 못했다. 할 말도 없었다. 그가 마우스를 움직여 다시 두 번 클릭했다. 동영상이 재생됐다. 모텔 방으로 보이는 곳이었다. 젊은 남녀가 침대 위에 누워 얘기를 나눴다. 남자가 여자의 몸을 만지고 여자가 남자의 몸을 만졌다. 두 사람은 키스를 하며 서로의 옷을 벗겼다.

"근데 난 궁금한 게, 여자들도 이런 거 보면 막 하고 싶고 그런가? 아니 그냥 궁금해서 물어보는 거야. 여자는 어떤가…."

모텔 방 안의 현장음이 그대로 판사실로 전달됐다. 남녀의 숨소리가 점차 거칠어졌다. 여자가 신음소리를 냈다. 남 변호사가 슬쩍 돌아보곤 모른 척 고개 돌렸다. 귀현이 질끈 눈 감으며 몸을 움츠렸다. 등에 단단한 것이 닿았다. 정치인이 자신의 성기를 그녀에게 문질렀다. 여자의 교성이 숨넘어갈 듯 날카로워졌다. 귀현의 몸이 벌벌 떨렸다. 좀비를 마주할 때와는 또 다른 공포였다. 숨소리도 내지 못했다.

"에휴… 가요, 가!"

정치인은 마우스를 놓으며 허리를 폈다. 귀현의 반응에 김이 식었다는 투였다. 귀현은 겨우 자리에서 일어났다. 얼어버린 몸을 가까스로 움직였다. 그녀는 인격적 가치가 허물어지는 것을 느꼈다. 모욕감이나 수치심 같은 단어들로 쉽게 정의할 수 있는 게 아니었다.

＊

연우 옆으로 경위와 소년이 차례로 매달렸다. 소년은 바닥에 댄 사다리 한쪽에 포승줄로 묶였다. 일자로 늘어진 몸에 뒤통수가 바닥에 닿아 목이 직각으로 꺾였다. 그의 얼굴로 검붉고 끈적한 것이 한 방울씩 떨어졌다. 경위의 잘린 목이 그의 눈앞에서 흔들렸다. 너무 역해 헛구역질이 났다. 소년의 얼굴이 시꺼멓게 칠해졌다. 쿵쾅대는 계단 문의 경첩이 미세하게 휘어졌다.

"빨리 올려요, 빨리!"

남 변호사가 재촉하자 박 사무장이 구령했다.

"하나, 둘, 셋! 하나, 둘, 셋! 하나, 둘, 셋!"

줄을 맞춰 선 사람들이 줄다리기하듯 일제히 커튼을 잡아당겼다. 회의 탁자를 밟고 올라선 남 변호사가 복도 상황을 중계했다.

"좋아, 더, 더!"

커튼에 연결된 사다리가 창틀 가까이 올려졌다. 사람들의 얼굴에 터질 듯 핏발이 섰다. 기자는 땀을 홍수처럼 흘렸다. 사다리에 매달린 세 명이 중력의 방향으로 몸을 뻗으며 크게 반동했다. 연우의 발목이 이리 쏠리고 저리 파였다. 피가 몸을 거꾸로 타고 흘렀다.

"됐어! 스톱! 스톱!"

남 변호사가 손을 휘저었다. 사다리 끝이 가까스로 창틀 위에 걸쳐졌다. 사람들은 커튼을 놓으며 한숨을 돌렸다. 그러나 끝난 게 아니었다. 매달린 자들의 반동이 거칠게 사다리를 흔들었다. 사다리가 조금씩 창틀 밖으로 밀려났다. 모두가 숨죽였다. 연우와 소년도 마찬가지였다. 아래를 보니 목 부러지기 딱 좋은 높이였다. 다행인지 불행인지 반동이 잦아지며 안정을 찾았다. 사다리는 아슬아슬하게 걸쳐지며 자리 잡았다. 창틀과 마찰하는 불쾌한 쇳소리는 여전했다. 피가 급격하게 머리로 쏠렸다. 흔들리는 몸을 완전히 멈출 수 없었다. 연우와 소년의 얼굴이 터질 것처럼 시뻘게졌다. 온 신경과 감각이 머리로 집중됐다. 어지러움 탓에 발목 통증도 잊었다. 복도가 빙빙 돌았다. 벗어날 방도도 생각할 정신도 없을 만큼 어지러웠다. 연우는 자신도 모르게 그 감각을 되새겼다. 점차 눈앞이 희미해지더니, 결국 가수면 상태에 빠졌다.

*

사실 어제오늘의 얘기는 아니었다. 연우는 스스로 삶을 포기할 용기가 없었다. 그래서 가끔씩은 누가 이 고통스러운 삶을 대신 끝내주길 바

소년 259

랐다. 우울증 같은 것이었다. 누구에게도 말할 용기가 안 났다. 누군가에게 말하기라도 한다면 패배자가 될지도 모른다는 두려움 때문이었다. 그런 두려움이 우울감을 배가시켰다. 애써 외면했던 감정이 드러나는 날이면 가슴에 한바탕 파도가 몰아치다가 언제 그랬냐는 듯 사막처럼 황폐해졌다. 쩍쩍 갈라지고 찢기고 부서졌다. 그런 마음이 몇 날 며칠에 걸쳐 그를 말라 죽게 했다. 자살이라는 단어가 온 머릿속을 헤집고 다녔다. 그러니 이렇게 스스로 포기할 수 있게 도와준다면, 이것도 나름 괜찮겠다는 생각이 들었다. 도리어 고마운 일이었다. 마음이 편안해졌다.

＊

"잡아! 잡으라고!"

계단 문 경첩이 떨어질 듯 들썩였다. 누군가 연우의 뺨을 치며 고함쳤다. 박 사무장이 연우의 손에 전지가위를 쥐어주었다. 1022번은 소년에게 골프채를 건넸다. 연우는 번쩍 정신이 들었다. 전지가위의 서늘한 양날에 치열했던 전투의 흔적이 남아 있었다. 찰나의 햇살처럼 아버지와 어머니 그리고 나현이의 얼굴이 스쳤다.

'시민영웅은 무슨!' 이렇게 개죽음을 당할 순 없었다. 사람의 마음이란 무엇인지. 연우는 다시 살고 싶었다. 방금 전까지 이대로 모든 생각과 감각을 잃고 죽은 육신으로 남는 것조차 느낄 수 없게 해달라고 바랐던 사실을 까맣게 잊었다. 그러고 보면 절망과 희망은 기껏 종이 한 장 차이도 되지 못했다.

더 지체할 수 없었다. 계단 문이 들썩였다. 벌어진 문틈으로 이리저리 빛이 새며 복도를 침범했다. 좀비들의 숨소리가 더 가까워졌다. 도망하려면 지금 해야 했다. 무기를 가지지 못한 자들이 발을 동동 굴렀다. 기자는 그 와중에도 재빨리 휴대전화를 조작해 자신의 목걸이 거치대에 꽂아 넣었다. 능란했다. 탐사보도를 표방한 인터넷 뉴스의 기자다웠다. 채팅창이 차올랐다.

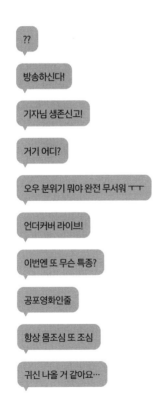

??

방송하신다!

기자님 생존신고!

거기 어디?

오우 분위기 뭐야 완전 무서워 ㅜㅜ

언더커버 라이브!

이번엔 또 무슨 특종?

공포영화인줄

항상 몸조심 또 조심

귀신 나올 거 같아요…

어디 잠입하심?

남 변호사가 박 사무장에게 열쇠 하나를 던져주곤 정치인을 호위했다. 정치인은 귀현을 잡아끌었다. 그녀는 끌리면서도 연우의 옷가지를 들어 가슴에 안았다. 그때 정치인의 뒷발에 차인 경위의 머리가 복도로 튕겼다. 계단 문까지 굴렀다. 박 사무장이 다급하게 열쇠를 꽂아 옷장을 열었다. 안에 있던 물건들이 우수수 쏟아졌다. 사람들이 몰려들었다. 교도봉, 부러진 골프채, 셀카봉, 의족이었다. 연우는 몇 번을 힘겹게 상체를 들어 올렸다. 그러나 수갑까지 손이 닿기엔 중력이 너무 강했다. 소년도 마찬가지였다. 어림없었다. 그런 두 사람 아래로 정치인과 남 변호사 그리고 귀현이 지나갔다. 귀현이 부러 연우와 눈을 맞췄다. 옷가지를 바닥에 떨어뜨렸다.

'다시 만나.' 그녀의 눈빛이 꼭 그렇게 말했다.

후발대가 황급히 그들 뒤를 쫓았다. 휴대전화 불빛이 점점 희미해졌다. 모두가 복도 깊숙이 사라졌다. 연우가 입을 우물우물 움직였다. 입밖으로 삐죽 나온 것이 어슴푸레 빛났다.

＊

남 변호사가 법정 경위의 머리를 날린 직후였다. 연우와 소년을 사다리에 매달 차례였다. 본부장이 소년을 일으켰고 박 사무장과 1022번이 연우의 양어깨를 잡았다. 연우는 한 걸음도 제대로 옮기지 못했다. 수갑도 수갑이었지만 다리에 힘이 들어가지 않았다. 균형을 잃고 픽 쓰러졌다.

"윽!"

모두가 얼굴을 찌푸렸다. 하필이면 귀현의 토사물 위였다. 토사물이 사방으로 튀었다. 박 사무장과 1022번이 기겁하며 물러났다.

"아이씨, 잘 잡아야지!"

박 사무장이 애꿎은 1022번에게 짜증냈다. 연우는 토사물에 한쪽 뺨을 대고 엎드렸다. 역한 냄새가 코를 찔렀다. 동시에 귀현이 그의 시선을 잡아당겼다. 그녀의 손이 그의 눈높이를 맞추었다. 손에 쥔 것은 참치캔이었다. 왜 저걸 보여주는 걸까. 연우는 본능적으로 미지의 신호를 탐구했다. 뚜껑 고리가 없다는 걸 발견하는 데엔 그리 오래 걸리지 않았다. '아, 그래서 참치를 못 먹었구나.'라는 생각을 하다가도 갈피가 잡히지 않았다. 그러다 문득 자신의 뺨에 닿은 차가운 물건에 대해 생각하게 됐다.

수갑열쇠. 귀현은 자신의 토사물에 수갑열쇠를 숨겼다. 창밖으로 던진 것은 캔 뚜껑 고리였으리라. 연우는 그제야 그녀의 모든 행동이 이해됐다. 박 사무장과 1022번이 연우를 일으켜 세웠다. 연우는 부러 다리에 힘을 풀고 다시 토사물에 얼굴을 처박았다. 그리고 자연스러운 척 토사물을 흡입했다. 사람들이 역겹다는 듯 헛구역질하거나 얼굴을 찌그리며 고개 돌렸다. 열쇠와 토사물이 연우의 입 안을 유영했다. 구역반사가 났지만 죽을힘으로 버텼다. 눈물이 맺혔다. 두 눈을 질끈 감고 토사물을 꿀꺽 삼켰다. 그러고는 금속의 비릿한 맛이 날 때까지 한참을 빨아 먹었다. 귀현은 비로소 참치캔을 내려놓았다. 뚜껑이 바닥을 향하게 했다.

혹여 떨어뜨릴까 입에 문 열쇠를 손에 꼭 쥐었다. 문제는 수갑에 열쇠를 꽂는 일이었다. 수차례 시도했지만 아무 소용없었다. 아플 정도로 배만 땅겼다. 격렬한 윗몸일으키기였다. 심장이 터질 듯 뛰고 온몸은 땀에 흠뻑 젖었다. 배가 딱딱하게 굳어서 더 몸을 일으키기 힘들었다. 둘은 거칠게 숨을 헉헉댔다. 계단 문의 경첩 나사들이 총알이 발사되듯 튕겼다. 더 많은 빛줄기가 복도를 침투했다. 땀방울이 뚝뚝 바닥으로 떨어졌다. 어느새 쇳소리가 더 커졌다. 소름 돋는 소리였다. 창틀과 사다리가 더 큰 반동으로 마찰했다. 두 사람의 움직임 때문이었다.

'차라리 떨어지자.'

불현듯 연우의 뇌리를 스쳤다. 떨어져서 죽거나 다쳐도 매달린 지금과 별반 다를 게 없었다. 어차피 죽음이었다. 연우가 세차게 몸을 흔들었다. 소년도 사다리를 막 올려봤던 차였다. 두 사람은 죽자사자 몸을 흔들었다. 경위의 몸이 데룽데룽 흔들렸다.

쑥 둘의 몸이 아래로 추락했다. 창틀에 걸린 사다리 한쪽이 그대로 복도 바닥을 쳤고 반대쪽은 벽을 긁으며 미끄러졌다. 사다리는 그렇게 몇 번을 바닥에서 튕겼다. 두 사람은 본능적으로 머리를 감싸 안았다. 공포에 질려 석고상처럼 굳었다. 처음 바이킹을 타며 느낀 그 공포를 연우는 지금 다시 느끼고 있었다.

콘크리트 가루가 희뿌옇게 날렸다. 사다리는 벽에 비스듬히 기대며 완전히 멈췄다. 소년이 바닥에 등을 댄 채 신음했다. 연우가 고개를 들어 눈떴다. 머리가 바닥에 닿았다. 사다리를 두 손으로 잡아 구름사다리 타듯 발목 쪽으로 움직였다. 중력은 여전히 세차게 끌어당겼다. 두 팔에서 경련이 났다. 두 손이 겨우 발목에 닿았다. 손이 너무 떨려서 열쇠를 제대로 꽂을 수 없었다. 몇 번의 시도 끝에 겨우 수갑을 풀었다. 연우의 몸이 그대로 아래로 떨어졌다. 지체할 시간이 없었다. 연우는 허리춤에서 전지가위를 빼 소년의 발목에 묶인 포승줄을 잘랐다. 경첩의 마지막 나사가 튕겼다. 경위의 얼굴이 공포에 질린 표정으로 두 사람을 바라보았다. 문이 넘어가고 있었다.

"어서 일어나! 가야 해!" 연우가 소년을 일으켜 세웠다. 계단 문이 바닥을 치는 소리가 천둥처럼 울렸다. 복도가 환해졌다. 좀비들이 파도처럼 밀려들었다. 소년이 천천히 몸을 일으켰다.

"먼저 가세요."
"가긴 어딜 가? 어서 가자!"
"먼저 가라고요!"

소년이 연우를 무섭게 노려보며 골프채를 뽑았다. 연우가 당황하며 멈칫 물러났다. 소년의 한쪽 눈동자가 변해 있었다.

"잠시나마. 보살핌을 받는다는 게 어떤 건지 알게 해줘서 고마워요."

그가 다시 다정하게 말했다. 연우는 그 의미를 이해하지 못했다. 보살핀 게 아니었는데. 그것조차 그에겐 보살핌이었다. 가슴이 찢어졌다.

연우가 주춤대자 소년이 그렁거리며 겁을 줬다. 푸른 핏줄이 점점 도드라졌다. 눈을 깜박일 때마다 동공의 크기가 변했다.

"가! 가!"

소년의 목소리이기도 했다가 좀비의 목소리이기도 했다. 연우도 알았다. 더 이상 소년을 구할 수 없었다. 옷가지를 집어 들었다.

"미안해… 미안해!"

소년이 연우를 당겨 밀쳤다. 연우는 슬픈 표정으로 몸을 돌려 달렸다. 순식간에 좀비들이 몰려들었다. 소년은 마구잡이로 골프채를 휘둘렀다. 좀비들의 머리가 터져 나갔다. 검붉은 체액이 마구 튀었다. 소년의 빈 눈물 문신이 검붉은 물감으로 채워졌다. 그러나 역부족이었다. 그 작은 몸이 좀비들에게 맡겨졌다. 놈들은 소년의 몸을 찢어발겼다. 휴대전화가 바닥으로 튕겼다. 좀비 하나가 그것을 집어 들고는 두 엄지로 마구 두드렸다. 학습행동 같은 것이었다.

> ㅋㅋㅛ에수ㄹㅇㅓㅇ피ㅅ머ㅇㅁㄱ

자음과 모음이 뒤죽박죽 섞였다. 그것이 채팅창에 공포감을 조성했다.

> ??

> 웬 외계어?

헐

무섭게 왜 그래? 괜찮은 거임?

소년은 고통으로 괴성을 질렀다. 좀비로 변하는 고통인지 사람으로 찢기는 고통인지, 아니면 둘 다인지 알 수 없었다. 그르렁대는 좀비들의 소음 속에서 오직 소년의 비명만이 복도를 선명하게 관통했다.

엘리베이터 _분열 II

＊

　헬리콥터 소리가 가까워졌다가 멀어졌다. 어두운 복도에서 휴대전화 불빛이 이리저리 흔들렸다. 좀비들이 하나둘 튀어나왔다. 어둠 속에서 갑자기 달려드는 탓에 다들 극도로 긴장했다. 선발대와 후발대의 위치가 바뀌었다. 후발대가 앞장서 좀비들을 헤치웠다. 기자도 능숙하게 셀카봉을 휘둘렀다. 귀현이 두 손으로 꼭 붙든 건 십자가였다. 예수가 못 박혀 나무로 조각된 것이었다. 다들 그 용도를 의아해했다. 날카로운 비명이 희미하게 울렸다. 소년에게 인간성이란 게 남아 있을 때의 마지막 소리였다. 사람들이 움찔하며 뒤를 돌아봤다. 귀현은 연우의 소리가 아닌지 걱정했다. 좀비들의 뜀박질이 다시 복도를 흔들었다. 복도 끝에서 엘리베이터 불빛이 깜박였다. 1022번이 화다닥 뛰어 버튼을 눌렀다. 청량한 벨소리에 이은 기계음이 육중했다. 20층에 있는 엘리베이터가 내려올 준비를 했다. 이제 엘리베이터를 타고 옥상으로 올라가면 됐다. 안도감과 동시에 두려움이 교차했다. 복도는 빠르게 진동하는데 엘리베이터 속도는 유난히 느렸다. 다들 숫자 창에서 눈을 떼지 못했다. 공기의 흐름이 멈춘 것만 같았다. 초조감으로 숨이 막혔다.

　'12'

　벨소리가 숨통을 트였다. 아직 좀비들은 보이지 않았다. 그래도 마음이 급했다. 가장 먼저 뛰어든 것은 정치인이었다. 눈 깜짝할 새였다. 엘리베이터 안에서 누군가 용수철처럼 튀어 올랐다. 판사 좀비가 그를 덥석 안으며 넘어뜨렸다. 정치인은 아연실색하며 저항도 못했다. 좀비가 입을 쩍 벌리는데 갑자기 그 머리가 바닥으로 처박혔다. 본부장이 골프채로 사정없이 내리쳤다. 정치인이 기겁하며 머리 없는 몸을 밀어냈다. 다들 정신없이 엘리베이터로 뛰어들었다. 기자가 강박적으로 닫힘 버튼을 눌렀다. 닫히는 문 사이로 복도를 가득 메운 좀비들이 전력으로 달려왔다. 문이 닫히기 직전이었다. 손 하나가 문틈 사이를 비집었다. 문이 다시 열렸다. 기자가 아무리 닫힘 버튼을 눌러도 소용없었다. 사람들은 공포에 질려 무기를 쳐들었다.

"연우야!"

귀현이 환희에 차 소리 질렀다. 모습을 드러낸 것은 연우였다. 그 얼굴은 눈물인지 땀인지 흠뻑 젖었다. 바로 뒤로 좀비들이 바싹 다다랐다. 쿵쾅대는 발소리가 복도를 휘몰아쳤다. 귀현이 재빨리 그를 잡아당겼다. 기자가 다급하게 닫힘 버튼을 눌렀다. 누구도 숨소리 하나 제대로 못 냈다. 좀비들이 바로 눈앞이었다. 문이 닫히자마자 부서질 듯 쿵쾅거렸다. 아직 안심하기엔 일렀다.

딩동! 비로소 엘리베이터가 덜컹이며 움직였다. 사람들은 다리가 풀려 그대로 주저앉았다.

*

연우가 셔츠의 단추를 잠갔다. 미처 다 입지 못했었다. 갑자기 일어난 정치인이 귀현의 뺨을 후려쳤다.

"역시 판사들끼린 그들만의 리그가 있나 봐?"

그는 귀현이 수갑열쇠에 관해 자신을 속였다고 확신했다. 귀현은 저항하지 않았다. 그녀도 그것을 알았다. 연우가 막 정치인에게 달려들자 남 변호사가 총을 꺼내 뻗었다. 입술이 총구에 부딪히며 찢어졌다. 피 맛이 났다.

"아직 멀쩡하네? 진짜 개한테 물린 게 맞나벼? 지금 한 명 한 명이 아쉬워서 그냥 놔두는 거야. 명심해!"

정치인이 미심쩍은 듯 빈정대다 매섭게 쏘아보며 돌아섰다.

"괜찮니?"

정치인이 돌아서기 무섭게 연우가 귀현에게 몸을 돌렸다. 순간 연우의 몸이 휘청대며 뒤로 벌렁 넘어갔다. 엘리베이터가 덜커덩거리며 요동쳤다. 사람들은 본능적으로 벽에 몸을 밀착했다. 천장 조명이 빠르게 점멸했다. 연우도 겨우 손잡이를 잡고 버텼다. 끼이익 날카로운 쇳소리가 고막을 찔렀다. 다들 질끈 눈을 감았다.

*

적막이 흘렀다. 지지직거리며 타는 냄새가 났다. 숫자 창에 숫자 '18'이 불안정하게 깜박였다. 불규칙적으로 점멸하는 조명이 더 혼란스럽게 했다. 엘리베이터는 더 움직이지 않았다.

쿵! 쿵!

다른 생각을 할 겨를도 없었다. 엘리베이터를 충격하는 소리가 사람들을 놀라게 했다. 지붕 위로 좀비들이 뛰어내렸다. 엘리베이터가 추락할 듯 요동쳤다. 이를 부딪치고 그렁대는 소리가 들렸다. 공포에 질린 사람들은 온 힘으로 손잡이를 붙잡기만 했다. 연우가 재빨리 일어나 문틈 사이로 두 손을 집어넣었다. 문이 조금씩 벌어졌다. 그제야 본부장과 박 사무장도 문을 하나씩 잡아당겼다. 그러나 겨우 드러난 것은 거친 회백색의 시멘트벽이었다.

쿵! 쿵!

천장이 무너져 내릴 듯 떨렸다. 갑자기 엘리베이터 안이 어둠에 휩싸였다. 기어이 조명이 나갔다. 절망감이 사람들을 지배했다. 그때 희미한 빛이 새어들었다. 엘리베이터 문 아래쪽. 18층이었다. 겨우 사람 한 명 정도가 통과할 수 있는 틈이었다. 연우가 전지가위를 꺼내 엎드렸다. 18층 엘리베이터의 바깥문에 가위를 끼워 벌렸다. 너나 할 것 없이 사람들이 도왔다. 그 틈으로 환한 불빛이 쏟아졌다.

"나부터! 나부터!"

정치인이 기다렸다는 듯 소리쳤다. 천장이 조금씩 부서지며 떨어졌다. 좀비들이 그 틈으로 얼굴을 들이밀어 으르렁거렸다. 사람들이 기겁하며 반대 구석으로 몰렸다. 그 사이 정치인이 미끄러지듯 엘리베이터를 빠져나갔다. 그때 주머니에서 빠져나온 것이 뱅글뱅글 엘리베이터 바닥으로 흘렀다.

'서울중앙지방법원 판사 박귀현'

판사 신분증 안의 귀현이 밝은 미소를 짓고 있었다.

*

신분증을 발로 잡아 멈춘 것은 본부장이었다.

"잠깐 스톱!"

본부장이 허리를 굽힌 순간 남 변호사가 그의 관자놀이에 권총을 댔다. 막 재킷 주머니를 훔친 정치인이 당황하며 돌아섰다.

"그래, 남변! 어서 던져!"

본부장은 두 손을 들어 올리며 천천히 물러섰다. 남 변호사의 손이 판사 신분증을 잡자마자 놓쳤다. 갑자기 앞으로 고부라지며 쓰러졌다. 박 사무장이 그의 뒤통수를 몇 번 더 후려쳤다. 사방으로 피가 튀었다. 살인 행위의 증인들은 너무 갑작스러운 나머지 눈만 휘둥그레졌다. 놀란 정치인이 엽총을 들어 박 사무장을 겨눴다.

"뭐하는 거야! 어서 던져!"

꿈틀대는 남 변호사의 주위로 피가 흥건했다.

"퉤! 시다바리 새끼."

박 사무장이 교도봉에서 피를 떨치며 남 변호사의 손에서 권총을 뺏다. 그러고는 정치인을 겨눴다. 본부장이 신분증을 주워들었다. 피에 잠식되기 직전이었다. 박 사무장이 그런 그를 돌아 한 발자국 물러섰다. 본부장 뒤로 몸을 숨겨 정치인의 사정권에서 벗어났다. 권총의 총구가 자연스레 본부장을 향했다.

"뭐… 뭐하는 거야?"

본부장이 당황한 얼굴로 박 사무장을 바라봤다. 정치인이 뒤에서 고함을 쳐댔다. 박 사무장이 본부장에게 손을 내밀었다.

"오해하지 마세요. 지금 본부장님 겨누는 거 아니니까."

노동 현장에서 수년을 동고동락했던 투쟁 동지이자 아끼는 후배였다. 그는 분명 자신에게 총을 겨누고 있었다. 본부장은 배신감 이상의 무언가를 느꼈다.

갑자기 엘리베이터가 덜컹 내려앉았다. 모두가 잔뜩 몸을 움츠렸다. 엘리베이터가 다시 불안하게 흔들렸다.

"그래, 어서 가자."

본부장은 애써 태연한 척 했다. 그의 손에 신분증을 건네고는 엘리베이터를 빠져나갔다. 귀현이 비명을 질렀다. 하마터면 본부장의 몸이 잘릴 뻔했다. 갑자기 엘리베이터가 아래로 쭉 미끄러진 탓이었다. 순간적으로 18층의 환한 불빛이 들이쳤다가 다시 캄캄해졌다. 정치인과 본부장이 죽을힘을 다해 도망치고 있었다. 엘리베이터 위에 있던 좀비들이 18층 복도로 마구 쏟아져 내렸다.

의심의 여지가 없었다. 분명 추락하고 있었다. 다들 손잡이만 꼭 잡고 기도할 뿐이었다. 돌연 쾅하는 굉음이 엘리베이터를 멈춰 세웠다. 육중한 기계음이 두려울 정도로 쿵쾅대고 삐걱거렸다. 격렬한 진동이 모두의 몸으로 고스란히 전달됐다. 더 이상 빠져나갈 공간이 없었다. 17층과 18층 사이. 그들 앞은 오로지 검은 시멘트벽이었다.

*

유리파편이 아래로 쏟아져 내렸다. 다들 머리를 감싸며 몸을 웅크렸다. 날카로운 조각들이 옷을 찢고 피부를 할퀴었다. 박 사무장이 분노의 괴성을 질렀다. 천장에 몸통이 끼인 좀비 하나가 사람들을 향해 허우적거렸다. 연우가 그 얼굴을 향해 전지가위를 내질렀다. 좀비는 축 늘어지며 흔들거렸다.

쿵! 쿵!

엘리베이터가 다시 출렁거렸다. 천장이 완전히 부서질 듯 균열했다. 연우가 사람들을 돌아봤다.

"우리가 올라가야 돼요!"

지붕으로 오르면 18층 복도로 연결됐다. 엘리베이터가 추락하는 1층 보단 백번 천번 나을 것이었다.

＊

거대한 부정합의 톱니바퀴가 맞부딪치는 것 같았다. 불길한 불협화음이 엘리베이터 안을 오케스트라처럼 채웠다. 귀도 정신도 멍했다. 연우는 어느 순간부터 미세하게 내려앉는 기분을 느꼈다. 기자는 그 와중에도 방송에 여념이 없었다. 채팅창이 읽을 수도 없이 빠르게 올라갔다. 세계 최고의 공포 쇼가 실시간으로 송출되고 있었다.

"뭐… 뭐야!"

연우가 그 휴대전화를 거치대에서 낚아챘다. 기자가 당황할 틈도 없이 셀카봉까지 가로채 휴대전화를 끼웠다. 그러고는 휴대전화에 대고 입을 열었다.

"위에 상황 좀 봐주세요. 좀비들 얼마나 있는지."

박 사무장이 좋은 방법이라는 듯 고개를 끄덕였다. 기자도 이의를 제기하지 못했다. 천장에 매달린 좀비의 눈이 연우를 노려보고 있었다. 연우는 그 몸을 비집고 셀카봉을 집어넣었다. 그러고는 조심스레 회전시켰다. 혹여 좀비들이 잡아챌까 노심초사했다. 쭉 뻗은 팔이 조금씩 떨렸다. 다시 천천히 아래로 내리니 다행히 휴대전화는 온전했다. 사람들이 그 앞으로 모여들었다.

우글우글 ㅜㅜ

너무 많아요… 어떡해… ㅜㅜ

폰이 너무 흔들려서

그냥 엘베 추락사 선택

대박. 좀비 초근접샷 ㄷㄷㄷ

제가 세어본 것만 8마리…

카메라 너무 흔들림;

역시 탐사보도의 끝판왕! 👍👍👍

노노 최소 10마리

지옥이 있다면 바로 엘베 위

뭐 보임? 폰이 너무 흔들리는데?

와… 진짜 공포영화가 따로 없네…

올라가지 마세요 ㅜㅜ

삼가 고인의 명복을 빕니다 🙏

모두가 절망했다. 하지만 그렇다고 결론이 바뀔 것은 아니었다. 어차피 탈출 방법은 하나였다. 올라가야 했다. 천둥 치는 소리가 엘리베이터 위로 내리꽂혔다. 엘리베이터를 지탱하는 쇠 케이블이 끊어지고 있었다.

*

"제기랄! 괜히 봤네. 어차피 여기 앉아서 기다릴 건 아니었잖아!"

박 사무장이 걸쭉하게 욕설을 내뱉었다. 남 변호사의 재킷을 더듬어 꺼낸 것은 총알 파우치였다. 실린더 안을 가득 채워 다시 장전했다. 모두들 그 의미를 알았다. 연우가 시계추처럼 진동하는 좀비 아래에 섰다. 다들 무기를 꼭 쥐었다. 좀비들이 쏟아져 내릴 터였다. 도망칠 곳도 없었다. 그저 죽기 살기로 싸우는 것이었다. 숨도 못 쉴 정도의 긴장감. 그래서 누구는 차라리 엘리베이터가 빨리 추락해버렸으면 좋겠다고 생각했다. 다들 눈을 부릅떴다. 연우는 천장에 매달린 놈의 두 팔을 잡아당겼다. 그것이 바닥으로 떨어지자 우수수 좀비들이 쏟아졌다. 다들 무기를 번쩍 치켜올리려다 멈칫거렸다. 놈들은 눈을 또렷하게 뜬 채로 죽었다. 엘리베이터 위로 뛰어내리다가 머리가 깨진 것들이었다. 지붕 위도 마찬가지였다. 눈을 감지 못한 것들이 널렸다. 사람들은 오직 채팅글만을 믿고 텅 빈 공허를 두려워했다.

타닥타닥!

머리 위로 쇠 케이블들이 불꽃을 일으켰다. 무섭게 찢어지고 있었다. 의외의 안도감을 느끼기도 전이었다. 폭발적인 불안감이 휘몰아쳤다.

＊

　박 사무장이 가장 먼저 지붕 위로 올랐다. 사람들이 그 다리를 잡아
올렸다. 다음 차례로 귀현이 까치발을 들고 손을 뻗었다. 그녀를 들어
올리려 몸을 숙인 연우의 얼굴에 그늘이 졌다. 0.1톤이 훌쩍 넘는 벽이
서 있었다. 기자의 눈빛이 무언의 호소를 했다. 연우는 바로 설득 당했
다. 그를 먼저 올려야 했다. 귀현이도 십분 이해했다. 기자가 마치 안아
달라는 아이처럼 박 사무장을 향해 두 팔을 뻗었다. 세 사람은 그의 양
다리를 끌어안고 사력을 다했다. 부들부들 떨렸다. 박 사무장이 안간힘
으로 그를 끌어당겼다. 엘리베이터가 흔들릴 때면 기자도 세 사람도 이
리저리 휘청댔다. 귀현이 나자빠졌다가 합세하고 또 나자빠졌다가 합
세했다.

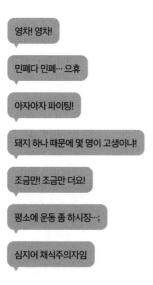

영차! 영차!

민폐다 민폐… 으휴

아자아자 파이팅!

돼지 하나 때문에 몇 명이 고생이냐!

조금만! 조금만 더요!

평소에 운동 좀 하시징…;

심지어 채식주의자임

헛둘! 헛둘! 헛둘!

코끼리도 풀만 먹긴 하죠

젖 먹던 힘까지~!!

기자가 겨우 기어올랐다. 숨을 고를 여유가 없었다. 쇠 케이블이 눈에 띄게 얇아졌다. 엘리베이터가 출렁대며 내려앉았다. 그때마다 사람들은 자지러졌다. 연우와 1022번이 귀현을 들어 올렸다. 받아주는 이는 박 사무장뿐이었다. 기자가 과호흡이 온 듯 쌕쌕거렸다. 그 몸 그 상태로 초능력을 발휘했다. 기어이 기어서 복도 위로 올랐다. 행여 추락할까 잔뜩 겁에 질렸다. 비난할 겨를도 없었다. 1022번이 오를 때쯤이었다. 머리 위로 그림자가 졌다. 위층에서 좀비 하나가 뛰어내렸다.

"위에! 위에!"

연우가 소리쳤을 땐 이미 늦었다. 좀비가 이미 박 사무장과 귀현을 덮치기 직전이었다. 둘은 무얼 어찌할 생각도 하지 못하고 잔뜩 몸을 움츠렸다. 그때 놈의 목이 날아가며 맥없이 쓰러졌다. 1022번이 막 의족을 떨쳐냈다. 의족 종아리에 홍건한 검붉은 것들이 바닥으로 흩뿌려졌다. 기자가 마음을 졸이며 그 광경을 생중계했다.

이제 연우가 두 팔을 뻗었다. 박 사무장과 귀현이 손을 뻗으려다 균형을 잃고 넘어졌다. 엘리베이터가 끼우뚱했다. 천둥소리가 울렸다. 쇠 케이블이 끊어지기 직전이었다. 머리 위가 어두워졌다. 좀비들이 본격적으로 뛰어내렸다.

"연우야! 연우야!" 귀현이 울부짖었다.

1022번과 박 사무장이 그녀를 강제로 끌며 복도로 뛰어올랐다. 현명한 판단이었다. 한 명 구하려다 다 죽을 판이었다. 연우도 상황을 직감했다. 풀쩍 뛰어올라 천장을 잡았다. 악을 쓰며 몸을 끌어당겼다. 엘리베이터가 기울어진 덕이었다. 막 지붕 위로 오르자 좀비들이 억수같이 쏟아졌다. 그때 눈부시도록 불꽃이 튀었다. 쾅하는 포탄 소리와 함께 귀에서 삐 소리가 났다. 마지막 쇠 케이블이 뚝 하고 끊어졌다. 귀현이 절규했다.

엘리베이터는 온전히 중력의 영향을 받았다. 쑥 가라앉았다. 연우가 막 몸을 던진 직후였다. 연우는 지붕 위로 오르자마자 힘껏 도약했다. 좀비들은 중력에 이끌렸고 연우는 중력을 거슬렀다. 추락하는 좀비 떼 사이로 연우 혼자 날아올랐다. 좀비들이 그를 향해 의미 없이 허우적댔다. 그 추락에 가속도가 붙었다. 속도가 내는 진동이 통로 전체를 압도했다. 연우는 어느 순간 더 날아오르지 못했다. 다시 중력의 영향을 받았다. 사람들이 눈을 떼지 못했다. 귀현은 질끈 눈을 감았다.

*

손 하나가 가까스로 바닥 모서리를 움켜잡았다.

머리 위로는 아직 좀비들이 뛰어내렸고 다리 아래론 끝없는 어둠이 펼쳐졌다. 엘리베이터 소리가 점점 희미해지더니 거대한 폭발음이 통로를 뒤흔들었다. 벽이 갈라지고 파편들이 부서져 내렸다. 연우의 머리가 잿빛 가루로 뒤덮였다. 갑자기 불을 켠 듯 환해졌다. 까마득한 어둠 속에서 괴물 같은 불길이 치솟았다. 연우는 중력과 사투를 벌였다. 사람들이 달려가 그를 끌어 올렸다. 좀비들이 불나방 떼처럼 불길 속으로 뛰어들었다. 사람들 뒤로 불길이 어둠과 섞이며 일렁였다.

노동자

*

익숙하지 않은 고요함이었다. 복도 끝에서 느릿느릿 계단 문을 긁는 소리가 희미하게 들렸다. 그 계단 문을 통해야 했다. 한 걸음 한 걸음이 힘겨웠다. 간간이 이어지는 남은 폭발 소리에 소스라치기도 했다. 귀현은 자신이 다리를 움직이는지 다리가 스스로 움직이는지 구별이 안 됐다. 약해진 육체에 불안이 스몄다. 지금 좀비들이 나타나면 어쩌지. 지금 좀비들이 몰려들면 어쩌지. 일어나지 않은 일이 정신까지 갉아먹었다. 통제 불능이었다.

갑자기 박 사무장이 기자에게 달려들어 주먹을 날렸다. 기자가 한 방에 바닥으로 뻗었다. 다들 그 주먹의 의미를 알았다. 혼자만 살겠다고 도망한 대가였다. 기자가 신음하며 입을 오물거렸다. 퉤하고 피에 젖은 이를 뱉었다.

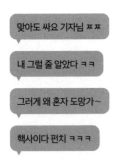

> 까치도 은혜는 갚는다… 에휴 ㅜㅜ

타인의 흠결을 지적할 때만큼은 대동단결하는 대화창이었다. 박 사무장이 다시 들이덤비며 기자의 멱살을 잡아끌었다. 하지만 기자도 완강히 저항했다. 박 사무장이 오히려 기자에게 이끌렸다. 두 거구가 고목 넘어가듯 쓰러지며 이리저리 바닥을 뒹굴었다. 기자의 목에서 거치대가 빠지며 바닥으로 미끄러졌다.

"지금 우리끼리 이럴 땝니까? 그만! 그만!"

연우가 둘을 떼어놓으려 안간힘을 썼다. 하지만 둘의 힘을 당해 낼 재간이 없었다. 헤비급 선수들에 깃털 같은 페더급 심판이었다. 기자가 박 사무장을 짓누르며 목을 조르는가 싶더니 박 사무장이 다시 위로 올라타 연달아 기자 얼굴에 주먹을 꽂았다. 유일한 여자관객은 수컷들은 왜 저리 야만적이냐는 듯 씁쓸한 표정을 지었다. 다들 방금 전까지 압도당했던 불안은 잊은 듯했다.

*

모두 동작을 멈췄다. 마치 시간이 정지한 것 같았다. 거대한 군중의 발 구름 소리. 쉭쉭거리고 그르렁거리는 소리. 문이 부서질 듯 흔들렸다. 좀비들이 몰려오고 있었다. 박 사무장이 용수철처럼 튀어 올랐다. 본능이었다. 누가 먼저랄 것도 없이 달음박질쳤다. 다들 힘겹게 지나온 그 길을 되돌아 뛰었다. 기자는 그 와중에도 거치대를 주워 목에 걸었다. 곧바로 철문이 바닥을 쳤다. 굉음이 그들의 뒷머리를 잡아당기는 것 같았다. 좀비들이 쏟아져 나왔다. 복도가 뒤흔들렸다. 그들이 상대할 만한 규모가 아니었다. 복도 끝에는 텅 빈 엘리베이터 통로뿐이었다. 아직 불길이 일렁였다. 달리기는 시작됐지만 누구도 어디로 가야 할지 알지 못했다. 박 사무장이 다급하게 판사실 문들을 당겨봤지만 모두 잠겨 있었다. 이제 선택해야 했다. 죽음의 방법에 대해서. 추락해 죽거나 싸우다 죽거나, 둘 중 하나였다.

갑자기 그들 앞으로 판사실 문이 열렸다. 사람들의 발걸음에 급제동이 걸렸다. 놀라며 거꾸러졌다. 좀비들이 튀어나오는 줄로만 알았다. 대신 그보다 분명히 반가운 얼굴이었다. 본부장이었다. 막다른 죽음의 길 직전이었다. 사람들은 판사실 안으로 몸을 던졌다. 하지만 본부장은 문을 닫지 못했다. 아직 기자가 들어오지 못했다. 엉망이 된 얼굴로 힘겹게 뒤뚱대는 기자 뒤로 좀비들이 무섭도록 밀려왔다. 본부장은 갈등했다. 자신의 결정이 사람들을 모두 죽일 수도 모두 살릴 수도 있었다. 질끈 눈을 감고 힘껏 손잡이를 당겼다. 생명을 걸고 도박할 순 없었다. 기자가 절박하게 소리쳤다. 막 몸을 던진 이들은 겨우 고개만 돌렸다. 서로의 모습이 점점 가려졌다.

기자는 극한의 공포 속에서 지독한 고독을 느꼈다. 갑자기 문이 덜컹거

렸다. 누군가 반대로 문을 밀어냈다. 1022번이었다. 기자가 문틈으로 몸을 쑤셔 넣었다. 좀비들이 그 몸에 올라타기 직전이었다. 좀비들이 문에 부딪쳐댔다. 동시에 문이 닫혔다. 기자의 몸이 판사실 안으로 나동그라졌다. 1022번이 기자를 살렸다. 목숨을 걸 정도의 용기가 아니라면 불가능했다. 모두 어리둥절했다. 다들 그를 연쇄살인마라고 여기던 터였다.

＊

좀비들이 문을 두드리며 긁어댔다. 그 소리가 오히려 사람들을 안심하게 했다. 다들 넘어진 자세 그대로 숨을 몰아쉬었다. 우뚝 선 그림자가 갑자기 1022번을 내리쳤다. 1022번이 정신을 잃고 쓰러졌다. 정치인이 엽총을 들고 섰다. 분노에 찬 독백을 읊조렸다.

"다 죽을 뻔했잖아!"

그러고는 박 사무장을 향해 총구를 겨눴다.

"권총 던져!"

채 한숨을 돌리기도 전이었다. 판사실이 다시 긴장감에 휩싸였다. 박 사무장은 천천히 두 손을 들어 무릎을 세웠다. 권총을 빼내 바닥으로 밀어 보냈다.

"판사 신분증도 같이."

박 사무장은 본부장과 눈을 맞췄다. 그러고는 바지 주머니를 뒤지는 척 재빨리 총부리를 잡아 올렸다.

탕!

천장에서 시멘트 파편들이 비처럼 쏟아졌다. 엽총을 사이에 두고 몸
싸움이 벌어졌다. 몇 번 엎치락뒤치락하더니 결국 박 사무장이 엽총을
빼앗았다. 정치인을 때려눕혀 그 몸을 깔고 앉았다. 정치인의 멀끔했던
입술에서 피가 흘렀다. 둘은 씩씩 숨을 헐떡였다. 박 사무장이 엽총을
한껏 치켜들었다. 정치인은 반항할 여력이 없었다. 엽총이 그 얼굴에 내
리 찍히기 직전이었다. 정치인이 알 수 없는 미소를 지었다.

탕!

총성이 사람들의 두개골을 울렸다. 박 사무장은 몸을 움츠리며 눈을
감았다. 다시 눈을 뜨니 아직 살아 있었다. 이상한 건 유난히 고요하다
는 것이었다. 뜨거운 것이 목덜미를 타고 흘렀다. 손을 가져다 대니 축
축했다. 선명하게 붉은 피가 귓바퀴에 흥건했다. 그는 방금 청력을 잃었
다. 뒤돌아보니 본부장이 권총을 겨누고 있었다. 총알이 빗나갔다. 정
말 자신을 죽이려고 한 것인지 궁금했다. 본부장에게 소리쳐 물었지만
자신의 말소리도 들리지 않았다. 연우가 본부장 쪽으로 달려드는데 귀
현이 붙잡아 말렸다. 정치인이 박 사무장을 밀치며 자리에서 일어났다.
박 사무장은 힘없이 내쳐지며 무릎을 꿇었다. 그제야 그 미소의 의미를
알 것도 같았다. 정치인이 뭐라고 말을 했고 본부장도 뭐라고 말을 했
다. 연우와 귀현이 악을 써댔다. 그러나 쥐 죽은 듯 고요했다.

탕!

사람들이 고개를 돌렸다. 차가운 시멘트 바닥이 박 사무장의 머리를 강하게 끌어당겼다. 머리가 곤두박질쳤다. 솟구치는 피가 사방으로 분출됐다. 박 사무장은 미처 눈도 감지 못한 채 모든 움직임을 잃었다. 눈물이 사선으로 얼굴을 타고 흘렀다. 망연자실한 연우가 바닥으로 주저앉았다.

"제 새로운 보좌관입니다."

마치 준비된 구경거리가 끝났다는 듯 정치인은 본부장을 소개했다. 총을 쥔 본부장의 손이 떨렸다. 평생을 뜨겁게 투쟁했었다. 노동자에 대한 불리한 처우와 악조건의 노동 현장을 개선하고 싶었다. 하지만 어느 순간부터 그런 노동자의 현실이 지긋지긋하다고 생각됐다. 지극한 노력에도 불구하고 개선은 느리고 미미했다. 언제부턴가 노동운동가들은 오로지 자신들의 이익을 위해서 정치적 행동을 했고 심지어 투쟁 자체가 밥벌이 수단이 되었다. 그의 어린 아들이 뉴스의 시위 장면을 보면서 아빠도 저런 데 가서 데모 같은 걸 하냐고 걱정스러운 얼굴로 물었을 때 그는 최대한 자연스러운 미소로 고개를 저었다. 그의 아내는 그 미소를 슬픈 표정으로 기억했다.

노동자의 상대방이 되는 기분은 어떤 기분일까. 노동자가 아닌 사람으로서 노동자의 얘기를 들어보고 싶었다. 노동자의 얘기를 들어주고 싶었다. 정치인이 감탄하듯 말을 이었다.

"노동계 출신 보좌관이라. 아름답지 않나요?"

박 사무장은 더 이상 들을 수 없는 말이었다. 그는 죽는 순간까지 본
부장이 자신을 배신한 이유를 알 수 없었다.

각성

진보 정치인이란 사실이 무색했다. 정치인은 공유 대신 독점을, 공생 대신 경쟁을 택했다. 그 역시 한때는 피 끓던 강성 노동운동가였다. 하지만 그도 정치인이기 이전에 한 개인이었다. 정치적 이익보다 개인적 이익이 더 중요했다. 무언가 얻기 위해서라면 수단과 방법을 가리지 않았다. 자신의 손을 더럽히는 법도 없었다. 그런 무자비함이 그를 전도유망한 정치인으로 성장시켰다. 그에게 표를 던진 지지자들 중 누구도 그 무자비함에 대해 알지 못했다.

사람들은 서로 믿음을 잃었다. 모래 한 줌만큼 남았던 것마저 신기루처럼 사라졌다. 어쩌면 사람의 마음이란 처음부터 믿을 수 없는 무엇에 불과했다.

본부장이 박 사무장의 주머니를 뒤적여 판사 신분증을 꺼냈다. 박 사무장의 목숨보다 가치 있는 것이었다. 신분증을 받아 든 정치인이 박 사무장을 향해 혀를 끌끌 찼다. '감히 너 따위가.'라고 조롱하는 눈빛이었다. 승자는 처음부터 정해져 있었다. 그는 그것을 바지 주머니 깊숙이 찔러 넣었다. 박 사무장은 눈을 부릅뜬 채 말이 없었다. 연우는 그 눈을 천천히 쓸어내려 주었다.

총성이 좀비들을 더욱 흥분시켰다. 복도를 가득 울리는 좀비들 소리가 판사실을 전율케 했다. 사람들은 압도되었다.

"보좌관님, 우리 이제 어떻게 나가나?"

정치인이 이내 걱정스러운 표정을 지어 보였다. 본부장이 우물쭈물 입만 달싹거렸다. 누구도 그럴듯한 답을 내놓지 못했다. 그때 헬리콥터 소리가 판사실을 뒤흔들었다. 마치 구세주라도 등장한 것처럼. 멍하니 창밖을 보던 두 사람이 서로 눈을 맞췄다. 답은 복도가 아니라 창밖이었다. 자명했다. 좀비들이 파도처럼 넘실대는 복도로는 한 발도 내디딜 수 없었다. 창밖을 통해 위층으로 올라가야 했다. 본부장이 커튼을 잡아 뜯더니 그 끝자락에 골프채를 묶어 달았다. 카우보이처럼 던져서 위층 창틀에 걸겠다는 것이었다. 손가락이 불편했지만 예비보좌관으로서의 강박이 그를 직접 움직이게 했다. 골프채가 둔탁한 소리를 내며 튕겼다. 창문이 닫혀 있었다. 몇 번 자리를 옮겨보았지만 달라지는 건 없었다. 별수 없이 창을 깨야 했다.

본부장은 그렇게 몇 번이고 골프채를 던져 올리기 시작했다. 채가 창에 부딪히는 소리가 그를 놀리듯 통통거렸다. 창틀에 걸터앉은 그의 몸이 아슬아슬 휘청대는 순간 재빨리 그 다리를 잡아준 것은 연우였다. 정치인이 순간적으로 엽총을 들었다가 내려놓았다. 연우가 본부장을 창밖으로 내던지는 줄 알았던 모양이다.

"그래, 당신들도 도와 좀!"

정치인은 책상 위에 있던 바나나를 한 입 베며 쩝쩝거렸다. 복도 벽 쪽으로 귀현과 1022번 그리고 기자가 나란히 쭈그리고 앉았다. 그들 주위로 껌이나 사탕 같은 것들이 어지럽게 흩어졌다. 연우가 다급하게 일어서다가 탁자 위 간식 바구니를 쏟은 탓이었다. 오직 귀현만이 부러 정치인과 눈을 맞췄다. 질겅질겅 껌을 씹으며 그가 책상 앞에 앉을 때까지 빤히 그랬다. 본부장의 자세에 안정감이 생겼다. 창을 후려치는 소리가 조금씩 달라졌다.

*

귀현이 스르륵 일어나 정치인을 향했다. 다들 의아해하다가도 컴퓨터를 다루는 데 돕는 것이겠거니 했다. 그게 합리적인 추측이었다. 그녀의 모습이 책상 옆에 선 칸막이 안쪽으로 사라졌다.

"사건번호가… 이거 맞죠?"

귀현은 정치인의 마우스를 빼앗아 잡았다. 이번에는 그녀가 그에게 바싹 몸을 붙였다.

"그거… 응….

갑작스러운 그녀의 행동에 정치인도 적잖이 당황한 듯 얼버무렸다. 동시에 침투하는 은은한 장미향이 정치인의 호기심을 자극했다. 향수의 잔향과 더운 체취가 야릇하게 섞였다. 그는 자신도 모르게 집중했다. 빗뜬 눈으로 그녀의 몸을 훑었다. 군살 하나 없이 탄탄한 몸, 거기에 딱 맞는 블라우스와 스커트. 그는 그녀의 나체를 연상했다. 오직 둘만이 칸막이로 가려진 사실에 묘하게 설렜다. 그는 그녀의 의도를 의심하면서도 이내 의심을 걷어내 버렸다.

"없네요. 여기도 그 사건 담당은 아녜요."

그녀가 고개를 돌려 그의 눈을 마주했다. 어차피 그에겐 기대조차 하지 않은 일이었다. 여기 서울중앙에 판사들이 얼마나 많은데. 서울에서 김 서방 찾기 같은 일이었다. 정확히는 그녀 때문이었다. 모든 신경이 그녀에게 집중됐다.

"저도 데리고 가줘요."

온기가 느껴졌다. 그녀가 그의 손 위에 손을 얹었다. 그 말의 의미를 깨닫는 데까진 조금 시간이 걸렸다. 모텔 동영상을 볼 때만 해도 불편함과 두려움에 어쩔 줄 모르던 그녀였다. 그런 그녀가 자신의 손을 잡고 간청한다? 결국 자신만의 살길을 찾는 것이었다. 친구? 동료? 일단 살고 봐야 할 일 아닌가. 자신이 죽으면 그 무엇도 의미가 없을 터. 복도는 좀비들로 가득 찼고 탈출에 주도권을 쥔 사람은 자신이었다. 국회의원. 현실 사회의 권력자. 게다가 총과 보좌관까지 있다면? 지극히 현실적이고 현명했다. 그녀는 판사 이전에 본디 계산이 정확한 사람이었다. 정치인은 새삼 갑의 위치에 있음을 실감했다. 손에서 전해지는 눅진한 온기가 타는 듯 뜨거웠다. 속옷이 조여서 괴로웠다. 성기가 터질 듯 부풀었다. 그는 허겁지겁 벨트를 풀고 바지 지퍼를 내렸다. 그녀는 마음의 준비가 되어 있었다. 입에서 껌을 뱉고는 그 앞에 천천히 무릎 꿇었다.

연우는 귀현이 신경 쓰였다. 하지만 칸막이가 철저히 가렸다. 키보드나 마우스 소리는 어느 순간부터 멈추었다. 칸막이 안의 고요함이 스멀스멀 불안감을 피웠다. 본부장은 이를 악물었다. 굵은 땀방울이 연우의 얼굴로 떨어졌다. 골프채가 창을 치는 소리가 점점 고조되었다.

정치인이 짧게 신음을 뱉었다. 귀현은 입을 벌려 오롯이 받아들였다. 입 안 가득 문 채로 천천히 머리를 움직였다. 그는 성에 차지 않는지 그녀의 머리채를 잡아 사납게 흔들었다. 귀현의 머리가 자유의지와 상관없이 움직여댔다. 얼마나 세차게 흔드는지 구역질이 났다. 그렁그렁 눈물이 맺혔다. 창을 때리는 골프채 소리가 왠지 그를 더 격렬하게 자극했다. 귀현이 더 참아낼 수 없을 정도였다. 칸막이 안팎이 동시에 절정에 이르렀다.

쨍! 드디어 창이 깨졌다.

정치인이 탄성을 삼키며 경련했다. 귀현의 입 안으로 울컥 뜨거운 것이 쏟아졌다. 그녀의 머리칼을 움켜진 손이 사르륵 풀렸다. 그녀는 입속에 머금은 것들을 게워냈다. 걸쭉하고 희멀건 것들이 바닥으로 떨어졌다. 그는 가쁜 숨을 몰아쉬며 바지춤을 추켰다. 그녀의 부탁에 대해선 끝까지 답하지 않았다. 처음부터 그녀는 정복의 대상 이상도 이하도 아니었다. 그녀는 한껏 충혈된 눈으로 그를 올려봤다. 아무래도 상관없었다. 애당초 기대하지 않은 일이었다.

＊

본부장이 반사적으로 몸을 움츠리며 머리를 감쌌다. 유리파편들이 수직 낙하했다. 작은 조각들이 그의 손을 사정없이 베고 할퀴었다. 연우가 재빨리 그의 허리를 잡아챘다. 큰 조각 하나가 경추에 꽂히기 직전이었다. 두 사람은 메다 꽂히듯 바닥을 치며 굴렀다. 골프채가 바닥을 때리며 이리저리 파편을 튀겼다. 둘은 놀란 가슴을 쓸어내리며 몸을 일으켰다.

"기자님! 거 그만 좀 찍고 여기 좀 도와주세요!"

의외였다. 남에게 싫은 소리라곤 못하는 연우가 겨우 몸을 추스르더니 신경질을 냈다. 그러나 기자는 아랑곳 않고 휴대전화에만 집중했다. 방송 중이었다.

'그만 좀 찍고.'
'그만 좀 찍고.'
'그만 좀 찍고.'

갑자기 본부장의 표정이 서늘해졌다. 그는 본능적으로 기억의 영상을 되감아 재생시켰다. 그것은 그가 권총을 겨누는 장면에서부터 시작됐다. 익숙한 뒷모습. 박 사무장이었다. 첫발은 박 사무장의 귀를 스치며 빗나갔다. 두려움 때문이었다. 사람을 죽인다는 것에 대한 두려움이었다. 두 번째 발은 정확히 그의 두개골을 관통했다. 박 사무장은 머리를 처박으며 그대로 움직임을 잃었다. 처음이 어렵지 두 번째는 쉬웠다. 막상 방아쇠를 당겨보니 별것 아니었다. 그냥 손가락을 까딱하는 것뿐이었다. 아니, 더 정확히는 까딱도 하기 전에 방아쇠가 반응했다. 방아쇠를 당길수록 죄책감은 희석됐다. 그렇게 쉽게 국회의원 보좌관이 될수 있다고 생각했다. 그 장면이 찍혔다는 사실을 깨닫기 전까진.

본부장이 욕설을 퍼부으며 기자에게 달려들었다. 노동자의 상대방. 데모하지 않는 아빠. 국회의원 보좌관. 그의 꿈이 물거품이 되었다. 영혼을 팔아서라도 얻고자 했던 것들이었다. 주체할 수 없는 분노가 그의 육체를 지배했다.

"찍었어? 다 찍었어? 찍었냐고!"

본부장은 그가 부인하기를 간절히 바랐다. 헛된 희망이었다. 어차피그 답을 알았다. 여기서 멀쩡히 살아나가도 원하는 삶을 산다는 건 불가능에 가깝다고 세상 무너지는 심정으로 확신했다. 기자가 미처 피할 새도 없었다. 본부장이 기자를 벽으로 냅다 밀어붙였다. 얼마나 세게 밀쳤는지 내장들이 흔들렸다. 기자는 휴대전화를 뺏기지 않으려 안간힘을 썼다. 두 사람은 한 데 뒤엉켜 난투극을 벌였다. 책장 유리창이 깨지고 회의탁자가 부서졌다. 그렇게 이리저리 구르며 판사실을 마구 부수었다.

✻

정치인이 쓱쓱 티슈를 뽑아 건넸다. 그러나 귀현은 소매로 입을 훔쳤다. 갑작스레 판사실이 쿵쾅거렸다. 놀란 정치인이 벨트도 채우지 못한채 엽총을 잡아 들었다. 그새 귀현이 막 칸막이를 넘어섰다. 좀비들이들어온 것인지 알 리가 없을 터였다. 그러나 그녀는 미지에 대한 두려움을 새까맣게 잊은 듯 과감하게 걸음을 옮겼다. 칸막이 안에서의 일이 마

치 그녀의 정신을 나가게 한 것은 아닌지 의아했다. 하지만 그 의아함은
그리 오래가지 않았다.

*

본부장이 기자를 몰아붙였다. 기자가 뒤로 고꾸라지며 1022번을 덮
쳤다. 워낙 순식간이었다. 기자는 흐느적거리면서도 휴대전화를 놓지
않았다. 본부장이 그 손아귀를 강제로 풀어 휴대전화를 잡아들었다. 순
간 카메라가 반전됐다. 본부장의 얼굴이 화면을 가득 채웠다.

살인자? 본부장은 의아했다. 나는 기자를 죽이지 않았어. 사소한 착오
였다. 되살아난 기억. 그래. 내가 오늘 박 사무장을 죽였지. 그는 두려움

으로 도리질했다. 자신이 살인자라서가 아니었다. 살인자라는 것이 드러나서였다. 믿고 싶지 않은 사실을 두 눈으로 확인한 순간이었다. 휴대 전화 위로 뚝뚝 눈물이 떨어졌다. 후회가 아니었다. 현실 부정이었다.

흑!

1022번이 소스라치게 놀라며 기자 곁에서 벗어났다. 새파랗게 질린 채였다. 심상치 않은 긴장감이 연우와 본부장을 얼게 했다. 두 사람의 눈길과 1022번의 눈길이 모아졌다. 기자의 등이었다. 난도질당한 것처럼 너덜거렸다. 좀비들이 물어뜯은 자국들로 가득했다. 살점이 다 뜯겨 피가 흘렀다. 일행 중 가장 늦게 판사실 안으로 뛰어든 그였다. 그때 벌어진 일이었다.

"왜? 뭔데? 왜?"

기자가 등 뒤를 돌아보며 묻다가 다급하게 재킷을 벗어 펼쳤다. 여기 저기 찢기고 너덜거리는 것이 피에 젖어 있었다. 찢어진 부분으로 형광 등 빛이 성스럽게 통과했다. 그는 자신이 물린 사실조차 느끼지 못했다. 공포심 때문이었다. 설혹 느꼈더라도 금방 잊어버렸다. 극한의 감정이 초능력을 부여했거나 병적인 자기암시의 결과였다. 그는 망연자실하며 털썩 주저앉았다.

철컥!

수갑이 채워졌다. 멍하니 휴대전화를 든 본부장의 손목이었다. 연우는 자신의 발목에 채워졌던 수갑을 챙겼다. 어디 쓸 데가 있을지도 모르겠다는 막연한 생각이었는데 이렇게 본부장에게 채울 줄은 꿈에도 몰랐다. 이어 연우가 내던진 수갑 열쇠가 철제캐비닛 아래로 미끄러져 들어갔다. 모두가 벙벙한 얼굴로 눈만 깜빡였다.

*

정치인은 불현듯 바지 주머니를 더듬었다. 신분증이 없어졌을지도 모른다는 생각에 바짝 머리털이 섰다. 얇고 매끈한 카드가 느껴졌다. 안도했다. 어린 여판사 따위가 감히 내 물건에 손 댈 배짱 따윈 없을 거란 긍지를 느꼈다. 곧 모래성처럼 무너질 우월감이었다. 정작 꺼내 든 것은 시뻘건 글씨가 휘갈겨진 명함이었다.

'노동조합은 헌법이 보장하는 노동자의 권리입니다.'
'임금인상! 고용안정!'

천 주임은 연우의 머리를 감싸고자 자신의 조끼를 찢었다. 그때 명함들이 투두둑 쏟아졌었다. 천 주임은 개의치 않았지만 연우에겐 호기심이 생겼다. 붉은 조끼 사람들은 어떻게 생긴 명함을 쓸까. 어떤 사람들을 만나고 다닐까. 그들의 생활이나 삶은 어떨까. 피상적인 호기심은 조금씩 근원을 향해 나아갔다. 어제까지 일면식도 없던 누군가를 위해 자신의 옷을 찢어주는 사람은 과연 어떤 사람일까. 자신을 희생해서 남의 상처를 돌봐주는 그녀는 대체 누구일까. 이름조차 몰랐다. 연우는 슬며시 명함 하나를 집어 들었다.

단혁제철 영업부. 천고은.

천 주임은 연우의 머리를 동여매느라 여념이 없었다. 연우는 왠지 그녀를 염탐한 짓 같은 묘한 기분에 사로잡혔다. 그 기분을 들킬까 싶어 그것을 조심스레 주머니에 집어넣었다. 그때까지만 해도 함께 법원을 탈출할 수 있을 줄로만 알았다.

＊

연우와 귀현은 무력감을 느꼈다. 여우같은 정치인을 상대하는 건 엄두가 나지 않았다. 그가 총을 지녔다면 더욱. 두 사람은 여태 남들이 닦은 길을 그저 얌전히 걸어왔다. 그 길 위에 이렇다 할 장애물이 없었던 건 순전히 운이 좋아서였다. 스스로 길을 개척하기는커녕 개척하는 법조차 알지 못했다.

"어떻게든 해볼게."

귀현이 연우에게 속삭였다. 일단 뱉고 본 말이었다. 어떻게든 판사 신분증을 되찾아 오겠다는 말이었다.

"어떻게?"

연우의 물음에 귀현은 대답하지 않았다. 당장 뾰족한 수는 없었다. 그러나 신분증이라는 목숨값을 되찾기 위해선 가진 모든 것을 내어줄 수 있어야 한다는 것쯤은 잘 알았다. 그때 그녀에게 중요한 것은 그녀 자신이 아니었다. 판사 신분증이었다. 연우는 뭔가 꺼림칙했지만 달리 방도도 없었다. 귀현은 똑똑한 사람이었다. 함부로 아무 말이나 내뱉을 사람이 아니었다. 그렇게 믿어야 했다. 그렇다면 자연스레 연우의 역할이 정해졌다. 본부장을 제압하는 것. 그렇게 두 전현직 판사는 판사실 탈출 계획을 세웠다. 그들 평생 최대 작전이었다.

연우는 본부장을 물리력으로 제압할 자신이 없었다. 그래서 그의 평정심을 무너뜨리기로 했다. 확실한 약점을 찾아 이용해야 했다. 그런 다음 그를 제압할 만한 변수를 기대했다. 귀현이 칸막이 안으로 들어가고도 한참 지난 때였다. 그때까지 본부장의 약점을 의심하고 또 의심했다. 창문이 깨지고 더 지체할 수 없는 때 연우는 긴가민가한 예측에 희망을 걸었다. 부러 기자에게 신경질을 부렸다.

'그만 좀 찍고.'

본부장의 반응은 예상보다 즉각적이었다. 어찌 보면 당연했다. 평생 처음 해본 살인이었을 것이다. 본부장은 오랜 기간 동고동락했던 후배를 죽였고 그 모습이 만천하에 드러났다. 그는 이제 무엇도 숨길 수 없음을 알았다.

귀현은 칸막이 안으로 들어갈 구실이 있었다. 정치인에게 사건파일을 찾아준다는. 그녀는 정치인의 왼쪽 바지 주머니에 신분증이 있다는 것을 알았다. 그래서 그가 곧장 성관계를 시도할까 걱정했다. 그렇게 되면 바지 주머니에 접근할 기회가 없었다. 리스크가 컸지만 감수할 가치는 있었다. 시도조차 하지 않는다면 원하는 것을 얻을 가능성은 0퍼센트였다.

"난 입으로 해주는 게 좋아."

의외의 반응이었다. 정치인은 귀현의 머리를 잡아 눌렀다. 시도하지 않았다면 알 수 없었던 일이었다. 벨트를 풀자 비클의 무게가 순식간에 바지를 발목까지 끌어내렸다. 이제 왼쪽 주머니는 손 뻗으면 닿을 거리에 있었다. 그녀는 그의 성기를 입에 넣으며 그와 눈을 맞췄다. 그의 쾌감을 위한 게 아녔다. 불안감 때문이었다. 주머니를 건드렸다가 말았다가, 주머니에 손을 넣었다가 말았다가, 신분증을 만졌다가 말았다가. 그의 눈을 피해 그가 사정하기 전에. 일 초를 한 시간처럼 집중하며 초조함과 역겨움을 동시에 견뎠다. 극적으로 빠져나온 신분증이 스르륵 손바닥에 잡혔다. 그녀는 주먹을 쥐어 그것을 감췄다. 절정에 다다른 그가 그녀의 입속으로 배설물을 쏟아냈다. 그의 감각은 오직 성기에만 살아 있었다. 그녀의 손 따위에 대해선 인지력을 잃은 지 오래였다. 그녀는 그의 성기를 더욱 꽉 물었다. 가까스로 욕지기를 견디며 끝까지 그를 받아냈다. 동시에 그 주머니에 천 주임의 명함을 집어넣었다. 혹시 모르니 갖고 가라며 연우가 건넨 것이었다.

*

정치인은 명함을 뒤집어 보았다. '단혁제철 영업부. 천고은.' 그 글자들이 성난 손아귀 속으로 찌그러지며 사라졌다.

"동작 그만!"

귀현이 칸막이를 막 벗어난 때였다. 장전되는 엽총 소리가 그 발걸음을 잡아챘다. 그녀는 움찔거리며 자리에서 굳었다. 벨트가 축 흘러내렸다. 정치인이 그녀를 향해 엽총을 겨눴다. 연우가 본부장에게 수갑을 막 채운 때였다. 묘한 그림이었다. 본부장은 어리둥절했고 기자는 절망했다. 그 복잡 미묘한 감정들이 1022번을 전염시켰다.

살아 움직이는 눈빛은 오직 연우의 것뿐이었다. 연우는 떨고 있는 귀현의 시선을 잡아 붙들었다. 절박한 질문이었다. 하지만 그녀는 바싹 마른 입술도 적시지 못했다. 꼼짝 않고 떨기만 했다. 조금만 움직여도 총알이 날아와 박힐 것만 같았다.

"어우! 생각보다 과감들 하시네. 다 샌님인 줄 알았는데, 이런 잔머리도 쓸 줄 알아?"

정치인이 감탄하듯 비꼬았다. 다 들통 났으니 포기하라는 으름장이었다. 동시에 신분증을 빼앗겼다는 수치심이자 초조함이었다.

본부장이 두 손에 쥔 휴대전화를 아래로 던졌다. 기자가 기겁하며 몸을 날렸다. 하지만 휴대전화는 그를 놀리듯 몇 번을 손에서 튕기더니 시멘트 바닥과 정면으로 부딪쳤다. 쩍 액정 깨지는 소리를 내며 그대로 바닥에 미끄러졌다. 부서진 액정과 바닥의 모래 알갱이가 격렬하게 마찰했다. 그 소리가 기자를 고통스럽게 했다. 분신과도 같은 휴대전화였다. 좀비에게 물려도 고통을 느끼지 못하던 그였다.

본부장이 수갑에서 손목을 빼내려 안간힘을 썼다. 부러져 너덜거리는 손가락을 완전히 꺾어 젖혔다. 자신도 모르게 지른 비명이 앓는 신음으로 이어졌다. 그 소리가 수갑을 빼는 내내 판사실을 채웠다. 귀현의 눈동자가 굴러 본부장의 손목에 가닿았다. 연우의 수갑. 그제야 그녀는 맹수처럼 시선을 낚아채는 연우에게 겁먹은 아이처럼 고개를 끄덕이는 듯 했다. 분명히 고개를 끄덕였다. 신분증을 가졌다는 의미였다. 됐어!

"뛰어!"

일촉즉발이었다. 본부장이 수갑을 빼기 직전 돌연 맥없이 엎어졌다. 몸이 먼저 반응했다. 연우가 가위 손잡이로 그를 내리쳤다. 두 사람은 서로를 향해 내달렸다. 귀현은 질끈 눈을 감았다.

정치인은 다시 한번 어리둥절했다. 분명 총을 겨누는데. 수치심을 더한 굴욕감이 순간 분노로 바뀌었다. 손가락이 자율신경처럼 움직였다. 연우와 귀현이 서로 손을 맞잡은 때였다. 방아쇠가 당겨졌다.

평!

정치인의 눈앞에 섬광이 일었다. 다들 몸을 움츠렸지만 누구도 총을 맞지 않았다. 대신 정치인이 괴성을 지르며 뒤로 나자빠졌다. 내던져진 엽총이 묵직하게 바닥을 때리며 연우의 발 앞으로 미끄러졌다. 무언가 희끄무레한 것이 단단히 총구를 막고 있었다. 한껏 씹다가 뭉쳐놓은 껌이었다. 귀현은 정치인의 물건을 입안에 담기 전에 껌을 뱉었다. 그러고 그것을 책상에 기대어 놓은 엽총의 총구 안으로 쑤셔 넣었다. 바닥에 흩어진 간식 바구니와 사탕들 사이로 수십 장의 펼쳐진 껌 종이가 널브러져 있었다. 정치인은 얼굴을 부여잡고 바닥을 뒹굴었다. 방아쇠를 당기자 공이치기가 공이를 때렸고 공이는 뇌관을 폭발시켰다. 그러나 폭발로 발생한 고압가스는 총알을 밀어내기는커녕 역류했다. 껌 때문이었다. 그렇게 공이치기가 뒤로 젖히며 안구를 정통으로 때렸다. 안구가 터져버릴 정도의 충격이었다. 오른쪽 눈에서 쏟아지는 피가 흠뻑 뺨을 적셨다. 흡사 짐승 같은 절규가 사람들을 소름 끼치게 했다.

연우가 엽총을 들어 복도 창문으로 내던졌다. 그것은 창문을 깨고 나가 좀비들의 머리 위로 떨어졌다. 좀비들이 이리저리 만지다 방아쇠가 당겨진 것인지는 알 수 없었다. 한 번 더 총성이 울렸다. 단순한 총성이 아니었다. 극도로 응축된 압력의 폭발음이 복도를 뒤흔들었다. 좀비들의 사지가 분해되어 사방으로 튀었다. 비산한 체액과 내장들이 좀비들을 뒤덮었다. 내장의 맛을 본 좀비들이 엽총 근처로 달려들었다.

*

연우는 반신반의했다. 문에 귀를 갖다 대보고 손잡이를 움직여도 보았다. 그러고는 천천히 판사실 문을 열었다. 엽총의 폭발이 좀비들의 관심을 끌리라곤 예상했지만 확신하긴 어려웠다. 그러나 굶주림에는 계산이 없었다. 좀비들이 계단 문 쪽으로 겹겹이 산을 쌓았다. 엽총이 폭발한 곳이었다. 두 사람은 숨을 죽인 채 어둠 속으로 뛰어들었다. 엘리베이터 쪽 복도에는 불빛이 없었다. 그들 앞으로 좀비들이 얼마나 있을지 알 수 없어 두려웠다. 그저 계단 문을 등지고 내달릴 뿐이었다.

단 한 번도 위험을 무릅쓰고 주도적인 삶을 살아본 적 없던 그들이었다. 개척은커녕 그 방법도 몰랐다. 항상 순응하는 데 익숙했었다. 저항한다는 것. 스스로의 삶을 스스로 결정한다는 것. 그게 어떤 건지 이제 아주 조금은 알 것만도 같았다. 누군가 정해준 길 밖으로 벗어날 수 있는 삶. 좀 더 주체적인 삶. 어쩌면 그들에겐 대단한 결심이자 도전이었다. 그들의 등 뒤로 고통스러워하는 비명과 문을 닫으라는 다급한 고함이 들렸다.

Prestissimo

주도

✳

본부장이 고함쳐대는 통에 어쩔 줄 모르던 1022번이 급하게 문손잡이를 잡아당겼다. 문 닫는 소리가 얼마나 컸던지 연우와 귀현의 심장이 내려앉는 듯했다. 좀비들이 일제히 고개 돌려 둘의 뒷모습을 확인하는 순간이었다. 놈들은 바로 파도처럼 밀려 나갔다.

하지만 진짜 문제는 그게 아니었다. 두 사람의 길 끝엔 텅 빈 엘리베이터 통로뿐이었다. 모든 판사실의 문이 잠겼다. 막다른 길에서 그들이 발을 디딜 만한 곳은 1층으로 추락한 엘리베이터의 부서진 지붕 위였다. 넘실대는 좀비들의 물결이 두 사람을 쫓았다. 어쩌면 뻔한 결말이었다. 하지만 두 다리를 멈출 수 없었다. 쉽게 포기할 순 없었다. 두 사람은 내심 죽음을 각오했다.

✳

"점프! 점프!"

연우가 괴성을 질렀다. 죽음의 문턱 바로 앞이었다. 그때야 비로소 살아나갈 방법이 보였다. 굵고 단단한 쇠 케이블들. 엘리베이터 통로 천장에 주렁주렁 매달린. 엘리베이터가 떨어질 때 끊어지며 남은 것들이었다. 귀현이도 직감적으로 사태를 파악했다. 두 사람은 사력을 다해 난간에 발을 굴렀다. 빈 통로로 휙 날아올랐다. 한껏 내뻗은 좀비들의 손

끝이 둘의 등을 스쳤다. 두 사람은 미끄러질 듯 덥석 케이블을 잡았다. 손아귀에 단단히 그러쥐었다. 그들 뒤로 폭포수 떨어지듯 좀비들이 추락했다.

"어떡해! 어떡해!"

귀현이 다급하게 외쳤다. 케이블이 반동하며 다시 복도 쪽으로 향했다. 둘을 좀비들에게 갖다 바치는 꼴이었다.

"발로 차! 발로 차!"

둘은 이를 악물고 발을 내뻗었다. 그것들의 머리가 부서지며 날아갔다. 놈들은 통로 아래로 떠밀리면서도 공중으로 팔을 허우적거렸다. 케이블이 그네처럼 반원을 그렸다.

"다시 차! 다시!"

마구 발차기를 해대는데 귀현이 비명을 질렀다. 좀비 하나가 발목을 잡아 매달렸다. 귀현이 남은 발로 그것의 얼굴을 들입다 밟아 떨어뜨렸다. 케이블의 속도가 급격히 줄였다. 순간 연우가 귀현을 안으며 통로 벽면의 구조물을 붙들었다. 다시 복도 쪽으로 반동하려는 몸을 죽을힘으로 버텼다.

"꽉 잡아!"

귀현이도 잔뜩 손에 힘을 주고 이를 악물었다. 두 사람이 겨우 발을 디딜만했다. 그들 뒤로 좀비들이 쏟아져 내렸다. 놈들이 아무리 점프해도 두 사람이 있는 벽면까진 닿지 못했다. 둘은 그렇게 구조물 하나에 의지한 채 건물 18층 높이에 매달렸다.

*

"나 좀 잡아줘."

연우가 한 손으로 케이블들을 한데 모았다. 귀현은 영문도 모른 채 그의 허리를 잡아 안았다. 그녀의 가느다란 팔 하나가 겨우 구조물을 잡고 버텼다. 덜덜 떨렸다.

"조금만, 조금만 참아."

연우가 케이블들을 구조물에 동여매고는 몇 번을 힘차게 당겨 보았다. 단단히 묶였다. 20층 통로 천장에서 시작된 케이블들이 18층 벽면의 구조물까지 완만한 커브를 그렸다. 머리 위로 그림자가 어른거렸다. 설상가상이었다. 20층 복도에서 좀비들이 뛰어내렸다. 거대한 우박처럼 쏟아졌다. 케이블에 부딪힐 때마다 매듭이 크게 흔들렸다.

"가자."

망설이던 귀현이 작심한 듯 케이블 위로 몸을 얹었다. 두려웠지만 유일한 길이었다. 두 손과 두 발목으로 몸을 고정하고 한 뼘씩 한 뼘씩 기었다. 마치 자벌레처럼. 연우가 뒤따랐다. 추락하는 좀비들이 쌩쌩 두 사람을 지나쳤다. 몸을 스치기도 얼굴을 할퀴기도 했다. 생채기투성이의 얼굴에서 피가 배어났다. 놈들이 부딪쳐서 케이블이 심하게 요동칠 때면 둘은 죽기 살기로 매달렸다. 매듭이 불안하게 흔들렸다.

이번에는 아예 끊어지는 줄로만 알았다. 케이블이 다시 크게 출렁였다. 귀현은 자칫 정신을 잃을 뻔했다. 그럼에도 필사적으로 매달렸다. 어쩐지 머리가 묵직했다. 겨우 눈을 뜨니 스타킹 신은 다리가 귀현의 머리를 짓누르고 있었다. 여자 좀비가 그녀 앞에서 같은 자세로 매달렸다. 180도 목을 돌려 그렁거리더니 미친 듯이 케이블을 타고 내려왔다. 귀현의 목을 막 조였고 몸통을 조이기 직전이었다.

"흔들어! 흔들어!"

연우가 케이블을 흔들며 소리쳤다. 아무 소용없었다. 좀비의 두 다리는 곧바로 귀현의 몸통을 조였다. 곧 몸을 포개어 목덜미를 물어뜯을 것이었다. 연우는 절규했다. 그런데 좀비가 발작적으로 다리를 풀었다. 고통을 느끼는지 괴성을 질렀다. 좀비의 스커트 안이었다. 귀현이 무언가를 힘껏 잡아당겼다. 십자가. 용도를 알 수 없던 그 십자가. 그걸 온 힘으로 찔러 넣은 것이었다. 검붉은 체액이 십자가에 미끄러지며 흘렀다. 예수가 검붉은 눈물을 흘렸다. 좀비는 두 팔로 매달린 채 흔들거렸다. 쉽게 멈출 리 없었다. 케이블을 번갈아 잡으며 귀현에게 돌진했다. 눈을 희번덕이고 이를 부딪쳐대다 그대로 굳었다. 입속 깊숙이 십자가가 박혔다. 그 목에 걸린 십자가 목걸이만이 찰랑거렸다. 좀비는 마네킹처럼 미동도 없이 끝없는 어둠 아래로 가라앉았다. 그 얼굴 위로 십자가에 못 박힌 피투성이 예수가 오뚝하게 솟아 있었다.

둘은 악착같이 케이블을 탔다. 19층의 복도는 어둡고 고요했다. 20층의 좀비들과 가까워졌다. 놈들이 뛰어내리며 두 사람을 할퀴고 잡아당겼다. 케이블에 매달리다 추락하기도, 둘의 몸 위로 떨어지기도 했다. 연우는 뒤를 돌아보며 매듭을 확인했다. 풀리기 직전이었다.

"꼭 잡아!"

휙!

마침내 여러 개의 매듭이 일제히 풀렸다. 두 사람은 질끈 눈을 감았다. 비명도 지르지 못했다. 죽을힘을 다해 매달렸다. 케이블은 다시 반원을 그렸다. 연우가 조바심치며 외쳤다.

"뛰어! 뛰어!"

복도 쪽 반원의 정점이었다. 케이블이 귀현을 던져 올렸다. 귀현의 몸이 공중으로 솟아오르다가 빠르게 아래로 떨어졌다. 그녀는 마치 멀리뛰기 하듯 도약했다. 처절하리만큼 유려한 포물선이었다. 그러나 그 궤적은 복도까지 가 닿지 못했다. 아찔했다. 귀현은 겨우 난간에 걸친 채 매달렸다. 발아래는 끝없이 아득했다. 그네의 반경이 급격히 줄었다. 연우는 혼신으로 반동을 키웠다.

불안감이 엄습했다. 귀현은 눈을 치켜떴다. 복도의 어둠 속에서 좀비가 그르렁댔다. 순간적으로 숨을 멈추고 푹 고개 숙였다. 난간을 쥔 손에 점점 힘이 빠졌다. 운이 좋았다. 놈의 소리가 희미해지고 있었다. 그제야 끙끙대며 팔을 끌어당겼다. 팔이 부들부들 떨렸다. 순간 손이 미끄러질 뻔했다. 좀비 하나가 기다렸다는 듯 그녀 얼굴 앞에 쫙 입을 벌렸다. 그녀는 비명을 지르며 몸을 움츠렸다. 하지만 오히려 난간을 더 꽉 쥐었다. 발아래 펼쳐진 끝 모를 심연이 더욱 두려운 탓이었다. 끈끈하고 차가운 것이 느닷없이 그녀의 얼굴을 뒤덮었다. 번쩍거리는 것이 빠르게 회전하며 날아들었다. 전지가위가 놈의 벌어진 입을 정통으로 관통하며 꽂혔다. 좀비는 그대로 고꾸라지며 심연으로 빨려 내려갔다. 힘껏 날아오른 연우가 복도 위를 굴렀다. 복도의 어둠이 다시 쉭쉭대고 그르렁거렸다. 이번엔 한 놈이 아니었다. 연우는 재빨리 귀현을 끌어 올렸다. 일단 몸을 숨겨야 했다. 이제 남은 무기는 없었다. 십자가조차도.

돈

✳

의외였다. 문손잡이가 아무 저항 없이 돌아갔다. 가장 가까운 판사실이었다. 두 사람은 조용조용 한 걸음씩 뗐다. 암흑이었다. 연우가 손을 뻗어 벽을 더듬었다. 스위치를 딸깍거렸지만 아무 소용없었다. 숨소리조차 조심스러웠다. 복도를 질주하는 좀비들 소리가 가까워졌다. 두 사람은 가만히 문에 기대섰다. 모든 신경을 청각에 집중하고 암순응이 되길 기다렸다. 그러다 흠칫 놀라며 바싹 몸을 낮췄다. 둘의 몸이 들썩거렸다. 좀비들이 문을 두드려댔다. 두 사람은 손으로 바닥을 더듬었다. 손이 눈이 되었다. 그러다 귀현이 비명을 삼키며 뒤로 자빠졌다. 차갑고 축축한 게 보였다. 막 암순응 된 순간이었다. 누군가 눈을 희번덕대며 노려봤다. 연우가 반사적으로 그것의 머리를 치려다 말았다. 미동도 없이 굳은 것이었다. 귀현이 다시 얼굴을 들이밀었다.

"부… 부장님?"

귀현의 부장판사. 연우도 아는 얼굴이었다. 사법시험을 수석으로 합격하고 연수원까지 수석으로 수료한, 법원 내에서도 명철하기로 평판이 자자한 분이었다. 청렴결백하고 대쪽 같은 성격에 원리원칙주의자로 통했다. 같은 기수 대법관 후보 1순위. 그렇게 총기 있던 눈빛이 저리도 흐려질 수 있다니. 그러나 둘은 연민에 빠질 겨를이 없었다. 바짝 긴장했다. 판사 책상 쪽이었다. 부스럭대는 소리가 났다.

　두 사람은 천천히 눈동자만 굴렸다. 누군가 책상 앞에 앉아 있었다. 분명 책상의 주인은 아닐 터였다. 어렴풋한 얼굴에 연우는 현실감을 잃을 정도였다. 그가 대체 여기에 왜. 판사실과는 너무 이질적인 사람이었다. 시퍼렇게 질린 얼굴. 작아진 동공. 딱딱 부딪치는 이. 그럼에도 똑똑히 알아볼 수 있었다. 서영과 소희의 아버지. 연우의 장인. 필호였다.

　에너지 드링크 상자들이 책상 한쪽을 메우고 있었다. 필호는 신경질적으로 상자를 쏟으며 드링크 병을 내던졌다. 병들이 와르르 깨지며 벽과 바닥을 적셨다. 그러고는 당장이라도 달려들 듯 두 사람을 매섭게 노려봤다. 둘은 다급히 바닥을 더듬었다. 지우개, 메모지, 클립 같은 자잘한 것들만 손을 지나쳤다. 절망적이었다. 그러나 어쩐 일인지 필호는 다시 드링크 상자에 집중했다. 무방비의 먹이에게 내닫는 대신 상자 안으로 손을 집어넣었다. 어느새 안정을 찾은 그였다. 연우는 그 이유를 알 것도 같았다. 필호가 꺼내 든 것은 생소한 무엇이 아니었다. 달러 다발. 연우네 안방 금고에도 가득 든 그것이었다.

　필호가 두려한 것은 세금이었다. 대체 나라가 내 사업 하는 데 뭘 그리 도와줬냐며, 또 왜 이리 많이 떼어 가냐며 고지서가 날아올 때면 쌍욕을 해댔다. 어떻게 하면 세금을 줄일 수 있을까. 어떻게 하면 합법적으로 세금을 내지 않을 수 있을까. 절세는 그의 최대 숙제였다. 필호는 소희와 미자를 임원으로 올려놓고 꼬박꼬박 월급을 줬다. 당연히 둘은 출근하지 않았다. 법인카드도 쥐어줬다. 생활비는 물론 유흥비, 여행비,

사치비까지 모두 회계처리 했다. 자동차도 마찬가지였다. 모두 법인 명의의 고급 외제차를 몰았다. 그렇게 순수익을 줄여 세금을 덜 내는 '세테크'를 했다. 세 명의 여자는 아빠가 사장이라면 남편이 사장이라면 그것이 당연한 특권이라 여겼다. 필호도 나름대론 이렇게 작은 사업체에 누가 문제나 삼겠나 싶었다.

적(敵)은 내부에 있었다. 소희나 미자의 월급이 오를 때마다 그들이 차를 바꿀 때마다 직원들 불만은 높아졌다. 직원 복지는 엉망인데 로열패밀리만 신이 났단다. 필호의 세테크는 이미 공공연한 비밀이었다. 그러나 직원들의 원성은 필호나 서영의 귀에까진 들어가지 못했다. 김 실장이 중간에서 그들을 어르고 달랬다. 김 실장은 로열패밀리의 비위를 거스르는 법이 없었다. 그러나 그게 도리어 독이 됐다. 더 참지 못한 직원들이 국세청으로 익명의 제보를 했다. 직원들이 수시로 바뀌어서 제보자를 특정할 수도 없었다. 결국 거액의 추징금이 부과됐다. 세금이라면 치를 떠는 필호가 세금폭탄을 맞았다.

"이래 봬도 사위가 판사인데. 나도 판사 사위 덕 좀 보자!"

필호는 연우를 닦달했다. 하지만 일개 평판사가 할 수 있는 일이란 없었다. 담당 판사에게 잘 봐달라며 고개 숙이는 청탁 따윈 죽기보다 싫었다. 대신 연우는 조세 전문 변호사를 소개했다. 그게 최선이었다. 아쉬운 소리 못 하는 연우가 연수원 동기들을 수소문했다. 필호도 몇 다리 건너 아는 사람을 통했다. 어느 정도 사업이 번창하자 바로 서울 모 대학 최고경영자과정에 들어간 그였다. 고졸 콤플렉스 때문이었다. 사업체 회장, 고위 공무원, 장성급 장교 등을 대상으로 경영 관련 수업이나

체험을 하게 한다는 코스였다. 한 학기 등록비만 천만 원에 달했다. 필호 회사의 연 매출은 정확히 지원 자격의 마지노선에 걸쳤다. 명목은 경영학 수업이었고 실질은 친목도모의 장이었다. 퇴직한 판검사들이 변호사 개업을 하면서 영업용으로 인맥을 넓히러 오는 경우도 많았다. 필호의 동기 중에도 막 개업한 지방 법원장 출신의 변호사가 있었다. 법원장 정도의 경력이라면 부장 정도와는 한 번 정도는 같이 근무한 인연이 있을 터였다. 꼭 그렇지 않더라도 법원은 한 다리 건너면 통하지 않는 길이 없었다. 그리고 보면 필호가 여기 있는 게 전혀 이상한 그림이 아니었다. 필호는 드링크 상자에 달러 다발을 쌓고 위장용으로 몇 개의 드링크 병을 얹었다. 귀현은 조세 전담재판부였다. 바닥에 쓰러진 부장판사가 필호 사건의 재판장이었다. 사전 약속 없이는 출입 불가능한 부장판사실이었다.

*

필호는 달러 다발들을 가방으로 옮겨 담는 데 여념이 없었다. 평소 부장이 메던 백팩이었다. 찬찬히 주위를 살피던 연우가 법전 하나를 찾아 집었다. 두툼해서 그나마 가장 쓸 만했다.

귀현은 부장을 애도했다. 판사로서 롤 모델이었다. 두 눈을 쓸어 감겨주었다. 그러고는 잠시 망설였다. 그의 벨트에 손을 댔다. 아무리 눈길 돌려도 무기가 될 만한 게 없었다. 죄스럽지만 어쩔 도리가 없었다. 당장 필호가 덮쳐올지도 몰랐다. 귀현은 더듬더듬 벨트를 풀었다. 살려면 뭐라도 손에 쥐어야 했다. 손이 떨려서 속도가 더뎠다.

홀쭉했던 백팩이 빵빵해졌다. 빈 박스들이 책상 위로 널브러졌다. 그제야 식욕이 발동했는지 필호가 쉭쉭거리며 두 사람을 쏘아봤다. 연우와 귀현이 간신히 무릎을 세웠다.

"아버님… 저 연우예요, 연우요."

혹여 알아볼까 지푸라기라도 잡는 심정이었다. 헛된 희망이었다. 필호는 더욱 흥분하며 그르렁거렸다. 맹수처럼 책상 위로 올라 한껏 웅크렸다. 도약 직전이었다. 둘은 이를 악물었다. 법전을 쳐들고 벨트를 감아쥔 직후였다. 두 사람은 반사적으로 등을 돌렸다. 누군가 와당탕 둘의 뒤를 덮치기 직전이었다. 창백한 얼굴에 푸른 혈관, 줄어든 동공, 쩍 벌어진 입, 끈적한 타액. 부장판사였다.

속수무책이었다. 앞과 뒤에서 동시에 꼼짝없이. 두 사람은 주저앉으며 허공에다 헛손질을 했다. 법전과 벨트가 우스울 정도로 빗나갔다. 둘은 잔뜩 몸을 움츠렸다. 연우가 귀현을 감싸 안았다. 둘은 그대로 얼어붙었다.

❉

판사실이 흔들릴 정도였다. 그러나 두 사람에겐 아무 일도 일어나지 않았다. 한데 엉킨 것은 필호와 부장이었다. 서로 죽일 듯 엎치락뒤치락하며 책상을 넘어뜨리고 부서뜨렸다. 와장창 창문이 깨졌다. 서로를 때리고 물어뜯었다. 목적은 분명했다. 백팩이었다. 빼앗고 빼앗기기가 반복됐다.

지진이라도 난 듯 판사실이 진동했다. 헬리콥터가 착륙하고 있었다.

창문들이 폭발하듯 열어젖혀졌고 물건들이 소용돌이치며 휩쓸렸다. 어느새 열린 백팩 안도 마찬가지였다. 진공청소기에 빨리듯 수백 장의 달러들이 회오리바람처럼 창밖으로 날아올랐다. 필호와 부장이 언제 그랬냐는 듯 사이좋게 백팩을 오므렸지만 이미 늦었다. 달러들이 하늘 위에서 넘실넘실 춤췄다. 갑자기 부장의 몸이 날아올랐다. 발을 헛디딘 게아니었다. 창밖이었다. 공중으로 이리저리 손을 휘저으며 몇 장의 달러를 잡아 쥐더니 그대로 추락했다. 두 눈으로 보고도 믿기지 않았다. 멍했다.

얼마 전 부장의 하소연이 귀현의 뇌리를 스쳤다. 아들이 하나 있는데 공부는커녕 하도 속을 썩여서 유학이라도 보내야 사람 구실을 할 것 같다고 했었다. 벌써 몇 차례 학교폭력으로 법정에 들락거린 사실이 법원 내에서도 파다했다. 자식이 뭔지. 저런 사람에게도 자식 일은 마음대로 되지 않았다. 결국 돈 때문이었다. 유학을 보내려면 판사 월급으론 어림없었다. 대쪽 같은 원칙주의자. 역시 사람 속은 알기 어려웠다. 평생을 지켜온 숭고한 가치가 돈 몇 푼에 굴복하는 것은 어떤 기분일까. 그것도 자신이 아닌 자식을 위해. 귀현은 부장에게 측은지심을 느꼈다.

"아버님!"

이번엔 자신을 알아보고 살려달라는 외침이 아니었다. 어느 틈에 필호가 창가에 서있었다. 달러들이 아름답게 하늘을 수놓으며 날아다녔다. 황홀한 광경에 홀린 듯 손을 뻗어 휘저었다. 그는 고개를 돌려 연우를 응시했다. 이번엔 자신을 알아보는 것도 같았다. 하지만 다시 냉정하게 외면했다. 연우는 눈을 감았다. 체념했다.

한껏 굽혀진 필호의 무릎이 힘차게 펴졌다. 몸이 새처럼 날아올랐다. 하늘을 유영하듯 달러들이 손을 지나쳤다. 그러나 그것은 아주 잠깐이었다. 달러와 필호 사이의 거리가 가속도가 붙으며 멀어졌다. 당황한 필호가 허우적댔지만 방법이 없었다. 속도가 정점에 이른 때 뒤틀린 사지가 아스팔트 위에 껌처럼 달라붙었다. 더 이상 사람의 몸이 아니었다. 그는 눈을 감지 못했다. 시선은 여전히 하늘 위의 달러들을 향했다. 조만간 그의 몸 위로 내려앉을 것들이었다. 천국이든 지옥이든 어차피 가지고 가진 못할 것들이었다. 결국 필호의 욕망이 필호를 죽였다. 헬리콥터가 이륙을 시작했다. 소음과 진동이 가라앉고 있었다.

통조림

　본부장이 창틀을 와락 껴안으며 버텼다. 1022번은 본부장의 다리를 더 강하게 붙들었다. 위층 창틀에 골프채를 걸던 참이었다. 헬리콥터 바람이 그 몸을 날릴 것만 같았다. 엽총을 잃은 정치인은 무기가 필요했다. 마침 좋은 기회였다. 본부장에게 다가가 그의 바지 주머니를 뒤졌다. 창틀 위에서 아슬하게 버티던 그였다. 거기서 권총과 총알 파우치를 끄집어냈다. 순순히 건네받을 수도 있었다. 하지만 그는 누구도 신뢰하지 않았다. 심지어 상대는 후배를 배신하고 죽인 자였다. 모험은 필요 없었다. 야합과 권모술수가 판치는 정치판에서 잡초처럼 살아남은 그였다. 셀카봉이 이리저리 바닥을 굴렀다. 헬리콥터가 사라진 하늘 저편엔 무슨 영문인지 푸른색 지폐들이 넘실댔다. 반짝반짝 조명을 받아 아름다웠다.

　기자가 쇳소리를 내며 헐떡였다. 아직 사람의 모습이었다. 등 뒤로 수갑이 채워져 철제캐비닛 다리에 묶였다. 그는 힘겹게 다리를 내뻗으며 안간힘을 썼다. 구석에 덩그러니 놓인 휴대전화가 발끝에 닿을 듯 닿지 않았다. 그때마다 캐비닛이 미세하게 덜컹댔다. 골프채가 다시 위층 창틀에 부딪쳐댔다. 정치인은 이리저리 권총을 겨누며 가늠쇠를 시험했다. 순간 싸한 정적이 판사실을 얼게 했다. 어느덧 기자의 숨소리가 들리지 않았다. 죽은 듯 고개를 늘어뜨리고 있었다. 기어코 휴대전화를 손에 쥔 채였다. 카메라가 그 얼굴을 정면으로 비추었다.

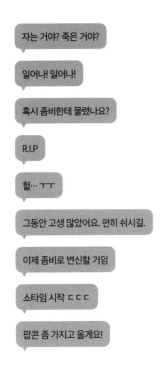

마치 거대한 산처럼 미동도 없었다. 정적 속에서 긴장감이 솟구쳤다. 다들 예상했지만 몸이 움찔대는 건 어쩔 수 없었다. 기자가 발작하듯 몸 부림쳤다. 캐비닛이 들썩거렸다. 고통스러워했다. 얼굴이 일그러지고 몸이 비틀렸다. 동공이 사라질 듯 줄고 피부는 창백해졌다. 푸르스름한 혈관들이 도드라졌다. 분명 시체인데 살아 움직였다. 모든 과정이 날 것 그대로 송출됐다. 지상 최대 호러 쇼였다. 사람들이 환호했다. 구독자 수와 시청자 수가 폭증했다. 후원금이 밀려들었다. 지금껏 이토록 도파

민을 자극하는 것은 없었다. 새로운 중독의 영역이었다. 저주를 퍼부으며 퇴장하는 이들도 있었다. 진정한 괴물은 오히려 이런 걸 즐기는 당신들이라는 것이었다. 캐비닛이 기우뚱하더니 이내 기자를 덮쳤다.

＊

대형 캐비닛이 바닥을 때리는 소리가 귀를 멍하게 했다. 책들이 쏟아져 내렸다. 그 순간만큼은 누구도 무엇도 움직이지 않았다. 적막이 흘렀다. 다들 기자 좀비의 죽음을 생각했다. 하지만 바람일 뿐이었다. 그들도 잘 알았다. 세상은 원하는 대로 돌아가지 않는다. 캐비닛이 들썩이더니 기자가 우뚝 빠져나왔다. 쉭쉭거리고 그르렁댔다. 등 뒤로 수갑이 채워졌지만 두 다리는 자유로웠다. 다들 긴장하며 무기를 그러쥐었다. 그러나 기자는 달려들지 않았다. 대신 손깍지 낀 두 손을 머리 위로 통과시켰다. 휴대전화가 들려 있었다. 어깨뼈가 교대로 빠졌다가 끼워졌다. 등 뒤에 있던 두 손이 서커스 하듯 배 위로 모였다. 그는 휴대전화를 능숙하게 목걸이 거치대에 끼우고는 그저 화면에 집중했다. 그것이 그의 욕구였다. 가만히 보던 정치인이 막 깨우친 듯 입을 풀었다.

"아! 저 새끼 풀떼기만 먹잖아. 비건. v. e. g. a. n. 채식주의자. 우리 같은 고기한텐 관심 없겠지!"

정치인이 카메라를 향해 실소를 터뜨렸다. 그러자 묘해진 표정의 기자가 고개를 들었다. 호기심 가득한 눈으로 그를 관찰했다. 정치인의 얼굴에서 웃음기가 사라질 때쯤이었다. 그르렁거리며 캐비닛을 뛰어넘었다. 눈 깜짝할 새였다. 맹수처럼 달려들었다. 당황한 정치인이 다시 권총을 들 겨를도 없었다. 피식자는 이미 포식자의 사냥반경에 있었다. 아무리 재빠른 가지뿔영양이라도 가속도가 붙은 사자를 피할 방도란 없었다. 물리의 법칙이있다.

*

기자의 몸이 공중에서 출렁이더니 캐비닛 위로 추락했다. 캐비닛이 천둥 같은 쇳소리를 내며 거대하게 찌그러졌다. 사자가 영양을 향해 막 도약한 때였다. 본부장이 던진 골프채가 단번에 기자의 벨트에 걸렸다. 행운이 따랐다. 위층 창틀엔 몇십 번을 던져도 걸리지 않던 것이었다. 본부장은 커튼을 잡아당겼다. 오히려 자신이 기자 쪽으로 달려갈 뻔했다. 두 배 이상의 체중 차이였다. 두 발이 먼지를 내며 미끄러지다 넘어진 캐비닛을 디디며 가까스로 버텼다. 정치인이 겨우 몸을 추슬렀다. 기자가 몸을 일으키며 다시 돌진했지만 힘을 못 쓰고 벌렁 넘어졌다. 본부장이 온 힘으로 커튼을 잡아당겼고 어느새 1022번도 합세했다. 포식자는 결국 목표물을 수정했다. 커튼으로 연결된 두 사람이었다. 본부장과 1022번은 빠르게 캐비닛 주위를 달렸다. 왼쪽에서 오른쪽으로 다시 오른쪽에서 왼쪽으로. 그렇게 쉴 새 없이 움직이며 반복해서 커튼을 당겼다가 놓았다.

"하나 둘!"
"하나 둘!"

본부장의 구령에 맞춰 한 데 힘을 모아 폭발시켰다. 효과가 있었다. 기자는 카우보이 로프에 묶인 성난 말처럼 이리저리 휘청대며 넘어지기만 했다. 정치인이 권총을 들어 기자를 겨눴다. 겨우 조준해서 방아쇠를 당기기 직전이었다.

"지금이에요!"

생소한 목소리가 총알처럼 그의 집중력을 갈랐다. 발아래로 셀카봉이 부딪쳤다. 의아했지만 잠시였다. 그는 셀카봉의 의도를 알아차렸다. 법정 경위도 써먹을 대로 써먹었다. 정치인 역시 저 거구의 몸을 어디써먹을 데가 없나 막연히 생각하던 차였다. 더군다나 공격력이 없는 좀비라면 더 유용했다. 방패로 쓰기에 안성맞춤이었다. 다만 찜찜한 게 있었다. 셀카봉을 던지며 재촉한 이는 다름 아닌 1022번이었다. 여태 말한마디 없던 그였다. 기자는 사람들에게 1022번에 대한 이야기를 퍼뜨려왔다. 범죄 사실은 물론이고 가정사, 성장환경 따위의 시중에 떠도는 가십성 뉴스까지 심심풀이 땅콩처럼 모두 늘어놓았다. 확인된 것도 있었고 그렇지 않은 것도 있었다. 막 1심이 시작된, 1022번이 혐의를 부인하는 사건이었다. 기자는 그에게 사형을 선고했고 모두가 그게 마땅하다고 여겼다. 낙인이었다. 어쩌면 1022번은 이미 알고 있었다. 기자가 앞서 좀비에게 물렸다는 사실을. 그럼에도 기어이 그를 판사실로 들였다면! 복수 때문인지 생존 때문인지, 본부장은 헷갈렸다. 온몸에 쩌릿한 소름이 돋았다. 그때만큼 악마와 호모사피엔스의 차이를 분간하기 어려웠던 적이 없었다.

✳

정치인은 셀카봉을 집었다. 본부장과 1022번의 뒤로 몸을 숨긴 채 기자를 향해 내질렀다. 몇 번의 시도 끝에 겨우 얼굴을 찔렀지만 관자놀이를 긁을 뿐이었다. 다급하게 셀카봉을 거둬들여 눈대중으로 거치대 폭을 좁혔다. 확신도 시간도 없었다.

"하나 둘!"
"하나 둘!"

　세 사람의 심폐지구력이 한계에 다다를 때였다. 눈대중은 정확했다. 몇 번의 시도 끝에 거치대 양 끝이 기자 두 눈에 제대로 꽂혔다. 기자는 비명도 지르지 못하고 무릎을 꿇었다. 힘껏 셀카봉을 뽑자 텅 빈 두 눈이 검은 피를 뿜었다. 절반의 성공이었다. 시력을 빼앗았다. 정적이 흘렀다. 아주 잠깐이었다. 이제 기자는 귀를 쫑긋거리고 코를 벌렁댔다.

　세 사람은 마구 숨을 토했다. 방금까지 이리저리 뛰면서 0.1톤이 넘는 거구를 당겨 쓰러뜨린 그들이었다. 기자는 이산화탄소의 출처를 향해 달려들었다. 그들은 다시 커튼을 잡아당겼고 기자는 다시 벌러덩 넘어졌다. 모두 반대쪽으로 내달렸지만 1022번만은 그러하지 못했다. 캐비닛에 발이 걸리며 바닥을 굴렀다. 기자가 다시 몸을 일으켜 코를 킁킁거렸다. 본부장과 1022번이 기자를 사이에 두고 서로를 마주했다. 두 사람은 한껏 숨을 들이마신 채 코와 입을 막았다. 먼저 숨을 뱉는 쪽이 목숨을 내놓아야 했다. 그들은 천천히 무기를 꺼내 들었다. 기자는 방향을 정하지 못했다. 귀와 코를 잔뜩 벌리며 온 신경을 집중했다. 숨을 참던 둘의 얼굴이 일그러졌다. 극한의 상황에 다다랐다. 먼저 숨을 터뜨린 쪽은 1022번이었다. 살기 위해 쉬는 숨이 오히려 죽음을 재촉한다는 것을 알면서도 어쩔 수가 없었다. 기자가 무섭게 돌진했다. 1022번이 힘겹게 의족을 치켜들었다. 정작 거구의 두 다리를 멈춰 세운 것은 아주 희미한 소리였다. 미니 냉장고 앞이었다. 정치인이 보란 듯이 참치캔 뚜껑을 땄다. 그 역시 반신반의했다. 하지만 기자는 분명히 반응했다. 정치인 쪽을 돌아보며 관심을 보였다. 정치인은 쓰러진 화분을 세워 들었다. 강한 몸통의 선인장이었다. 그러고는 무슨 생각인지 그 위에 통조림 내용물을 쏟아부었다. 통조림 냄새가 판사실에 진동했다. 확신에 찬 기자가 그를 향해 내달렸다. 이산화탄소보다 참치 통조림이었다. 정치인은 이를 악물었다. 피하지 않았다. 모두의 눈이 번쩍 뜨였다. 정치인은 쩍 벌린 기자의 입을 향해 선인장을 때려 박았다. 기자가 느릿느릿 거꾸러졌다. 온 얼굴이 가시투성이였다. 날카로운 것들이 이리저리 얼굴을 꿰뚫어서 검은 피가 줄줄 샜다. 입 안 가득 선인장이 물렸다.

"채식주의자라며?"

정치인은 멈추지 않았다. 널뛰기하듯 선인장 한쪽으로 온 체중을 실어 밟았다. 선인장의 반대쪽이 튀어 오르며 기자의 얼굴을 부서뜨렸다. 턱이 통째로 뜯겨 너덜거렸다. 윗니는 아예 형체조차 사라졌다.

"채식주의자라며!"

그는 기자 얼굴에 발길질을 해댔다. 떨어진 턱이 뱅글뱅글 돌아 바닥을 쓸었다. 삐뚤빼뚤한 아랫니가 무섭도록 날카로웠다. 검은 피가 철철 쏟아졌다. 기자는 이제 이를 부딪치기는커녕 쌀 한 톨도 물 수 없었다. 뒤늦은 공포가 엄습했다. 정치인은 그제야 다리가 풀리며 주저앉았다. 멍하니 지켜보던 두 사람 역시 마찬가지였다. 기자는 시멘트 바닥을 헤엄하듯 사지를 흐느적댔다. 본부장의 손끝에 무언가 걸렸다. 휴대전화였다. 대화창으로 시청자들의 항의가 빗발쳤다.

아니 카메라 좀 잘 비춰요!

하나도 안 보여요 ㅜㅜ

후원금 먹튀인가요?

누가 카메라 좀 잡아줘요!

소리만 들리는데;

기자님 목걸이에 누가 휴대폰 좀 끼워주세요~

　본부장은 진저리쳤다. 곧장 그것으로 바닥을 쳐댔다. 깨지는 액정에 손이 베이고 찔려도 몰랐다. 산산이 부서졌다. 이제 그것으로는 촬영이나 방송은커녕 전화조차 할 수 없었다. 다만 이미 방송된 동영상들은 여전히 서버에 남아 누구나 언제나 감상할 수 있었다. 휴대전화가 시멘트 바닥으로 미끄러졌다. 거미줄처럼 깨진 액정 화면은 고요하고 검었다. 본부장의 피가 얼룩져 있었다.

러닝머신 위의 변호사

＊

아무리 찾아봐도 무기로 쓸 만한 게 없었다. 막 한숨을 내뱉은 연우가 나무의자를 넘어뜨렸다. 의자 다리라도 부러뜨려 써보자는 것이었다. 그러나 그 이음매가 보통 견고한 게 아니었다. 아무리 힘껏 내리밟아도 균열조차 생기지 않았다. 되레 발목이 나갈 지경이었다.

'여기 이 가구들 다 합치면 몇천만 원은 될걸요?'

문득 실무관의 얘기가 떠올랐다.

쟁!

연우가 막 숨이 찰 때였다. 텅 빈 금속이 시멘트를 내리치는 소리가 그를 놀라게 했다.

"이거 괜찮다."

귀현이 길게 늘어진 족자를 잡고는 연우를 돌아봤다. 족자의 금속 가름대가 바닥에 떨어졌다. 달마도 족자였다. 귀현의 부장은 독실한 불교 신자였다. 두 사람은 서로 종교 얘기를 입에 올리는 일이 없었다. 배려 같았지만 배척이었다.

"좋다."

연우가 두 발로 그림을 밟고 서서 가름대를 잡아당겼다. 달마의 얼굴이 구둣발에 짓이겨졌다. 후드득 재봉선이 터졌다.

＊

어느새 판사실 밖은 고요해졌다. 무엇도 문을 긁거나 두드리지 않았다. 두 사람은 내심 안도하다가도 그 안도를 의심했다. 19층. 아직 한 층이 더 남았다. 연우는 한참 귀를 대보더니 천천히 손잡이를 돌렸다. 복도는 거짓말처럼 깨끗했다. 좀비들은 덫을 놓거나 계책 따위를 생각지 못했다. 만약 놈들이 지능적인 사고를 할 수 있었다면 지금까지 두 사람이 살아 있을 확률은 제로에 가까웠다. 혹여 학습을 통해 지능을 발전시킬 수도 있다는 생각이 드니 소름이 돋았다. 재앙 같은 일이었다. 그들 뒤로 상처 난 얼굴의 달마도와 누구도 가져가지 못한 달러들이 어지럽게 널려 있었다.

＊

불빛 하나 없었다. 오로지 청각에만 집중하며 한 걸음씩 내디뎠다. 멍할 정도의 정적 속에서도 쿵쾅대는 심장소리와 불안한 숨소리만은 선명했다. 희미하게 계단 문이 보였다. 연우는 다시 문에 귀를 기울였다. 아무 소리도 들리지 않았다. 바로 손잡이를 당겼다가 다시 온몸으로 밀었다. 순식간에 수십 개의 팔들이 문틈을 헤집으며 얼굴을 할퀴었다. 귀현이 경악하며 그것들을 내리치자 뚝뚝 바닥으로 끊어졌다. 그러면 다시 수십 개의 팔들과 시체 같은 얼굴들이 그 틈을 파고들었다. 문을 닫는 것은 불가능했다. 여는 순간 이미 늦었다. 둘은 눈빛으로 신호했다. 동시에 몸을 돌려 내달렸다. 문이 활짝 열리며 좀비들이 쏟아졌다. 가름대 따위로 대적할 만한 수가 아니었다. 두 사람은 가장 가까운 문으로 몸을 부딪쳤다. 열려있기를. 연우조차 절박하게 기도했다.

✻

손잡이가 돌아가자마자 문이 두 사람을 미끄러뜨리듯 안으로 내동댕이쳤다. 다행이라고 여길 여유도 문 닫을 겨를도 없었다. 좀비들이 바로 뒤따랐다. 둘은 벌떡 일어나 책상을 뛰어넘으며 의자들을 넘어뜨렸다. 하지만 막다른 벽이었다. 데자뷔. 연우는 왜인지 이 장소가 낯설지 않았다. 좀비들의 파도가 그들을 집어삼키기 직전이었다. 절박한 상황이 기억의 조각들을 절박하게 긁어모았다. 데자뷔가 아녔다. 연우는 오늘 이곳에서 퇴직 신고를 했다. 법원장실이었다. 그때 법원장은 안마의자에 앉아 통기타를 퉁겼다. 방금 연우가 뛰어 넘어온 책상 옆이었다. 땀에 흠뻑 젖은 법원장이 겸연스레 연우에게 웃어 보였다.

"좀 뛰었더니 개운하네. 개운해."

불현듯 연우는 귀현의 손목을 잡고 방향을 틀었다. 좀비들의 손이 두 사람의 옷을 가까스로 스쳐 지났다. 그들 앞으로 희미한 불빛이 새어 나왔다. 슬라이딩 도어가 살짝 열린 틈새였다. 내실이었다. 둘은 동시에 그곳으로 몸을 던졌다. 연우는 재빨리 슬라이딩 도어를 밀어 닫았다. 잠금장치가 겉돌았다.

"고장 났어!"

귀현이 도어 레일 위로 뛰어올랐다. 문에 등을 댄 채 두 발로 벽을 밀며 간신히 버텼다. 문이 부서질 듯 쿵쾅거렸다. 연우가 다급하게 주위를 둘러보고는 재빨리 책상을 끌어당겼다. 슬라이딩 도어가 경련이라도 일으키듯 열렸다 닫히기를 반복했다. 귀현의 몸이 바들바들 떨렸다. 몸이 반으로 접혀 부서질 것만 같았다. 연우가 괴성을 질렀다. 있는 힘을 다해 레일 위로 책상을 밀어 넣었다. 한쪽 모서리는 귀현이 두 발을 댄 벽까지, 다른 쪽 모서리는 귀현이 등으로 버틴 문까지 끝까지 밀어붙였다. 슬라이딩 도어와 90도를 이룬 벽면 사이에 완벽하게 삼각형을 그리며 끼워졌다. 귀현이 슬쩍 등을 떼어 보았다. 문이 들썩거렸지만 책상에 단단히 막혔다. 비로소 긴장이 풀린 듯 귀현이 축 늘어졌다. 연우도 숨을 몰아쉬며 책상 위에 대(大)자로 뻗었다. 그러나 그것도 잠깐이었다. 둘은 동시에 벌떡 몸을 일으켰다. 허겁지겁 가름대를 빼 들었다.

*

규칙적인 리듬이었다. 쉭쉭거리고 쿵쿵거렸다. 두 사람은 천천히 소리의 근원을 탐색했다. 누군가 어둠 속에서 뜀박질했다. 그러나 아무리 뛰어도 제자리였다. 러닝머신 위였다. 귀현이 흠칫 놀라며 고개를 돌렸다. 러닝머신 위의 얼굴이 막 달빛에 비칠 때였다. 벌써 십여 년을 알아온 얼굴이었다. 그녀는 인사는커녕 평소답지 않게 이를 부딪치며 그르렁거렸다. 그해 최연소 판사. 연수원 같은 조 막내. 연우는 오늘 그녀와 같이 점심을 먹었다.

"경애야."

귀현이 애처롭게 불렀다. 측은지심과 경계심이 섞여서 혼란스러웠다. 그러나 경애는 계기판에만 집중했다. 그저 뛸 뿐이었다. 경애는 연수원 공식행사에 참석한 적이 없었다. 사법연수원 입소일 첫 회식에 참석한 것을 제외하고는 늘 그랬다. 어느 날은 감기 기운이 있다며 조모임 행사에 불참을 통보하고는 근처 독서실에 있었다는 게 알려지면서 조원들의 성토를 사기도 했다. 사법시험 합격자들끼리 경쟁이 붙어 미세한 차이로도 몇백 등의 순위가 갈리는 연수원이었다. 계속되는 불참 통보에 그렇게 양순하기 그지없던 조장 형도 얼굴을 붉히며 한마디 할 정도였다. 그러나 경애는 남들의 시선 따윈 아랑곳하지 않았다. 그녀는 연수원에 입소할 때부터 자기는 판사 아니면 안 된다고 입버릇처럼 말했다. 검사는 무식해 보여서 싫고 변호사는 장사꾼 같아서 싫다는 것이었다. 결국 그녀는 서울중앙지방법원으로 발령받았다.

어찌 보면 여기서 러닝머신 위를 달리는 경애를 이해 못 할 바도 아니었다. 그녀에겐 야망이 있었다. 경쟁에서 뒤처지는 것을 스스로 용납지 않았다. 남들보다 더 빨리 더 높이. 그런 그녀의 본능이 그녀를 법원장실로 오게 했고 러닝머신 위에 올라서게 했다. 결국 좀비가 되어서까지 자신을 시험하고 자신과 싸웠다.

애잔했다. 연우와 귀현도 그 마음을 모르는 것이 아니었다. 그들의 삶도 경애의 그것과 다르지 않았다. 평생을 경쟁하며 달렸다. 언제나 순위가 매겨졌고 순위에 따라 차별받았다. 다람쥐 쳇바퀴 돌 듯 늘 제자리였다. 아무리 뛰어도 경쟁의 굴레에서 벗어날 수 없었다. 아니 굴레를 벗어난다는 개념조차 알지 못했다. 인간은 태어난 이상 쳇바퀴 위에 발을 디뎌야 하고 그것이 곧 삶이라 여길 뿐이었다. 속도를 조절해서 좀 걸어도 되고 정지버튼을 눌러 잠시 쉬어도 좋았다. 하지만 그들은 그런 방법을 생각하지 못했다. 조금 걸어가는 것이, 잠시 쉬어가는 것이, 달리기를 완전히 포기하는 게 아님에도 그게 그렇게 두렵기만 했다. 두 사람은 경애를 보며 마치 자신들이 고통을 받는 듯한 착각을 느꼈다.

러닝머신의 모터가 더 강하게 돌아갔다. 쿵쿵대는 발걸음의 템포도 빨라졌다. 어느 순간부터 경애의 얼굴이 일그러졌다. 두 다리가 러닝머신의 속도를 겨우 따라갔다. 조금만 리듬을 놓치면 바로 미끄러져 튕길 것 같았다. 경애는 두 사람을 바라보았다. 고통스러워했다. 벌을 받는 것만 같았다. 삶이란 형벌이었다. 하지만 두 사람이 해줄 수 있는 일은 없었다. 어떻게 해야 할지도 몰랐다. 결국 경애는 속도를 따라잡지 못했다. 그대로 고꾸라지며 계기판에 머리를 박았다. 검붉은 액체가 비산하며 걸쭉하게 계기판을 적셨다. 머리가 부서지며 떨어졌다. 머리 없는 몸이 러닝머신 뒤로 튕겼다. 경애의 마지막 눈빛은 정지버튼을 눌러달라는 의미가 아니었다. 그녀 스스로 최후를 알았다. 그렇게 달리다가 죽을 운명이었다. 그 사실을 알면서도 어찌할 수 없었다. 그것은 작별의 의미였다. 중도 포기하지 않았다는 의연함. 더 서글펐다. 경애의 사지가 차가운 바닥 위에서 꿈틀거렸다. 모터소리가 잦아들자 계기판 글자가 깜박였다.

'완주 성공!'

죽어야만 끝나는 달리기였다.

*

애도할 시간조차 주어지지 않았다. 우지끈 부서지는 소리가 간담을 서늘하게 했다. 책상이 조금씩 부서지며 뒤틀렸다. 두 사람은 황급히 책상으로 달려갔다. 책상을 등에 대고 두 다리로 바닥을 밀어냈다. 하지만 인간의 근육은 인간의 정신과 달리 끝없이 저항할 수 없었다. 두 사람은 마치 벽을 걷듯 아예 벽면으로 두 다리를 올려붙였다. 무릎이 가슴에 닿을 정도였다. 두 인간의 뼈와 살 그리고 근육이 벽과 책상 사이를 꽉 채웠다. 책상은 문이 열리지 않도록 버텼고 둘의 몸은 책상이 뒤틀리지 않도록 견뎠다. 그들의 몸이 부서져야 책상이 뒤틀리고 책상이 뒤틀려야 문이 열릴 것이었다. 좀비들이 문을 충격할 때마다 쇳소리가 울렸다. 일정한 음이 구슬픈 소리를 냈다. 책상 아래로 통기타가 넘어져 있었다.

'하나쯤은 취미가 있어야 해요.'

법원장이 입버릇처럼 하던 얘기였다. 법조인들은 평생 공부만 했지 다른 경험을 해본 적이 없어서 고리타분하다고, 또 그들만의 리그는 너무 강하고 폐쇄적이어서 자기들 세상이 전부인 줄 안다며 안타깝고 불쌍하다고 했다. 그러니 이제라도 취미 좀 가져보고 사람들도 다양하게 만나보라는 것이었다. 연우는 그의 성화에 못 이겨 기타 동아리까지 만들었다. 어느덧 쇳소리가 잦아들었다. 연우가 몇 번쯤 팔을 내뻗어 가까스로 통기타를 들어 올렸다.

*

연우와 귀현은 사실상 독 안에 든 쥐였다. 더 달아날 곳이 없었다. 20층짜리 건물. 그중에서도 19층의 맨 끝 방. 다시 그 안에 있는 작은 방이었다. 좀비들과 싸워 이길 수 없다는 것쯤은 이미 알았다. 놈들은 바다처럼 쏟아져 들어와 가름대를 휘두르기도 전에 둘을 겹겹이 덮칠 것이었다. 문이 부서질 듯 흔들렸고 책상은 균열하며 조각들을 쏟았다. 그들 스스로 죽음을 선택한 것이 아니었다. 죽음이 인간을 덮치면 그것은 운명이었다. 인간의 힘으론 어쩌할 수 없는 것이었다. '조금만 더 버티면 살 수 있어.'가 아니라 '여기까지 버텼으니 이만하면 됐어.'였다. 오히려 덤덤했다. 운명이었다. 두 사람은 같은 마음이었다.

*

연우가 결혼한 지 1년쯤 지난 때였다. 귀현의 결혼 소식을 들었다. 상대는 대형교회 목사의 아들이었다. 그때만 해도 참 귀현답다고 생각했다. 결혼도 참 똑 부러지게 한다 싶었다. 그런데 몇 년 후 동기 모임에서 들은 그녀의 소식은 놀라웠다. 이미 이혼했다는, 정확히는 사실혼으로만 있다가 헤어졌다는 것이었다. 항상 조원들의 동향을 파악하던 조장 형의 말이었다.

"아니 그럼 혼인신고도 안 하고 산 거?"
"그렇다고 하네. 남자 측에서 귀현이가 아들을 낳아야 혼인신고를 해준다고."

아들이 교회를 물려받아야 한다고 했다. 두 딸을 낳은 귀현은 전국 방방곡곡 용하다는 한의원을 찾아다녔다. 결국 하와이에서 아들을 골라 임신할 수 있도록 원정시술까지 받았다고. 이른바 '착상 전 유전자 진단'을 통해 원하는 성별의 인공수정란을 자궁에 착상시킨다는 것이었다. 국내에선 엄연히 불법이었다. 목사 부부가 브로커에게 거액의 비용을 지불하고 진행했다. 그러나 착상은 제대로 되지 않았고 귀현은 끝내 교회에서 쫓겨났다. 그보다 더 논리적일 수 없고 더 당당할 수 없던 보석 같은 여자였다. 그런 그녀가 아들을 갖겠다고 한의원을 쫓아다니고 브로커를 통해 불법 시술까지 받았단다. 기어이 헌신짝 버리듯 버려졌단다. 연우는 의아했다. 귀현의 일이라 믿기지 않았다. 사람은 변하는가. 아니면 그 모습이 본래 귀현이었을까. 왜 그랬을까. 정말 왜. 그날 연우는 쉽게 잠들지 못했다. 하지만 다 지난 일이었다. 더군다나 지금에 와선 아무런 의미가 없었다. 연우는 그 일에 대해 묻지 않기로 했다.

*

"기억나?"

연우는 기타 코드를 잡았다.

"우리 연수원 2학기 때. 시험 기간에 말이야."
"응."
"우리 다들 진짜 공부하는 기계 같다고."

귀현이 희미하게 웃었다.

"그럼 기억나지. 너 그걸로 노래도 만들었잖아."

연우는 법원장보다 먼저 기타를 잡았다. 대학교 때 통기타 동아리 활동을 했다. 바야흐로 각종 오디션 프로그램이 범람하던 때였다. 기타 하나 메고 나와서 노래를 부르는 게 그렇게 멋져 보일 수가 없었다. 연우는 수업이 끝나면 홀로 동아리 방을 향했다. 동기들이 일제히 고시반으로 향할 때였다. 그래서 몇몇 동기들은 그런 연우를 독특하다고 여겼다.

법대생이 통기타 동아리라니. 사법연수원 때는 말할 것도 없었다. 사법연수생이 통기타를 연주할 줄 안다는 게 연수원 전체에 뉴스거리가 된 정도였다. 그래서 연우는 체육대회니 회식 때니 무슨 행사 비슷한 것만 있어도 그렇게 등 떠밀려 나가 기타를 연주했다. 그래서 어떤 때는 기타 동아리에 들고 또 기타를 연주하게 된 것을 후회하기도 했다. 평범하게 공부만 할 걸. 기타를 치지 않았다면 튀지도 않았을 텐데. 그렇게 좋아하는 기타 연주가 오히려 연우를 괴롭히고 위축되게 했다.

"맞아."

연우는 종종 귀현에게 동요 같은 자작곡을 들려주곤 했다. 사막 같은 연수원 생활에서 단비와도 같은, 작은 유희였다.

"감정도 없는 공부 기계들? 제목이 뭐였더라?"

연우는 대답 대신 희미하게 웃었다. 기타 줄을 퉁겼다. 몸이 반쯤 접혔지만 그런대로 기타를 연주할 정도는 되었다. 투박한 쇳소리에 나지막이 노랫말을 얹었다.

아름다운 유년의 기억과 따뜻했던 손길
상처 없는 순결한 영혼과 달콤한 꿈들을

지워버린 듯 차갑게 웃으며
모두 죽인 듯 싸늘히 식은 내 눈빛으로

Emotionless 이제까지 나를 지켜온 어쩔 수 없는
Emotionless 지금까지 내게 남은 것

귀현이 연우의 어깨에 얼굴을 묻었다. 모든 게 끝났다고 생각하니 이상하리만치 마음이 평온했다. 두 사람이 평생 느껴보지 못한 여유였다. 바로 문 너머에 원초적 본능으로 사람의 피와 살을 갈구하는 존재들이 있었다. 죽음의 문턱 앞에서 비로소 깨달은 마음의 해방. 모든 것을 내려놓는다는 게 이런 거구나. 평생을 치열하게 고군분투했고 그것만이 정답이라 여겼다. 하지만 그것은 성공에 대한 집착이자 미련이었다. 게다가 그 성공이란 부질없었다. 두 사람은 자신들이 측은해졌다.

문이 부서질 듯 흔들렸다. 다시 불안해지기 시작했다. 생전 느껴보지 못한 평온함과 자기 연민이 언제 어떻게 끝날지 알 수 없었다. 연우가 조금 서둘렀다.

"만든 곡이 또 있어."

연수원을 수료하고 나서였다. 연우는 귀현이 그렇게 보고 싶었다. 그것이 그리움이란 것이고 그토록 사람의 마음을 아프게 한다는 걸 그때 처음 알았다.

다시 기타를 튕겼다. 말하지 않아도 귀현은 알았다. 외부의 조건이나 상황에 휘둘리지 않는 것, 오직 서로의 감정에만 집중할 수 있는 용기에 대해. 두 사람은 각자의 소우주가 서로 관통해 하나의 대우주로 재탄생하는 혁신과 깊은 연대감을 느꼈다. 전쟁 같은 소음과 진동 속에서도 연

우의 목소리만은 또렷하게 들렸다.

모두 잊은 듯이 거짓으로 날 꾸미고 있어
느끼지 못한 척 조심스레 널 바라보고 있어

부드러운 미소로 저편에서 손 흔드는 너의 모습과
주위를 둘러싼 원망의 웅성거림만이 날 깨우치게 할 뿐

지금 이대로 너를 안고서 영원함을 순간으로 느껴
지금 이대로 너를 안고서 운명처럼 영원을 맹세해

이룰 수도 없는 생각만 떠올리며 끝없는 눈물만 흘리는데
닿을 수도 없는 공상만 애써 지워 한숨의 나날에 지쳐갈 뿐

수많았던 추억을 간직했던 거리들도 시간을 뒤로 모두 잊겠지
하지만 내 기억 저편에 넌 날 향해 웃는 걸

지금 이대로 너를 안고서 영원함을 순간으로 느껴
지금 이대로 너를 안고서 운명처럼 영원을 맹세해

이룰 수도 없는 생각만 떠올리며 끝없는 눈물만 흘리는데
닿을 수도 없는…

끝까지 부르지 못했다. 엄청난 충격 소리가 둘을 움츠러들게 했다.
유리 같은 것이 와르르 부서지고 단단한 금속이 시멘트 바닥을 이리저

리 때렸다. 귀현이 연우의 팔을 꼭 잡았다. 둘은 눈을 감았다. 예상하던 바였다. 결국 문이 부서지고 좀비들이 들이닥쳤을 터였다. 달콤함과 불안함이 마구잡이로 섞여 절정으로 치닫는 순간이었다. 두 사람은 한순간에 고꾸라졌다.

그러나 예상은 완전히 빗나갔다. 분명히 계산된 움직임이었다. 누군가 그들의 뒤통수를 차례로 가격했다. 귀현은 바로 정신을 잃었다. 연우의 정신도 아득해졌다. 비바람이 연우의 한쪽 뺨을 때렸다. 창문이 부서져 있었다. 누군가 연우의 바지 주머니를 뒤졌다.

"둘이만 살겠다고 가면 어떡해! 다 같이 살아야지!"

손에 들린 것은 판사 신분증이었다. 본부장이었다. 죽어가는 사람 살리려다 다 죽게 생겼다며 소희를 좀비들 먹이로 던져주라던 그였다. 그는 기어이 위층에 골프채를 거는 데 성공했다. 좀비들이 문을 두드리고 긁어댔다. 연우의 귀에서 점차 희미해지는 소리였다. 연우도 정신을 잃었다. 내실 깊숙이 비상구가 있었다. 침입자들은 기절한 남녀를 질질 끌며 비상계단으로 올랐다. 옥상까지 단 한 층. 드디어 20층이었다. 옥상문 가까이 들끓는 좀비들의 다리가 보였다. 마침 헬리콥터가 계단을 뒤흔들었다. 그들은 몰래 판사실로 숨어들었다.

체념

 가까스로 눈을 떴다. 잠깐 정신을 잃은 모양이었다. 얼마나 두들겨 맞았는지 온몸이 욱신거렸다. 오른쪽 빰이 얼음장처럼 차가웠다. 시멘트 바닥이었다. 주위가 어지럽게 빙빙 돌았다. 성난 욕설이 들렸다. 흐린 시야에 천천히 초점이 맞춰졌다. 정치인이 귀현을 마구잡이로 폭행했다. 신분증을 훔쳤다는 것에 대한 분노도 분노였지만 성욕에 눈이 멀어 얄팍한 속임수에 넘어갔다는 수치심이 더 컸다. 언뜻 봐도 저렇게 맞다가는 죽겠구나 싶었다. 연우는 어떻게든 움직여보려 했다. 하지만 두 손목이 케이블타이로 단단히 감겼다. 본부장과 1022번이 귀현을 들어 올렸다. 그녀는 축 늘어진 채 미동도 없었다. 어쩐 일인지 걱정되기보다는 무섭도록 잠이 쏟아졌다. 절로 눈이 감겼다. 이유 모를 눈물이 빰을 타고 흘렀다. 머리맡으로 피가 흥건히 고였다. 연우는 다시 정신을 잃었다.

 얼마나 지났을까. 눈을 뜬 건 부술 듯 문을 두드리는 소리 때문이었다. 눈꺼풀이 천근만근 무거웠다. 퉁퉁 부었다. 그의 머리 위로 무언가 아른거렸다. 요람 속 모빌처럼 천장에서 부드럽게 흔들렸다. 치렁거리는 머리칼이 귀현이었다. 제물로 바쳐진 죽은 날짐승처럼 사지가 한 데 묶인 채 조명 구조물에 거꾸로 매달렸다. 케이블타이에 손목과 발목이 깊게 파였다. 한 방울씩 뚝뚝 피가 떨어졌다.

툭툭 무언가 연우의 발끝을 쳐댔다. 바닥에 누운 캐비닛 문이 끼익끼익 열리고 닫혔다. 날아갈 듯 들썩이는 판사실 문을 그것으로 가로막아 버렸다. 그것으로도 부족했는지 1022번이 온몸으로 캐비닛을 견뎠다. 이미 경첩이 다 떨어져 나간 문이었다. 기자는 정처 없이 어슬렁거렸다. 코에는 잔뜩 씹어놓은 껌이 가득 끼워졌다.

*

무너질 듯 아슬아슬했다. 창가 쪽으로 회의 탁자를 끌어다 그 위로 의자를 쌓았다. 정치인이 조심스레 그 위를 올랐다. 복도 광경이 한눈에 펼쳐졌다. 좀비들이 문 앞에서 성시를 이뤘다. 정치인은 다시 판사실을 돌아봤다. 그는 연우와 귀현 그리고 기자를 미끼로 이용하기로 했다. 1022번이 캐비닛을 치워 좀비들을 안으로 유인하고 그것들이 미끼에 집중하는 사이 창문 밖으로 탈출한다는 계획이었다. 잔인하고 훌륭했다. 정치인이 손바닥을 펴 보였다. 기다리라는 의미였다. 본부장은 그 아래에서 자신의 순서를 기다렸다. 1022번도 긴장한 모습으로 정치인의 손에 집중했다. 자신도 캐비닛을 밀어놓고는 재빨리 저 의자 위로 올라야 했다. 정치인이 불끈 주먹을 쥐었다. 1022번이 끙끙거리며 캐비닛을 밀었다. 캐비닛 강판이 앙칼진 소리를 내며 바닥을 긁었다. 정치인과 본부장이 차례로 창문 밖으로 도약했다. 그러나 1022번은 달리지 못했다. 마침 그 앞을 어슬렁거리던 기자가 진로를 방해했다. 1022번은 문이 통째로 뜯기며 그 아래로 깔렸다. 좀비들이 홍수처럼 쏟아져 들어왔다. 갈비뼈가 으스러질 듯 가슴이 조였다. 좀비들이 문을 밟고 서서 빠져나올 수 없었다. 그것들이 문 아래로 힘껏 팔을 휘저었지만 겨우 몸을 스칠 뿐이었다. 아래로 들어오거나 그를 끌어내진 못했다. 그 정도로 강하게 짓눌렸다. 폐가 터질 것 같은 고통과 좀비들에게 물리지 않는다는 안도가 모순적으로 뒤섞였다. 본부장은 창틀로 오르기 전에 의자를 발로 차서 떨어뜨렸다. 그들은 애초부터 1022번과 함께 갈 생각이 없었다. 1022번 역시 미끼였다.

*

검은 그림자가 연우를 덮쳤다. 기자가 기우뚱 균형을 잃고 연우를 향해 돌진했다. 1022번과 막 부딪친 그였다. 연우의 눈앞에서 불빛이 번쩍였다. 기자가 연우의 얼굴을 강하게 부딪쳤다. 육중한 몸이 연우를 완전히 포갰다. 연우는 다시 고개를 늘어뜨렸다. 그 얼굴 위로 검붉은 체액이 쏟아졌다. 기자의 이마뼈가 균열하며 뇌수가 흘렀다. 기자가 그것을 미친 듯이 핥았다. 좀비들이 귀현을 끌어내리려 제자리에서 방방 뛰어댔다. 어림없는 거리였다. 애타는 마음. 그 욕구가 놈들의 발을 묶었다. 떨어지는 피를 마시려 싸움도 일어났다. 정치인과 본부장을 쫓는 놈들은 없었다.

*

목을 가누는 것조차 힘들었다. 손목과 발목이 화끈거리고 쓰렸다. 뭔가 잘못됐다. 분명 좀비들 소리의 한가운데였다. 귀현은 고통스럽게 눈떴다. 빙빙 몸이 흔들렸다. 사지가 케이블타이로 천장에 꽁꽁 매였다. 힘겹게 고개를 돌리려다 질끈 눈을 감았다. 우글대는 좀비들이 자신에게 닿으려 발작하듯 뛰어댔다. 놀란 몸이 대롱대롱 흔들렸고 좀비들이 이리저리 쫓아다녔다. 그녀의 머리칼이 좀비들의 손끝을 스쳤다. 어떻게 해야 할까. 몸부림을 쳐서 구조물에서 떨어질까. 떨어질 수는 있을까. 그럼 떨어지고 난 다음엔? 아무리 생각해도 방법이 없었다. 오늘 하루에만 벌써 몇 번을 마음의 준비를 했다. 이제 죽음이라는 건 그녀에게는 아무것도 아니었다. 죽음의 의미는 그저 살아남은 자들의 몫이었다. 그녀는 간절히 기도했다. 좀비들이 자신을 끌어내리기 전에 먼저 죽게 해달라고. 다시 좀비로 태어나서 사람들을 사냥하는 괴물이 되고 싶지 않았다. 그녀는 존엄한 죽음을 맞고 싶었다.

*

복도 끝으로 계단 문이 보였다. 옥상으로 연결되는 계단이었다. 정치인과 본부장은 사력을 다해 달렸다. 골프채와 셀카봉만으로도 충분했다. 계단 문으로 좀비들이 홍수처럼 쏟아지기 전까진 그랬다. 두 사람은 화들짝하며 방향을 틀었다. 복도 끝 마지막 판사실이었다. 정치인은 다리가 꼬이며 미끄러졌다. 두 사람의 거리가 벌어졌다. 겨우 판사실에 닿은 것은 본부장뿐이었다. 좀비들은 정치인을 향해 날아올랐다. 하나 되돌아가기엔 이미 늦었다. 불가항력이었다. 본부장도 안심할 순 없었다. 손잡이가 턱턱 막혔다.

탕! 탕!

권총이 연발됐다. 본부장은 움찔움찔하면서도 골프채로 손잡이를 마구 내리쳤다. 손잡이가 떨어지며 스르륵 문이 밀렸다. 안으로 몸을 던지자 누군가 그의 몸을 덮쳤다. 본부장은 깜짝 놀라며 그것을 떨쳤다. 눈을 의심했다. 정치인이 함께 몸을 굴렀다. 정치인은 벌떡 일어나 온몸으로 문을 막아 버렸다.

"뭐 해!"

그제야 본부장이 책상을 밀어붙였다. 다시 두 사람은 캐비닛을 쓰러뜨려 책상 앞으로 끌어다 놓았다. 죽다 살아났다. 본부장은 맥이 풀린 듯 숨을 골랐다. 정치인이 그런 그를 가만두지 않았다.

　　"나를 버리고 가? 나를?"

　　달려들며 본부장의 멱살을 잡아 올렸다. 분노가 가득했다. 정치인은 홀로 남겨진 몇 초간의 끔찍한 공포를 떠올렸다. 공포라기보다는 고독이었다. 인간성을 파멸하는 고독감이었다. 본부장이 그 손을 강하게 뿌리쳤다. 누구라도 그를 구할 수 없었다. 아무리 '을'이라지만 억울했다. 더군다나 자신도 방금 똑같은 죽음의 공포를 겪었다.

　　"이게 어디 감히!"

　　나동그라진 정치인이 본부장을 향해 덤볐다. 둘은 이리저리 구르며 부딪쳤다. 모두가 이성을 잃었다. 제정신이라면 그게 오히려 이상했다. 판사실 문은 책상을 때렸고 책상은 캐비닛을 울렸다.

　　탕!

　　본부장이 풀썩 무릎 꿇었다. 막 주먹을 휘두르려던 차였다. 권총이 그의 복부에 붙었다가 떨어졌다. 셔츠가 금방 피로 물들었다. 그는 정치인의 옷을 부여잡았다. 죽음을 직감했다.

　　"살려주세요."

할 수 있는 일은 오직 애원뿐이었다. 구걸이었다. 퇴근하고 집에 들어서면 아들 녀석이 '아빠' 하고 부르며 품에 달려들었다. 저녁 식사를 준비하는 냄새가 났다. 그는 다 같이 잘 사는 세상을 원했다. 조금이라도 세상을 바꿔보고 싶었다. 노조에 가입하고 투쟁하고. 국회의원 보좌관이 되고 싶었던 것도 다 그런 이유였다. 누구만 잘 먹고 잘 사는 세상이 아니라 다 같이 잘 먹고 잘 사는 세상을 만들어보고 싶었다. 그러나 정치인은 고개 저었다. 그의 미간에 총구를 댔다. 따뜻했다. 본부장은 눈을 감았다. 아들 녀석과 아내의 이미지가 파노라마처럼 펼쳐졌다. 총소리조차 듣지 못했다. 본부장의 몸이 축 늘어졌다. 바닥으로 머리가 곤두박질쳤다. 오직 움직이는 것은 얼굴을 타고 흐르는 피와 땀 그리고 눈물이었다. 모두 노동자의 것이었다. 바닥으로 피가 홍건했다. 결국 정치인이 노동자를 죽였다.

＊

좀비들이 우르르 복도로 뛰쳐나갔다. 총소리가 그들의 관심을 끌었다. 판사실 안에선 아무 소득이 없었다. 놈들도 본능적으로 알았다. 천장에 매달린 먹이는 신 포도나 그림의 떡이란 걸. 근성 있는 서넛이 포기하지 않고 제자리를 뛰었다. 그런 그들을 멈추게 한 것은 쾅쾅 문을 치는 소리였다. 분명 통째로 떨어진 문이었다. 1022번이 기어이 문틀에 끼워 넣었다. 그러고는 그 앞으로 다시 캐비닛을 밀어놓았다. 그는 과호흡이 온 듯 고통스럽게 숨을 내뱉었다. 좀비들이 그렇대더니 순식간에 덤벼들었다. 그는 각오하고 있었다. 의족을 휘두르며 그것들의 머리를 휘갈겼다. 와당탕하는 소리가 귀현을 괴롭혔다. 그리고 언제 그랬냐는 듯 정적이 이어졌다. 오직 쌕쌕거리는 숨소리만이 남았다. 캐비닛 위에 누운 1022번의 가슴이 벌렁거렸다. 그 주위로 머리 없는 좀비들이 흐늘거렸다. 귀현은 울음을 터뜨렸다. 작은 어깨가 들썩이며 흔들렸다. 안도의 눈물이었다. 불과 몇 분 전만 해도 죽음을 갈구하던 그녀였다. 그녀는 자신의 간사함을 인정했다. 조금도 저항하지 않았다.

분노

＊

가슴이 답답했다. 악취가 코를 찔렀다. 얼굴이 축축하고 간지러웠다. 눈꺼풀이 부르르 떨렸다. 연우는 퉁퉁 부은 눈을 떴다. 천장이 빙빙 돌았다. 깜짝 놀라 몸을 움직였다. 기자가 갑자기 얼굴을 들이밀었다. 하지만 고개만 겨우 돌릴 수 있었다. 기자가 아직 그의 몸을 타고 얼굴을 핥아댔다. 아무리 몸을 움직여도 벗어날 수 없었다. 검붉게 뒤덮인 얼굴이 검붉은 혀로 조금씩 닦였다. 연우는 어렵게 두 팔을 위로 들어 올렸다. 그러고는 한 손으로 기자의 텅 빈 안구 안을 쑤셔댔다. 케이블타이로 손목이 묶여 쉽지 않았다. 하지만 몇 번의 시도 끝에 기어이 깊숙이 집어넣었다. 손끝에 닿는 뭉그러지는 느낌에 모골이 송연했다. 연우는 가까스로 역함을 이기며 잡히는 대로 한 움큼 잡아 꺼냈다. 흐물흐물했다. 검게 썩은 뇌였다. 몇 번을 그것을 퍼내며 바닥으로 내버렸다. 그 악취 나는 것이 어쩌다 얼굴로 떨어질 때면 헛구역질이 났다. 기자는 비로소 모든 동작을 멈췄다. 연우는 그제야 기자를 밀어낼 수 있었다. 몇 차례 깊이 숨을 들이마시고 내뱉었다.

＊

연우가 쩝쩝대며 맛을 봤다. 역한 비린 맛. 피였다. 그의 얼굴로 막 떨어진 것이었다. 불길한 감정이 스쳤다. 연우는 천천히 눈꺼풀을 들어 올렸다. 머리 위로 나체가 매달렸다. 귀현이었다. 그녀의 다리 사이에서 시작된 피가 발끝까지 흐르며 연우의 얼굴로 떨어졌다. 연우가 반사적으로 움찔거리며 몸을 일으켰다. 그녀는 조명 구조물에 케이블타이로 목이 매달렸다. 핏줄이 터져 얼굴이 까맣게 변했고 혀가 목까지 나와 축 늘어졌다. 그녀는 눈을 감지 못했다. 실핏줄이 다 터진 눈이 붉게 물들었다. 그녀의 두 다리 사이에 다리 하나가 더 보였다. 익숙한 듯 익숙하지 않았다. 천 주임의 다리. 소희의 무기. 그리고 1022번의 무기. 피로 얼룩진 의족이 반쯤 박혔다. '교수형 연쇄살인마'의 전형적인 수법이었다.

연우는 무죄추정의 원칙 따위를 나불거렸던 자신이 죽이고 싶을 정도로 혐오스러웠다. 심장이 조일 듯이 아팠다. 꼭 뇌의 회로가 타는 것 같았다. 분노였다. 소희는 1022번의 품에서 의식을 잃어가면서도 연우에게 신호를 줬다. 구조요청이었다. 그녀는 이미 알고 있었다. 왜 그때 깨닫지 못했을까. 연우는 자책했다. 형언할 수 없는 감정들이 한꺼번에 목구멍으로 쏟아졌다. 짐승 같은 울음소리였다. 몇 번을 일어서려 했지만 발목에 묶인 케이블타이 탓에 고꾸라지기만 했다. 책상 서랍을 바닥으로 쏟아냈다. 커터 칼을 찾아 케이블타이를 모두 끊었다. 천천히 귀현을 바닥으로 내렸다. 눈을 감기고 혀를 말아 입 안으로 넣었다. 그렇게 그녀를 끌어안고 한참을 울었다.

*

비겁자. 어디든 남 앞에 나서는 걸 싫어하는 소심한 성격. 문제는 불의 앞에서도 똑같이 회피해버렸다는 것이다. 괜히 나섰다가 받게 될 남들의 시선이 더 두려웠다. 연우는 늘 군중 속에 묻혀 누군가 해결해주길 기다렸다. 언제나 한 걸음 물러서서 누군가의 등을 바라보는 게 익숙했다. 그저 마음으로만 공허한 정의를 외치는 위선자였다. 그토록 연약하니 누군가의 울타리가 되어주지도 못했다. 그래서 더욱 비참했다. 귀현을 지켜주지 못했다는 죄책감이 그의 존재가치를 질식시켰다.

　그때 낯선 얼굴이 눈에 들어왔다. 바닥에 떨어진 접이식 거울이었다.
거울에 비친 얼굴이 자신의 것임을 알아차리는 데는 조금 시간이 걸렸
다. 거울이 깨져서만은 아니었다. 얼굴이 엉망이었다. 시퍼렇게 퉁퉁
부은 눈. 피가 흐르거나 이미 피딱지가 돼버린 상처들. 그리고 젤리 같
은 기자의 뇌 조각들이 잔뜩 붙어 있었다. 기절한 동안 어떻게 죽지 않
고 살아남았는지 알 수 있었다. 한참 울고 나니 마음이 휑해져 아무것
도 느껴지지 않았다. 연우는 무의식중에 내면의 또 다른 자신을 목 졸라
죽였다. 그 녀석은 늘 걱정이 많았다. 어느덧 거울에 비친 연우의 표정
은 믿기지 않을 만큼 차가웠다. 귀현을 책상 위로 안아 올렸다. 영락없
이 곤히 잠든 모습이었다. 판사복을 가져와 그 가엾은 몸을 덮어주었다.
그녀의 마지막 얼굴을 눈에 담았다. 기도했다. 천국이 있다면 그녀가 그
곳에 있기를. 그러고는 망설임 없이 걸음을 옮겼다. 다시 커터 칼을 주
워들고 기자를 향했다. 칼날을 길게 뺐다. 그것으로 기자의 얼굴 가죽을
벗겼다. 검은 체액이 줄줄 샜다. 역한 냄새가 구역질하게 했다. 하지만
주저하지 않았다. 그의 널찍한 배를 갈랐다. 썩은 내장들이 댐이 무너지
듯 쏟아졌다. 연우는 그것들을 집어 들고 자신의 얼굴과 온몸에 문질러
발랐다. 두 손으로 터트리며 뿌려댔다. 참을 수 없는 역함에 구토하면서
도 멈추지 않았다. 무언가에 홀린 듯 단호했다.

복수

한껏 몰려온 좀비들이 문을 내리 두드리고 긁었다. 정치인은 태연하게 본부장의 코에 손가락을 가져다 댔다. 죽음을 확인했다.

'보좌관 같은 소리 하고 자빠졌네.'

어느 순간부터 위협이 될지도 모른다는 생각에 내심 껄끄러웠는데 잘 됐다 싶었다. 그는 잠시 생각에 잠겼다가 판사실을 둘러보기 시작했다. 크고 작은 화분들이 창가에 줄지어 놓였다. '祝 영전! 사법연수원 40기 9반 C조 일동', '영전을 축하드립니다! ○○대 로스쿨 제자 일동' 따위의 리본을 단 난들이었다. 정치인은 개중 가장 큰 화분 하나를 쳐들어 바닥으로 내리꽂았다. 화분이 터지면서 난과 흙을 잔뜩 쏟아냈다. 깨진 화분 조각들이 날카롭게 단면을 드러냈다. 그는 발로 훑으며 큼직한 조각들을 골라내고는 골프채를 주워들었다. 나체로 누운 본부장이 그를 기다렸다. 정치인은 그런 그를 골프채로 마구 내리쳤다. 화분 조각으로 찢고 또 잘랐다. 본부장의 몸을 토막 냈다. 뼈가 부러지고 근육이 썰리는 소리가 한동안 판사실을 채웠다.

정치인이 탁자 위로 의자를 쌓았다. 그 위로 조심스레 두 발을 디뎠다. 비 오듯 땀을 흘렸다. 판사실 문 앞으로 좀비들이 바글바글거렸다.

반대쪽은 계단 문이었다. 좀비들이 계단 위쪽 옥상 문 앞에 몰렸다는 건이미 알았다. 그래서 옥상까지 가려면, 판사실 앞에 있는 좀비들을 따돌려서 계단까지 달려간 다음 옥상 문까지 좀비들을 뚫으며 계단을 올라야 했다. 그의 오른손에 들린 것이 묵직하게 흔들렸다. 본부장의 머리였다. 차마 눈을 감지 못한 상태였다. 정치인이 그것을 창밖으로 꺼내 빙빙 돌리더니 힘껏 던져 올렸다. 놀란 본부장의 얼굴이 포물선을 그리며날았다. 좀비들 너머로 쿵쿵 바닥을 튀고는 떼구루루 굴렀다. 좀비들의시선이 일제히 집중됐다. 본부장이 동그랗게 눈을 뜨고 그들을 올려봤다. 좀비들이 미친 듯 달려들었다.

탕! 탕!

이번엔 권총으로 본부장의 얼굴을 겨눴다. 총에 맞은 얼굴이 빠르게회전하며 부서졌다. 쭉쭉 미끄러지며 계단 문에서 멀어졌다. 바닥에 피의 추상화를 그렸다. 그 그림을 쫓는 좀비들도 함께 멀어졌다. 정치인은그 틈을 타 재빨리 창틀을 넘었다. 산타클로스처럼 거대한 보따리를 짊어졌다. 판사복으로 본부장의 토막 난 몸들을 싸맨 것이었다. 흥건하게젖은 판사복이 뚝뚝 피를 흘렸다. 강렬한 피의 냄새. 좀비들이 다시 뒤를 돌아 정치인을 쫓았다. 정치인도 전력으로 질주했다. 그러면서 시체보따리에서 손과 발 따위를 꺼내 던졌다. 단 몇 초라도 벌어야 했다. 가까스로 계단 문에 닿아서는 다시 선물보따리를 열었다. 조각난 창자들을 꺼내 아래층 계단으로 내던졌다. 그러나 그것은 바로 앞 난간에 걸리며 축 늘어졌다. 좀비들이 곧장 낚아채며 우걱우걱 씹어댔다. 뒤에서 좀비들이 덮치기 직전이었다. 다시 급히 꺼내 든 것은 심장이었다. 꼭 잡아 쥐니 아직 생생한 피가 투두둑 바닥으로 떨어졌다. 그는 온 힘으로 그것을 내던졌다. 19층 아래로 우당탕탕탕 본부장의 심장이 굴렀다. 성공이었다. 환장한 좀비들이 썰물 빠지듯 19층 아래로 **빠져나갔다**. 그는 등 뒤로 보따리를 내던지곤 재빨리 계단으로 들어가 문을 잠갔다. 아슬아슬했다. 좀비들이 계단 문으로 마구 부딪쳤다.

＊

심장을 쫓는 좀비들의 방향과 대비됐다. 정치인은 홀로 계단 위를 뛰어올랐다. 옥상 문에 출입증 인식기가 보였다.

'이제 다 끝났어!'

그러나 아직은 불안한 안도였다. 신분증을 꺼내 인식기에 댔다. 그때였다. 저 좀비는 왜 본능을 따르지 않지? 왜 그 신선한 심장을 쫓지 않지? 이상했다. 누군가 거대한 썰물을 거스르며 그를 향해 뛰어올랐다.

삐빅.

철컥 문이 열렸다. 그는 계속 뒤를 돌아보면서도 이미 수십 번 손잡이를 돌렸었다. 활짝 옥상 문이 젖혀졌다. 헬리콥터의 굉음과 세찬 비바람이 계단 안으로 들이쳤다. 정치인의 눈이 휘둥그레졌다. 이제 알았다. 까맣게 칠해진 얼굴. 퉁퉁 부은 눈. 하지만 익숙한 눈빛이었다.

불과 몇 시간 전이었다. 정치인은 분노에 사로잡혀 그를 마구잡이로 폭행했다. 사지를 결박당한 그는 시체처럼 누워 좀비들의 먹이가 되길 기다리고 있었다. 그런 그가 지금 바다를 가르듯 좀비들을 헤치며 계단 위로 솟구쳐 올랐다.

연우였다. 기자의 얼굴을 가면처럼 쓰고 기자의 몸 가죽을 어깨에 걸쳤다. 온 얼굴과 몸이 검은 페인트를 뒤집어쓴 듯 했다. 허리에는 창자를 둘러 묶었다. 흡사 전쟁의 광기가 지배하는 원시부족의 전사 같았다. 손에는 통기타가 들렸다. 오랜 시간 연우를 괴롭혀온 것이었다.

'서울중앙지법 기타 동아리 GuitarRomance'

깜찍한 스티커가 붙어 있었다. 기자의 두 다리가 연우의 등 뒤에서 망토처럼 휘날렸다. 뎅! 통기타가 울렸다. 연우는 정치인의 뒤통수를 사정없이 내리쳤다. 정치인은 무기력하게 나가떨어졌다. 그렇게도 염원하던 옥상이었다. 어떻게든 둘은 결국 옥상으로 올랐다.

*

두 사람은 잠시 넋을 빼앗겼다. 여태 겪은 생지옥과는 완전 딴판이었다. 수십 명의 사람들이 헬리콥터 앞에 줄을 지어 섰다. 그들은 비바람에 우산 아래로 몸을 숨겼다. 평온하고 질서정연했다. 판사들, 법원 공무원들이었다. 군인들이 순서대로 그들을 실었다. 두 사람을 일깨운 것은 다름 아닌 그들이었다. 갑자기 둘을 향해 손을 흔들었다. 안간힘을 쓰며 소리쳤지만 두 사람에게 가닿지 않았다. 얼마나 간절했던지 자리에서 방방 뛰어대기도 했다. 군인들이 일제히 총을 꺼내 들었다. 두 사람은 동시에 뒤를 돌아봤다. 옥상 문이 열려 있었다. 좀비들이 밀물처럼 옥상으로 쏟아졌다.

패닉에 빠진 사람들이 죽기 살기로 헬리콥터로 달려들었다. 반듯했던 줄이 와르르 무너졌다. 헬리콥터가 다급하게 이륙을 시도했다. 하지만 들입다 매달리는 사람들 탓에 이리저리 휘청대기만 했다. 나머지 사람들은 바퀴벌레 흩어지듯 사방으로 퍼졌다. 목숨 건 추격전이 시작됐다. 하지만 승자는 정해졌다. 핏빛 만찬이 벌어졌다. 사람들의 비명이 헬리콥터의 굉음을 뚫고 날카롭게 밤하늘에 꽂혔다.

*

정치인이 다급하게 도망치며 골프채를 휘둘렀다. 좀비 하나가 그를 무너뜨리며 쩍 입을 벌렸다. 정치인이 골프채로 그 입을 막았지만 좀비는 사정없이 그것을 씹었다. 얼굴이 잘 떠오르지 않았다. 다만 낯익은 문신이었다. 빈 눈물방울 두 개.

소년이 정치인을 노려보고 있었다. 마치 기억을 되새기듯. 소년의 타액이 정치인의 얼굴을 적셨다. 정치인은 이를 악물고 버텼지만 힘이 모자랐다. 더 어쩔 도리가 없었다. 괴성을 질렀다.

탕!

겨우 꺼낸 권총이었다. 그러나 너무 늦었다. 소년은 이미 그의 목을 물어뜯었다. 정치인의 얼굴에 소년의 뇌가 흠뻑 끼얹어졌다. 그는 간신히 소년을 밀어내고는 비틀거리며 일어섰다. 머리 없는 작은 몸이 큰 대(大)자를 그리며 누웠다.

급기야 좀비들이 밧줄처럼 사람들을 타고 올랐다. 헬리콥터가 곤두박질칠 듯 기우뚱댔다. 조급한 군인들이 총을 연사했다. 좀비들도 사람들도 총에 맞으며 우수수 떨어졌다. 군인들만 총을 쏘는 게 아니었다. 정치인이 좀비들을 쏴대며 필사적으로 내달렸다. 헬리콥터가 막 뜨기 직전이었다. 정치인은 초인적인 힘으로 헬리콥터 스키드에 매달렸다. 어쩌면 이미 인간이 아닐지 몰랐다. 그는 같이 매달린 좀비들과 사람들 심지어 군인들까지 쏴서 떨어뜨렸다.

헬리콥터가 가볍게 올랐다. 법원을 떠나 서초동 건물 숲을 향했다. 정치인은 스키드를 타고 올라 헬리콥터 안으로 들어갔다. 결국 원대로 헬리콥터를 타고 법원을 탈출했다. 헬리콥터는 온전히 건물 숲을 날아가는 듯했다. 갑자기 중심을 잃고 뱅뱅 회전하더니 건물을 들이받았다. 단연 높고 눈에 띄는 건물이었다. 귀를 찢는 듯한 굉음이 서초동을 울렸다. 헬리콥터가 건물을 쓸어내리며 추락했다. 시뻘건 불꽃과 검은 연기가 하늘로 치솟았다. 건물 허리가 휘청 꺾이며 무너졌다. 랜드마크처럼 눈에 띄던 간판이 부서져 내렸다. 서초동을 등대처럼 지키던 것이었다.

'법무법인 Lawyers' Universe'

국내 최대 규모의 로펌. 돈만 된다면 어떤 사건이든 수임한다는 변호사들. 남 변호사의 첫 직장. 정치인을 변호한 그곳이었다. 엄청난 먼지가 뭉게구름을 피웠다. 몸통이 잘린 건물 뒤로 또 다른 서초동의 경관이 펼쳐졌다. 작은 건물들이 아기자기한 숲을 이뤘다. 생경했다.

귀가 먹먹했다. 게걸스레 쩝쩝대는 소리와 빗소리가 어우러졌다. 좀비들은 사람들의 몸을 파헤쳐 사정없이 입속으로 집어넣었다. 잠자듯 누운 사람들도 다시 좀비로 눈 뜨며 어슬렁거렸다. 자신들을 파먹은 좀비들과 함께 사람들의 살을 찢고 내장을 뽑아댔다. 결국 모두 괴물이 되었다. 불과 몇 분 전만 해도 함께 우산을 쓰고 줄을 서고 커피를 마셨던 친근한 동료의 살과 내장이었다. 허탈했다. 이제 헬리콥터는 없었다. 탈출하기 위해 그렇게도 힘겹게 올랐던 길이었다. 건물을 벗어나려면 올라온 길 그대로 다시 내려가야 했다. 연우는 기타 스트랩을 어깨에 걸치고 옥상 문으로 향했다. 순간 두 발이 굳었다. 옥상 문 구조물 위로 납작 엎드린 것이 연우를 노려보고 있었다.

'그래. 여태 너를 찾았어.'

귀현이 떠올랐다. 연우는 정말 좀비라도 된 것처럼 이를 드러내고 그르렁거렸다. 1022번이 그 위에서 천천히 몸을 일으켰다. 좀비들이 몰리며 구조물을 둘러쌌다. 높이 탓에 위로 오르지 못하고 팔만 이리저리 내둘렀다. 연우는 그를 향해 질주했다. 좀비들을 밟으며 구조물로 뛰어올랐다. 다섯 평 남짓 될까. 두 사람은 사각의 링 위에 마주 섰다. 좀비들이 아래에서 입을 벌리며 먹이가 떨어지기만 기다렸다. 진정한 죽음의 링이었다.

1022번이 주머니칼을 꺼냈다. 소년의 것을 훔쳤다. 움츠린 날이 번쩍거리며 펴졌다. 연우는 통기타를 움켜잡았다. 하나 그 둔한 것으로 요리

조리 피하는 1022번을 당해내기란 여간 어려운 게 아녔다. 기타를 제대로 휘두르기는커녕 막는 데 급급했다. 기타에 퍽퍽 칼이 박히며 상처를 냈다. 그때마다 기타가 신음하듯 쟁쟁 울었다. 기타를 잡은 연우의 두 손은 피투성이가 됐다. 1022번은 부러 연우의 손가락을 목표로 삼았다. 연우는 수세에 몰렸다. 손이 불에 타는 듯한 고통을 느꼈다. 투두둑 손가락들이 잘려 떨어졌다. 결국 그렇게 기타를 놓쳤다.

1022번이 그 기회를 날릴 리 없었다. 연우의 복부를 향해 힘껏 칼을 내질렀다. 푹하고 쑤셔졌다. 연우는 비명도 지르지 못했다.

"당신 친구 말이야. 진짜 몸매 하나는 예술이던데?"

악마가 속삭였다. 연우의 복부에서 검은 피가 흘러내렸다. 그의 칼은 기자의 창자를 쑤시고 있었다. 당황한 1022번이 다시 한번 칼을 내질렀다. 연우는 남은 손으로 기타를 잡아 그대로 그의 턱을 쳐올렸다. 칼이 연우에게 닿기 직전이었다. 우지끈 턱뼈가 부서졌다. 1022번은 휘청거리며 뒤로 나자빠졌다. 기겁하며 다시 몸을 일으켰지만 일어나지 못했다. 좀비들이 그의 머리와 어깨를 세차게 잡아당겼다. 악마는 시커먼 파도 속으로 빨려 들어가며 비명을 질렀다. 좀비들이 그를 수십 겹으로 뒤덮으며 닥치는 대로 물어뜯었다. 그의 모습도 소리도 점차 희미해졌다. 좀비들이 느릿느릿 흩어졌다. 찢어발긴 갈대색 수의만이 덩그러니 남았다. '1022' 번호표만이 선명했다. 연우는 다시 기타를 멨다. 시커먼 그의 몸이 회백색 구조물과 강렬한 대비를 이뤘다.

엘리베이터 문이 열렸다. 연우가 우두커니 섰다. 그는 표정 없는 얼굴로 유유히 나선형의 계단을 걸었다. 어슬렁거리는 좀비들 사이였다. 다시 대법원장의 흉상을 지났다. 몇 시간 전 사람들과 함께 지난 곳이었다. 어쩌다가 겨우 혼자 살아남았다. 정말 운이 좋았을 뿐인데 연우는 그저 죄스러웠다.

관제실은 새까맣게 그을렸다. 발을 디디니 물이 흥건했다. 스프링클러에서 물이 뚝뚝 떨어졌다. 포르쉐는 콘솔에 처박힌 그 모습 그대로였다. 좀비 하나가 운전석에 앉아 운전놀이를 했다. 콘솔 아래에서 키가 반짝였다. 연우는 기타를 쳐들어 좀비의 머리를 후려쳤다. 처음 타보는 포르쉐였다. 평생 운전해 본 차라곤 중고 아반떼가 다였다. 연우는 의자 위치를 조절했다. 룸미러에 얼굴이 비쳤다. 시동을 걸자 엔진이 포효했다.

빨간 포르쉐가 무심하게 좀비들을 치며 건물 밖으로 나왔다. 안전벨트를 맨 기타가 조수석에서 덜컹거렸다. 어느새 비가 잦아들고 새벽 여명이 밝았다. 소희가 거슬러 올랐던 긴 계단을 연우가 미끄러지듯 내려갔다. 여기저기 널브러진 시체들의 향연이었다. 아직 허기진 좀비들이 어슬렁거렸다. 달려드는 좀비들은 연우에게 손끝 하나 대지 못하고 팅겼다. 벌써 익숙해진 탓인지 삐뚤빼뚤 잘린 가로수들이 더 이상 괴이하게 느껴지지 않았다. 그럼에도 익숙해지지 않는 것은 정의의 여신상이었다. 연우는 메스꺼움을 겨우 참았다. 나체의 좀비들이 쓰러진 여신상 위를 남김없이 뒤덮었다. 놈들은 간절하게 자신들의 몸을 비벼댔다. 그녀의 뺨 위에 말라붙은 피눈물이 쩍쩍 갈라졌다. SUV는 여전히 불타고 있었다. 전기자동차의 배터리는 식을 줄을 몰랐다.

정문을 나서기 직전이었다. 연우는 습관처럼 경비실 쪽을 돌아봤다. 퇴근할 때면 어김없이 경비원 아저씨와 인사를 나눴다. 연우는 목례를, 경비원은 거수경례를 했다. 낮에 보았던 그는 평소답지 않게 잠에 취했었다. 교대근무에 잠이 모자라셨을 테지. 그러나 예상과 달리 누군가 움직였다. 연우를 향해 거수경례했다. 평소와 달리 미소도 절도도 없었지만, 그가 분명했다. 그 역시 좀비가 되었다. 당황한 연우는 미처 목례도 하지 못하고 법원을 빠져나왔다.

엉망진창으로 뒤엉킨 도로는 한바탕 전쟁이 휩쓸고 간 것 같았다. 여기저기서 폭발음이 들리고 화염이 치솟았다. 창문 안으로 들이치는 비바람이 연우의 얼굴을 시원하게 씻겨냈다. 빨간색 포르쉐 한 대가 폐허가 된 도로 위를 유유히 달렸다.

*

연우는 휴대전화를 꺼내 충전케이블을 연결했다. 방전되었던 것이 화면을 반짝거렸다. 125통의 부재중 전화와 23통의 메시지. 음성메시지를 재생했다.

"연우야… 어디니? 우린 아빠랑…다 무사해… 연우야… 제발…"

다 죽어가는 어머니의 목소리.

"그럼, 살아 있고말고! 연우가 얼마나 똑똑한데. 살아 있지! 당연히 살아 있지!"

애써 담담한 척하는 아버지의 목소리.

"하느님, 감사합니다! 오, 하느님, 감사합니다!"

연우는 와락 눈물을 쏟았다. 두 분이 살아 계신다면 그것은 기적이라 생각했다.

끼익!

무슨 생각인지 연우는 눈물을 훔치다 말고 급히 운전대를 꺾었다. 포르쉐가 중앙선을 완전히 가로지르며 스키드마크를 그렸다. 유턴을 했다.

희생

　상처투성이 포르쉐가 익숙한 풍경 속에 모습을 드러냈다. 난장판이 된 도로를 묘기 부리듯 움직였다. 평소 먼지 한 톨 없던 도로였다. 장난감 같은 CCTV들이 초라하게 골목을 장식했다. 연우의 주택가 초입이었다. 어제 이 거리를 도망치듯 벗어난 순간부터 연우의 마음 한편은 거대한 바위에 짓눌렸다.

　좀비여도 상관없었다. 나현이를 찾아야 했다. 그 외의 모든 것은 나현이를 찾은 다음에 생각하면 될 일이었다. 어린아이가 영문도 모른 채 어른들이 만든 상황에 괴로워하고 있단 생각에 가슴이 찢어질 것 같았다. 부모가 된 원죄였다. 자식들은 알기 어려운 고통이었다. 심지어 부모가 된 연우조차 그랬다. 부모의 애원을 뒤로하고 제 자식 찾으러 달려온 그였다.

　어스름한 여명이 거리를 푸르게 채색했다. 좀비들은 누구 한 놈만 걸려보란 듯 건들거리며 배회했다. 서영의 은색 벤츠가 아직 집 앞을 지켰다. 연우는 한 집 정도 떨어진 곳에 차를 세웠다. 검게 물든 벤츠의 뒤 범퍼 아래로 머리 없는 몸이 너덜거리는 명품으로 덮여 있었다. 그 옆에서 구슬프게 울던 개는 이제 없었다.

좀비 한 무리가 막 벤츠를 지나칠 때였다. 타이어 안쪽으로 몸을 숨긴 커다란 털 뭉치가 사시나무 떨듯 떨었다. 잔뜩 겁먹은 커다란 눈이 좀비들의 눈치를 살피며 끔벅였다. 프렌치 불도그. 연우의 발목을 문 그 녀석이었다. 녀석에게조차 목숨 건 숨바꼭질이었다. 좀비들이 지나가도 쉽게 경계를 풀지 않았다. 완전히 멀어져서야 비로소 안심되었는지 슬그머니 고개를 내밀었다. 그러고는 언제 그랬냐는 듯 전봇대를 향해 반갑게 꼬리를 흔들었다. 전봇대 뒤에서 두 팔이 쭉 뻗어졌다. 안기라는 신호였다. 아이의 팔이었다.

연우는 전율했다. 바로 뛰쳐나갈 수 있을 거라 생각했건만 그 자리 그대로 얼어붙었다. 핑크색 쉬폰 원피스가 나풀거렸다. 불도그가 폴짝 뛰어 안겼다. 나현이가 안쓰럽게 녀석을 쓰다듬었다. 목에는 찢어진 원피스가 둘렸다. 덕지덕지 붙은 피딱지들 아래로 백옥 같은 피부가 선명했다. 이를 딱딱거리지도 그렁대지도 않았다. 먹이를 찾아다니기는커녕 전봇대 뒤에 숨어 주위를 경계했다. 연우가 알던 사랑스러운 눈빛 그대로였다.

아이들은 원래 저리도 빨리 크는지. 심지어 키도 더 자란 것 같았다. 하룻밤 사이 나현이는 훌쩍 자랐고 연우는 더 빨리 늙었다. 자식이 크는 속도와 부모가 늙는 속도는 비례하지 않았다. 연우는 자신보다 자신의 부모가 더 빨리 늙는다는 사실에 대해선 생각하지 못했다.

나현이는 잔뜩 겁에 질렸다. 전봇대 뒤에서 빼꼼히 얼굴을 내밀어 주위를 살피더니 집 대문까지 종종걸음을 했다.

"엄마… 엄마…"

떨리는 목소리로 속삭이며 문을 두드렸다. 문에 귀를 대어 보기도 했다. 고통스러울 정도로 간절했다. 하지만 누구도 대답하지 않았다. 나현이는 놈들을 피해 전봇대 뒤로 숨었다가 대문으로 달려가기를 새벽 내내 반복했다. 그 시간 내내 대체 어떤 희망을 품었던 것일까. 그저 어린아이였다. 헛된 희망이 나현이를 서서히 죽이고 있었다. 연우의 가슴이 무너졌다.

"나현아!"

연우가 차에서 내렸다. 먼저 반응한 것은 불도그였다. 골목이 떠나갈 듯 세차게 짖었다. 두려움 때문이었다.

"아빠?"

반가움과 당혹감이 교차했다. 나현이가 녀석을 진정시키려 애썼다. 아니나다를까 거대한 달음박질 소리가 골목을 뒤덮었다. 거리 양쪽에서 좀비들이 떼로 몰려들었다. 지진이 난 듯 땅이 울렸다.

"나현아!"

연우가 전력으로 질주했다.

"아빠! 아빠!"

나현이가 공포 속에서 절규했다. 연우는 달릴 때부터 알았다. 나현이를 데리고 다시 포르쉐로 돌아오기엔 이미 늦었다. 하지만 어쩔 수 없었다. 나현이를 위해서라면 기꺼이 죽을 수 있었다. 나현이를 구하지 못한다는 게 참혹하게 슬플 뿐이었다. 상봉의 감격은 사치였다. 두 사람을 포위한 좀비들이 망설임 없이 달려들었다.

"아빠! 아빠!"

나현이가 절규했다.

"나현아! 나현아!"

연우의 몸이 물리고 뜯겼다. 뜨겁고 화끈거렸다. 이제 연우의 손에 나현이의 손은 없었다. 그 어리고 작은 몸이 갈기갈기 찢기고 뜯길 것을 생각하니 미쳐버릴 것 같았다. 자신이 느끼는 고통은 아무것도 아니었다. 연우는 울부짖었다. 죄책감 때문에. 함께 할 수 없다는 슬픔 때문에.

그런데 이상했다. 급속하게 허기졌다. 배가 고팠다. 방금 전까지 그렇게 거대했던 슬픔이 서서히 지독한 굶주림으로 잠식됐다. 환청이 들렸다. 아니, 환청일 것이었다. 둔탁한 군화의 발걸음 소리. 일제히 울리는 총성. 대형차량의 디젤엔진 소리. 이제는 착시였다. 눈앞이 환하게 밝아졌다. 시력을 잃은 듯 아무것도 보이지 않았다. 잠이 쏟아졌다. 이길 수 없는 잠이었다. 죽음은 이렇게 달콤한가. 연우는 그것을 죽음이라 여겼다. 이 잠에 든다면 세상 모든 고통과 번뇌에서 벗어날 수 있겠지. 도무지 거부하기 힘든 유혹이었다.

딸의 몸이 갈가리 조각나는 고통도 이젠 괴롭지 않았다. 그보다는 목이 탈 듯 갈증 나고 위가 쥐어 짜이듯 배고팠다. 더 이상한 건 일말의 죄책감도 느껴지지 않는다는 것이었다. 모든 것이 편안했다. 연우는 더 이상 저항하지 못했다. 쏟아지는 잠을 그대로 받아들였다. 설령 그것이 죽음이라고 해도 어쩔 수 없었다. 자연의 섭리였다.

Tempo Primo

에필로그

*

눈을 떴다. 절박했다. 코를 찌르는 냄새 때문이었다. 연우는 본능적으로 알아차렸다. 살아 있는 인간의 몸이 근처에 있다. 그것은 분명 생기 있는 살 내음이었다. 들숨과 날숨이 드나드는 폐가 생생히 내뿜는 이산화탄소였다. 자신은 며칠간 굶은 게 분명했다. 그럼에도 살아 있는 것은 기적에 가까웠다. 연우는 확신했다. 당장 저 신선한 육체에서 살과 근육을 씹어 삼키고 뜨거운 피를 마시지 못한다면 분명 아사할 것이었다. 무조건 먹어야 했다. 살아야 했다. 몸이 반사적으로 냄새를 향해 방향을 틀었다. 그러나 의지대로 움직여지지 않았다. 침대 위였다. 사지를 결박하는 구속복이 입혀져 있었다. 그 상태로 침대에 묶였다. 철제 마스크가 코 아래를 완벽하게 틀어막고 있었다.

한 평 남짓한 방이었다. 온통 하얀색으로 칠해진 벽뿐이었다. 문에 난 작은 창살 사이로 방호복 차림의 남자가 연우를 관찰했다. 연우가 그를 향해 발작했지만 소용없었다. 한낱 하찮은 몸부림이었다. 고통스러워하는 비명과 신음이 온 복도를 울렸다. 비단 연우의 방만이 아니었다. 복도 양쪽으로 똑같이 생긴 방들이 끝없이 줄을 이었다. 지옥의 소리를 듣는다면 분명 지금과 같으리라.

*

각종 추측들이 난무했다. 혹자는 코로나바이러스 19의 변종 바이러스라고 했고 중국 어느 시장에서 유래된 신종 바이러스라고도 했다. 특히 동북아 전문가들은 일본의 원전 오염수 때문이라는 가설을 제기했다. 동성 간 성관계에 따른 에이즈나 원숭이 두창 같은 질병이 진화한 것이라는 설, 엑스터시나 펜타닐 같은 신종 마약에 의한 부작용이라는 설, 세계 최대 제약회사의 신약 개발 과정에서 발생한 심각한 부작용 때문이라는 설도 돌았다. 실제로 치료제를 보유했다는 소문이 나면서 그 회사는 주가가 폭등하기도 했다.

기껏 확인된 사실은 좀비들의 뇌에서 공통적으로 문제가 발견되었다는 점이다. 하나같이 전두엽의 특정 부위가 손상돼 있었다. 욕구와 감정을 조절하고 후각 정보를 처리하는 부분이었다.

세계보건기구도 원인을 명확히 밝히지 못했다. 세계 최고의 전문가들이 모두 미궁에 빠졌다. 누군가의 말처럼 정말 하느님의 심판이 시작된 게 아닐까도 싶었다. 흡사 흑사병을 맞은 중세 유럽을 연상케 했다. 세계보건기구가 의학적 연구개발이 시급하다며 작성한 감염병 리스트, 그 맨 마지막을 장식하는 미지의 신종 감염병 '질병 X(Disease X)'였다. 이 '질병 X'는 최대 48시간 이내에 자연치유가 되었다. 감염자에 따라 빠르면 12시간 안에 정상으로 돌아오기도 했다. 어릴수록 치유 능력이 빨랐다. 그 사이 몸이 잘 보존되어 있으면 감염 전의 상태로 돌아오는 것이고 그렇지 못하면 다치거나 죽었다. 아사한다는 소문도 있었으나 실제로 굶어 죽지는 않는 것으로 밝혀졌다. 몸이 성한 좀비 시체들에서 관찰된 공통적인 특성 중 하나는 호흡중추의 마비였다. 그런데 마비 직전에 코르티솔이 과다 분비된 것으로 확인되었다. 스트레스를 받을 때 나오는 호르몬이었다. 결국 욕구를 억제하지 못한, 인내하지 못한 탓이었다. 극도의 조급함이 그들 스스로를 죽인 셈이었다.

*

따끔할 법도 했다. 하지만 연우의 얼굴엔 표정이 없었다. 방호복 차림의 의료진이 연우의 검지에 플라스틱 진단키트를 끼우곤 스테이플러 찍듯 딸가닥거렸다. 손톱 아래로 흐른 피가 서서히 키트 안으로 스며들었다. 새하얀 시약 시트가 붉게 물들었다. 시트 위로 청록색 선이 선명하게 모습을 드러냈다. 한 줄의 선이었다.

*

연우의 두 팔이 자유로워졌다. 구속복 대신 일반 환자복이었다. 왼손에는 칭칭 붕대를 감았다. 손가락을 잃었다. 그러나 그 정도는 고통이라 부를 수도 없었다. 한 손으로 힘겹게 옷을 벗었다. 그의 몸은 흉측할 정도로 시퍼런 멍과 검붉은 상처들로 뒤덮였다. 막 아물기 시작한 새까만 피딱지들이 보였다. 그가 맨발로 디딘 곳은 매끈한 타일 바닥이었다. 샤워부스로 들어가 밸브를 돌렸다. 따뜻한 물이 김을 뿌리며 머리 위로 쏟아졌다. 물이 상처 속으로 스몄다. 찌릿한 통증에도 연우는 아랑곳하지 않았다. 그렇게 한참 동안 물을 맞고 섰다. 샤워를 마치고 나오자 잘 개어진 새 옷가지와 그 위에 놓인 새 운동화 한 켤레가 연우를 기다리고 있었다.

*

아무도 없는 줄 알았는데 얼핏 봐도 백 명 남짓이었다. 강당이 꽉 찼다. 모두 연우와 같은 옷을 입고 같은 운동화를 신은 채 간이 철제의자에 앉았다. 곧 하얀 가운의 사람들이 서류뭉치를 산처럼 들고 와 사람들에게 돌렸다. 그중 한 사람이 강단에 서더니 서류를 펼쳐 보이며 설명했다. 연우는 내용을 듣는 둥 마는 둥 서명을 시작했다. 수십 장이었다. 몇 번이고 같은 이름을 썼다.

휠체어를 탄 어린아이. 얼굴 반쪽을 붕대로 감은 젊은 여자. 두피 가죽이 벗겨진 중년 여성. 오른팔을 잃어 힘겹게 왼손으로 어색한 서명을 하는 노인까지. 전쟁 같은 참상이었다. 비극적인 공기가 수십 톤의 무게로 사람들의 머리와 어깨를 짓눌렀다. 아무도 입을 열지 않았다. 하얀 가운 사람들이 다시 서류를 수거했다. 사람들은 종이 한 장씩 손에 쥔 채 안내에 따라 줄을 섰다. 일렬의 긴 줄이 복도를 채우며 이어졌다. 복도 끝에는 엘리베이터가 기다렸다. 연우는 그것을 몇 번이나 내려 보낸 뒤에야 겨우 탈 수 있었다. 엘리베이터에서 내린 뒤에도 줄은 계속됐다. 종이를 확인한 경찰관들이 소지품을 찾아 건넸다. 사람들은 차례차례 소지품을 돌려받고는 경찰관들이 건네는 종이에 다시 서명했다. 연우의 차례였다. 그 앞에 부서진 휴대전화가 놓였다. 경찰관이 종이 한 장을 내밀었다. 연우는 '폐기(소유권 포기)'란에 동그라미 치고 서명했다.

＊

연우는 빈손으로 돌아섰다. 사람들을 따라 걸음을 옮겼다. 웅성웅성 소리가 귓바퀴를 울리더니 오열하는 소리가 날카롭게 파고들었다. 문을 열고 나서자 사람들이 서로 달려들며 부둥켜안았다. 만남의 광장은 순식간에 통곡의 바다가 되었다. 퇴원 소식에 달려온 생존 가족들이었다. 연우도 회복 병실에서 매일같이 뉴스 속보에 귀 기울였다. 하루에도 수십 번씩 사망자 명단이 갱신되었다. 거기에서 서영의 이름과 부모님의 이름을 들었다. 성별과 출생년도, 주소가 일치했다. 연우가 법원을 나설 때만 해도 살아 있던 부모였다. 그때 나현이가 아니라 부모님에게 갔더라면 어땠을까. 때늦은 질문이었다. 연우는 잠도 자지 못하고 밥도 먹지 못했다. 내장을 쥐어짜는 것 같은 슬픔을 느꼈다. 모든 걸 다 바쳐 길러내신 아버지와 어머니를 제쳐두고 허둥지둥 자식에게 달려갔다. 부모는 자식을 기다려주지 않았다. 그럼에도 위안으로 삼은 것은 나현이의 이름이 명단에 없다는 것이었다. 참으로 간사하지. 죄책감과 위안감이 동시에 느껴지는 괴리. 절대 모순이자 자기혐오였다.

사람들이 연우에게 부딪치며 달려 나갔다. 연우는 어디로 가야 할지 알지 못했다. 광장 한가운데 멍하니 섰다. 교차하는 군중이 매정하게 연우를 지나쳤다.

"아빠! 아빠!"

익숙한 목소리가 들렸다. 환청인가. 혼란스러웠다. 돌아봐도 목소리의 주인은 없었다. 드디어 미쳤구나 싶었다.

"아빠! 아빠!"

분명하게 들렸다. 잊을 수 없는 목소리. 목에 드레싱을 한 작은 아이였다. 나현이가 자신을 향해 뛰어오고 있었다. 자식의 목소리, 자식의 냄새, 자식의 피부, 자식의 머리칼, 자식의 숨소리. 아무 말도 할 수 없었다. 연우는 나현이를 품에 안고 어린아이처럼 울음을 터뜨렸다. 오히려 나현이가 담담하게 울음을 참았다. 그간 나현이는 더 강해졌고 연우는 더 약해졌다.

＊

불과 몇 개월만이었다. 세상은 마치 아무 일 없었다는 듯 다시 원래대로 돌아왔다. 아침에 일어나면 씻고 출근을 준비했다. 나현이를 학교에 보낸 다음 콩나물처럼 지하철 안에 갇혔다. 몇 개의 역을 지나 사무실 앞에 이르면 어느새 의뢰인 여럿이 죽치고 앉아 있었다. 사건기록에 둘러싸여 서면을 쓰다가도 의뢰인 상담을 하고 재판을 나갔다. 야근도 밥 먹듯 했다. 그런 날이면 나현이가 혼자 밥을 차려 먹었다. 어느 날은 사무실에서 꼴딱 밤을 새고 의뢰인을 변호하러 나가기도 했다. 법정 공방은 늘 치열했다. 불과 몇 달 전 필사적으로 탈출하고자 했던 그 법원이었다.

제약회사들이 다양한 백신을 개발했고 접종이 의무화되었다. 백신 부작용이라느니 제약회사 상술이라느니 정부의 음모론이 아니겠냐는 얘기가 넘쳐났다. 사회는 혼란스러웠고 정치도 마찬가지였다. 여당과 야당은 줄기차게 서로를 탓했다.

코로나19 이후 달라진 건 없었다. '질병 X' 이후에도 마찬가지였다. 이제 '질병 X'는 그저 지나가 버린 사건에 불과했다. 누구도 반성하지 않았고 누구도 바로잡으려 하지 않았다. 종교조차 자신들의 신을 팔기에만 급급했다. 누구나 추구하는 것은 오로지 눈앞의 이익이었다. 제동장치 없는 욕망사회 그 자체였다. 그래서 연우는 두려웠다. 언제 다시 지옥도가 펼쳐질지 알 수 없었다. 세상을 지옥으로 만드는 것은 바로 우리 자신이었다. 우리를 괴롭히는 것은 바로 우리의 마음이었다.